著身上具有东方古典佳人的美丽气质

千投足之间

其他人大为不同

们眉目如画身姿婀娜

像从古代仕女图里走出来的绝代佳人

展人的诗

宋人的词

元人的曲

道不尽五千年的悠久历史

和浪漫豪情

寰宇之夜

○咪○古阅读

麦苏 著

海燕出版社

·郑州·

图书在版编目（CIP）数据

寰宇之夜 / 麦苏著. -- 郑州：海燕出版社，2025.7.
ISBN 978-7-5350-9713-2

Ⅰ. I247.5
中国国家版本馆CIP数据核字第2024UL0804号

寰宇之夜
HUANYU ZHI YE

出 版 人：李 勇　　责任校对：康若怡　　插页绘图：王 敏
选题策划：朱立东　　　　　　屈 曜　　内文绘图：羡 笙
责任编辑：朱立东　　　　　　汪新松　　内文排版：张 威
美术编辑：刘 瑾　　责任印制：邢宏洲
装帧设计：高 瓦　　责任发行：贾伍民

出版发行：海燕出版社
地址：河南自贸试验区郑州片区（郑东）祥盛街27号
邮编：450016
网址：www.haiyan.com
总编室：0371-63932972　发行部：0371-65734522
经 　 销：全国新华书店
印 　 刷：河南印之星印务有限公司
开 　 本：710毫米×1000毫米　1/16
印 　 张：24
插 　 页：8
字 　 数：384千字
版 　 次：2025年7月第1版
印 　 次：2025年7月第1次印刷
定 　 价：68.00元

如发现印装质量问题，影响阅读，请与我社发行部联系调换。

目　录

第一章　新人入职

"听说新编导是位空降海归，维也纳音乐学院毕业，六月归国，九月竞聘，一路过关斩将，才签了这份合同呀！"

"百万年薪是编导岗历史上从未有过的高价。转正后，编导还将作为台里后备领导干部来培养，享受台领导的福利和待遇，引得一批人前赴后继也属正常。不过，她一个拉小提琴的来这儿搅和什么？不知道百万年薪拿着有多烫手吗？"

"你们还不知道吧，咱的新编导可是个美人儿，身材、相貌都在领导的审美点上，前途不可限量……"

洗手间里响起一阵暧昧的笑声，这些话意味深长，不能不让人浮想联翩。这个地方是女人们最爱聊八卦的地方。你一言我一语，添油加醋，越来越离谱的谣言、小道儿消息便会全新出炉，并迅速扩散，速度之快堪比病毒传播。

洗手间角落里闪出一个身影，正是第一天前来报到的沈妍和。她有一张精致的瓜子脸，细眉轻挑宛若凤凰展翅，合体的小西装衬托着纤细的腰身，修长的双腿显得亭亭玉立，穿一双黑色高跟鞋，走起路来发出"嗒嗒嗒"的清脆响声。

众人循声望去，顿生疑惑：这人是谁？面孔好生，相貌姣好，身材婀娜，以前怎么没见过？

有人认出了她，忙问："你是今天来报到的沈妍和编导吗？"

沈妍和轻轻点头，也认出了对方："陈果导演您好，我们在上星期的面试会上见过。"

前来面试的全是履历佳、学历高、能力强的顶尖人才，台里许诺高薪，寄予厚望，面试时，更是组织了三十九人的终审团队，一个一个地精挑细选。陈果就是当时的评审之一，她对沈妍和印象深刻，能一眼认出沈妍和也很正常，但沈妍和与她仅有一面之交，却能准确地说出陈果的名字和职位，说明记忆力相当好。

陈果心中暗想：果然是个厉害角色啊！于是微笑着说："十点的会，我也参加。"

"那么，一会儿见。"沈妍和礼貌地让开路，目送她离开。

在背后说人坏话却被当场抓了个正着，几位女同事脸上多少有点儿挂不住，这会儿就只想借机跟着陈果一起离开。谁知沈妍和原地一转身，双臂抱怀，把洗手间的门给堵住了："刚刚是你们在造谣？"

几位女同事面面相觑，陷入尴尬的境地。其中一位不耐烦地说："也没指名道姓地说你，你不要对号入座好不好？"

另一位则趾高气扬地说："入职第一天，受了点儿委屈就想去领导那儿告状，博取同情吗？"

闻听此言，沈妍和并没有生气，平静而又坚定地说："未尝不可呀！"

"你有什么证据吗？你一个新人，领导会信你才怪！"

沈妍和在手机上按下播放键，一个声音传了出来："咱的新编导可是个美人儿……"

沈妍和按下暂停键，直视对方："你是在暗示台里招聘的流程存在某种权色交易吗？"

"喂，你别胡说八道，我可没这个意思。"其中一位女同事脸色煞白，辩解道。

"你可以对我的百万年薪表现出羡慕嫉妒恨，但是这样污蔑领导……"

"谁对你羡慕嫉妒恨了？你别往脸上贴金了。"

沈妍和又按下播放键，这次是另一位女人的声音："百万年薪是编导岗历史上从未有过的高价……"

录音真实而完整地记录了说话者又酸又恨的语气，满腹牢骚谁听不出来呢？

周围死一般的寂静，几位八卦者脸上的汗都下来了。

"我还在思考十点开会要如何破冰，这些录音正好能派上用场，既然大家对于此次竞聘存在许多疑问，与其日后谣言满天飞，倒不如现在请台里开启审查程序。我相信，是非曲直，很快会有一个调查的结果。到那时，才真正是清者自清，谣言不攻自破。不知道各位该如何面对。"

万万没想到，八卦竟然也会变得如此危险，这要是被领导给听到，那后果真是不堪设想。几个人瞬间破防，纷纷向沈妍和示好、说软话。

"沈编导，我错了，请您原谅！"

电视台的工作既体面又稳定，她们哪个不想体体面面地做下去呢？沈妍和这一下算是抓住了她们的把柄。

"我记住你们了。"说罢，沈妍和转身像一阵风似的潇洒地离开了，只留下一句没头没脑的话，让几位女同事心里打起了鼓。沈妍和，她是什么意思啊？

沈妍和一路快走，九点五十分准时来到会议室。她扫了一眼会议室，发现副台长江泰山的牌子在主位，两侧是行政主管杨希和总导演陈果；应聘成功的四位新人的座位牌分列两边，紧挨着他们的主要领导；其他位置则是台里各个部门的头头脑脑，沈妍和虽不认识他们，但也大体知道他们都是谁，分别负责哪个部门。绕着会议桌众星拱月般坐满了人，大家表情严肃，拿着小本准备记录。沈妍和来到自己的座位坐下，发现其他三位新人都还没到。

见沈妍和落座，江泰山笑呵呵地打招呼："小沈，第一天上班，是不是还有点不习惯台里的工作氛围？"

沈妍和微笑道："上午用一个小时的时间参观了电视台，走马观花地在各部门转了转，的确是不太一样。"

"四十年如一日，电视台整体风格趋于统一，我倒是很想听听，你这一小时的所观所想，今天只是个简简单单的见面会，也是给你们四位新同事的欢迎会，你尽可以畅所欲言。"

江泰山正说着，其他三位新人也都到了。

沈妍和思考着江泰山的话，稍加思索说："时间太短，所观有限，所想杂乱，作为新人，我需要用心观察，努力学习，希望在未来有更深入的了解时，再来回答江台长提出的问题。"

"哦？你倒是挺谨慎的，我还期待着在国外深造多年的你，能少些客套，多些真知灼见。"江泰山提高了声音，"这也是台里将你们四位招聘进来的根本目的。我们需要一些新鲜的东西，让人眼前一亮的东西，能带来灵感风暴的东西，希望这些新东西能带动大家转变思路，创新发展，让观众认可，能引起更多年轻人的关注。"

"是。"沈妍和微微点了一下头。

"坦白说，我对你们充满期待。希望你们在试用期结束后，交出亮眼的成绩单，不要让我失望。"

"当然。"沈妍和平静地说，"正如江台长所言，我的确不善于客套，而更青睐务实、高效的工作，希望在未来的工作中，能与各位领导、老师、同事默契配合，愉快合作。"

沈妍和一席话说完，全场鸦雀无声。所有人的目光都下意识地集中到沈妍和的身上。大家在脑海中冒出这样的一个念头：沈妍和是个不太好惹的角色。

"我要的就是这股拼劲儿。"江泰山似笑非笑地点了点头，他的眼神迅速扫过四位新人，"转正的规则，你们四位都清楚了吧？"

没人回应，因为根本没人对他们说过这些。

江泰山自顾自地说下去："试用期结束，四位之中只有一位能够获得电视台的正式编制，其他三位则会遗憾离开。"

他摊了摊手，一点儿都不觉得突然提出这种狼性竞争的规则有什么不妥，还颇有兴致地继续往下讲："所有部门都会敞开为各位提供资源，允许你们放手去做，请你们发挥各自的特长，尽情表现吧！最后的考核成绩将是各位顺利转正的唯一标准，咱们一切以结果论。"

简简单单的一席话，像是在人群里扔了一枚炸弹，轰的一下爆炸了。

江泰山注意到，沈妍和只是轻轻挑起眉头，似乎很平静，仿佛一点儿火气都没有，顺其自然地接受了突如其来的挑战；而另外三位，则紧绷着脸，露出愤怒、不解和无奈的复杂表情。这个沈妍和，还真是有点儿意思，果然值得重点关注。江泰山为四位新人吹响了竞争的号角，内卷，从此刻开始。

沈妍和的办公室离会议室很近，只有一层楼之隔。步梯间就在左手边，散会后，沈妍和直接从步梯上楼。一转眼，沈妍和回到办公室，只听见后面有人跟上来喊道："喂，你等等。"

原来是新入职的其他三位同事来找她，两男一女，其中一个男的叫曹轩阳，身材高大，年轻帅气，曾经是北京某台的资深主持人；另一个男的叫段旭，是国内某名牌大学的博士，做了多年媒体方面的研究，虽是博士出身，可身上并没有多少书卷气，是个有野心、有目标的男人；而那个女的叫白思年，长发飘飘，肤白貌美，身材匀称，是个标准的大美女，她出版过小说，做过编剧，在圈内小有名气，这次她跟沈妍和竞争的是同一岗位，正因为如此，她从一开始就将沈妍和视为竞争对手。

"刚刚一直在后边喊你，你不能等一等吗？"白思年没好气地质问。

"你是在喊'喂',不是喊我沈妍和。"

白思年有点儿生气，但也要忍着，因为她要和沈妍和商量一下对策："咱们几个新人，有必要针对今天上午的会议研究一下。"

"研究什么？"

"对策呀！"白思年拖长了声音，"台里摆明了就是整咱们，面试时没人说过还有四选一的转正要求，如果早说，或许我们会放弃这么艰难的选择；好不容易来试用了，忽然又宣布四选一，这谁能接受得了？"

"我能！"沈妍和果断地回答。

白思年满脸通红，用眼神向曹轩阳和段旭发出了求救的信号。

曹轩阳推了推眼镜说："试用期一年，四选一的概率，也就是说我们未来一年都要留在电视台为了未知的前程而打拼，我也认为他们的要求太苛刻。再说，咱们四人中，只有你和小白应聘的同样的职位，而段旭和我也分属不同部门，做的工作都不一样，又有什么竞争的意义？台里这么做，于情于理都说不过去。"

段旭跟着点头："这种时候不能让台里牵着鼻子走，我们要联合起来，争取自己的合法权益。实在不行，我们还可以去相关部门投诉，或者申请劳动仲裁。"

沈妍和看了段旭一眼，心想：这个人要么天真无邪，城府不深；要么善于谋划，给人挖坑做局。无论哪一种，都需要敬而远之。

"我说得很有道理，对不对？"段旭被这么好看的女孩盯着看，一下子自信起来。

"嗯。"沈妍和笑笑。

"这么说，你答应了？"段旭激动了。

"没兴趣。"沈妍和拿起了自己的包准备离开，"下班了，我要去吃饭，诸位慢慢聊。"

"喂，你什么意思啊？"白思年气急败坏地吼了一声。

"意思是，我认可你们的分析，却不参与你们的计划。另外，如果四人之中只能留下一个，那一定会是我。"

这是直接宣战呀！四个人不欢而散。

下午，办公室里，沈妍和准备翻翻资料，熟悉一下环境，为正式参与工作做好准备。江泰山和一个光头男人边走边聊进入办公室。

"老李，你居然连我的话都不信了，我都跟你说了，目前台里没闲人，你就是难为死我也没用，实在抽调不出来人手。"

江泰山的话音刚落，光头男人却发现了沈妍和，他一个箭步来到沈妍和面前，上下打量一番之后，问江泰山："她是谁？"

"台里新来的编导沈妍和，今天第一天上班。"江泰山介绍完，立即意识到了什么，连忙补充道，"台里对她另有安排，不能给你。"

"我不要她。"光头男人大手一挥，"我就借用几天。"

"不行不行，台里对她另有安排。"江泰山使劲摇头。

见江泰山没有答应，光头男人一把将他拽到一旁，嘀嘀咕咕了好一会儿。沈妍和有一种不好的预感。

不一会儿，江泰山来到沈妍和跟前，笑呵呵地介绍道："这位是我们台里最优秀的李明理导演，他做的节目《时代大咖圆桌会》收视率相当好，是台里的重点项目。现在他那边的责任编导突然早产，中午去医院了。小沈，他那边临时缺人，需要救场，你先过去帮一段时间吧！"

"你放心，我那边是成熟的创作团队，各部门配合默契，井然有序，你只要努力些，跟上大家的节奏，就会迅速成长起来。我那里最适合新人发展。"李明理咧着嘴露出了毫无城府的笑容。

江台长亲自出面，沈妍和即便感觉哪里不对劲儿，也只能答应下来。再说，对于她来说，去哪里干都差不多，有事做总比闲着强。

李明理高兴极了，当场一挥手，声若洪钟地宣布："你现在就跟我走，立即上任，我那边有一堆工作，绝对耽误不得。"

沈妍和跟随李明理来到第二演播厅。

《时代大咖圆桌会》的确是一档收视率相当不错的好节目，但整个节目的制作过程却缺乏计划，人员流动极大，一方面是工作强度大，许多人都顶不住压力；另一方面是李明理有个朝令夕改的坏习惯，他像一位崇尚理想主义的艺术家，脑子里总有许多奇奇怪怪的想法，经常突发奇想，推翻原有的计划，根本不考虑团队之前所做的努力。下边的人叫苦连天，李明理却充耳不闻。他口中所说的那个突然早产的编导，分明是被他气得动了胎气，这才提前两星期被送进了医院。

沈妍和捏了捏额头，针对整个团队的凌乱状态开始一点点梳理头绪，将所有事分成三个等级：必须马上处理的贴上红色的标签；同样紧急但可以放缓时间去处理的贴上黄色标签；可以暂时放下，稍后有空闲再去处理的则贴上蓝色标签。

而红色标签的文件夹里，有一个重中之重的任务。《时代大咖圆桌会》每一期都会邀请两名主咖嘉宾和两名副咖嘉宾，大家坐在一起，聚焦社会热点问题，并展开讨论。由于嘉宾言之有物，点评犀利，视角独特，观点新颖，因此拥有一大批相当忠实的粉丝观看，从而保证了这档节目的较高收视率。

而其中最受欢迎的嘉宾是一位叫孟行辰的年轻创业者。孟行辰，国内新一代知名互联网企业家，从事芯片研发，其创办的企业亦是行业龙头。

作为该节目的编导，沈妍和首先需要熟悉这些嘉宾资料，了解以往的节目情况，并着手安排新的节目制作。

当沈妍和第一眼看到孟行辰的照片时，还是被他的相貌触动了心弦。只见照片上的孟行辰面容俊朗、剑眉星目、鼻梁高挺、目光坚毅，给人一种英俊、高冷的感觉。沈妍和心想：单看这张脸，做个小明星都足够了，居然还靠才华吃饭。

最新一期节目马上播出，沈妍和眼前最重要的就是需要与孟行辰约好彩排时间。据说孟行辰工作很忙，日程安排得满满的，明确表示不愿意在彩排这种事上浪费时间。但为了保证节目质量，避免直播时出现差错，沈妍和有责任再次与其沟通。

沈妍和打了几次电话，可总是被一位姓石的女秘书婉拒；她也亲自到孟行辰的公司拜访过两次，可连孟行辰的面都没有见到。

沈妍和向李明理汇报邀约孟行辰的情况，李明理急得哇哇大叫。孟行辰可是他的王牌，是这个节目收视率的保障，他不来彩排，那怎么能行？抓也要把孟行辰给抓过来，但沈妍和对此并无多大把握。

七月的雨出奇地猛，瓢泼似的下了一整夜，早晨还没要停的迹象。

沈妍和一头扎进了大雨之中，撑着伞，仍被淋成了落汤鸡，肩膀以下全湿透了，好不容易才拦住一辆出租车，司机却满嘴抱怨，不太想拉人。

沈妍和动作飞快给车牌拍了个照，然后冲着司机晃了晃："我去省电视台，距离这里只有四公里，你如果不送，我会投诉你拒载。"

司机虽然满脸不愿意，可也没有办法。沈妍和在后排座坐稳，这才打开了手机，微信嘀嘀地响了好久，至少几十条消息同时涌进来，造成手机一度卡顿。

几乎都是同事周小亚发的微信：

你怎么还没到？电话也打不通？是睡过头了吗？明明昨天嘱咐过你，今天要做彩排，晚上要直播了呀，小姐姐！万一直播时出现纰漏，那可是不能原谅的大事故呀！

完了完了完了，李明理又在拍桌子，他说要宰了你，谁求情都没用。

......

沈妍和的额头已渗出了一层汗，她给周小亚回了个电话，告诉她自己被困在电梯内将近两小时，不是不想准时赶过去，实在是插翅难逃，出不来。

周小亚带着哭腔说："沈编导，虽然知道您一早晨经历坎坷，但我还是得催着您老快一点儿，李明理等了你两个多小时，他已进入狂暴模式，演播大厅都要被他强拆了！"

"再给我十分钟。"沈妍和的声音听起来还是淡定的。

周小亚吸了一口气："今天约好了要来的三位嘉宾，临时都出了状况，一位是天气恶劣，航班取消；另一位急性阑尾炎，住院了；唯一确定到场彩排的主儿，跟你一样，到现在都不接电话，谁也不知道是怎么个状况。"

也难怪李明理总导演大为光火，逮到谁骂谁，拎起什么摔什么。

沈妍和结束了与周小亚的通话，看着手机屏幕上的来自李明理的十二个未接电话，她犹豫了一下，还是放下了手机。已经是这样了，十分钟后她到达电视台再当面解释吧，她可不想隔着电话被他狂骂。

"师傅，麻烦您在安全的基础上，速度稍微快一点儿，我有急事。"

沈妍和话音刚落，就听到"轰"的一声巨响。沈妍和只感觉自己跟随着出租车飘了一圈，接着又撞到路边的铁栅栏上才停了下来。豆大的雨滴死命地砸在车窗上。沈妍和脑子里嗡的一下：出车祸了？

就在这时，出租车的门被人突然从外边拉开。可怜的司机还不知道发生了什么事儿，就被一只大手强有力地拽了出去。伴随着两人的撕扯，还能隐约听到司机的叫骂声。

沈妍和也很生气。大雨天的，谁也不愿意发生交通事故，既然事情已经发生，该怎么处理就怎么处理，动手可不行。她正打算下车帮忙，没想到后排座的车门也被人拉开，那只大手探进来，抓住她便往外拉。对方力气很大，沈妍和又气又急，却无力抵抗。

"你干什么？放开我！"沈妍和大声叫道。

她想甩开对方，反而被这个男人裹挟着向前奔去。这人的身上有一股清爽好闻的味道，不是花香也不是木香，应该是体香。这人可能有健身的习惯，黑衬衫下的胸大肌透着喷薄欲出的力量，看上去孔武有力。他还开着一辆豪车，不过驾驶座早已被撞进去一个大坑，豪华的内饰此刻就是一团浸泡了雨水的垃圾。

难道自己遇到了英俊帅气的霸道总裁？沈妍和一时间犯了花痴，可从男人身上传递过来的那一抹热度却突然消失，她狼狈地跌坐在了马路边上的一摊积水里。

男人竟然推了她一把！

沈妍和正要发怒，抬头看清楚了男人的脸，不由得大惊道："孟行辰？"

男人不悦地回望了她一眼，问："你，谁呀？"

沈妍和连忙换上了笑容，习惯性地伸出手："我是沈妍和，《时代大咖圆桌会》的责任编导，之前跟您有过联系，不过……"

孟行辰并没有要与沈妍和握手的意思，没有等她说完，便大声命令："抱头，趴下。"说完，便一闪身躲到树后。

沈妍和还没反应过来到底发生了什么事，就听见"轰"的一声炸响，整条街道都跟着震了震，一股热浪迎面扑来。近距离地看到汽车爆炸、燃烧，绝对是沈妍和这辈子都忘不掉的画面。要知道，刚刚，就在刚刚，她还坐在那辆出租车内。若不是孟行辰及时把她拉出来，或许她就跟着车子一起烧掉了……

交警很快赶了过来，见到这场面也很震撼，好在现场只有车辆损毁，没有人员伤亡。接下来就是定损定责，两方的保险公司介入，商讨一下赔偿的问题。

周小亚的电话在十分钟后准时打进来，一张口便怒气冲天："沈妍和，你到哪里了？快点告诉我你就在演播厅现场，对不对？我只接受这一种答案！"

沈妍和把所有的感叹和惊呆咽回肚子里，她尽力保持声音平稳："如果我告诉你，我刚刚遭遇了车祸，载着我的车辆发生了爆炸，我这会儿还在事故现场接受交警的调查、问话，暂时赶不过去。——你一定以为我是在找借口吧？"

周小亚的声音扭曲变调："你竟然为了拖延时间，不惜诅咒自己？"

"我们联系不上的嘉宾孟行辰也在现场，他的那辆豪车保守估计七位数，损失相当大。"

周小亚大声尖叫："你们在哪里？发个定位给我，我立刻赶过去！"

这该死的暴雨，仿佛觉得肆虐够了，居然慢慢地停了下来。当一缕金色的阳光透过云层，暖融融地落在了沈妍和的头顶，她轻轻地眯着眼，在心里默念了好几遍"大难不死，必有后福"。一抬头，却发现孟行辰站在不远处，正用那种冷冰冰的眼神注视着她。这让沈妍和一下子想起了孟行辰的许多事。

孟行辰，国内名校毕业，又有留学海外名校的经历，绝对的高级人才。在国外时，自己凭借两款设计的软件，积累到人生的第一桶金，实现了财务自由的小目标。学成回国后，继续创业，赶上国家的好政策，企业迅猛发展，短短几年，便身家过亿，成为行业的翘楚。没人知道，他为什么答应《时代大咖圆桌会》的邀请，成为驻场嘉宾。他每个月会出现在两期节目里，凭借着自己对软件市场的精准判断和精辟、前卫的点评，在网络上积累了一大批忠实粉丝。

交警宣布了调查结论，这一次交通事故，孟行辰所驾驶的豪车在主路正常行驶，没有违规行为，而事故的原因是出租车司机速度过快，且不打转向灯强行变道，积水路面发生车辆打滑，最终导致车辆失控，撞向了豪车，因此，出租车司机要承担全部责任。

"如果你们双方对此没有异议，就可以商量赔偿事宜了。"交警按照流程出具事故认定责任书。

"这辆豪车，得一百多万元吧？"出租车司机那一方的保险专员有些头大地问，见孟行辰没有回答，他庆幸地说，"幸好出租车这边买的三责险，保额较高，一百多万的车损赔偿，保险公司应该可以全额赔付。"

闻听此言，出租车司机露出了一丝庆幸之色。

豪车这边的保险专员推了推眼镜，纠正道："这辆豪车是该系列的顶配，三百多万元呢！"

出租车司机想，是不是对方想借机讹诈自己，于是大声嚷嚷起来："什么？怎么可能会那么贵？！"

面对对方的质疑，豪车这边的保险公司专员拿出手机，调出这辆车的原始单据，让出租车司机一一过目。

出租车司机一下子瘫坐在了地上，他欲哭无泪，在绝望之下，他的目光忽然落在了沈妍和的身上，整个人瞬间像打了鸡血似的扑过来："是你！你也有责任，应该赔偿！"

沈妍和一脸的莫名其妙："关我什么事儿？"

"你上车就说，有急事必须尽快去电视台，你一个劲儿地催着我快开快开，我被你催得心一急，结果就出了车祸。对对对，是你在妨碍司机驾驶，是你的催促导致司机做出错误判断，这件事你脱不了干系。"

出租车司机越说越兴奋，他生怕沈妍和直接走掉，于是拦住她的去路，并试图去抓她的胳膊。

"我在路口拦下你的车，没走出半条街就发生了事故，前后不超过两分钟，我根本没有催促过你。"

"当然是你在催，不然我为什么要冒险开那么快？！"司机还在不依不饶。

"发生车祸的主要原因是你违规变道，没有打转向灯，更没有注意到侧后方来车。"

"我要不是为了快速送你去电视台，我至于那么急吗？本来下大雨，我已打算提早收工，是你拦住车，拍了照片，还用投诉威胁我。现在出了事，你还想一走了之？我告诉你，门儿都没有！"

出租车司机又是一把抓过来，他必须揪扯住沈妍和，心里边才能觉得安稳。接踵而来的巨额赔偿，毫无疑问会毁掉他未来几十年的生活。

"你的车内有联网的行车记录仪吧？调出来不就真相大白了。"

"什么记录仪不记录仪的，车子都毁了，我告诉你，别做梦了，什么都没有。走，趁着交警同志还没走，跟我一起去，跟他说清楚。"

出租车司机在这儿吵吵嚷嚷，又有几辆出租车停了下来，司机们本来是看热闹，但一听到这边的同行受了委屈，行业群体的同情心立马泛滥起来，连生意都不做了，全都下了车，将沈妍和围在了中间。

"你们冷静一下，出了这种事，是谁都不愿意看到的，我非常同情这位司机师傅的遭遇，但一切还得按照事故认定责任书来处理。"沈妍和抬起手，指向了空中的摄像头，"这里能观察到的摄像头就有六个，调取监控摄像画面，就能还原整个事故的过程。"

"那又怎么样？我们现在说的是车内发生的事，外边的摄像头是照不到车内的吧？你不要转移话题，你得负全责。"仗着人多，出租车司机越说越不讲理。

"交警已经出具了事故认定责任书，你要讲道理，如果有异议可以申请行政复议。如果官方也认定我在这起事故里有应负的责任，我不会逃避。"沈妍和还有要事要办，本就着急，还被一群无理取闹的人堵着，渐渐失了耐心。

"你把身份证押给我，还有你的工作单位、联系方式，我得确定需要你的时候能找到你。"

沈妍和不答应，于是就有人伸出了手，打算抢她的包。这个动作，成为混乱的开始，一群人推推搡搡，吵吵闹闹。

沈妍和感觉到自己的手提包被抢走了，大声喊："喂，还给我。"

而出租车司机已经拿着包退到了外围，兴高采烈地准备翻找。就在这时，他的手臂被一只大手给攥住了。那是孟行辰。

面对孟行辰，出租车司机的心情十分复杂，这位既是他的救命恩人，又是事故的另一方，将来很有可能还是最大的债主。

"拿来！"孟行辰冷冷地命令道。

"我知道这么做不对，可是她的确是有责任的，她让我……"出租车司机自觉理亏，连说话也吞吞吐吐起来。

"作为专业驾驶员的你，对于驾驶过程中的行为，有自主判断能力。作为成年人的你，应对自己所作所为负责。她，只是乘客，坐在后排，没有干预驾驶，这件事，即使你告上法庭，也不会得到认可。"

"我……我真的不知道该怎么办好了。"出租车司机突然崩溃地抱住了脑袋，蹲在原地，号啕大哭起来，"我今年五十四岁了，开了二十几年的出租车，把两个女儿供上大学，家里还有八十多岁的老母。我妻子身体不好，做不了重活，全家的指望都在我身上了。我本来计划再好好奋斗几年，攒点钱养老，谁知道……谁知道一下子闯了这么大的祸，一下子要背上几百万的债，我要怎么还？我把一个家都毁啦！"

沈妍和神情黯淡，表示同情："不知道还有没有弥补的办法。"

见已帮沈妍和解了围，孟行辰转身离开。石秘书已经安排公司重新派了一辆车过来，此时，她正打开车门，请孟行辰上车。

临行前，石秘书礼貌地朝沈妍和笑了笑："沈编导，咱们稍后见。"

"哦，好吧，稍后见。"沈妍和尴尬地挥了挥手。

正在这时，周小亚骑着她的电动自行车，风驰电掣地赶到了。

"得是多大的火，能把两辆车烧成了这样！等会儿回去得好好地洗洗手，去去晦气，把霉运赶走。等会儿面对李明理这个暴君时，你要添油加醋地把今天的糟心事说一遍，堵住他的嘴，别让他爆发。"

沈妍和感激地谢了谢周小亚的提醒，苦笑了一下说："还用添油加醋吗？如实说就已经够惊心动魄的了，这还不是死里逃生呀？！"

第二章　争取合约

在第二演播厅，李明理正顶着个明亮的大光头，那洪亮的大嗓门因为焦虑和愤怒，比往昔的爆发力还要更强些，不必拿着话筒，离老远就能听到他的吼声。

沈妍和一进来，立即被李明理锁定，不等他问迟到的原因，沈妍和已经言简意赅地说了事情的经过。不过，惨不惨的不需要过多描述，她只是提起了事故的另一方是主咖嘉宾孟行辰。

李明理马上放缓声调："还愣着干什么，谁在负责与孟行辰接洽，赶快确定啊，我需要一个准确的说法。"

沈妍和垂下了眼眸："是我。"

于是，李明理又有了发怒的借口："既然同在事故现场，为什么不把工作跟孟行辰一并讨论清楚？最起码也要紧紧跟着他不放啊！这个人有多不好约，你又不是不知道！"

沈妍和考虑了一下，决定先给石秘书打电话确定一下。电话才拨出去，就被挂断了。过了几秒钟，石秘书回了一条信息：会议进行中，再联络。

沈妍和马上回复：我去公司那边等您，不会占用太多时间。另，我已准备好节目所需的资料，请孟总有空时过目一下，以便对晚上的直播做到心中有数。

信息发出后，沈妍和得到了石秘书一个"好"字的回复，这让她兴奋不已，觉得有门儿了。

孟行辰的公司，沈妍和之前拜访过两次，因为没有预约和被邀请，她只能在前台登记后在那里等，结果自然是扑了个空。

沈妍和扫了一辆共享单车，淋着大雨，骑车去孟行辰的公司。到达时，浑身上下已经湿透，头发还滴滴答答地往下流着水。在洗手间，她从背包里拿出一件干爽的外套穿在身上，其实里边的衣服全都湿漉漉地贴在身上，被大厅的空调冷风一吹，顿感浑身冰凉，尽管是夏天，可她却仿佛一下子回到了数九寒冬，牙齿冻得直打战。

沈妍和给石秘书发了一条信息，告知她自己已在公司前台等候。

石秘书没回复，沈妍和便利用这个时间处理起了公务。作为新人，想要迅速融入这种复杂的工作状态之中，其实并不容易。

不远处，一楼电梯门缓缓打开了，孟行辰陪着一名笑容可掬的中年男人边走边聊走了出来，石秘书陪在一侧，后面还跟随着几个经理模样的人，大家簇拥着往前走。在公司门口，孟行辰和中年男子握手告别，中年男人领着自己的团队先行离开，石秘书快走一步，抢着去送。

孟行辰抬头瞧见沈妍和那窈窕的身影，觉得有点熟悉，好像在哪里见到过。很快他认出了沈妍和，这不就是车祸现场被他拽出出租车的那个女孩子吗？！比起那张万里挑一的好容颜，孟行辰印象更深的还是她的眼睛，带着几分倔强不服输，明亮得像是冬夜里挂在天际的那颗北极星。

送走客人，石秘书来到孟行辰身边，小声地解释："电视台那边今晚七点有个直播，而咱们这边晚上八点半有个十分重要的商务酒会，我早就拒绝了这一期的录制邀请，但电视台那边始终不死心。这位是新来的编导，下了这么大的雨，路上全是积水，交通也瘫痪了，不知道她是怎么赶过来的。"

"她叫什么？"孟行辰问。

"姓沈，沈妍和，才进节目组没几天的新人。"石秘书对于电视台那边的人事变动其实也不太清楚，只讲了个大概，并没有多说。

"嗯。"孟行辰转身走了。他的这个举动，委实让人猜不出是什么意思。

石秘书心里边画起了问号，但也没有要追问的意思。

此时，沈妍和正关注着孟行辰这边的情况，石秘书只好带着礼貌的笑容走过去。

"您好，这边是忙完了吗？我能不能见见孟总，有些小问题还是需要提前沟通一下，距离开播的时间不多了，我担心没有充分的了解，孟总到了演播现场会不适应。"

石秘书温和地打断了她："抱歉，孟总还未决定要不要参加今晚的录制，我已重复了很多次，如果电视台那边认为这样子不确定的行程会对整个节目组造成困扰，完全可以把孟总的名字从这一期的嘉宾名单上划掉，我们以后有机会再合作。"

"孟总是这期节目非常重要的主咖，我们还是希望能够争取一下。石秘书，请您一定给我这个机会，就让我跟孟总见一面吧！"

石秘书微笑着摇了摇头："我没有这种权力代替孟总做出任何决定。"

见石秘书转身要走，沈妍和咬了咬牙，下定了决心："事实上，作为今天上午那起交通事故的受害人，我还是有必要与事故方之一的孟行辰先生进行充分的沟通，这也是我应有的权利，不是吗？"

石秘书带着职场特有的微笑说："沈编导为了见一面孟总，打算把两件完全不相干的事扯到一起来吗？恕我直言，这种行为并不聪明，孟总最讨厌的就是公私不分，那会让他觉得合作不专业。"

"请帮忙转达。"沈妍和平静地提醒道，并恭敬地呈上企划案。

石秘书转身去汇报了，不免腹诽沈妍和的大胆，前边的编导她也接触过，哪个不是夹着尾巴做人，唯恐得罪孟总。她倒好，哪壶不开提哪壶。孟行辰损失了一辆几百万的车子，心情已经很差了，沈妍和竟然还拿这个事儿做由头儿，那不是自找没趣吗？！

石秘书晓得孟行辰的脾气，进去汇报也是例行公事。她等着孟行辰一怒之下将沈妍和赶走，立即终止与电视台的合作，退出这个她自认为没有太大价值的节目。

但令人意外的是，孟行辰一边看企划案，一边静静地说："让她进来吧！"

"您决定要见她？"石秘书颇感意外，"孟总，今天所发生的交通意外，您并非责任方，也没有任何义务去接触所谓的受害人，沈妍和的说辞根本站不住脚，您实在不必……"

"她不过是找了个借口罢了。"孟行辰一目十行，大体看了一遍企划案，接着龙飞凤舞地在最后一页签上了自己的名字。

孟行辰将企划案交于石秘书："虽然是个不太高明的借口，但她也是豁出去了，难得她有着一腔孤勇，我也愿意给她这个机会。"

"您会被说服吗？"石秘书笑着问。

"我不知道。"孟行辰微笑，"告诉她，我只有十分钟的时间。"

十分钟，沈妍和能当面说服孟行辰吗？任务艰巨但不得不坦然面对，虽然沈妍和心里生出一丝异样的感觉，但她还是跟随石秘书来到了孟行辰的办公室。

"说吧，需要我怎么负责。"孟行辰一上来便咄咄逼人，丝毫不给沈妍和半点喘息之机。

"很简单，只需要您准时参加晚上的节目直播，我们之间的事，就可以一笔勾销。"沈妍和也不示弱，直接亮出底牌。

孟行辰觉得有点好笑，但佩服沈妍和的大胆。明知道自己不占理，还侃侃而谈，居然面不改色。

"那么，我为什么要负责？事故责任书上写了有我应负的责任吗？或是沈编导有自己的理由，可以说服我承担起这莫须有的罪名？"孟行辰也不是吃素的，他抛出了第二个问题。

沈妍和认真地想了想："完全没有。"

孟行辰眼底划过一丝失望，他还以为遇到了一个智商与情商双双在线，反应力与应对力超出期待的美女高手呢，结果，也是个耍小聪明的花瓶。

沈妍和垂下了黑睫，遮住瞳孔之中散发出的坚定："不过，在必要的时候，我也可以有充足的理由。"

"嗯？"

面对孟行辰突然袭来的气势，沈妍和毫不退却："因为这一起交通事故所涉及的当事人之一是业内大名鼎鼎的互联网企业家孟行辰先生，更是在网络上有着极高人气的创业明星，深受千万粉丝喜爱的新一代偶像，您的热度和所受到的关注度已超乎想象。今天在事故现场，已有人认出了孟总，并且拍摄了相关视频，在这个互联网发达，人人都可以表达自己、发表言论的年代，新闻传播的速度超乎想象，没准您现在打开手机，就能在网上看到自己英勇救人的身影。"

在聊天的时候，沈妍和的手机响了几次，都被她挂掉了。她专注于这一场交谈，继续说："一旦有了关注度，电视台那边自然会有同事负责跟进，他们必然会发现我也在现场，到那时，无论是于公于私，我都要接受一些采访，来谈谈当时的感受。"

"你准备……添油加醋地说上一说吗？"孟行辰眼神锐利，好像从中听出了一丝威胁的意思。

沈妍和轻笑起来："您是我们节目组的主咖，是大家都盼着能请到节目现场的超级红人，我怎么会添油加醋地胡说呢？我想，我应该避免提到孟总的一切，降低事故相关的话题热度，减少讨论空间，避免大众的关注点放在孟总和您那辆被烧毁的豪车身上。这样，孟总的生活才能尽快地恢复平静，相信少了那些毫无意义的骚扰，您的工作与生活才能回归正轨，这也是孟总心里所真正期待的事，对吗？"

"沈编导果然是专业的媒体人，处理手法相当专业。"孟行辰忍不住夸赞道。

"如果孟总比较满意，那么也还请您考虑一下今晚的直播，如果您无法准时出现，直播时主播位开了天窗，这将是一场相当严重的播出事故。"沈妍和轻之又轻地叹了口气，"坦白说，今天的直播对于我这样的新人来说，是职业生涯里极为难得积攒经验的好机会，不成则是毁灭性的打击，大概率会提前结束我的试用期吧。"

"我听不懂了，沈编导是在威胁我还是在示弱？"孟行辰忽地站起来说。

"我只是想跟孟总约定一个准确的时间，一百四十六位同事在电视台的直播间正等待准确的消息，我不想让他们失望。为了做好这一期节目，每个人都付出了相当大的努力，当然这些都是我们的工作，再辛苦也是正常的。"

孟行辰认真听完沈妍和的诉说，说道："我四点，还有个会议，晚上九点钟，有个商务酒会，两个活动全都无法取消，无法更改。"

沈妍和的情绪低落到冰点，孟行辰口中所说的安排，石秘书之前已经强调过了，她心中有数。可是，如何说服孟行辰放弃自己公司的利益，而去拯救别人的人生呢？这几乎是不可能完成的任务。

沈妍和觉得压力越来越大了，但她这个人，素来是撞了南墙也要再想想办法的性子，话谈到了这个份儿上，她鬼使神差地又来了一句："那就只能辛苦孟总尽快完成四点多的会议，不要耽误直播的时间；整个节目只有四十五分钟，理论上七点五十分会准时结束，这样，您还有时间赶赴九点钟的商务酒会，什么都不会耽误。"

"你是在替我安排，教我做事吗？"孟行辰的声音听起来冷到没有一丝温度。

哪怕是再迟钝的人，也能从这简单的一句话里，听出他隐约压抑着的怒意。沈妍和依然没有回头与他有眼神上的交流，因为不去看他的脸，沈妍和就能保持自己的谈话节奏，努力把想要表达的问题说清楚。

"行程密集，对体力和心理都是强大的考验，这个我能够理解。"沈妍和话锋一转，继续说，"但对于像孟总这样的企业家来说，这种赶场式的计划安排，并不算什么大事，只要您愿意，轻轻松松就能处理妥当。当然，这一切的前提，都在于您的意愿。"

孟行辰沉默不语，偌大的办公室内，一阵难以形容的窒息感在弥漫。沈妍和没话找话："而我现在所做的，不过是试着想要说服您，这也是我工作的一部分，不管怎么说，'努力敬业'这四个字是没有错的，不是吗？"

"如果我答应，那沈编导是完美完成了自己的工作喽？"

孟行辰明显是话中有话，沈妍和一下子将心提了起来，她有预感，接下来的部分才是对话的关键。于是，她转过头，发现孟行辰就站在距离自己不远的地方，一双深邃漆黑的眸子正古怪地打量着她。

"顺利交差，回去后，领导高兴，同事欢喜。"

"那么，既然是沈编导自己的事，你又凭什么认为，我必须帮你这个忙？"

得，整个话题再次绕了回来，沈妍和突然生出一阵烦躁，她并不擅长这样的心理博弈，但似乎也隐隐明白了孟行辰的意思："您是想要做某种交换吗？"

孟行辰点点头："我不喜欢欠别人人情，也不喜欢别人欠我人情。"

"有什么要求，您说吧！"沈妍和直接投降了。

"晚上九点的商务酒会，我缺一个女伴，你陪我出席，为我挡酒，怎么样？你愿意参与吗？"

沈妍和的嘴角抽搐了几下。

"你有五分钟时间考虑。"孟行辰抬起手臂，敲了敲他的手表，"你的十分钟交流也到此结束，等会儿你将结果告知石秘书，她会做出安排。"

沈妍和被客气地请了出去，外边的走廊里，空调冷风吹得她打了个寒战，这时她才发觉自己淋湿的衣服尚未暖干。

沈妍和坐下，使劲地打了个喷嚏，她皱眉，捏了捏鼻子。孟行辰所提出来的要求，她还有拒绝的余地吗？根本没有！她根本不相信孟行辰会找不到陪他一起出席商务酒会的女伴，那么他这么做的目的，肯定另有用意。不过沈妍和也懒得去想这里边的弯弯绕绕，她找到石秘书，表示答应孟行辰的要求，并且交了一份节目流程单。石秘书打开看了看，发现流程单的每一个步骤旁边，都用俊秀的字体标注了讨论的话题和详细的探讨思路、注意事项。有了这份资料，孟行辰即便是没有彩排去参加直播，也不至于无话可说。

石秘书是内行，一看便懂："看来沈编导很习惯做思维导图，这份流程单做得相当优秀。"

"一切为了工作。"沈妍和淡淡地笑笑。

"你不回电视台吗？那边应该还有很多事要做吧？"看到沈妍和没有要走的意思，石秘书好奇地问。

"其他工作我在这儿就能完成，我在这里等孟总，等他开完四点钟的会，护送他前往电视台。"

石秘书做了一个你随意的动作，微笑着回了办公室。

六点钟，孟行辰开完会，从办公室出来。

"可以出发了吗？"沈妍和看了一眼时间对孟行辰说，"第二演播厅那边，全部准备妥当，只要您一过去，立即可以进入工作状态。"

"嗯，好。"

孟行辰向来说话算话，他答应过的事从来不会打折扣。原本要开到七点的会议，他硬是压缩到六点结束。沈妍和跟随孟行辰上了车，与他并排坐在一起，还从包里掏出一堆瓶瓶罐罐。

"你要做什么？"坐在副驾驶座的石秘书从后视镜内看到了沈妍和的动作，十分不解地问。

"路上积水较多，路况不明，而且还是下班的时间，我担心赶到电视台时没多少准备时间，所以，我要在路上帮孟总打理一下，免得一会儿麻烦。"

面对美女给自己化妆，孟行辰下意识地想要躲，但沈妍和早有准备，迅速抓紧了他。四目相对，沈妍和提醒道："我的化妆技巧是专业培训过的，不会比台里的造型师、化妆师做得差。孟总是我们的主咖，我会竭尽全力将您的个人形象完美地展示在观众面前。时间不多了，任何一个环节都不能耽误，希望孟总给予配合。”

停顿了一下，沈妍和想到了孟行辰之前所表达的那种人不欠我、我不欠人的言论，又咬着牙根补充道：“你配合我，我将来也会配合你，咱们合作愉快。”

果然，孟行辰瞬间舒展了表情，放松了身体，整个人朝着座椅深处倚去。

沈妍和熟练地帮他做了免水面部清洁，简单的护肤做完，她已暗暗惊叹这个男人还真是天生的一副明星脸，肌肤也保持得非常好。沈妍和的手指在他的脸颊上轻盈而舞，温柔又充满惬意；护肤品那淡淡的草木香味，让人陶醉；沈妍和手指微凉，每一次面部按压，肌肤都会有种难以形容的奇妙感。一股倦意毫无预警地来袭，少眠的孟行辰竟不受控制地朝着黑暗深处沉坠下去，进入深眠之中，呼噜声陡然而起，粗犷、悠长、震荡……以至于让沈妍和当场惊住，手中的眉刷好半天不知道该不该落下。

石秘书对此司空见惯，她扭过头低声说：“三天三夜，他一共睡了不到八小时，早就累极了。”

沈妍和郑重地点了点头，动作放得更轻，尽量不让自己惊扰到他。

“这是累成了什么样呀！真是想不到，上车前他还神采奕奕，根本看不出疲倦的样子。”沈妍和感慨完毕，加快了化妆速度。

男士的妆容并不复杂，她只需要在孟行辰英俊的五官上，找到亮点，选用最接近肤色的彩妆，做出恰当的点缀即可。唯有眼下那一层浅浅的青色，需要精心描画，好在孟行辰有天生的好皮肤，这一点并不太费劲儿。

石秘书一边看沈妍和给孟行辰化妆，一边低声说：“本来我们打算拒绝电视台的邀约，因为孟总太累了，他需要休息。可是，你来了，孟总没有拒绝，这就注定他要牺牲这宝贵的短暂休息时间。”

“生产队的驴，也不会这样子被使唤吧？他的疲惫可不仅仅是电视台的原因，你们的日程安排也太紧密了，不然怎么累成这样？"沈妍和收起了软毛刷，又帮孟行辰调整了一下睡姿，还有不到半小时的路程，车速不快，就让他好好地补一觉吧！

"我们公司处于业务提升的关键时期，孟总的地位无可替代，注定他是公司最辛苦的人。"石秘书小声解释。

商务车在满是积水的路面上缓慢而行，绕了几次路，最终总算在节目开播四十分钟前赶到电视台。

孟行辰勉强睁开了睡眼，好像还没搞清楚自己身在何处。

沈妍和晃了晃装发胶的瓶子，喷出一小坨，在手掌上揉了揉。紧接着她凑上前去，在孟行辰的发丝之间抓了几下，孟行辰下意识地想要躲，结果却被沈妍和抱了个满怀。沈妍和身上的味道，和护肤品一个气味，是孟行辰熟悉的草木香，温和而不刺激，闻起来令人觉得分外安心、舒心。

这是不是自己一直要找的所谓的女人味？孟行辰索性一动不动，全由沈妍和去摆布。

沈妍和终于把孟行辰的头发做出了自己满意的造型，她向后撤了一下身子，认真观察后，才满意地点了点头："真帅！我的手艺没退步。"

当沈妍和手指那酥麻的触感在孟行辰头上消失时，孟行辰甚至有些失望，他多么希望这个女人的手指在自己的头上多停留一会儿，这么近距离被美女眷顾实在是一种美妙的享受。

孟行辰下意识地伸出手，想要触碰沈妍和那双玉手，没想到，沈妍和却将一面化妆镜塞到他手里："你自己看看，如果哪里不满意，咱们还可以调整。"

"你不是电视台的编导吗？还要兼职做这个吗？"孟行辰只看了一眼，便满意地点了下头。

孟行辰本就五官端正，轮廓分明，再加上沈妍和在他脸上施展的"魔法"，令他的整张脸都亮了起来，说不出来哪里变化最大，但的确是帅到令自己都眼前一亮。现在，或许真的可以靠脸吃饭了。

"的确是编导，但偶尔也会帮帮忙，对我来说，只要工作能够顺利推进，我什么都愿意做。"

石秘书递过领带，沈妍和离得近，顺手接过来，极其自然地帮孟行辰系在脖子上。这动作熟练得好像是曾经做过多次，细致入微，自然如常。

"看来，沈编导是个不错的贤内助，您先生一定非常幸福。"孟行辰鬼使神差地调侃道。

沈妍和脸色微愠："我会系领带，只能说明我双手灵活，善于做这些事，与任何人无关。"

"冒犯到你了，是吗？"孟行辰盯着她的眼睛，颇有一丝玩味地问。

"我单身。"沈妍和的声音里多了几分明显的火药味。

"碰巧我也是。"孟行辰接了一句。

沈妍和推开车门，开玩笑道："真巧，我们各单各的，实在可喜可贺。"

孟行辰意味深长地笑了笑。

石秘书简直不敢相信，自家不苟言笑的老板竟然也会打情骂俏。平时不知有多少美女投怀送抱，暗送秋波，没见孟行辰搭理过。

石秘书预感到有故事要发生，十分玩味地再次把沈妍和打量了一番。

"走吧。"孟行辰跟着下了车。

得知孟行辰能来，李明理早命周小亚等人在大门口恭候了。

"您随我来，今天在第二演播厅，原本的录播改为直播，我这里有一份谈话要点，您可以快速浏览一遍。"

孟行辰接过周小亚递来的文件看了看，正是之前沈妍和给他的谈话提纲，只不过，周小亚给的这份是电视台的原始版本，而沈妍和的那份则是经过了后期加工，补充了很多谈话要点，信息更加完整。

"另外，等会儿有造型师为您整理妆容。"周小亚说完，发现孟行辰明显已被打理过，欣喜道，"您准备得太妥当了，状态非常完美，我看待会儿也用不着折腾了，直接就能进入直播。"

"嗯，沈编导呢？"孟行辰皱眉问。

沈妍和软磨硬泡地把他诓过来，一下车就溜了个无影无踪。孟行辰有充分的理由怀疑沈妍和想逃避责任。

"沈编导应该去跟李导做沟通了吧，在节目开始之前，还有很多重要的事要准备。等会儿忙完，肯定会过来的。"周小亚连忙替沈妍和打圆场。

孟行辰被周小亚带到第二演播厅并在主咖位落座后，工作人员已各司其职，忙着做各种准备。

孟行辰环视四周，竭力找寻沈妍和的存在。她好像是在跟谁吵架呢？孟行辰没有猜错，沈妍和的确是在吵架，争吵的对象居然是李明理导演。

照理来说，李明理是导演，是团队的负责人，沈妍和只是临时调来帮忙的，还在试用期，她怎么会跟李明理吵起来呢？事实上，他们两个还真的就吵上了。

"四位嘉宾，两主两副，这不是最基本的配置吗？您现在却告诉我，今晚上只有孟行辰一位主咖，这是什么意思？"面对预料不到的最新情况，沈妍和大声质疑。

"今天是暴雨，特大的暴雨！天灾人祸全赶在一起，我也没有办法。"李明理虽然心虚，可气势上一点儿不弱。

"中午的时候你就已经知道，几位嘉宾，一位飞机取消行程，一位急病住进了医院，还有一位下落不明，无法联络。既然早已有了消息，为什么不抓紧时间找替代人选？非要等到开播前，才来跟我说计划有变？"

沈妍和难以控制内心的焦躁不安，内心深处似乎有两种声音：一种声音告诉她，吵也无用，事情发展到了这个地步，最好是平心静气地沟通，找出一个最佳的解决办法，这个时候越是着急越不能乱，越乱反而越是无路可走；而另一种声音则怂恿沈妍和快点爆发，李明理又不是第一次做节目，他早有相关的工作经验，但直播开始前，竟然还出纰漏，这就说明这个节目的随意性太强，跟这样的团队合作，自己累死都没有人心疼。

"中午虽然知道情况，我们也在想办法弥补，寻找合适的嘉宾救场，或者推迟节目播出。但糟心的事儿，凑巧地赶在一块儿啦。暴雨太大，联络不畅，原本准备替补的几位嘉宾，也都被困在不同的地方，无法赶来。至于推迟节目，那就更不可能，节目单早早放出去了，各种宣传铺天盖地，热情的观众正翘首以盼，粉丝们也在热火朝天地争论着那些热点话题。如果取消了节目，那是重大责任事故，其损失无法估量呀……"

问题如此严重，沈妍和冷着脸道："现在要开天窗，损失会更大，您又怎么说？"

李明理挠了挠头，讪讪地苦笑："孟行辰，他不是被你请来了吗？"

"他一个人有什么用？！"

不提这个，沈妍和尚能保持冷静，一说到孟行辰，沈妍和整个人都要疯掉："按照惯例，台上摆着四张沙发，必须请四位大咖。单单孟行辰一位，唱独角戏，还要现场直播，我请问您，李大导演，您觉得这节目怎么能做下去呢？"

李明理也有点心虚，面对眼前的状况冥思苦想地说出补救计划："我刚才已经跟台里商量过，将节目延后半小时播出，那么你就有三十分钟的时间，凑齐其他大咖。"

"我来凑？我去哪里凑呀！还只有半小时，您怎么不去做这种根本无法完成的事儿呢？！"沈妍和气得直瞪眼。

"我是导演，必须待在演播厅现场指挥，这里有很多工作，必须由我来处理。而你，作为这档节目的编导，你有责任有义务帮助导演协调工作。这是你的本职工作，你必须想办法。"李明理振振有词，说出一大堆理由，"你是电视台重金聘请的高级编导，理论上说，你就是来做一些别人做不到的事儿，应付别人应付不了的场面的。那么，不妨把今日的突发状况作为对你自己的考验，等到事情完美解决了，我会写书面报告，向台里的领导汇报。"

这话，威胁意味十足。换言之，如果沈妍和做不到，李明理大概率会向台里汇报，一票否决她的努力，让她的试用期提前结束。

窗外，哗啦啦的雨水也像沈妍和此刻的心情一样，宣泄着自己的不满，狠狠地砸在玻璃窗上，又化为一片向下倾泻的水流，模糊了窗外的世界。

沈妍和攥着拳头，望着窗外的雨幕，思考着下一步的行动计划。她只有一条路可以走——立刻行动起来，完成这个看似不可能完成的任务——要用半小时凑齐三位大咖，一主二副，以此保证节目的顺利播出。

对于这个节目，沈妍和之前已经做过充分的研究，并且看了前十五期的录制内容。因为精心研究，思考妥当，可以负责地说，她已经算是半个内容专家。既然如此，沈妍和临时救场，以副咖的身份来凑个数，她自信是可以办得到的。那么，还缺一主一副两位大咖，要在半小时内解决呀！外边风大雨大，时间也极其有限，不论是出去找，还是找到了让人家赶过来，这都是不容易办到的。

沈妍和更倾向在台内寻找合适的人选。整个电视台有几百名员工，社会新闻频道着实有很多厉害的主持人、制作人，他们本就是行内的专家，若是强行往节目主题上来靠，其实并不算跑题。沈妍和在心底里浮现出十几个名字，再一一地划掉，最终人选落在了三个人身上：一个是新闻频道的老牌名家主持人周罗；一个是体育频道的后起之秀，拿过大运会金牌的体育节目主持人季返；还有一个就是上班第一天遇到的那位陈果导演。

陈果擅长制作大型晚会节目，审美水平非常高，经她制作的晚会，舞美效果如梦似幻，极其完美，堪称经典，令观众念念不忘，唯一不足的就是太烧钱。不过，即便陈果导演答应来上节目，从整个节目制作的角度考虑，她也只能坐在副咖的位置上。

现在，摆在沈妍和面前最大的麻烦就是抓紧找一位主咖，这位主咖要在气势、能力、履历等方面，足以与孟行辰相媲美。不能让人认为两位主咖的分量不一致，从而拉低了孟行辰的档次。孟行辰的杰出和优秀，无形之中将另一位主咖的标准，抬到了一个令人无法想象的高度。

"算了，还是先去找那三位试试看吧。"

沈妍和快速浏览了几个人的工作行程，比较幸运的是，三个人可能都在台里。周罗和季返今天都有晚班，而陈果最近在筹划中秋晚会，已经待在台里整整一星期了。

新闻频道的办公室距离第二演播厅最近，沈妍和一路小跑过去，在办公室里刚好看到周罗正在那里坐镇指挥。

这一周一直下雨，市内积水成灾，新闻记者全都派了出去，正实时报道相关新闻。事发突然，灾情严重，道路受阻，事故一个接着一个，报道一篇接着一篇，周罗正忙得不可开交。

周罗还有两年就要退休了，在电视台已经工作了整整三十年，他将一生之中最好的年华都奉献给了新闻事业。在最后两年，他更加敬业，事必躬亲，努力站好最后一班岗，不给职业生涯留下任何遗憾。

沈妍和来得不凑巧，周罗因一起新闻报道不及时而被领导批评，正窝一肚子火，见到沈妍和，也没什么好脸色。

"我这边要二十四小时值班的，没时间过去录什么节目，你再缠着我也没有用，就算把李明理叫来也不行。"周罗都没听完沈妍和的紧急求救邀请，直接不耐烦地摆摆手，"简直是胡闹，这都什么时候了？半座城都被水淹着呢，到处水深火热，要我说，你们的节目停一期也没什么，大家就该全力以赴地把关注的重点放到城市灾情上来。"

沈妍和微笑道："你们社会新闻组已经在做了，而且在业务上比其他人更熟悉。大家当然也想帮忙，可业务不熟悉，到时候别好心办坏事。"

"你们不想帮忙，那也没什么好说的。还是那句话，我对你们的节目没有任何兴趣，我这边的人都有重用，一个也不能借给你们。好了，我还在忙，你赶紧联系别人吧！"周罗说完，做了个送客的手势。

沈妍和看出来了，以周罗的脾气，她就是软磨硬泡，怕也不会管用。

"那我赶快去问问季返老师。"沈妍和自言自语道。

尽管在周罗这里碰了壁，但沈妍和并不气馁，暗自给自己打气：季返年轻、高大帅气，运动员出身，专业能力强，又具亲和力，是健身达人的代表人物，只要他答应，一定可以的。沈妍和一路小跑，奔向体育频道的办公区，去找季返。

　　在Z电视台，体育频道原本是独立的版块，后来由于各种原因，渐渐被压缩播出份额，减少播出时长，由体育频道变成了体育专栏，沦为台里最不起眼的节目之一。尽管如此，季返的办公室门上依然挂着"体育频道"的标牌，显示着季返团队曾经的辉煌和最后的倔强。

　　因为业务不多，节目又比较固定，体育专栏基本上都可以按时下班。对于一向工作繁忙的电视台来讲，按时下班其实是一件极为奢侈的事。尽管今天有暴雨，但季返所在的办公室已经没了人影，办公室的灯熄着，门关着，沈妍和推了两下，发现锁得紧紧的，根本就进不去。

　　"喂，有人值班吗？"沈妍和使劲地敲了几下门，但办公室内一点儿回应都没有。

　　沈妍和连忙打季返的电话，却没有人接；加季返的微信，也没有被通过。沈妍和有点犯愁，在季返的办公室门前来回踱步，正一筹莫展，无计可施。转角处，身穿白色短裙、留披肩长发的白思年，正笑盈盈地与曹轩阳并肩而行，两个人边走边聊，时不时笑上几声，看起来很开心的样子。同为新人的白思年与曹轩阳显然已经适应了电视台的工作节奏，看上去比沈妍和要轻松一些。当白思年、曹轩阳与沈妍和不期而遇、目光相撞的那一刻，竟不约而同地收起了笑容。

　　"真巧啊，竟然在这儿遇到了沈编导，听说你被李明理导演一眼看中，请去第二演播厅做综艺咖了？还真是羡慕你呀，一进台里就直接受到了重用，连这么重要的工作都能接到，李导那边是出了名的严格，你多待一阵子，肯定能学到很多吧！"乍一听起来，白思年句句在表达羡慕，其实她在说反话。

　　曹轩阳虽时不时附和几句，表达着表面的寒暄与恭维，但每一句话都透着酸气，令人不快。白思年与曹轩阳明明也是竞争关系，此时却结成了同盟，表面看起来两人走得还挺近。

"羡慕嫉妒恨就能改变被淘汰的命运吗？"沈妍和没有跟他们废话，反问道。

白思年和曹轩阳也知道沈妍和的脾气大，是个不好惹的主，但没想到她居然丝毫不留半分情面，结果给闹了个大红脸，几乎下不了台。

正当白思年和曹轩阳面面相觑有点儿尴尬时，沈妍和却换上一副笑脸："跟你们开玩笑的，不要当真。我这人，脾气不大好，也没什么情商，希望你们能谅解。"

沈妍和情绪上的变化，着实让人摸不着头脑。

白思年嗔怪道："你这人怎么这样啊！说翻脸就翻脸，连几句玩笑都开不起。"

沈妍和看了一眼手表，她没时间在这儿说废话。如果找不到季返，她还得回去找周罗，试试看能不能说服他。

"喂，你是来找季返吧？我知道他在哪里。虽然你一直用竞争者的心态来对待我和轩阳，但我们觉得，既然我们有缘一起来到电视台上班，工作之外我们还是可以成为朋友的。"

白思年啰唆了一堆，发现沈妍和有些不耐烦，神情愈发得意："我们从会议室那边过来，路上刚好看到季返，他说今天雨大，要去食堂吃了晚饭后再回家。你现在赶快去找，迟了他可能就回家了。"

沈妍和说了声谢谢，步履匆匆而去。

等到沈妍和离开，曹轩阳狐疑地问白思年："你怎么知道她是来找季返的？"

"咱们刚才路过第二演播厅的时候，不是看到李明理在那里大喊大叫嘛，他让沈妍和负责处理缺位的三位大咖，半个小时去哪里找三位大咖？沈妍和这次可是遇到了大麻烦！"白思年自鸣得意，连走路也似乎多出了几分优雅，一颦一笑自带些风情。这让曹轩阳看得有点儿陶醉。

受到异性同事的喜欢，白思年心里暗自得意，大大满足了她的虚荣心。

"不过，咱们来时没遇到季返吧，我完全不记得。"曹轩阳不解。

"遇不遇到又有什么关系呢？沈妍和正是焦头烂额的时候，给她点儿希望，她会觉得好过些。至少，有了个目标不是吗？"

曹轩阳似乎懂了。而沈妍和只是瞄了一眼通往食堂方向的电梯，并没有要上去的意思。

"季返没有接电话，假设他不是故意不接，在非工作状态下，他又会在台里做什么呢？"沈妍和思考着。

季返运动员出身，虽然因伤早早退役，却也是真切热爱着体育事业，常年坚持着健身运动。

沈妍和有过了解，季返每天都是六点到电视台，上班前一个半小时的运动时间雷打不动，然后才会去洗澡、换衣服、吃早饭，日子过得非常有规律。这么一个人，如果晚归滞留，那健身房肯定是不二之选。

当沈妍和气喘吁吁地来到了位于电视台西北角的健身房时，她迅速扫视一圈，并没有发现季返的身影。正打算离开时，沈妍和突然闻到一股呛鼻的酸味。那味道，她再熟悉不过，应该是男士进行剧烈运动后释放的汗臭味。沈妍和盯着浴室的方向，隐隐约约看到男浴那边似乎有灯光。

而就在这时，沈妍和的手机突然响了起来。她连忙接听，手机听筒里传出浑厚的播音腔："喂，哪位？"

"您是季返吗？"沈妍和下意识地问。

"是的，你是？"

沈妍和突然止住了话语，因为她看到正前方有一位男士边擦头发边打电话，看样子才淋过浴，那不正是季返吗？找到了！沈妍和踮起脚，迅速朝季返挥了挥手。

"沈编导？"季返看了看手机，见沈妍和冲自己挥手，他不由得笑了起来，"你怎么知道我在这里？"

"猜的。"沈妍和笑着回答。

季返竖起大拇指，开玩笑道："你这个点儿来找我，难道是专程为了找我吃饭？有美女之邀，还真是让我受宠若惊啊！"

"吃饭是小事，肯定得安排，但现在还有一件更紧急的事，需要您来帮帮忙。"沈妍和尽可能用最简单的语言将所面临的困境与季返讲了一遍，季返肯不肯答应，她心里也没底儿。不过，事情到了这种程度，她只能全力以赴。

季返认真听沈妍和讲完，笑着抓了抓湿漉漉的短发："我只会体育，不懂别的呀！"

"大咖秀，要的是各行各业的专家、大咖，专精于体育一项就已经很厉害了，我认为你非常适合这个节目。"沈妍和的夸赞，听上去令人特别受用，她漂亮的眼睛里闪动着的是满满的真诚。

"我还是有些不自信。"季返眨了眨眼，有些踌躇，很快，他话锋一转，"你刚才说，救场结束，会请客吃大餐？"

"嗯，是的。"沈妍和先是应下，很快又想起了之前已经答应了孟行辰的事，连忙补充，"大餐不能是今天晚上，不过你放心，这一顿肯定跑不了。"

沈妍和双手合十，满是恳切。

季返愉快地点了点头："我现在就过去。"

"我让周小亚和您对接，您过去后，她会负责作出解释。"

季返眼神中有一丝失望："不是你来全程协调吗？"

沈妍和满是歉意地解释："我现在还要去找陈果导演，试试说服她也上台。"

"陈果？她可不太容易沟通，你要费心了。"

季返笑呵呵地给出了一句评价，这让沈妍和刚刚平静的心又紧张起来。不过，她没有气馁，再难沟通的人，她也要去努力争取。沈妍和的字典里没有"气馁""放弃"这样的词汇。

第三章　初次交锋

　　五分钟后，沈妍和来到电视台第八演播厅——台里最小的一间演播厅，此刻虽是下班时间，仍有一群高挑俊俏的美女正随着音乐的节奏翩翩起舞。陈果导演坐在观众席第一排的正中央，她面色阴沉，操着洪亮的嗓门儿，不断指挥着舞蹈演员做各种舞蹈动作。

　　"姑娘们，把精气神儿全提起来，你们永远记住，歌舞剧单单是会跳舞还远远不够。你们是从壁画里走出来的飞天神女，不食人间烟火，一笑倾国倾城。你们的舞蹈永远要带着一股子仙气，轻盈的律动，温情而缠绵，气质要拿捏好，表情要管理好！"

　　陈果说完，使劲地拍了几下巴掌："好了，休息二十分钟，都找找感觉，然后咱们再来一次。"

　　借着休息的机会，沈妍和赶紧凑上去，跟陈果导演说出自己的请求。与上次的偶遇不同，进入工作状态的陈果，冷酷且不近人情。

　　听沈妍和把话讲完，陈果不耐烦地说："我哪有时间去你们那边救场？你没看见我这边已经焦头烂额了吗？"

　　陈果直接把手里卷起来的节目单使劲地在旁边的空椅子上砸了几下，发泄着心里熊熊燃烧的怒火。

"距离开演还有不到一星期，节目单一改再改，没个定数，我们也一筹莫展呢！"面对沈妍和的请求，陈果丝毫不给面子。

时间紧迫，留给沈妍和沟通的时间已经不多了，她必须速战速决。

"欲速则不达，有时候，越急越容易出错。据我所知，这台晚会，陈导已是忙了整整一个半月了，您的压力太大了，需要放松一下。心情一旦放松了，或许能激发您的创作灵感，起到良好的效果呢！"

陈果诧异地望向沈妍和，无奈又气愤地笑出声来："你的意思是，我这儿卡顿住的工作进度，去你们那边帮一帮忙，回来就能顺畅了？"

沈妍和认真地盯着陈果的眼睛，说："急则慌，慌则乱，一旦乱了，节奏感也就没了。陈导，您策划过很多场晚会，每天都在解决着大大小小的麻烦，我不相信在直播间的舞台上，有什么事能够难得住您。"

陈果眼神复杂，望向了远处。沈妍和静静地等待着结果。陈果这个人，沈妍和虽然接触不多，但人和人之间，是有一些特别的气场存在的。往往几个照面，便能大概揣测出对方的个性，进而做出简单判断，以此确定能否有进一步接触的可能。沈妍和有种直觉，自己与陈果性格差不多，应该能够合得来。

陈果有点关心地问："你那边目前什么状况？"

"今日的节目，四位大咖之中只有一位孟行辰是特邀嘉宾，其他三位全都是在台内临时找到的人选。我判断，这会造成两种比较极端的后果。其中一种比较乐观，借着原本节目的热度，今天三位来自电视台的大咖会一炮走红，充分展示行业媒体人的风采，有机会在这么一档节目上尽情地展示自己；而另外一种后果是，节目效果平平，没有引起各方关注，甚至会成为史上最糟糕的一场现场直播，李导从前所做出的努力，将毁于一旦。"

陈果有些幸灾乐祸："李导怕是要疯了！"

沈妍和把手一摊："很多时候，一件事是否能够成功，需要天时、地利、人和，缺一不可。而制作一档节目，爆红与持续爆红，无疑是两个概念。若是运气真的差了那么一点点，李导要认，我也要认。"

陈果转念一想，也就明白了沈妍和说这话是什么意思。节目毁了，李明理的心血白白付诸东流，跟在他身边的老伙计最多也就是换个组工作，没有什么大不了的；而还在试用期的沈妍和则必将受到牵连，提前出局。

"怪不得你对这事儿那么上心，求人求到我这儿来了。怎么？你是担心李明理没做好节目，最终迁怒到你吗？"陈果的坦言，换回了沈妍和的一声叹气。

"坦白说，是的。"顿了顿，沈妍和简单地讲述了这漫长一天所遭遇的种种不快，"我今天运气确实不怎么好，上午才经历过一场生死劫难，如果没有好心人在危急时刻拉了我一把，可能我现在就是社会新闻报道里的一个不起眼的某某某，殒命于一场车祸。现在想起来才后怕，如果……当时我就死在燃烧的出租车里，那我的家人怎么办？还有我的那些梦想……"

察觉到自己说得太多了，沈妍和抱歉地笑了笑："陈导，我不该讲这些。"

"对你的遭遇，我深表同情。"陈果安慰道。

沈妍和抬起手腕看了一眼时间，说道："直播马上要开始了，我必须立即赶回去，跟李导做一个交代。我再次恳求您，利用您丰富而有趣的专业知识，成为这场综艺盛宴最出色的嘉宾，尽情展示一位媒体人的风采！"

说完，沈妍和双手合十，态度诚恳，露齿一笑。陈果即便是铁石心肠，见她这么努力，也会被打动的。

陈果凝望着舞台，看着一群疲惫不堪、苦苦支撑的舞蹈演员，心想：也许，沈妍和说得对。连续数日的加班，她没有休息，她的演员们也没有，似乎每个人都耗尽了心力。与其这样毫无状态地耗着，不如让大家全身心地放松一下。

想到此，陈果抬起手轻轻拍了几下。清脆的掌声引起了大家的注意，陈果清了清嗓子，接过场务助理递来的话筒说："今晚提前下班，回家路上注意安全。"

一阵奇异的静默之后，欢呼声陡然响起，震耳欲聋。

看着大家欢呼雀跃的样子，陈果的心情也受到感染，也许放松一下，奇迹真的会出现。她迈着小碎步来到第二演播厅时还在想：等会儿忙完了，推掉所有应酬，自己独酌一杯，听听音乐，泡个澡，好好享受一段宁静时光，缓解一下这一时期的巨大压力。

陈果一进第二演播大厅，就瞧见李明理正在那儿狂挠自己的大光头，一边挠，还一边在吼："沈妍和，我让你去想办法，你到节目开播之前就给我一个超级模棱两可的答案，你觉得这合适吗？"

沈妍和想要解释，却被李明理蛮横地打断："我早就告诉过你，我这里可不是一般人能待得了的地方，想糊弄过关，想都不要想。我也是看了你的简历之后，才去台长那里点名要你，可你呢？是不打算珍惜这难得的好机会吗？还是根本就没有那份实力，滥竽充数而已？"

沈妍和紧紧地攥着拳头，眼眶通红，委屈得要哭。不过，沈妍和从来不会哭，她的那副神情，完全是因为她自己正处于情绪极度激动的状态下的表现。她要保持冷静，以便理智地处理面临的每一件事。

"现在你说说看，该怎么办？"李明理发泄之后，又把问题砸了回来。

"还是按照我之前所说的，孟行辰和陈果为主咖，我和季返作为副咖，将本期的节目变成一期特别的版本。"沈妍和解释道，"先不去想职业身份，陈果导演的履历丰富，在业内有口皆碑，个人形象和语言表达都不在话下；季返从前有运动员经历，并且拿到过国家级的奖牌，又在电视台工作多年，做副咖也是绝对够分量；至于我，我的能力我自己最清楚，如果我承担不了这份工作，我会为此负责。"

李明理似乎有点被说动了，不过，要他点头答应，还是不太容易。

"还有别的选择吗？"沈妍和不耐烦地问，"如果你有别的办法，还用得着逼我到处去想办法？"

"谁逼你了，那是你的工作，本来就是你应该去做的。"

沈妍和很明显并不想接这种无聊的话茬儿，她只是摆摆手，意思是少说废话吧。

"办法我是想出来了，人也全请过来了，你不打算用这个法子，也可以拒绝，大不了把我推出去背黑锅，当替罪羊，给今天的重大播出事故找一个理由。"不等李明理再次发怒，沈妍和接着说道，"我还没有过试用期，本来就是新人，手里没多少决定权，又是被你强借来帮忙的。你的说辞自以为很完美，可台领导会不会接受这种不靠谱的解释呢？"

"你，你胡说八道些什么？你居然暗示……"

李明理气急败坏，沈妍和却不卑不亢："我什么都没有暗示，只不过是实话实说罢了。李导，还有不到十五分钟，准备时间早已不足，你是继续跟我搅缠些没用的呢，还是盘活手上现有资源，给节目找一个新的契机呢？你自己看着办吧！"沈妍和留下一句"我要去化妆了"，便奔着化妆师而去。

周小亚在一旁听着两人的争执，心都提到了嗓子眼。她还是第一次看到有人敢用那种姿态跟李明理据理力争呢！

这是一支老团队，成员之间曾经合作过无数个项目，彼此之间配合默契。确定李明理默许了沈妍和的方案，不必催促，所有人都迅速地行动起来：机位准备、灯光调整、音乐测试、线路检查……

主持人一边补妆，一边根据新情况修改手上的主持词。

化妆师拿着小刷子在沈妍和的脸上快速地化妆，周小亚则忙着给沈妍和寻找合适的服装。

"我一共拿了三套过来，等会儿你化完妆自己选一下。另外，其他三位嘉宾讨论的话题已经简单地定了个轮廓，就只有你这一部分还没有，李导说，让你快点罗列一下，免得等会儿上台的时候，灯光一打，观众鼓掌，你可能会紧张到大脑停滞，直接忘了自己想说什么。"稍停顿了一下，周小亚小心翼翼地压低了声音说，"李导还让我告诉你，你在镜头面前毫无经验，竟然自告奋勇地往闪光灯之下冲，他说，既然是你自己选的路，跪着也得努力走完。他不会给你留退路，如果做得不好，休想在电视台……"

"小亚！"化好妆的沈妍和整个人的气场为之大变，她打断了周小亚的话，"负能量的话，就不要说了，会影响心情。"

"好的，好的。"周小亚忙不迭地答应着，只感觉到一股强大的气势迎面袭来，内心也为之一振。

沈妍和随手选了一件浅色的套裙，竟非常合体，温柔雅致的颜色衬托得她显得更加明艳与高雅。这还是周小亚所认识的沈妍和吗？

《时代大咖圆桌会》的节目现场，在布置上采取了经典化的圆桌设计，往常还会准备好名厨烹饪的珍馐佳肴，大家围坐在一起，一边品尝美食，一边浅谈人生。很轻松的一档谈话类节目，仿佛就是闲暇时光，约三两位老友，谈谈天论论地。大家可以谈，可以笑，也可以争论，总之，可以畅所欲言。

主持人只是引入话题，把握节奏，节目的大部分时间将交给嘉宾去发挥。两位主咖负责引领话题，两位副咖则配合着主咖。大家的观点可以一致，也可以各抒己见。这种节目，看似简单，实际上真的想出彩，也是相当不容易的。

前几期之所以效果不错，孟行辰的贡献最大。针对当下年轻人所关心的求学、就业、创业等问题，孟行辰结合自身实际，从乡村到城市，从国内到国际，侃侃而谈，将他求学、创业时那种不服输、不放弃、不抱怨、不妥协的精神展现得淋漓尽致，为整个节目贡献了不少金句，吸引了一大批年轻人。一时间，孟行辰成了年轻人创业、发展的标杆和灯塔。

与以往不同，今天所面对的是完全不相关行业的几位大咖，孟行辰还是第一次遇到。不过，也难不倒他。孟行辰就座后，快速扫了圆桌的几位嘉宾一眼，陈果和季返他是第一次见，不认识；而身着套裙、重新装扮坐在桌边的沈妍和，他第一眼几乎没有认出来。

只见沈妍和长发高挽，端庄大方，合体的衣裙衬托丰满的女人线条，显露出一副职业女性的高雅气息，宛若夏夜的晨星，照耀着整个演播大厅。初见时的镇定，再见时的倔强，忙碌时的精明干练，还有此刻的光彩照人，这个女人似有千面风华，每一张面孔都自带几分与众不同的别致。

主持人开始报幕，依次介绍今晚的特邀嘉宾，并且强调这是一期特别节目，是媒体人与时代行业前锋的跨界碰撞。

沈妍和坐在圆桌最靠边缘的位置，在镜头里显得很不起眼，但她不以为意，端坐着，沉稳而又文静。即便是静静地坐着，沈妍和的身上仍有一种难以言表的魔力，深深吸引着孟行辰的目光。

孟行辰忽地想起，几个小时前，在公司前台他看到沈妍和那婀娜的背影，紧身的小裙勾勒出女人优雅的弧线，很美，很特别。那一刻，他一眼难忘。而此刻，端庄、高雅的沈妍和瞪着一双会说话的大眼睛，聆听着每一位嘉宾的谈话，随时准备补充几句，引导话题顺利进行，很像相声里捧哏，作为副咖，这一点非常难得。

大家谈论的话题从商业到媒体，又自然切换到了全民健身与体育明星。孟行辰是当之无愧的话题引导者，他不仅精于商道，还热衷于健身运动，对多种体育运动都很了解。大家有共同的爱好，话题谈起来自然轻松有趣，演播现场时不时爆发出阵阵笑声。

在直播现场，孟行辰富有经验，精准地发挥了他的控场能力，他把时间合理地分配给每一位嘉宾，不仅热情地给陈果夹菜，还主动给季返倒茶，以此来缓解两人的紧张情绪。

李明理始终蹲在一号机位的摄影师旁边，从监控器内观察着全场的状况，保持着每隔几分钟就擦一次汗的节奏。

"还有十分钟就结束了。"李明理期待地搓了搓手，"我当导演这么多年，今天第一次期待自己的节目快点结束。"

今天的节目是电视台与网络同时直播，周小亚每隔几分钟就去观察一下直播平台的数据变化，并随时向李明理汇报情况。节目进行到一半的时候，周小亚发现网络数据出现异常变化，向李明理汇报，李明理当时正紧张得要命，根本没有心思关注网络数据。

又过几分钟，看着涌入直播间的人数急剧增长，周小亚忍不住小声问："李导，咱们的节目增加了什么特别的流量宣传吗？"

李明理心不在焉地嘀咕："台里什么情况你不知道吗？哪儿来的钱去做流量宣传。别说是特别的，就连普通的宣传都没有。老子的节目全凭口碑，那是彻底征服了线上线下观众的心，才保证了节目的收视率。"

周小亚眼神闪烁，有点不太相信自己的眼睛："可是，咱们的在线直播观看人数超过了百万。"周小亚声音很轻，在嘈杂的节目现场，显得小心翼翼。

"多……多少人？"李明理怀疑自己听错了，颤抖着声音问。

"目前是一百零五万人，还在持续增长中，速度非常快。"

周小亚把手机递给李明理看。

一百零九万人！短短一分钟，比周小亚报出的数字，又多出四万来。

"什么鬼？"李明理揉了一下眼睛，再看时，人数变成了一百一十万。

弹幕打开，手机屏被流动的文字覆盖。网友们争先恐后地表达着自己的看法，不论主咖、副咖，几乎每一位嘉宾都在涨粉。

李明理认为这些人全是冲着孟行辰来的，但事实上并非如此。

其中有一大半女粉丝是冲着季返来的。季返既有运动员的体魄，又有节目主持人的颜值，这让无数的小迷妹为之倾倒。电视台的体育专栏竟然隐藏着这么一位大帅哥！他不仅对国内外各大赛事了如指掌，对体育明星的趣闻逸事更是如数家珍。

"爱了爱了，爱了爱了……"

成百上千人同时在打这几个字，每当镜头定格在季返身上时，手机屏幕便完全被一行行热烈的表白所霸占。

　　而陈果的热度也很惊人，这大概与她的专业素养有关。多年来古典文化的浸染和熏陶，让她对中国古典文化和东方审美都有独到的见解。这些见解让众多热爱传统文化的粉丝重新审视传统文化，重获古典文化的艺术之美，重拾文化自信。

　　孟行辰做过多次电视节目，素有经验，也是控场高手，拥有众多年轻粉丝。他本就高大帅气，受人追捧，是众多小女生心中的男神，今天却一改高冷、不苟言笑的形象，表现出温柔体贴的大哥风范。这让他的女粉丝们进入了集体的狂欢，一起为孟行辰加油助威。也不知道是哪个粉丝提起了今天上午发生的那起车祸，说孟行辰正是这起交通事故的当事方。一想到自己的偶像差点儿出事，粉丝们的各种关心、问候、祈祷……充满手机屏幕，虽然孟行辰根本无法看到，但并不影响热爱他的粉丝们释放着内心的喜爱。

　　而在节目里看上去最不起眼的沈妍和，虽然话不多，但只要她开口，必是点睛之笔。明眼人都能注意到，沈妍和一直是在跟孟行辰做搭配，一主一副，引导着节目顺畅进行。

　　作为副咖，沈妍和本可以像前几期的副咖一样，努力地通过各种话题来表现自己，争取更多关注。可沈妍和并没有那样做，她比任何人都认真，比任何人都云淡风轻。在镜头面前，她的表情管理十分到位，再加上本就姣好的容貌，每一帧画面都让人赏心悦目，可以作为海报使用。

　　沈妍和的涵养和内敛结下了不少的路人缘，不少粉丝都注意到她，还有人说，这位好看的小姐姐仿佛在哪里见过。有关沈妍和是谁的讨论，一直持续在整个节目中。有人说她特别像一位旅游生活账号的知名博主，但由于那位博主每次出镜，都是戴墨镜、遮阳帽，穿着五彩斑斓的长裙，苗条的身材和潇洒奔放的性格与沈妍和的气质是天差地别，即便是有些相似，也不能证明是同一个人。后面涌进网络直播间的粉丝，有一大半是冲着沈妍和来的。不管这些聚集而来的人们是为谁而来，他们毕竟是实打实地待在这儿，全程观看着节目，热烈讨论着每一个话题。

李明理做了这么多年的导演，哪会不明白眼前的一切代表了什么。他激动得声音发颤："周小亚，你赶紧去问问是什么情况，是不是台里给咱们分流量宣传了，但是没通知到咱们这边。对了，再去问问收视率，看看那边是怎么个说法，快去！快去快回！我在这儿等你。"

周小亚赶紧一路小跑出了演播厅。

李明理一心二用，一边在手机上刷着网络直播，一边指挥着摄像师根据网友的要求，多给些特写镜头。

"距离节目结束还有五分钟。"主持人小声地提醒。

"这么快吗？只剩下五分钟了？能不能延长一点儿？"李明理满是惋惜地问。分明是忘记了节目刚开始时，也是他嘟囔着，这么一期凑合、敷衍的节目，会收视率断崖式下跌，恶评如潮，一下子毁掉他呕心沥血打下的江山，然后电视台会叫停这么好的一档节目……

李明理的恶劣情绪伴随了整个直播的前半段，直到他亲眼看到了网络直播间里噌噌噌上涨的观看人数，一颗悬着的心才算放下来。

"真没想到，居然还碰撞出火花来了。"李明理端着手机，津津有味地看着不停冒出来的弹幕，自言自语，"我一心一意地想着从外边找嘉宾，这个行业那个行业，进行各种尝试。万万想不到，众里寻他千百度，蓦然回首，好嘉宾就藏在电视台里。真是踏破铁鞋无觅处啊，无觅处！"

不多时，周小亚兴冲冲地返回来，激动得语无伦次："我问过了，收视率达到了1.08，在同时段所有节目里排名第一，甩开第二名一大截。李导，我们的节目火了，彻底火了！"

节目在一派欢笑声中结束，当孟行辰提议大家一起将桌上的食物分一分，必须做到光盘行动时，气氛被烘托到了高潮。

粉丝们看着刚刚还侃侃而谈的大咖们，开始"哄抢"盘子里的烤蔬菜和炸土豆片时，都被这热闹的场景逗笑了。此时，沈妍和捧了一大块蛋糕，悄悄地躲在布景板后面，没想到还是被人发现，最终生生被抢走了小半块儿。

这也太有意思了吧！原来高高在上的大咖们，也和普通人没有什么两样！这特别接地气的场景一下子拉近了大咖与粉丝的距离，粉丝们纷纷留言，期待着下一期节目的播出。

"卡，结束，大家辛苦了。"随着副导演的一声令下，导播将画面切到结束动画，广告随之插入进去。

李明理表情夸张地直接冲上了台，首先对孟行辰表达了由衷的感谢，并神情激动地要和孟行辰握手、拥抱，却被孟行辰皱着眉躲开了。

此时，石秘书走过来，抱歉地说："李导，真是对不起，我们接下来还有个重要的商务宴会，必须马上出发。"

"这就要离开吗？我们这边还安排了庆功宴，希望能向孟总表达一下谢意，毕竟下着大暴雨，您能赶过来参加节目，非常感谢！还有，节目的效果非常好，收视率再创新高，已经有很多粉丝疯狂地期待着您的下一期节目了……"

李明理还想说下去，却被石秘书礼貌地打断了："孟总的行程非常紧张，如果有节目安排可以提前预约，不过，在未来一个月内，孟总怕是没时间，非常抱歉！"

李明理将失望写满了一张脸："一个月四期节目，都没有时间吗？能不能通融通融，孟总的热度这么高，如果连续四期不露面，粉丝们怕是不愿意呀！"

石秘书一副公事公办的样子，摇摇头："孟总来参加这个节目，主要是还凌台长的人情，一口气做了这么多期，已是仁至义尽。我们公司还有很多重要的事情需要孟总亲自处理，过多地上镜，对于处于创业期的孟总来说，会带来许多不必要的困扰。毕竟，孟总是优秀的企业家，不会走明星路线，还请李导见谅！"

李明理还想说什么，石秘书却做了个请的手势："我们这边还有别的安排，改日再跟李导详聊，您看可以吗？"

孟行辰带石秘书准备离开，走到演播厅门口时，他像是想起了什么，目光巡视一圈之后，发现角落里的沈妍和。他抬起手向沈妍和打招呼，沈妍和满脸不情愿地走过来。

"沈编导，我还以为你是贵人多忘事呢，忘了咱们之前的约定了吗？"

沈妍和听出了孟行辰话语里的揶揄之气，很不客气地白了他一眼："把心放在肚子里，我既然答应过你，就不会逃避。不过，有件事得提前说清楚，我没参加过正式的商业酒会，不懂得其中的技巧，也不明白你需要我做什么。所以，需要你适当提醒，以免误了你的大事。"

沈妍和把手轻轻一摊，满是无辜地说："我会尽力表现，完成你交给的任务。不过，不要对我抱有太大的期待，万一事情搞砸了也不要怪我，毕竟，我没有类似的经验呀！"

沈妍和其实想说，如果你需要女伴，身边不是还有个石秘书嘛，她应该比自己更擅长这种工作。

"还有四十分钟，我们必须马上出发！"孟行辰完全没有要放过她的意思，大步流星地走在最前面。

沈妍和没有办法，正要跟孟行辰一起走，李明理不知从哪儿冒出来，直接冲到她跟前问："你干吗去？"

沈妍和言简意赅地把事情经过说了一遍，她猜测李明理肯定不会愿意，直播虽然结束了，但还有不少收尾工作，她要是提前走了，以李明理那种不讲理的个性，肯定要当场翻脸，不允许她离开。万万没想到，听了她的话之后，李明理却一反常态，笑容可掬、态度和蔼地允许了。

"既然答应了孟总，当然得去。小沈，你快点儿跟孟总去吧，台里的工作你不用担心，交给周小亚去处理好了。如果晚上回去太晚，明天上午也不用着急过来上班，给你半天假，好好休息一下。"

李明理明显是话里有话，沈妍和越听越不对劲，心说，李明理这是把自己当成是什么人了？她脸一沉，正想反驳。

"赶紧出发吧，别让孟总等太久。"李明理竟然轻推了她一下，压低声音说，"这位大神可是咱们的流量保障，你一定维护好关系，找机会说服他来参加接下来的录制。如果能让他同意签署参加下一季访谈的合同，那是最好不过，只要你能达成协议，回来给你记大功一件。还有，试用期工作证明的事儿，包在我身上，领导那边我去说，怎么样？"

"成交。"沈妍和痛快地答应下来。

心里有了目标，走出演播厅再去面对孟行辰时，沈妍和的情绪果然缓和了不少。石秘书将两人一直送到了停车场，在一辆黑色商务车前，将钥匙交到了孟行辰的手上。等到沈妍和跟着一起坐上车子时，才发现石秘书并没有跟上来，车内就只有她和孟行辰两个人。

"她不去？"沈妍和尽量做到不动声色。

"石秘书晚上还有另一场重要的约会，她抽不出时间。"孟行辰熟练地驾驶着汽车，向公司的方向驶去。

单独与孟行辰相处时，他身上那种强大的压迫感，就没那么容易抵抗了。沈妍和有些心不在焉地问："还有什么事能比老板压下来的工作更加重要呀？"

"相亲。"

孟行辰的回答，出乎沈妍和的意料，她略显尴尬地笑了笑："这样子呀？的确是大事、人生大事。"

"沈编导呢？等会儿肯定要很晚回家，不需要给家里报备一下吗？"

"报备什么？"沈妍和一开始还不太懂，但很快又意识到了什么，连忙点头，"是的是的，的确是要报备一下的。"说完，便拿出手机，自顾自地拨打过去。

孟行辰的眼睛里多了些复杂的东西，想探寻却又不便探寻，彷徨而又忧郁。沈妍和坐在车子后排，声音压得很低，车内的音乐声有些大，即使孟行辰竖起耳朵集中全部精力，也听不清楚。

沈妍和很快挂断了电话，孟行辰说："抱歉，这么晚了还占用你的时间，让你觉得困扰了吧？"

沈妍和摇了摇头："你帮了我，我回报你，这很公平。"沈妍和最不喜欢欠别人的人情，能立刻合理地偿还掉，她是十分乐意的。

"你这件衣服，不太适合参加晚宴。"孟行辰话锋一转。

"还需要穿礼服吗？真抱歉，我没有适合宴会的裙子，毕竟，那不是我日常生活所需要的，也没想过去准备。"沈妍和讲得很坦然，并不自卑，她就是这样的人，不以物喜不以己悲，活得非常通透。

"我知道哪里能找到礼服。"孟行辰的车子调转了方向。

沈妍和好笑地问："你这是打算像电视剧里的霸道总裁一样掏出黑卡，刷下昂贵的礼服，然后送给我这个才进电视台的新人吗？"

孟行辰给了她一个奇怪的眼神："你电视剧看多了吧？霸道总裁也不是大冤种，拿着钱到处去撒。"

孟行辰带着沈妍和来到了一家高级成衣租赁中心，在这里有全套的"装备"，各种大牌的服装、配套首饰和包包，简直是应有尽有。

沈妍和以前听说过类似这样既做奢侈品回收，又做奢侈品租赁的店非常流行，并没有机会亲自来看看。她好奇地看着面前挂着几百件高档礼服的衣柜，有点儿眼花缭乱，无所适从。

时间紧迫，孟行辰也没时间让她慢慢挑选。

"给她选一身合适的，再迅速做一个造型，你只有十五分钟时间。"孟行辰一说完要求，就立即坐进贵宾室包间。他随身带着电脑，便利用这个时间处理起公务来。

看着孟行辰如此敬业，沈妍和表示佩服，内心暗自给孟行辰加分。

幸好两名女店员十分专业，一名负责选衣服和配饰，另一名去安排造型师。选衣的店员根据沈妍和的气质，拿了三套礼服过来，沈妍和一眼就看中了店员手中纯黑的那一套礼服，裙摆处还镶嵌着几百颗小碎钻，灯光一打，闪闪发光。她喜欢自己是这个样子。

沈妍和觉得自己非常适合黑色，冷艳、高贵，有气质，让人不可靠近。

"这位女士的眼光很不错，这条裙子的确最适合你。麻烦你进更衣室把衣服换上，我去搭配首饰和鞋子。"店员赞叹着走开了。

沈妍和拎着礼服走向了更衣室，当她拉开拉链看到藏在不起眼处某名牌服饰的标识时，眼皮顿时跳了几跳。这种满钻的礼服，就是租用，租金也不会便宜。看来孟行辰为了这场商务宴会，要下血本了。

沈妍和犹豫了一下，并不想把几十万元的衣服套在身上，万一不小心弄掉了几颗钻，不知道是不是要她来负责赔偿。没办法，她可不是孟行辰那样的成功人士，不想惹上这个麻烦。

"美女小姐姐，您这边好了吗？需要我进来帮您拉一下拉链吗？"女店员热情地问。

沈妍和直接把礼服递了出来，音色清冽且坚定地说："麻烦你帮我换一条类似的黑裙，款式越简单越好。"

"姐，这件名牌的小礼服是当季新款，上身效果极美，您的身材又这么好，穿上肯定非常美，您可以先试试。"女店员竭力推荐道。她心中笃定，没有任何女人能拒绝这件礼服的诱惑。

"不了，谢谢，请你按照我的要求去做，孟总只给了十五分钟的时间，不能超时。"沈妍和用没有商量的语气说。

女店员没有办法，只能按照沈妍和的要求去做。

那身礼服，孟行辰只看了一眼，也觉得非常适合沈妍和的气质，他虽是个大男人，却也看得出裙子的美，只是想不明白沈妍和为什么会拒绝，他之前已经说过了自己会买单，难道她心里过意不去？本来还专注于工作的他，此刻突然因为沈妍和拒绝一条美丽的裙子，而无法再去思考公事。他索性合上电脑，捧着那套礼服来到试衣间外，使劲地敲了敲门。

"沈妍和，你穿这件会很美。"

沈妍和已换好了另一套普通的礼服，绸缎如墨玉一般包裹住了她完美的身体，凹凸有致，一款比较普通的裙子，硬生生穿出了几十万元的气场。

看到如此惊艳的沈妍和，孟行辰一下子愣在那里。两名女店员也惊讶地望着沈妍和。

沈妍和似乎对此并不意外，只是轻轻地撩了下长发，漫不经心地说："我穿每一件衣服都很美。"

孟行辰虽然在心里承认这种自夸，但他此刻还是坚持要她穿上自己手上这一件看看："沈妍和，你为什么不选这件？"

谁知沈妍和不客气地说："弄坏了，我赔不起。"

孟行辰本来想回一句"坏了也不要你赔"，却见沈妍和很满意地拎起裙角，在他的面前转了一圈："衣服是拿来衬人的，只要有我在，名牌不名牌，有区别吗？"

"你定吧！"只要沈妍和高兴，孟行辰不再坚持，一切由着她好了。

十五分钟后，全新造型的沈妍和与孟行辰一同回到车子附近。

"你来开车。"车钥匙在空中抛出了一道弧线，准确落在了沈妍和的手上。

"为什么？"沈妍和满是不情愿，她虽然会开车，但实在不想去开别人的车，孟行辰的车也不例外。

"我累了，想睡一会儿。"孟行辰径直打开了副驾驶的车门坐了上去，"去世贸中心大厦，酒会是在三十七层的宴会厅，一楼大堂有人接待，你只需要把车子开到位置即可。"

沈妍和迟疑着，还想说些什么，但孟行辰系好安全带，头一歪就睡着了，还打起鼾来。

"你这……"沈妍和忽地笑出了声，摇了摇头，表示很无奈。累成了这个模样，孟行辰就是主动开车，她还敢坐吗？——妥妥的疲劳驾驶呀！

世贸中心大厦距离他们并不远，沈妍和按照导航路线慢悠悠地开着车。偶尔，她会扫一眼孟行辰，发现他睡得非常香，哪怕他的头和脖颈扭曲出了一个不合理的弧度，也并不影响他享受着短暂的休息时光。

"非要睡落枕了不可。"看着安安静静的睡美男，沈妍和叹道。

沈妍和的手机忽地亮了起来，屏幕上弹出了两条信息，是季返的。

你在哪儿？

现场的部分已经完成了，等会儿一起去吃夜宵怎么样？我还喊了周小亚她们，就去电视台下边的那家烧烤店，不用走很远。

沈妍和想着等会儿把车开到地方后再回消息，可就在这时，又有信息发过来，这次是李明理的。

小沈，你今晚上一定要把孟行辰照顾好，别忘了咱们之间的约定，要努力哟！

沈妍和的好心情一下子消失得无影无踪，心说：这位李导还真是的，真会编排人！直播前还威胁过她，这会儿倒好，知道客气了，变脸的速度比翻书还快！现在是下班时间，沈妍和只想把工作上的麻烦暂时抛开，于是，信息看了只当作没看见。

一场大暴雨过后，街道被洗刷一新，华灯初上，流光溢彩，整座城市都笼罩在明亮的灯光之下。偶尔，街道的低洼处会有积水哗啦啦地流淌，环卫工人仍在夜色里忙碌着。夜风裹挟着微凉的水汽，驱散了夏日里的闷热。

没过多久，沈妍和驾车来到世贸中心大厦的正门前。沈妍和望向了孟行辰，发现他还在睡着，一时间竟有点不好意思把他喊醒。

"孟总，孟行辰……"沈妍和压低声音喊了两声，孟行辰皱了下眉，好像醒了，但又没完全醒。

"把自己累成这样，你也太拼了吧！"沈妍和说完，想想把孟行辰累成这样，自己也有责任，不由得心底有了几分愧疚。

沈妍和打开车载音乐，一首优雅的小提琴乐曲在车内回荡，仿佛清晨在如茵的草地上漫步，微风吹拂，朝阳初升，温柔而又浪漫，温馨而又恬静。

沈妍和欣赏着音乐，舒缓了心情，扭头打量着孟行辰，毫无准备地，两双年轻火辣的眼睛碰撞在一起，沈妍和心中一惊，一股电流从脸上瞬间掠过。

"你醒了？"沈妍和慌忙问道。

孟行辰轻应了一声，跟着坐直了身体，有点恍惚地问："这么快就到了？"

"是啊，离得也不远。"沈妍和取出化妆盒开始认真地补粉，整理完自己，她又取出一片湿巾，凑过去帮孟行辰打理。

孟行辰下意识地要躲，显然他不习惯与人太过亲密。沈妍和预判了他的躲闪，先把人按住，再顺手将化妆镜放到孟行辰面前。孟行辰看到自己疲倦的脸，以及乱糟糟的头发，一下子安静下来，全由沈妍和去收拾。直播前，孟行辰已经领教过沈妍和的化妆手法，很是受用。

"你的手法很专业。"由于经常会出席一些媒体活动，孟行辰虽然讨厌男士妆容，但基于礼貌，还是愿意配合修饰一下。

见孟行辰一直盯着自己的头发看，沈妍和像是明白了他的想法："发型很重要，是吧？"

"帅成这样，等会儿他们会只顾着看我的脸，而忽略掉我的才华。"孟行辰一本正经地开起了玩笑。

沈妍和深深地看了他一眼，不自觉地咽了一口唾液："嗯，的确很帅！我们，是不是该进去了？时间好像还超了些，你不是有要紧的事吗？迟到应该不太好吧？"

在好看的人面前，无论对方是男是女，当颜值超过标准线很高的时候，它会在无形中产生一种说不清道不明的压迫感，令人只剩下远远逃离的念头。

"的确是该去了。"孟行辰深吸一口气，静默了几秒钟。

在这短短的一瞬里，沈妍和分明感觉到了孟行辰的不情愿。

这是一场纯粹的商务酒宴，琳琅满目的冷餐摆满了角落里的长桌，酒水台的种类更是丰富多样，调酒师正在现场表演花式调酒，引来众人围观。

参加宴会的客人，个个锦衣华服，珠光宝气，红光满面。沈妍和犹如情侣般轻挽着孟行辰的手臂，款款步入宴会大厅。她第一次来这里，没有熟人，不用担心被人撞见弄出是非，一切从容而自然。

孟行辰显然是这里的常客，他一边跟几位相熟的朋友打招呼，一边脚步不停地朝一个房间走去，直接推门而入。这是一处布置舒服的休息区，几位女士正坐在这里喝茶闲聊，颇有些闹中取静的感觉。

孟行辰一边礼貌地与大家寒暄着，一边继续往里走，进入一处小套间。

"这是哪儿？"沈妍和奇怪地问，见他不答，沈妍和有些防备地提高了些音量，"你不是说要参加商务宴会吗？突然来这里做什么？"

"这里才是宴会最有价值的区域。"孟行辰说完，绕过了外面的沙发，径直来到房屋最内侧。几个男人围着一张麻将桌正玩得开心，见孟行辰来了，桌边唯一的女士立即站起，把位置让了出来。

"行辰，你今天也迟到太久了吧，哥几个全在等你。"

"等会儿不论输赢，夜宵都要你来请。以前你不是最有时间观念嘛，这么优良的传统，怎么突然就不遵守了？！"

有人发现了沈妍和的存在，看面孔很生，都很好奇。可沈妍和这张脸实在好看，尤其她冷冷淡淡的气质，好像谁都没办法靠近似的。偏偏她的眼睛又极为有神，就那样轻飘飘地在几个人身上扫过，竟然让在座的几个人心生波澜。大家虽然美女见多了，但像沈妍和这样美得如此有特色，让人一眼难忘、眼前一亮的还是少见。

"行辰，这是新交的女朋友吗？好眼光！"一个吊儿郎当的男人，嘴角叼着没有点燃的细烟打趣道。他叫萧意，穿着一件红色花纹的衬衫，领口大大咧咧地敞开着，露出一大片雪白的皮肤，一副流里流气的样子，一看就不好惹。

孟行辰把外套一脱，递给了沈妍和，并在那个女人让出来的位置上落座。

"行辰来了，咱们洗牌重新开始吧。"有人提议。

"重新开始？为什么要重新开始？我这把牌不知道有多好，马上就要通吃三家，你居然想不让我赢钱？不行，不同意，你们别想赖皮。"萧意顺手抓起了火机，"啪"的一声点燃了细烟。

火光一闪一暗，萧意眯起了眼睛说："我要马上解决掉你们。"

孟行辰对沈妍和轻声说："搬把椅子，坐在我身边。"

"我？我吗？"沈妍和不解地问。

"是。"孟行辰应声的同时，顺便出了一张牌。

孟行辰迅速调整状态，加入"战局"，似乎也没什么时间去跟沈妍和解释。沈妍和稍微一琢磨，在这儿打牌总好过去外边喝酒。有把椅子能坐下来，可比在满是陌生人的宴会厅内走来走去要悠闲得多。反正今晚上的时间全交给了孟行辰，他想做什么，那就做什么吧。

"三条。"孟行辰摸了一张打出去。

"杠。"萧意兴奋极了，"这一把，你们三家通吃。"

"萧意，你高兴得太早了。"孟行辰随手又摸了一张牌，用食指摸了摸，快速翻开，"胡了！"

"这不可能。"萧意怪叫一声，站了起来。

孟行辰直接推倒牌面："你自己看。"

于是，对面三家凑过来了三颗脑袋，头抵着头，认认真真地看了一下牌，全都颓然地坐下了。

"邪门儿啊！这牌都能胡。"

"继续。"孟行辰来了兴致，推倒牌面，重新洗牌。

他这个人做什么事都很认真，哪怕是打牌，也是一脸的严肃，那犀利的眼神，透着肃杀之气。这一局麻将，竟打出了战场硝烟的气息。孟行辰的手指仿佛有魔力似的，他想要什么牌，就能摸来什么牌，第二局没两下就全胡了。

"自摸。"他似笑非笑地望着萧意，"来吧，雀神，你帮忙算算账。"

萧意气得要跳起来了，咬牙切齿地恨恨道："再来。"

"嗯，时间还早呢，不急。"孟行辰欣然应允。

可是不到二十分钟，牌局却散了。

孟行辰笑呵呵地问："咱们九点二十进场就可以，还有一些时间呢，再来一圈？"

萧意没好气地瞪了他一眼："你小子就不懂得有来有往吗？仗着脑子好，会记牌，会算牌，直接拿兄弟们开刀，你良心不痛吗？以后我们打牌，请你自觉不要参加。"

萧意的话引起了其他朋友的共鸣，大家一起点头，誓要联手封杀住孟行辰的牌瘾。孟行辰把手一摊，一副很无奈的表情。

不打牌，大家无事可做，便把注意力都集中到了沈妍和身上。

"这位美女看起来好面生，应该是第一次来吧？行辰，你不介绍一下吗？"萧意眼里的八卦之火熊熊燃烧起来，迅速感染了其他人。

"她是沈妍和。"孟行辰的介绍再简单不过，只有一句话。

作为女伴，沈妍和深深明白自己来到这儿的真正目的，只是陪伴者而已，所以，话能少说就少说，存在感越低越好。孟行辰也是这样子想的，所以才这样简单地介绍她。

不过，其他人可不会轻易地放过："是你的女朋友吗？眼光不错嘛，气质好，相貌佳，站在一起，简直绝配。"

"对了，什么时候喝喜酒？记得早点发请帖啊！"

"缺伴郎吗？给包个大红包，我们几个都可以勉为其难地凑凑场子。"

"真是想不到，孟行辰居然红鸾星动，马上要开花结果了。老天爷也对你太好了吧！"

……

沈妍和抬起手，捏了捏眉心，心说这些人怎么越说越放肆，孟行辰明明只是介绍她的名字而已，这些人倒好，七嘴八舌，胡乱猜测，若再不阻止，他们会越聊越离谱的。

"抱歉，我需要去一下洗手间。"沈妍和一副不高兴的样子，站起身向外走。

孟行辰假意生气说："你们几个有完没完呀？！"

"怎么？她生气了？"萧意嘲讽道。

孟行辰哼了一声："能不生气吗？你们信口开河，她没有指着鼻子骂你们，算是有涵养了。"

"我们说错什么了？"

"以前这种活动，不都是你的那位石秘书陪着吗？今天换了人，还这么漂亮，我们当然要往女朋友上边去猜了。"

"钻石王老五的春天来到了，多浪漫的一幕，我简直要感动了。"

……

"不要乱讲。"孟行辰制止道。

孟行辰瞥了一眼门口的方向，心不在焉地想：沈妍和去了快十分钟，也该回来了。肯定是听不惯这帮朋友非议，干脆找个借口出去避一避。这是个聪明的姑娘，懂得自己的位置，也知道给人留面子。

孟行辰起身，向外走去，他决定去找一找沈妍和，毕竟沈妍和是陪他一起来的，若丢在一旁不管，似乎不妥。

孟行辰走到门口就看到沈妍和站在阳台那边打电话。孟行辰走过去，站在一旁静静地等着沈妍和把电话打完。

沈妍和察觉到孟行辰过来，匆忙挂断电话问："需要我出场了吗？"

"也可以等一等，还可以清闲几分钟。"孟行辰背倚着栏杆，一副泰然自若的样子。

"既然开始的时间这么晚，何必一早赶过来，完全可以在车上或者其他地方多休息一会儿。"沈妍和不觉得牺牲休息时间去陪朋友打麻将是明智之举。

"打一会儿麻将，就能省下宴会散场之后的时间，我等会儿忙完这边，打算直接回家。"孟行辰将车钥匙递给沈妍和，"等会儿你找代驾开车，把我送回去。"

"我找代驾？"沈妍和被这种要求惊住了。

"跟我来。"孟行辰走在最前，沈妍和小跑几步，跟在了身后。

此时，宴会大厅里商会联合主席和副主席正依次上台致辞。

孟行辰站在人群的外围，将手里多拿的那杯香槟递给沈妍和。沈妍和这才明白，怪不得要她找代驾呢，原来这个男人打算让她喝酒，喝了酒当然不能开车。来时说的所谓"挡酒"之词，怕也不是戏言。

孟行辰带着沈妍和来到一位西装革履的中年男士面前，两个人寒暄几句，步入正题，聊了些芯片方面的话题，两人一会儿中文，一会儿英文，聊得火热。

对方也是携了女伴，那个女孩可能对话题不感兴趣，表现出一副无聊的样子。

"你们先聊，我去那边拿一杯酒喝。"那个女孩说了一声，转身离开。

出于礼貌，沈妍和始终面带微笑，站在孟行辰身侧。

"你要过去吃点儿东西吗？"孟行辰抽了个空当儿，小声问。

"不了，我晚上不习惯吃太多，已经喝了酒，一切刚刚好。"沈妍和拒绝了。

在这样的场合，孟行辰会遇到同行、故友、竞争对手，以及上下游的合作伙伴等，每个人都要寒暄上几句，碰碰杯。红酒，一杯一杯地喝下去。孟行辰很快有了醉意，沈妍和知道，该轮着自己出面了。

沈妍和调整心态，积极融入孟行辰的社交圈子，加入他们的商讨当中。尽管她对互联网构架、芯片研发、技术迭代等问题并不熟悉，但她的英语表达能力很好，还会一些法语和日语，基本上可以做到无缝连接、自由切换。即便是遇到孟行辰的熟人，面对他们的打诨和开玩笑，她也能从容应对，挡下敬向孟行辰的一杯杯美酒。

两个人尽管是第一次结伴出席这种盛大的晚宴，却仿佛早已熟稔，彼此间流露出的默契与理解，让周围的一切都黯然失色。沈妍和已经记不得自己究竟喝掉了多少杯醇厚的红酒，那些液体如同温暖的溪流，缓缓流淌进她的心房，带来一丝丝不易察觉的醉意。

晚宴的氛围随着酒精的催化愈发热烈，宾客们或高声谈笑，或低声细语，而音乐，适时地响起，如同黑夜的精灵，引领着每一个人步入舞动的旋律之中。孟行辰眼神中闪烁着邀请的光芒，轻轻向沈妍和伸出手，那姿态优雅得仿佛是从旧时代的电影中走出。沈妍和微微一笑，将手轻轻搭在他的掌心，两人就这样，步入了舞池的海洋。

在数十对舞者的包围中，他们仿佛是两颗最耀眼的星辰。沈妍和身着一袭剪裁得体的黑色长裙，裙摆随着她的步伐轻轻摇曳，如同夜色中最神秘的黑玫瑰。她的身形婀娜，每一个转身、每一次轻移，都透露着难以言喻的魅力。而孟行辰的舞步稳健而不失灵动，大学时代打下的舞蹈基础，加上多年社交场合的历练，使他成为舞池中的佼佼者。孟行辰高大挺拔的身躯与沈妍和的柔美身姿相互映衬，他们的每一次对视，每一次默契的配合，都仿佛在向世界宣告：这是最完美的组合。

舞池外，萧意等人正用羡慕的目光注视着他们俩，偶尔爆发出热烈的掌声，为这美妙的舞蹈添上一抹热烈的色彩。在这样的氛围中，沈妍和的声音显得格外温柔："你今天的表现，真的很绅士，我还没正式地谢谢你呢。"

孟行辰轻轻摇头，嘴角勾起一抹浅笑："你答应来这边，已经是对我最大的支持了，更何况，你还陪我挡了一晚上的酒，我们早就扯平了。"

然而，沈妍和的表情突然变得认真起来，她扬起那张精致的小脸，眼中闪烁着真诚的光芒："不，我要谢的，不只是这些。谢谢你今天救了我，如果没有你及时出现，我可能真的就……"说到这里，她的声音有些颤抖，显然，今天的经历对她来说依旧心有余悸。

孟行辰闻言，眼神中闪过一丝不易察觉的温柔。他轻轻拍了拍沈妍和的肩膀，试图给予她安慰："别太往心里去，那是我应该做的。在任何情况下，挽救生命都是最重要的，换作任何人在那辆车上，我都会毫不犹豫地伸出援手的。"

沈妍和点了点头，似乎想要说些什么，但酒意已经悄悄爬上了她的脸颊，让她的眼神变得迷离而梦幻。"是啊，生命无价，你的勇敢和善良，让我深深感动。古语说，救命之恩，当涌泉相报。虽然我可能无法真的为你造一座七级浮屠，但请相信，你的恩情，我会永远铭记于心。"

孟行辰被沈妍和的认真所打动，不禁失笑："你真是太可爱了，不过，以身相许这种桥段，确实有点老套了。"他的玩笑话让沈妍和脸颊微红，她没好气地瞪了他一眼，那眼神中既有娇嗔也有感激。

"别想太多了，"沈妍和终于收起了玩笑的表情，认真地戳了戳孟行辰的心脏位置，"孟行辰，你救过我一命，这份恩情，我沈妍和此生难忘。往后，无论你需要什么帮助，只要我能做到的，绝不推辞。记住，我们是朋友，更是可以彼此依靠的伙伴。"

那一刻，两人的眼神交会，仿佛达成了某种无声的约定。在这个星光璀璨的夜晚，他们的友谊，如同那永不熄灭的灯火，照亮了彼此的心房，也预示着未来无论风雨，都将携手同行。

第四章　携手努力

　　舞曲终了，两人携手回到了宴会厅，等候多时的萧意凑过来说："孟行辰，你小子舞跳得不错嘛！"

　　孟行辰摇头："过奖了。"

　　萧意继续说："你小子太令人羡慕了，公司才成立四年就做到上市，三轮融资，迅速做大做强，别人用多少年都没完成的事儿，你像玩一样就做到了。"

　　说话间，一群老友也纷纷向孟行辰打招呼。孟行辰却拉着沈妍和的手臂，朝着一个方向走去。

　　"我看见有个老朋友在那边，有必要去聊几句。等了一晚上，他总算是出现了，等会儿聊完，咱们就可以收工，提前回家休息了。"孟行辰看似轻松地说。

　　沈妍和若有所思地点了下头，心中默默地想，原来孟行辰的目的在这里。两个人刚要向那个人靠近，那个人却被另一群人簇拥着不得脱身，看样子此人非常抢手呀。

　　孟行辰耐心地等待着，目光却始终定格在那个人身上，他对沈妍和说："你刚才不是要报什么救命之恩吗？眼下有个机会，你帮我做到，咱们俩的事儿就一笔勾销，互不相欠。"

"什么？"沈妍和眼神警惕起来，在她看来，能跟救命之恩相提并论的要求，绝对不是那么轻易完成的。她甚至想，如果孟行辰敢借机提出一些过分要求，她一定要坚守底线，严厉斥责。

不待沈妍和反应过来，孟行辰拽着她的胳膊，指了指那个人说："等会儿我和我的老朋友聊天叙旧，不希望受到任何人的干扰，沈妍和，我需要你帮我挡住其他闲杂人员，给我五分钟的安静时间。当然，如果能拖延到十分钟以上，会更好。"

"就这些？"沈妍和不敢相信是真的。

"是，我知道非常不容易，你可以用任何方法和手段。不过，若是你想出来的点子太离谱，我会假装不认识你。"孟行辰冲沈妍和微笑着眨了眨眼，一副开玩笑的样子。

"没有义气。"沈妍和翻了个白眼，"记住这是你提出来的要求，我做到了以后，之前欠你的人情债就一笔勾销了。"

"好。"孟行辰最喜欢的就是沈妍和的干脆，和这个女人打交道，简简单单，轻轻松松，不累。

两个人耐心地等待时机。

沈妍和突然想到了李明理的要求，增强了必胜信心。她对孟行辰建议道："看来这个人对你非常重要，我想，十分钟的时间，你能一口气把自己的工作构思全说清楚吗？毕竟，这种场合也不是聊正事的好地方啊。如果我想办法把他带到贵宾室，在一个相对安静的空间内，你们就能不受打扰地交流。我想，以你的智慧和口才，把这位先生留下来交流半小时以上，也不是什么难事儿。"

"问题是，我的这个客户可能不同意在贵宾室这样的场合与我单独相处。"孟行辰说出了自己的疑虑，"今日的对手至少有五家，他可是众人争夺的焦点，他若是与我交往得更亲近些，就会对他以后的商务谈判造成不利影响。"

"既然这么有难度，如果我做到了，是不是可以给我一个小小的奖励呢？"沈妍和面露调皮之色。

"你要什么？"孟行辰关切地问。

"等我完成以后再告诉你，放心吧，不会狮子大开口。"沈妍和郑重承诺。

沈妍和双眼亮晶晶的，嘴角含着微笑，看上去好像是个正在筹划阴谋的小狐狸，怪好玩的。

孟行辰与沈妍和握了握手，算是订下约定。

孟行辰本想问，接下来怎么做，沈妍和却小声说："你先去贵宾室等着，最多十分钟，我会把人给你送过去。"

"你确定？"孟行辰简直怀疑自己耳朵。

"相信我。"沈妍和自信满满。

尽管孟行辰与沈妍和认识的时间不算长，但也算是一同经历过生死，还有下午的相处，一同做了一期救场的节目，那种默契感一旦建立，便足以支持着孟行辰立即转身，头也不回地朝着贵宾室的方向走去。

沈妍和深吸一口气，快速走到孟行辰邀约的客户附近，观察着他的表情。当沈妍和捕捉到他一脸不耐烦的情绪时，便推测最佳时机到了。

沈妍和毫不犹豫地走上前去，来到那个男人身边，说了几句话。那个男人先是吃惊，接着大笑，然后跟着沈妍和穿过宴会厅，来到贵宾室的门口。沈妍和打开门，请男人进去。但她并没有跟着进去，她知道孟行辰在里面正等着，淡定地关上门，倚在门口闭目养神起来。

萧意等人一直暗中观察孟行辰与沈妍和的动向，一开始搞不清楚孟行辰去贵宾室的目的，等到沈妍和把那位重要的人物请进去的时候，他突然明白了是怎么回事儿。于是，几个人迅速聚集到贵宾室门口。

沈妍和像门神一样挡在那里："你们不能进去！"

"你是怎么把他请过来的？他怎么就愿意跟你走？"萧意的心里疑惑极

了。

那位重要客户有多难对付，萧意心里是清楚的。今天倒好，在招标的关口，大家啃了好久的硬骨头，竟被沈妍和轻松拿下，还被安排在贵宾室与孟行辰秘聊！

见沈妍和不回答，萧意急了："说话呀！回答我的问题。"

沈妍和没好气地瞪了他一眼："你谁呀？"

"我……"萧意满脸涨红，"我是孟行辰的朋友，刚刚一起在里边打麻将的那个，你不会那么快就忘了吧？！"

沈妍和当然认识萧意，只不过是揣着明白装糊涂："我记性不好，记忆力跟鱼儿差不多，转眼就想不起来了。"

萧意被她说得一口气差点儿上不来，可还是得耐着性子解释："你别误会，也不要有那么大的敌意。你应该看出来了吧，我和孟行辰是十来年的好哥们儿、好朋友，好得跟一个人一样。所以，我不是要破坏里边的聊天，我只是好奇，你是怎么把那位请过来的？"

沈妍和撩了一把头发，说出冷冰冰的两个字："美貌。"

"什么意思？"萧意不太懂，他看了看身后的朋友，他们同样是一头雾水，大家似乎都没太明白。

"美貌拥有巨大的杀伤力，男人靠实力去征服世界，而女人只需要靠美貌去征服男人就好。"沈妍和信口雌黄。

萧意失笑出声："孟行辰是从哪儿寻到你这个小宝贝的？你们俩睁眼说瞎话的表情，可以说一模一样。"

"信口开河，随意敷衍人的嘴脸，也是如出一辙。"另一个人补充道。

"不是一家人，不进一家门呀！果然，你和孟行辰简直是天造地设的一对！"

一伙人你一言我一语地调侃着。

沈妍和尽管知道这伙人没有恶意，但她必须按照约定完成既定任务，这样就可以及时收工回家。带着这样的期盼，沈妍和满怀希望地等待着。此时此刻，除了恪守约定当好门卫，不准闲杂人等靠近，她什么都不想说，什么都不想做。

萧意等人见从沈妍和口中实在问不出什么，索性也围站在那里静静地等着。

过了几分钟，有几个满身酒气的男子过来，硬往贵宾室里闯。沈妍和板着冷冰冰的小脸，瞪着犀利的眼睛，将胳膊一架，一副"一夫当关万夫莫开"的架势，把几个男人全部挡在门外。

"你这个人，听不懂人话是吗？这里是商务宴会的贵宾室，不是私人房间，任何人都有权使用，你怎么可以挡着不让人进呢？你谁啊？太无礼了吧！"

听着那些气急败坏的质问，沈妍和抬起手腕，看了看时间，说道："还有八分钟。"

"什么还有八分钟？"有人大声质问。

沈妍和答道："再过八分钟，你们就可以进去。"

"不行！我们现在就要进去！"几个男人大声吆喝着，试图将沈妍和从门前推开。

几个人都喝了不少酒，在酒精催化下一个个都要起横来。沈妍和越不让步，几个人叫喊得越凶，一个个红着眼睛、攥着拳头，局面眼看就要失控。

萧意察觉到不对劲，他冲上去，将几个情绪激动的男人挡在身前。可混乱的场面一旦开始，想及时收场就没那么容易。沈妍和寸步不让，双手抓住门的把手，说什么都不肯松开。人群里有人撕扯她的衣服，薅她的头发，她很愤怒，也有些害怕，但还是咬紧牙关坚持着。

还剩下七分钟、五分钟、三分钟、两分钟……

这时，沈妍和感到头皮一阵揪紧的疼，漂亮的发型瞬间遭了殃，她真的想不明白，在这个文明、礼貌、法治的社会，竟会遭遇到如此非礼和暴力。

"今天怎么就那么倒霉呢？一整天啊，从早到晚，没一刻安生。"沈妍和可以允许自己一时运气不好，绝不能接受所有的运气不好。

"嘀嘀嘀——"沈妍和设置好的三十分钟手机闹钟终于响了起来。

时间到了，沈妍和不再忍让，不再躲避，攥紧手包，朝着距离自己最近的那个男人劈头盖脸地砸了过去。手包上全都是大大小小的人造钻石，镶嵌在手包一整个平面之上，拎在手上的时候是很好的配饰，当成武器使用打起人来，不太顺手。如果再大一点，沈妍和有把握单凭这个包，就能砸得这几个叫嚣的男人满地找牙。

等她想起包是租来的，礼服也是租来的，全身上下的行头全都是租来的，必须完好无损地退回去才能换回押金的时候，她的礼服早已被撕破好几处，手包上的人造钻石也掉了好多颗，脖子上的项链也不知道跑到哪里去了。

这显然是一笔不小的损失！沈妍和火冒三丈，直接脱下高跟鞋，捏住鞋尖，把鞋跟当成了武器去打第二波。萧意看着突然间因为沈妍和的反抗而彻底翻转的场面，看着沈妍和充满仇恨的眼神，生生地打了个冷战。

就在此时，贵宾室的门打开了，孟行辰与那位重要的客人谈笑着走了出来。然而，面前的一幕却让他们大吃一惊：沈妍和披头散发，手里高高地举着一只高跟鞋，犹如发了疯一般正胡乱地挥舞着；她面前的几个大男人，每个人脸上都有伤，正龇牙咧嘴地怪叫着东躲西闪。

沈妍和一秒钟软化，将鞋子丢在了地上，惊恐地向后退了几步，像受惊的兔子似的迅速地躲在孟行辰身后。

"这是怎么回事儿？"孟行辰沉下脸问。

沈妍和在他身后瑟瑟发抖，一言不发。那位重要客人也有些蒙，眼前混乱的场面让他简直不敢相信这是一场高端商务酒会的现场，怎么还打起来了？酒喝多了吗？

"你出来得正好，你的女人殴打我们，这笔账怎么算？"其中一个受伤最重的男人，直接跳到了孟行辰的面前，大声嚷嚷着。

"你们几个大男人欺负一个女人，还有脸说？"孟行辰看出来这几个人正是与他争抢业务的竞争对手，心中就有了数。

"这是怎么回事儿？连体面都不要了吗？"那位重要的客人也很恼火，身为男人，他也看不惯一群老爷们儿欺负一个女人。更别提欺负的还是他非常有好感的那个女人呢！

"李总，我们是看到了您被这个不怀好意的女人给骗到这里，怕你出什么事，才想赶过来看一看。可这个女的就是挡住门不让进。您瞧，我们这不也是着急嘛，不小心冲动了点儿。"

沈妍和似乎真的吓坏了，躲在孟行辰身后，默不作声。孟行辰攥紧了拳头，看样子想要动手。

"为了抢客户，你们几个男人殴打一名女士，可真光彩呀！"孟行辰说完，便劝着李总先行离开。

"需要帮忙尽管说。"李总看着事态已经平息，便寒暄告辞了。

等李总走远，孟行辰对几个闹事的男人冷冷地说："我要报警了。"

沈妍和从他身后探出头来："报警吧！"

"你打了我们，你还好意思报警？"吃了大亏的几个男人，一听这话简直是火冒三丈。

"懒得跟你们争论，一群不讲理的粗鲁家伙。"沈妍和恨恨地说。

孟行辰真的拿起手机准备报警。就在这时，商会的蔡会长匆匆赶来，拦下孟行辰。

"今天的事只是个误会，孟总消消气，咱们好好商量商量，千万别为这点儿小事惊动警方，回头事态扩大，我们哪个都不讨好。"蔡会长一看这阵势，心里便明白是怎么一回事儿。

这几家在竞争明年的一个大项目，他们各使手段，早已到了白热化的状态。只是招标方李总非常有策略，跟几家都保持着不远不近的关系，意在让几家公司展开竞争，好从中压低价格，获得更多利益。

然而今晚，孟行辰在大家的眼皮底下，与李总深度密谈，他们怎么会不着急？但不管怎么着急，冲着孟行辰带来的女伴张牙舞爪，还弄伤了人家，这可是说不过去。

"蔡会长，我们根本什么都没做，是那个女人先挑的事儿。"有人不服气地大叫。

蔡会长将脸一沉："喝多了是吧？在我的宴会上大打出手，你们几个连一点儿面子都不给我留了吗？"

这话的分量相当重，几个人没敢再吱声。

"还不赶紧道歉！"蔡会长命令道。

几个人权衡利弊之后，尽管十分不情愿，但还是冲着沈妍和说了声"对不起"。

"几个大男人，跟一位女士动手，这算是什么误会？"孟行辰没打算让这件事就此过去，"你去街上随便拉住个孩子问一问，他都会告诉你，男人打女人是不对的，实施暴力就是在违法犯罪。连个孩子都懂的事儿，你们几个会不懂？"

孟行辰冷着脸，开始发难。几个男人本来情绪已经被压制下来，听到这话，又都愤怒地叫嚷起来。

孟行辰满脸嫌弃地说："我不想把事情闹大，但他们的行为已经触碰到一个正常男人的底线，抱歉，我这边不能接受这么敷衍的道歉。"

"你不接受又怎么样？有种你报警啊！反正她也没受伤，警察来了最多说几句废话。"有人大声叫嚷起来。

蔡会长脸色很难看，这几个家伙是完全不给面子呀！他正要开口训斥，孟行辰却先前一步拦住了他。

"交给我来解决吧。"

蔡会长还想要说什么，当看到孟行辰那不容置疑的眼神时，便点了点头小声说："别搞得太大。"

"您放心吧！"孟行辰心领神会。

蔡会长满是同情地看了这几个人一眼，终究还是轻轻地摇了摇头，无奈地走开了。

"孟行辰，你别以为单独和李总闲聊了一会儿，就能左右最终的结果。"

大家毕竟是竞争对手，现在撕破了脸，也就不再顾及什么脸面不脸面的。

孟行辰朝着萧意招招手，萧意来到跟前，一脸歉意地说："行辰，真的对不住，我刚刚虽然在跟前盯着，也没想到这些人这么不要脸，居然连女人都打。"

孟行辰并没有怪罪萧意的意思，他将沈妍和拉到萧意面前说："沈老师受到了惊吓，麻烦你帮忙照顾一下，可以吗？"

萧意不知道孟行辰准备干什么，但让他照顾沈妍和，他还是满口答应下来。

安置好沈妍和后，孟行辰指了指贵宾室，彬彬有礼地邀请道："几位，今天毕竟是蔡会长的主场，在外边闹得不愉快，那就是在打蔡会长的脸，闹大了，你我都不好看，不如，咱们里边去谈谈，怎么样？"

见几个人犹豫，孟行辰和气地强调道："我就一个人进去，如果你们担心我会对你们不利，也可以不进来。"

孟行辰的这些话分明是在挑衅，本来几个人全在气头上，哪里受得了这个。于是，一起冲进贵宾室，并反手将门关上。

沈妍和望着萧意问："你们不是朋友吗？怎么不进去帮他？"

萧意一脸的不屑："他还需要别人帮吗？"

"对方有好几个人呢，看起来都不是什么善茬儿。"

"看来你对孟行辰还是不太了解啊！"萧意感叹了一声，兴致勃勃地打开了话匣子，"美女，你的身手不错啊！以前练过吗？拿包砸，脱了高跟鞋砸，出手又准又狠，几个大男人都近不了你的身，我还是第一次见到女生这么猛的！"

沈妍和不满地瞪起了眼睛，萧意极为识相地转移了话题："我是说，一般女孩可没有你这份勇气，我真是头一次见到，也算是开了眼。"

为了表示亲热，萧意主动伸手过来："重新认识一下，我是萧意，孟行辰的大学同学，表面上我们是好朋友，私底下我们是铁哥们、好兄弟。我公司是前年成立的，现在还属于创业阶段，创业资金是家里给的，但和孟行辰做的是一样的生意，当然，我也是他公司的股东之一，他也拥有我公司的股份。总而言之，我们两个是你中有我，我中有你。"

萧意毫无重点的一番介绍，唯一要表达的是：他和孟行辰的关系非常好。

沈妍和对这种事没多大兴趣，并没有感觉到对方有什么恶意，于是介绍自己道："我是沈妍和。"

这是她的介绍，就一句话。对于她的冷淡，萧意一点儿也不在乎。美女嘛，冷一点儿，清高一点儿，那都是理所当然的。

"其实我觉得那几个没脑子的家伙也挺倒霉的。"萧意热络地聊着家常，"本来刚刚在你这里就没占到半分便宜，现在又被孟行辰拎进去教训，他们今天出门肯定没看皇历，太倒霉了。"

"他们是五个人呢。"沈妍和没那么乐观，不管怎样，对方人多，而孟行辰只有一个。

"就他们这些货色，一个个早把身体掏空了，虚得走路都在打晃。哈，打架这种事，可不是说人多就有用。"萧意的嘴也是毒得很，损起人来丝毫不留情面。

沈妍和一脸吃惊地说："孟行辰那么厉害？"

萧意点点头："这人又能打，又会装，你看他长得挺不错的吧，我告诉你，你要是被他的那副好皮囊给骗了，回头真的想哭也找不到调调。这人，不只能装，还特别会装，千万别被他骗了去。"

沈妍和听着忍不住暗自叹气：这人，真的是孟行辰的好兄弟吗？嘴里讲出来的话，全都是在用力拆台呢！

萧意看了一眼手表，嘴里嘀咕道："进去快五分钟了，也该出来了。"

萧意刚说完，贵宾室的门就被打开了。孟行辰一边走，一边穿外套，还不忘整理凌乱的头发。

"看吧，屁事没有，就你瞎担心。"萧意一副自鸣得意的样子。

沈妍和赶紧迎上前去："你……你受伤了吗？"

孟行辰一脸歉意："我没想到他们会那么没人品，为了争夺市场，连脸面都不要了。"

沈妍和似乎不关心这个，她只想快点儿回家，于是说："都摆平了吧，我给你争取了整整三十分钟，一分不少呀，所以，稍后我提出要求的时候，你可是要认的。"

"当然。"孟行辰记性很好，许下的承诺一定会兑现的。但不知为什么，他又不太喜欢沈妍和为了这种小事而急于求成的样子。

沈妍和长长地松了口气，瞬间变得眉开眼笑："这些衣服、包包什么的，全都是他们弄坏的，要他们来赔，不能找我哟！"

孟行辰的嘴角轻轻地抽了抽，当他看着沈妍和托着那些坏掉的手包、项链，认认真真地跟他交涉时，他甚至不知该说什么好。

"哈哈哈……"萧意等人在一旁看着热闹，实在忍不住，哈哈大笑起来。

"有什么好笑的。"沈妍和不满地嘀咕一声，"价值一两万呢，数目不算小，当然得说清楚。"

孟行辰迟疑了一下，正打算跟沈妍和说，这件事由他负责，让她不必担心。沈妍和却将他的迟疑理解成了他的不情愿。考虑到孟行辰连女伴出席商务宴会的服饰都租用，沈妍和理所当然地认为，这笔损失孟行辰大概率是不愿承担的。既然如此，她也懒得跟孟行辰多费口舌，直接绕开了孟行辰，推开贵宾室的门，走了进去。

然而，贵宾室内的景象让沈妍和大吃一惊。只见贵宾室一片狼藉，显然刚刚打斗过，之前挑衅的几个大男人东倒西歪地跌坐在地板上，满脸挂彩，痛苦地呻吟着。麻将桌翻倒在地，麻将牌也掉落得到处都是，还有一块隔断的玻璃被撞得粉碎……

几个男人见沈妍和进来，不知何故，都怔怔地望着她。

"你们弄坏了我的衣服、手包、项链和鞋子，这些都是全新的，轻奢品牌，所以，你们要照价赔偿。"沈妍和迅速地在手机上查询价格并核算账目。她将每一样都价值四位数的单品相加之后，最终得到了一个相当惊人的数字——几万块，似乎还有办法从这些人的身上追讨回来。如果是几十万的话，今晚哪怕是费尽口舌，也难以从这些人身上拿回来。幸好自己没有选择最贵的，沈妍和暗自庆幸。

"什么啊，我们在外边挨了你一顿打，进来又挨了他一顿揍，最后还得赔偿你打我们时所造成的损失？天底下还有这种闻所未闻的奇葩事吗？"

沈妍和并不觉得哪里不对，她理所当然地点头："你们是挑事的那一方，必须负全责。"

她把手机计算出来的结果展示给他们看："三万三千三百块，请问你们是银行转账还是微信支付？"

这也太冤了！没人吭声。

"你们五个人可以平摊，每人六千六百六十元。"沈妍和调出手机付款码，在几个男人面前挨个出示。

一开始，没人想转。这时，孟行辰领着一群人围了上来。那架势怕是不转不行呀！好汉不吃眼前亏，几个人不情愿地转了账，谁也不想为了这点儿钱再惹出麻烦，今天已经够倒霉的了！

沈妍和像收租婆一样挨个收完款，几个倒霉男人都长出一口气，心想这就没有事了，谁承想，沈妍和又开始核算贵宾室内的损失：一台麻将机，价值四千；一个玻璃隔断，价值六千；还有水杯、茶几等损失，加在一起一共一万五千元。依旧是五人平摊，每人三千元。几个倒霉的男人只好认栽，捏着鼻子付了款，然后灰溜溜地离开了。

"好了，我这边的事儿处理妥当，两笔赔偿全给你转过去了，等会儿你来负责善后事宜吧！"

沈妍和像是处理日常事务一般娴熟，这通操作将萧意等人看得傻了眼，算是开了眼界，不得不佩服沈妍和的办事能力。

"马上十点半了，已经很晚了，你还有其他工作需要处理吗？"沈妍和问。

"没有。"孟行辰淡淡地回答。

"我可以收工回家了，对吗？"

孟行辰才一点头，沈妍和立马双手合十，表示感谢，然后，头也不回地走了。

孟行辰和萧意等人跟出来时，发现沈妍和已走出宴会厅，一转眼就不见了。

"我想，她是不会回来了。"萧意有点儿悻悻然。

孟行辰用眼尾的余光瞥了他一眼说："不会。"

"你在哪儿找来的这么一位活宝，太好玩了吧！"萧意搭着孟行辰的肩，笑得浑身发颤，"我还是……第一次见到，这么讲原则的女人，太……太好玩了。"

这时，孟行辰的手机轻震了一下，那是有消息进来。直觉告诉他，一定是沈妍和。孟行辰打开一看，果然是她。沈妍和催孟行辰快些确认收钱，另外还告知，她过几天会来跟他商议重要的事儿，请他记住自己的承诺，不要过几天就不认账。

孟行辰回了一个"好"字，收下了来自沈妍和的两笔转账。此举，自然又引来了萧意他们的一通爆笑。

"你居然还真收了？！喂，孟行辰，你什么时候变得这么小气，居然连自己女伴的衣服弄破了，也要人家来赔？"

"就是，难怪你一直单身，你这是凭实力，掐死所有爱情的小火苗啊！"

……

孟行辰面无表情地看了萧意他们一眼："这是两码事儿。"

"你就是在给自己找借口，少来，咱们这么多年的朋友，谁不知道谁啊。"

"走走走，这边的事都结束，咱们可以去另一个地方，好好地给孟总庆祝一下单身快乐。"

"今晚上太高兴了，必须不醉不归，谁也甭想先走！"

孟行辰本来打算回家休息，无奈萧意等人兴致正高，硬架着他出了门。他也是很无奈，但不知道为什么，他总是心不在焉，会在不经意间想起沈妍和，想起与她相处的每一个细节，这是以往所没有的。

沈妍和回到自己的小家（为了工作方便，她没有和父母同住，而是在单位附近租了房子），打开电脑，开始整理不久前拍摄的素材，一旦进入工作状态，她便会忘记家庭的烦恼、感情的伤痛、工作的压力……一气呵成，她将五分钟的短视频制作完成，又检查两遍，确定无误后，她点击确认上传到网络平台。

沈妍和使劲地伸了个懒腰，感觉有点困倦，起身去厨房煮了一壶咖啡。返回来时，不过五分钟时间，刷新一下视频页面，瞬间看到十几万的点击量，以及八百多条评论。

"哎呀，要破纪录了。"沈妍和立马兴奋起来，点击评论区，认真地浏览网友的留言。

身为一个拥有六百万粉丝的短视频博主"烟火向星辰"，沈妍和非常关注网友对自己的每一部作品的真实感受，只要有时间，她会认真回复每一条有价值的评论，并将优秀的评论加精置顶。

少见博主发家乡风景视频，初以为仅是旅行杂记，点开后方知自己格局小。镜头漫步间，配乐独白相伴，觉所居之城处处幸福温暖。为能在平凡中寻亮点的博主点赞。

博主拍摄的画面越看越熟悉，意外发现我与大V烟火姐姐同城。真期盼未来有机会线下相见，心中满是期待与兴奋。

望烟火姐姐多拍此类视频，祖国风光无限，缺的是发现、表达、传播美的人。从战火画面到阳光下下棋的老大爷，这份转变让我深受感动。

……

看到这些评论，沈妍和觉得心满意足，她的这一条短视频使用的是明暗双线的处理办法：明线是大V博主"烟火向星辰"从奥地利归国之路，暗线则是从抗日战争起，一路经历了磨难、抗争的中国人民。视频不仅回顾了中国的苦难过去，还展示了祖国的美好现在，也展望了充满希望的未来。她非常注重细节的处理，背景音乐的选择也与视频浑然天成，这让视频不仅具有震撼力和冲击力，还让它具有了温度和美感。

"完美！"沈妍和打了个响指，轻轻弹去了一整天的不快和紧张。

手机突然传来一声铃响，有消息进来了。沈妍和从满满的成就感中回过神儿来，忙打开手机查看。

孟行辰：全部赔偿完毕后，还剩下8688元，咱俩一人一半吧？

"扑哧——"沈妍和一个没控制住，竟然笑出声来。

如果不是亲眼所见，她怎么能相信这是一位业内声名赫赫的商业精英发来的信息呢。孟行辰，他是认真的吗？沈妍和还在思考这个问题，对方已将8688的一半4344元转了过来。

"来真的？"

沈妍和有点震惊，一时间竟有种做了坏事的感觉，一种莫名其妙的负罪感在心底深处荡漾。她索性将手机丢在一旁，没有点击收款。十几分钟过去了，大约是没等到沈妍和的回复，孟行辰又发了一条信息过来：

沈妍和，明早起来记得点下确认收款。另外，你如果不接受，我会直接忘记之前对你的承诺。

沈妍和气得翻了个白眼，这算什么？独坏坏不如众坏坏吗？她才懒得理呢。

第五章　绝地求生

第二天早上，沈妍和回到父母的家，恰好父亲也在，还给她煲了汤，炒了几个菜。沈妍和发现父亲明显的疲惫，关心地问："爸，您昨晚是不是又在医院过夜了？"

父亲叹息道："一个人待在家里，心里边也是担心的。虽然你妈妈成了植物人，什么都不知道，根本听不到我讲话，可待在她身边还是觉得心里踏实。"

"人啊，说来也是奇怪，你妈妈没事的时候，总和我生气，三天两头地找茬儿吵架，总是埋怨我对你的关爱太少。听着她抱怨，我也烦，心里总在想，要是她在我面前立马消失，还一个清净给我，该有多快活啊！"

父亲所说的过往，沈妍和其实都懂。母亲素来强势，沈妍和人生的每一步都要按照母亲的计划不折不扣地执行。在这个家里面，母亲是一把手，什么事情都是她说了算。父亲向来沉默寡言，不爱管事儿，除了每月准时上交工资，他对家里的大小事务总是不管不顾，在母亲的强权之下忍气吞声，一味地顺从。他把所有的时间和精力都用在爬山、钓鱼、下棋、游泳等户外活动上，总之，只要是不用回家的娱乐方式，他都大大地热爱。

而女儿的照顾和教育问题全由母亲负责，母亲奈何不了父亲，两个人吵过、闹过、决裂过，最终她只能无奈地接受丈夫这个五分懒惰、六分懦弱，且胸无大志、得过且过的窝囊性格的事实。

沈妍和的童年是在母亲的严格管教下度过的。她几乎成了被设定好程序的机器人，如果不上学，她每天的日程安排是这样的：早晨五点三十分起床，六点到七点晨跑，七点到八点吃早饭，八点到九点唱歌，九点到十点画画，十点到十一点学习舞蹈，十一点到十二点练习书法，十二点到十三点吃午饭，十三点到十四点午休，十四点到十六点练琴，十六点到十八点看书，十八点后吃晚饭，然后洗漱上床睡觉。这密密麻麻的日程安排，沈妍和必须不折不扣地完成，中间不能有任何差错，要唱歌好、跳舞好、绘画好、书法好、练琴也要好，总之，门门功课都要好，母亲准备将沈妍和培养成全能型、各科全优的中国式好儿郎。

沈妍和毕竟是个孩子，也有出错和偷懒的时候，一旦被母亲发现，必遭到母亲的严厉惩罚……

回想起童年时光，沈妍和仍心有余悸，对母亲的严格管教颇为不满。

沈妍和一直认为，父母早已没有感情，之所以没有离婚，还是受传统思想的影响和约束，怕离婚影响孩子的成长，表面上维持一个完整的家庭而已。然而，父亲今天的表现，还是令沈妍和大为吃惊：父亲对母亲还是非常有感情的，也许正应了"一旦失去才知道珍惜"这句话吧！

父亲的行为并没有改变沈妍和对母亲的看法，她对母亲的管教方式一直耿耿于怀，她对父亲说："我不认同妈妈所秉承的那一套望子成龙的育儿哲学。如果我有必须去完成的目标，我首先要做的是自己去努力，而不是将所有的期盼都压在别人身上。孩子来到这个世界上，是来享受人生、品味人间种种美好的，她永远不会成为我实现梦想的工具。"

"你还是在怪妈妈，其实她……"

"爸，我还有重要的工作需要处理，我去忙了。"沈妍和明显在回避。

"是这样子吗？那好吧。"父亲眼里的光黯淡了几分。

父亲是什么意思，沈妍和当然清楚。父亲老了，母亲没了意识，他渐渐地意识到人生所拥有的东西正逐渐离自己远去。人到了这个地步，才知道反省、和解。

沈妍和蜷在自己的房间，脑子里乱糟糟的。过去，表面上她是个乖乖女，每一步都是按照母亲的规划和设计走过来的，其实内心里她一直在抵触、抗拒着母亲的管束，她甚至决绝地想过，长大后远走高飞，这辈子再也不要回来。她在国外留学就是为了逃避母亲的管束。在国外，远离了家人，虽然孤独、寂寞，没有倚靠，但也让她学会了独立和坚强，变得更加优秀。

现在，母亲成了植物人，重病在床，再也不能对沈妍和吆五喝六、颐指气使了，她要原谅母亲，与她和解吗？

沈妍和内心挣扎着，很是纠结。

几天后的一天，沈妍和正常上班。她一如既往，妆容精致，准时来到电视台，正打算刷卡进门，突然有个蹲在台阶下方的男人猛地站起，快步朝着她冲了过来。

男人双眼布满血丝，胡子拉碴，衣衫不整且肮脏不堪，似乎很久没换衣服了，离老远都能闻到一股汗味。他笔直地冲到沈妍和面前，把沈妍和吓了一跳。沈妍和机警地把手探入手提包中，捏紧了防身用的喷雾剂。只要这人敢图谋不轨，她一定会眼疾手快地给他来一下子。没想到，这人到了跟前，话还没说，扑通一声跪了下来。

"我没有活路了，求求你救救我吧！"

沈妍和诧异地看着这一幕，她的第一反应是这个男人肯定认错人了。

"我不认识你。"她猛地向后退了小半步说。

"你不认识我？你怎么能不认识我呢？"男人抬起头，使劲地抹了几把脸说，"你真忘了吗？前几天，就是你坐我的出租车出的事儿。"

"是你啊！"沈妍和想起来了。

"我叫许灵宝，今年五十四岁。"男人捂着脸，一边哭一边诉说，"那辆出租车，是我们一家六口唯一的生活来源，我是贷款买的车，贷款还要三年多才能还完，现在又出了这个事儿，我该怎么办？我真的命好苦呀！"

许灵宝的遭遇的确很惨，让人同情，可那起交通事故早已有了定论，后续该怎么处理，又该如何赔付，许灵宝去找保险公司交涉就好了呀。沈妍和只不过是车上的乘客，对于这场车祸没有半点儿责任。原以为这人早应该认清事实，却没想到他居然找到电视台，在大门口上演了这么一出悲情戏码！现在正是上班时间，同事们都赶着上班，许灵宝往通道正中间一跪，这能不引起众人的注意吗？

"你的事，我无能为力。"沈妍和冷着脸，并不想多管闲事儿。

"我已经打听过了，你是乘客，的确不用赔偿车辆损失，所以我今天来也不是找你要钱，我只是想求你帮帮我，除了你，我真的不知道该去找谁了。"许灵宝说完，居然开始磕起头来。

电视台门口上演着这种好戏，还真是一景。有不少好事的人，居然掏出手机，饶有兴致地录起视频来。

"抱歉，那我也帮不了你。"沈妍和绕行一步，迅速随着人群进入闸机。过了闸机，沈妍和回头看了一眼，发现许灵宝竟然还在那儿跪着，大厦的安保员已经走过去询问情况，相信用不了多久他就会离开的。

"哈，沈妍和，可真有你的，大清早在单位门口来这么一出，究竟是怎么一回事儿呀？"沈妍和的身边传来白思年的声音。

"跟你有关系吗？"沈妍和心情不佳，声音听上去很不友好。

"算起来咱们也是同事，我这不是在关心你嘛，你可别不识好人心。"白思年翻了个白眼，扭着腰不紧不慢地走着，竖起纤纤玉指，故意露出才做好的镶了碎钻的指甲说，"你不会是以为跟着李导做了那么一档子节目，便胜券在握了吧？我跟你讲句实在话，做人呢，有时候还是要注意点关系的处理，像你这种个性，将来肯定是要吃大亏的。"

沈妍和没有理会她，电梯来了，直接走了进去。上班高峰期，电梯内人满为患。沈妍和站在角落里，拿出手机查看消息。白思年慢了一步，只能挤着站在电梯口。电梯门没有正常关闭而发出刺耳的嘀嘀声。白思年往里边又挤了挤，丝毫没有出去的意思。

"超重了！"沈妍和大声说。

白思年假装没听到，也拿出手机，若无其事地看起来。

那恼人的嘀嘀声一直持续在响，沈妍和不客气地说："白思年，你不出去，大家谁都甭想走，等着一起迟到吧！"

白思年的脸上顿时挂不住了，就算脸皮再厚，也禁不住人一而再再而三地提醒。果然，一说起要迟到，电梯内立即有人不高兴地附和起来：

"明明人都满了，怎么还往里挤，等下一趟不好吗？！非要拖着大家一起在这儿等！"

"什么素质嘛，以为低着头装若无其事，电梯就能动了吗？"

"快点儿出去，出去，别影响大家！"

……

白思年简直气炸了肺，她知道沈妍和就是故意在报复，因为刚刚自己说了那些话，她不爱听，便找机会给自己难堪。白思年没办法在电梯内与沈妍和争执，只好不情愿地朝外迈了一步，电梯门立即关闭，朝上运行而去。

等白思年赶下一趟电梯到达单位时，沈妍和正站在打卡机前，慢悠悠地输入指纹。两人四目相对，白思年还没来得及说什么，沈妍和冲她狡黠一笑。白思年的心如坠谷底，突然意识到有什么不好的事要发生。她打卡之后，便明白是怎么回事儿——自己竟然迟到了！

白思年对于这份工作十分重视，一直保持着满勤纪录，没想到，今天她不过是小小地嘲弄了一番沈妍和，居然迟到了。白思年心里就像堵了块石头，异常难受，可那又能怎么样呢？！

"你给我等着瞧。"看着沈妍和转身走远，白思年在后边咬着牙，撇了句狠话。

"我不是一直在等着吗？"沈妍和哈哈一笑。

周一晨会，被临时借调到李明理团队的沈妍和，是去是留，今天应该有个结果。沈妍和倒是无所谓接下来做什么工作，她关心的是如何开展工作。既然选择来电视台上班，无论做什么，她都会想办法将它做到最好，这样才不辜负自己的辛苦付出。

周小亚坐在办公室门口，见沈妍和过来，露出一个难以形容的表情。

"怎么回事儿？"凭直觉，沈妍和感到哪里不对，问道。

周小亚显然知道些什么，欲言又止。这一会儿，办公室已坐了不少人，那么多双眼睛盯着，她有话也不能明明白白地讲。

"要不，咱们出去聊？楼梯间那边没有人。"沈妍和提议。

周小亚咬着嘴唇，使劲地摇了摇头："对不起，真的对不起！"

"为什么说对不起？"沈妍和见周小亚还在犹豫，一把拽着她，压低了声音说，"你现在不告诉我，等会儿开会，不是要人打我一个措手不及吗？"

周小亚瞬间破了防，把沈妍和拉到角落里，低声说："你昨天让我准备的跟孟行辰签的那份协议，我才弄完就被李导发现了。"

"他提前看到了？那也没有什么呀！他是该节目的导演，也是制作人之一，这份合同签订之前，也是要他过目的嘛。"沈妍和并不觉得这事儿有什么不妥。

沈妍和的话反而让周小亚更加紧张起来："李导亲自给石秘书打了个电话，得知孟先生的确有意签下这份合同，他非常高兴，就立即把合同要了过去，还亲自修改了几个细则。然后，他通知我说，这件事不需要我再负责了。"

沈妍和的头皮神经怦怦地乱跳了几下，眉心也胀痛起来，她忍不住用手捏了捏问："不让你负责是什么意思？"

周小亚深吸了一口气："意思就是合同他已经拿走了，后续修改、签约、联络等工作，重新安排了专人处理。"

"他这样做不是过河拆桥吗？"沈妍和一听便明白了。

周小亚哭丧着脸说："我只是个小场务，做的也是最基础的工作，领导让我干什么我就干什么。而且，我已经替你争取过了，这事儿是你谈下来的，合同也是你要我拟定的，可是李导说，要我别管这些事……"

"行了，我明白了。"沈妍和十分冷静地说。

这事儿显然不能就此罢休，沈妍和来到导演办公室询问情况，见李明理正与江泰山副台长热聊，边说边比画，一副春风得意的样子。

李明理看到沈妍和过来，与她对视了一眼，并没有理她。

沈妍和的表情里看不出来一点儿的不愉快，她也不顾及江副台长在不在场，用一副公事公办的语气说："李导，我有重要的事要向您汇报。"

李明理的眉头皱了一下说："开完会后再说吧。"

"孟行辰的那份合同，在您这儿吧？"沈妍和像是没听到他的话，径直说了下去，"我今天要去与他谈签约的具体事宜，时间不是很多，我得先看一下合同，做到心中有数。"

李明理微微有点窘迫，但碍于领导在场，不便发作，于是说："与孟先生的签约是非常重要的事，我这边会安排专人处理，你就不用操心了。"他急于打发了沈妍和，终止这个话题。

"前期工作都是由我来完成的，与孟先生那边的交涉也是由我独立进行，为什么到了签合同的阶段便转为他人处理，这不是摆明了要踢我出局吗？李导，这种处理方式是不是不太合适？"

李明理见沈妍和摆开阵仗，居然直接在办公室把这事儿给摊开来说，脸色阴沉下来，十分不高兴地说："团队协作，肯定有一些特殊的考虑，谁跟你说你做前期工作，后边的事就理所应当地由你来处理呢？沈妍和，你来我这组才几天？你认识孟先生有多久？如果没有我们这一组人前期的努力和铺垫，你能做点儿什么？"

"这么说，您是打定主意不让我来签这份合同，是吗？"沈妍和据理力争。

面对沈妍和的努力争取，李明理不为所动，坚持说："我再强调一次，孟先生之所以决定跟我们签订这份长期的合作合同，一定是认可我们团队，以及未来这个节目所带来的明星效应。沈妍和，你还是太年轻了，总是分不清楚个人努力与团队协作之间的关系，更搞不懂你今天所取得的成绩实际上与你个人的努力关系不大，如果离开电视台这个平台，其实你啥也不是。今天的事，我不跟你计较，你回去把我说的话好好想一想。"

沈妍和当然不服气，有领导在场，她也不好再说什么，只好叹口气，算是妥协了。

望着沈妍和离开的背影，李明理向江泰山副台长解释道："年轻人哪，不知道天高地厚，总是把自己看得很重要，缺乏团队合作精神。"

"那你得好好调教一下才行喽，年轻人的成长，离不开你们这些老人的关怀和爱护呀。"江副台长附和道。

李明理毫不客气地点头："那是当然。"

沈妍和被抢了合同的事，很快在台里传开了。电视台就那么大，消息灵通得很，不到中午，就被一群喜欢八卦、热爱八卦、传播八卦的人传得沸沸扬扬。不过，沈妍和刚刚入职，身边没有几个朋友，没有人真正地关心她、同情她，周小亚却是个例外。

临近中午，周小亚来找沈妍和，本想就合同的事情再次向她道歉，还不等周小亚开口，沈妍和已经从办公桌下面拿出一个小礼品袋送到了她手上。

"上周末去了一趟上海，买了些当地的特产。我尝过了，味道不错，没那么甜，保证不会发胖，给你带了点儿，你尝尝看喜不喜欢。"

有关合同的事情，沈妍和不但没有责怪周小亚，还像亲姐妹一样对待她，这让周小亚有些感动，一下子红了眼眶，连忙说："谢谢！"

"合同的事儿，不要放在心上。"沈妍和轻描淡写地说。

"这份合同对你很重要，我非常清楚。"

"的确是重要，但也不是没有转圜的余地。"

"什么？"周小亚不解地问。

沈妍和也不多解释，眨了眨眼睛，笑着说："孟行辰还没在合同上签字呢。"

周小亚似懂非懂，但觉得还有转圜的余地，于是庆幸地喃喃自语道："那就好，那就好！"

午餐时间，白思年和曹轩阳凑到了一起，亲昵地闲聊着。

白思年还在抱怨早晨被沈妍和算计迟到的事儿，不过，听说合同的事情后，心中那个得意就甭提了，心想，自己总算扳回一局。于是，找到曹轩阳，要把这个好消息分享给他："阳阳，沈妍和合同的事儿听说了吧，让她得意，活该！"

曹轩阳点了点头："孟行辰的事，我特意去查过了，这位并不是流量明星，也不是什么网红大V，他是实打实开公司做生意的商人，公司还是做科技含量极高的软件开发，他的团队在业内相当有名气。而孟行辰来电视台录制节目的初衷，也只是为了给创业初期的公司省一大笔广告费罢了。如今，他的公司早已走上正轨，其实来不来录制节目，早就没有关系。倒是靠着他的个人魅力带红起来的节目，对于他的依赖度相当高。不管是作为导演的李明理，还是拥有节目版权的电视台，都想把孟行辰参与的这个节目长久地做下去。"

白思年似懂非懂地问："这跟沈妍和有什么关系呢？她不过才去李导那里几天，干的也是临时的活，她一直盯着这份合同不放，不惜以得罪李明理为代价，真不知道她是聪明还是傻。"

曹轩阳帮她稍稍整理了一下额边的碎发，接着解释道："你啊，难道还没看明白沈妍和的用意吗？她是想用这份含金量极高的合同，换来她转正的机会，战胜我们，成为唯一留在电视台的那一位。"

提到这些，白思年心都碎了，不高兴地说："怎么可能签了一份合同，台里就考虑让她转正？这也太草率了吧，一点儿都不公平！"

曹轩阳轻描淡写的几句话引燃了白思年的危机感，他继续说道："一份合同当然不能够说明什么问题，可如果累积到最后去综合考虑呢？有了那一份份亮眼的成绩，想必最后的优势就十分可观了吧。别忘了，目前为止，我们三个人一直在办公室这边做事，虽然每天很忙很累，却没有真正接触到更多核心的东西。而沈妍和呢，她在李明理那里，的确是电视台一线位置，不得不说，她接触的人和事，比我们要丰富得多。这次与孟行辰签约的机会就是明证呀！这一次，李明理给她拦住了；可下一次呢，还能有人拦住她吗？"

曹轩阳的一番话将白思年说得万分焦虑，他继续煽风点火道："沈妍和是个目的性极强的实干派，她不屑于交际，不愿意将时间浪费在构建关系网上，她目标简单，行为果断，一旦确立目标，就会义无反顾地前行，直到成功。这一点，我们都要向她学习。"

曹轩阳话里话外透露出对沈妍和的欣赏，这令白思年十分恼火。

"什么呀，我就不信这个邪！瞧着吧，我绝不能让她留在电视台！哼……"

曹轩阳本想约白思年一起吃午饭，不过一见她气得小脸煞白，便打消了这个念头。他对白思年是有所了解的，这位没经过什么挫折的大小姐，自从来到电视台上班的第一天起，便和沈妍和结下了梁子。明明是四人竞争，可白思年偏偏将所有的敌意只集中对准沈妍和一个人。

下午上班，白思年来到李明理办公室。白思年在门口等了一会儿，确定没人注意，找了个空当儿，推门而入，并顺手锁上了门。

李明理正端着个大茶缸喝水，抬头看到鬼鬼祟祟的白思年，十分诧异地问："白思年，你做什么？"

"李导，我来找您其实是有要紧的事想和您聊一聊，不希望被人打扰。"白思年说着，并往李明理身上靠。

面对美女的投怀送抱，李明理哪会不懂呢！此处自然不必细说。

下午六点一到，沈妍和拎着小包，直接去打卡下班。正常的下班时间，沈妍和的举动却引来了排队打卡的一群人的热议：

"什么情况？沈妍和她今天倒是很积极呀！"

"嗨，她原本是跟着李导那一组在做大咖秀，现在不是闹翻了嘛，估计是没什么事情可以做，那还不按时下班回家。"

"小不忍则乱大谋了，在没有转正之前，就不能忍一下吗？"

"这事儿放谁身上都不能忍，李导的做法有点儿过分。不过，沈妍和也不是吃素的，两个人好像闹掰了，这下有好戏看了。"

……

面对大家的议论，沈妍和充耳不闻，她不会因为这些而烦恼。

下班高峰，电梯繁忙。在等电梯的时候，沈妍和见白思年从李明理办公室出来，白思年笑颜如花，志得意满；李明理则像老朋友一样一路相送。两人偶遇沈妍和，多少有点儿尴尬。

李明理故作轻松地拍了拍白思年的肩头说："小白，你去吧，好好干，前途无量，我十分看好你。"

白思年怀里抱着文件夹，献媚道："放心吧，李导，这份合同我很有信心，用不了多久，我就给您送过来。"

说话间，白思年向李明理不断地抛媚眼，李明理心花怒放地转身离去。

白思年本来打算返回自己的办公室，但见沈妍和站在那儿，她一下子改了主意，径直朝着沈妍和走去。

"要下班了吗？还真早呢。"白思年挺了挺胸，也不看沈妍和，自顾自道，"在电视台这种地方，说是朝九晚五，实际上从来都是作息毫无规律，你能做到准时上下班，那也是真不容易。说起来，我还真有点儿羡慕。"

沈妍和静静地站在那儿，没有吭声。电梯一到，她迈步而入。白思年只犹豫了一下，也跟着走了进去。

此时，电梯里就她们两个，难得有机会单独相处，这么好的打击沈妍和的机会，白思年岂能放过？她晃了晃手中的文件夹说："知道这是什么吗？"

沈妍和依然不吭声，白思年心里却更加得意，在她看来，沈妍和此刻真的很无奈，很绝望，很窝囊。而她之所以跟进来，就是要击碎沈妍和的坚强，看她的不堪，目睹她的失败。

"这是即将要与孟行辰签订的长期合作协议，台里给出了相当丰厚的条件，可以说是诚意满满。我想，任何人在面对这样一份合同时，都会欣然接受的。"白思年越说越兴奋，得意地宣布，"现在，这份合同归我了，李导让我去完成后续的工作，并且答应了从今往后，有关孟行辰后期的维护，全由我来接手。"

"是吗？"沈妍和听了觉得有点诧异，但转念一想，大约也明白了李明理踢她出局的用意。

原本，李明理想独占其功，经沈妍和这么一闹，他也怕落人口实，落下欺负一个新人的骂名。现在，让白思年接手来完成余下的工作，可谓一箭双雕：既借刀杀人，报了沈妍和的一箭之仇；又有培养新人之功，顺便送一个人情给白思年，将一个大美人揽入怀中，何乐而不为呢？

见沈妍和始终不说话，白思年忍不住嘲弄道："你也不用感到心理不平衡，要怪就怪自己没有手段。你永远记不住自己还在试用期，锋芒毕露，用力过猛，最终吃亏的还是你自己。"

"说够了吗？说够了就让开路，别挡着我下班。"

"你……"

"有多少实力看不出来，但嘴巴上的功夫却是很厉害。你有那个时间，还是先去把合同搞定吧！"

电梯门一打开，沈妍和款步走了出去，把白思年气得当场脑袋充血。白思年习惯性撂了一句狠话："咱走着瞧，沈妍和！"

电视台的大门外，许灵宝颓然地靠墙而坐，每走出来一个人，他都要仔仔细细、认认真真地盯着对方的脸看，确保自己要找的人，不会漏掉。可盯了一整天，身心俱疲，仿佛浑身的力气都要被抽空了似的。沈妍和一走出来，就被许灵宝看见了，怎奈他坐的时间太久，腿都麻了。他猛地站起来，踉踉跄跄往前走，没走两步便失去平衡，整个人便向前摔去。

"等一下，别走……"许灵宝在摔倒的同时大叫一声。

沈妍和听到叫声，驻足观看，发现倒地的正是一早就缠着她的许灵宝。沈妍和弯下身来，把他扶了起来："你在这儿守了一天？"

"我不知道你什么时候会出来，生怕会错过了，所以一步都不敢走开。"许灵宝像是做错事的孩子似的，小心翼翼地讲着。

"你目前的状况，我大概清楚是怎么回事儿，但是，我真的帮不了你。"对许灵宝的遭遇，沈妍和深表同情，于是用安抚的语气解释道，"我只是乘客，没有在车祸中受到伤害，也不会找你索赔，仅此而已。要你承担责任的那一方，我并不熟悉，我真的想不出来该怎么帮你。"

许灵宝低下头去说："我的那辆出租车新买没多久，被烧成了空壳子，对方的损失，我买的商业保险只能赔偿一部分，大部分的钱还得我个人支付。我也不知道该怎么办，我家里没什么财产，就一套老房子，也卖不了几个钱。再说，我若把房子卖掉，我和家人也没地方住了。沈小姐，不瞒你说，我母亲八十多了，瘫痪在床都十来年了，如果到了无家可归的地步，她怕是也活不下去了。"许灵宝说到伤心处，扑簌簌流下眼泪来。

人间悲惨，莫过于此。

"你既然一直在这儿等我，心里边儿肯定有想法，说吧，你打算要我做什么？"不管帮不帮，沈妍和还是愿意听听许灵宝的想法。

许灵宝刚要开口，沈妍和突然指着对面的小店问："你还没吃晚饭吧，不如去那边，咱们边吃边聊，怎么样？"

"好，好好，好的好的。"许灵宝忙不迭地答应着。

沈妍和点了四个菜和一碗米饭，她猜想，许灵宝肯定好几天没好好吃顿饭了。许灵宝一天没有吃饭，早已饥肠辘辘，此时狼吞虎咽地干掉一碗米饭后才停下来，疑惑地看着沈妍和问："你怎么不吃呢？"

"我晚上一般不怎么吃东西，减肥呢。"

"沈小姐，我是个粗人，平时只晓得好好工作，努力让家人的生活变得更好一些。我还有个愿望，等到家里两个女儿出嫁前，给她们一人买套房子交笔首付，让她们过上好日子。可是，就是我急着赶那几秒的时间，把这一切都给毁了。"

"每个人在自己人生的各个阶段，都或多或少会遇到这样或那样的麻烦。即使现在看起来好像不太容易摆脱，可也不能说是毫无希望。许师傅，你还没告诉我，你打算要我怎么帮你。"

"我想联络那位孟先生，你能不能帮帮我。你放心，我不会做不理智的事，我只是想当面求求他，看能不能找到一个解决的办法，既让我有机会和时间凑到那笔赔偿金，又不至于卖掉房子，让我和家人无处可去。"

面对许灵宝的请求，沈妍和有点儿为难。她跟孟行辰谈不上有多熟，远没到请人帮忙的地步。更别提，她还指望那份合同能在孟行辰的帮助下，顺利转回自己手上，在这个节骨眼儿上，突然多出许灵宝的事，这让她如何开口呢？人，不能太贪婪，这个想要，那个也想要呀！

"孟小姐，我的请求让您为难了。真的对不起，我实在是没有别的办法。不瞒您说，一直以来，孟先生那边都没有直接与我联系过，他派了一个石秘书在全权负责，而石秘书也没跟我多说什么，还有，对方保险公司在索赔。我把困难与对方的保险经理讲了，他表示同情，但无能为力。他说，要有转圜余地，须取得当事人的谅解，然后协商一个解决办法。我找孟先生，只是想试一试，给自己和家人找一条活路。这件事我都没有敢告诉家人，我怕家人受不了这个打击……"说到动情处，许灵宝又红了眼圈，差点儿掉眼泪。

沈妍和不是铁石心肠，对于许灵宝的遭遇感同身受，深表同情。看着许灵宝生不如死的样子，她决定帮他一把，找机会问问孟行辰对于这件事的态度。至于那份合同的事，她也不再考虑，反正已不在李明理的团队里，就算她签下来，也不过是争口气而已，对自己的转正也不会有太大帮助。

"今天太晚了，贸然去找孟行辰，怕会引起他的反感。不如这样，你给我几天时间，我尝试着跟他先聊一下，看看他的想法，你看怎么样？"

许灵宝喜出望外，满口答应。这大概是发生车祸以来，他所听到的最温暖最贴心的话了。这一刻，他恨不得跪在地上磕几个响头来感谢沈妍和的出手相助。

许灵宝走后，沈妍和沿着长长的人行道缓步前行，她要想想什么时候给孟行辰打这个电话，并如何开口。孟行辰的电话却突然打了进来。沈妍和吓了一跳，她简直怀疑自己的眼睛，难道这就是所谓的"心灵感应"吗？！

沈妍和慌忙接起电话："你好，孟总！找我有什么事吗？"

"没事就不能找你吗？"孟行辰故意逗她。

"我只是觉得，像你这样的大老板，整天这么忙，肯定不会无缘无故地把注意力放在一个无关紧要的朋友身上。"沈妍和故意强调了"朋友"二字。

"沈妍和，你不是无关紧要的朋友。准确来讲，你应该是我的福星，在你的帮助下，困扰了我们公司整整一年多的大客户，终于与我们达成了战略合作，并于今天上午十点半正式签约。"

"哇！"沈妍和也替孟行辰高兴，与他开起了玩笑，"从你抑制不住的笑声里，我能推测这是一单大生意。"

"比你推测的大生意还要再大一些。"孟行辰故意炫耀道。

正当沈妍和还在想着该说点什么来恭喜时，孟行辰话锋一转，问道："今晚有没有时间，我想请你吃个饭，一来表达感谢之情，二来分享签约成功的喜悦。"

对于突如其来的邀请，沈妍和当然求之不得，她正愁没有机会和孟行辰说说许灵宝的事情呢！

一个小时之后，孟行辰与沈妍和来到一家高档的西餐馆，这里客人并不多。他们选择一处僻静处，靠窗而坐，这里可以俯瞰美丽的城市夜景。

幽雅舒适的环境，美女帅哥相伴，又有美酒助兴，这夜晚如此温馨，如此有情调，此时此景，自然是酒不醉人人自醉！

如果没有孟行辰在场，身为旅游博主的沈妍和会用镜头记录眼前所看到的一切，可惜了！

"你在发呆吗？"孟行辰不解地问。

"这么好的地方，美食、美景，还有美酒，很容易令人思绪飞扬。"

沈妍和轻摇杯中美酒，一抹醉意染红了双颊，窝在座椅里，舒服得像是一只懒猫。这就是沈妍和与其他人的不同之处。面对孟行辰，她像老朋友见面一样，全然放松下来，这种漫不经心的洒脱，让她看起来魅力非凡。这让孟行辰很着迷。

"有没有人说你很特别？"孟行辰也不清楚自己为什么会说出这种话来，他一向不会讨好别人，也许是深有感触情不自禁吧！

"当然有啊，好多人都这么说呢！"沈妍和半开玩笑道。明明是在说实话，孟行辰却被她逗笑了。

"沈妍和，你真有意思，怎么办？我想要一直这么盯着你看，不舍得也不愿意移开眼睛。"如此露骨的暗示，已清晰地表达了孟行辰的内心。他抛出了自己的渴求，并热烈地期待着她的回应。

沈妍和却很淡然，似乎没有理解明白孟行辰的意思。

"外边的风景多美，与其在我身上浪费时间，不如好好看看城市的夜景。既然来了，那就好好地珍惜，因为它好值得。"

孟行辰微微有一丝失神，他来过这里好多次，但沉浸式地去感受这里的气氛似乎还是第一次。两人不再说话，任优美的音乐缓缓飘荡，就那么喝着酒，一整天积攒的疲惫，正在缓缓消除。

有些人，哪怕是相处了一辈子，彼此之间永远横着一道宽广的鸿沟，永远无法跨越；而有些人，只是简单的相处，便有了一眼万年的感觉，这种感觉来得如此之奇妙，若非亲身经历，孟行辰绝对难以相信。

"敬这美好的夜晚。"孟行辰举杯。

"敬可爱的孟总。"沈妍和与他轻轻地撞了撞杯，水晶杯发出了一声清脆的声响，那声音久久没有消散，变成这个夜晚最美妙的音符，在彼此内心深处回荡。

红酒是最好的催化剂，沈妍和早已昏沉沉地醉了，只是硬撑着，沉浸在那种舒服的美妙感觉之中，直到被孟行辰送回来，她还维持着表面的平静。

深夜，沈妍和终于摆脱红酒所带来的沉醉感，她猛地一激灵："糟糕！这么好的机会，我竟然忘了跟孟行辰提许灵宝的事儿！"

沈妍和认真地回忆两人相处的情景，她很清楚，这一晚自己的表现应该让孟行辰很满意，会留下不错的印象。等明天起床，找个理由再去说许灵宝的那件事，应该不算唐突。即使他出于种种考虑，不会那么快地答应，也不至于给自己翻脸。

有了合理的打算，沈妍和再次放松下来，把自己交给了松软的枕头，任由汹涌的睡意再次将自己吞没。

"沈妍和，有没有人说你很特别？"

"能够认识你，我感到很开心。"

"我希望，将来我们能时不时地见一面，就这样子，不疾不徐，缓缓加深彼此的了解。"

"沈妍和……沈妍和……"

沈妍和从梦中惊起，蓬松的长发如黑色的瀑布一般倾泻着从耳边滑下，不经意间竟撩起了一道绚丽的弧度。

"我是疯了吗，为什么我的脑子里会出现孟行辰的声音？"寂静的夜里，沈妍和轻声自言自语。

那些话就像是魔咒似的，一遍遍地在脑子里重复着。一开始，沈妍和还觉得是自己做了个乱七八糟的梦。梦里，每一个细节都如此真实，仿佛真的经历过，眼前总是挥之不去孟行辰那迷人的帅气表情。

"我果然是疯了！"

睡意瞬间全无，时间还停留在凌晨两点。沈妍和爬起床，为了避免自己胡思乱想，干脆抱起笔记本电脑将自己前些时间去迪士尼游玩的视频剪辑一下。一旦进入工作状态，沈妍和便驾轻就熟，一气呵成。

当清晨的第一缕阳光洒落在她小小的办公桌上时，沈妍和最后一次检查视频，上传到网站，设置好上午十点整的更新时间。

沈妍和伸了个懒腰，打了个哈欠。门外，传来了轻轻的响动声，是早起的父亲去早市买菜回来了。

沈妍和打开门向父亲问好，父亲上下打量了一眼，发现她疲倦的样子，关心地问："你不会是一夜没睡吧？"

沈妍和不想让父亲担心，只说自己早起了一会儿。上午还有一些比较重要的事得去处理，沈妍和考虑着要尽早出门，于是跟父亲叮嘱了几句，便进了浴室。

等沈妍和洗漱完毕走出浴室，父亲像个孩子似的小心翼翼地问："这个周五，也就是明天，下午要跟医生见个面，聊一聊你妈妈的病情。小妍，你有没有时间，咱们一起去怎么样？"

沈妍和犹豫了一下，父亲连忙补充道："你妈现在这个样子，其实每隔一段时间的医生谈话，也只是例行公事，大概率也不会说出什么实质性的内容。如果你工作忙，也没关系，那我就自己去好了。"

"爸！"沈妍和掩不住叹息，"我有时间，可以陪您一起过去。"

"真的吗？"沈父掩不住欣喜，"不用勉强的，我知道你才去电视台，工作忙；你又是新人，肯定有很多工作需要捋顺。你看你，最近忙得都憔悴了，回国后到现在，整个人都瘦了许多。"

沈妍和哪里会听不出父亲话中有话，温柔地说："爸，我刚才是在计算时间，看看怎样把明天下午的时间空出来。以后这种会面，我都会陪您一起去。我回国，不就是为了分担您的负担嘛，以后不要有那么大压力，有我在呢！"

父亲显然有些感动，眼睛红红的，声音也有些哽咽。家里没什么亲戚，也没什么朋友，到了这把年纪，唯一能指望上的，也只有她这个女儿。过去离得远，不敢想，不敢问。现在离得近，彼此间的那种疏离感还没完全消弭掉，每每有求于她，显得有些没底气。

有些事只需交给时间，便会消除过去的误解，抚平以往的伤痛；若是强求，反而欲速则不达。

第六章　欲速不达

一来到电视台，沈妍和离老远就看到了许灵宝，许灵宝也发现了她，一路小跑地来到她跟前。

"沈老师，我在家也没事，心里总是惦记着，所以想着过来看看。如果有什么事是我能做的，你尽管吩咐吧！反正，我现在很闲，有的是时间。"

"你得给我点儿时间。"

许灵宝忙不迭地点头："你不是说需要两三天的时间嘛，我记着呢，你尽管按照自己的计划来，我不催的。"

嘴上说是不催，可他一早便在电视台的大门口守着，沈妍和怎么可能毫无反应。她劝说许灵宝离开，对方满口答应，可并没有要走远的意思。

沈妍和无奈，也只能暂时不去管他，她得赶到办公室打卡了。可是，才走到了公共办公区，就见白思年跟几个女孩子手上捧着水杯，围站在一起，正兴致勃勃地议论着什么。

"门口那个脏兮兮的老汉，连着好几天到咱们台里堵沈妍和，保安一天劝二十遍，老汉说啥都不走，从早等到晚，那样子要多惨有多惨！"

"沈妍和是把老头怎么着了，把人家气成这样？"

“这种情况，八成就是钱财纠纷，像这种老头，没见过啥世面，最容易被人花言巧语，哄得连养老的钱都拿出来了。”

“你们猜，沈妍和欠了人家多少钱？肯定得有几十万吧……”

沈妍和双臂交叠抱在胸口，静静地看着她们你一言我一语地捕风捉影，制造谣言。沈妍和来电视台工作也没有多久，一直忙着李明理那边的节目制作，她自己都不知道，什么时候得罪了这么多人。

还是白思年先发现沈妍和的到来，在与沈妍和目光对上的那一刻，白思年嘴角得意的微笑瞬间消失不见了。讨论声戛然而止，几个爱嚼舌的女人竟然齐刷刷地不知所措起来。毕竟，在背后说人坏话并被抓现行，面子上也不好看。

“电视台的风气全被你们这些人带坏了吧？”沈妍和嗤笑，“说啊，聊啊，你们怎么停了？继续造谣呀！”

“真不知道你在胡说八道些什么，难道你有妄想症吗？谁有空造你的谣啊，我们明明是在聊护肤呢。”有人不服气地狡辩，她虽不知道沈妍和是什么时候站在那儿的，但猜测她最多也就听到一些细枝末节，这种不光彩的事，又没有证据，谁会承认呢？

“聊护肤？”沈妍和晃了晃手机，“我都给你们录下来了，等会儿要不要给你们放一放呀？”

“沈妍和，你怎么那么喜欢录视频呀？走到哪儿录到哪儿，有完没完！”有人跳出来反驳。

沈妍和一眼就认出这个人就是上次在厕所八卦的其中一位：“原来又是你！”

“什么意思？”这个女人警惕地瞪圆了眼睛。

“我第一天来上班的时候，就是你在洗手间那边讲闲话，被我抓个正着，还不长记性？”沈妍和的目光转到另一张微微下垂的脸上，“还有你，当时也在。”

沈妍和点到了哪个，哪个便跟着一哆嗦。那一天，沈妍和留给她们的印象，实在太深了。后来，每每想到这个场景，她们都心有余悸。

白思年绷着脸，颇有一副打抱不平的气魄："你要是怕人说，那就赶紧把楼下那个老头轰走吧，他一天天地赖在那儿，就是我们几个给你面子不说啥，难道你能堵住其他人的嘴？"

"你的合同签好了吗？"沈妍和话锋一转。

听到这话，白思年就像一只被人踩着尾巴的猫，气得差点儿原地跳起来："你放心，我一定能搞得定，不用你猫哭耗子假慈悲。"

"哈哈哈，在职场上，造谣和吹牛都没啥意义，希望你早点儿明白这个道理。"说完，沈妍和转身就走。

身后传来了嚷嚷声：

"喂，沈妍和，你要走可以，记得把视频给删一下啊！"

"咱们都是同事，做事不要搞得那么绝。像你这样的，以后还怎么相处？"

……

白思年撇了撇嘴，虽然她很讨厌沈妍和，恨不得将她立即淘汰出局，永不相见，但沈妍和刚刚说的那些话，她还是认可的。职场就是靠实力说话，此刻她不该跟沈妍和置气，而应该尽快把那份长约合同给拿下。

大家各自散去，崭新而忙碌的一天，又开始了。

从李明理那一组退出来后，沈妍和暂时无事可做，就把台里近五年的节目认真过了一遍，做到心中有数。热身期结束，真正的考验即将开始。接下来的每一步，沈妍和都要稳扎稳打，不容失误。

上午十点整是她给自己的视频设置的发布时间，几分钟后，视频下方出现了三百多条留言，阅读量和转发量也不断增加。

沈妍和点开评论界面，看到一则评论：

"烟火向星辰"居然真的回国了，这熟悉的味道，洋溢着却是不一样的风情。天啊，我真的好喜欢"中国风"的这一系列，大爱，大赞！

沈妍和不自觉地露出了微笑，她喜欢制作短视频的动力，主要来自这些可爱的粉丝们。虽然与他们隔空相望，互不认识，但分享的喜悦与快乐，只言片语，甚慰人心。至于视频所获得的流量收益，则是意外的收获。

沈妍和快速浏览了一下评论，关掉了网站，正准备继续做其他工作，却突然看见白思年满脸懊恼，飓风一样狂卷而入。转眼间，白思年站在了她的办公桌前，吼道："沈妍和，你怎么可以如此卑鄙无耻！你竞争不过我，居然跑去下绊子使坏，破坏这么重要的合同签署。"

沈妍和心里边知道是怎么一回事儿，表面上却不动声色，故意表现出了不耐烦的样子："白思年，你是不是觉得我好欺负，一而再再而三地过来挑衅？"

说完，沈妍和拿起一本书狠狠地摔在桌子上。白思年明显一愣，来时组织好的语言一下子全忘光了，瞪着大眼睛，站在原地，好半天说不出话来。

"那份合同，李导让你去签，你有本事尽管去签好了，关我什么事儿！"沈妍和指着门口，丝毫不留情面，"现在，请你立刻在我面前消失！"

沈妍和的突然发难，引起了大家的关注，大家议论纷纷：

"小白都已经捞到了大便宜了，怎么还不依不饶来找麻烦啊！"

"沈编导可不是逆来顺受的软性子，小白想踩人，怕是选错了对象，她不一定能搞得定。"

……

白思年之前有多得意，此刻就有多狼狈。她本来心里委屈，现在不仅没有引起大家的同情，还遭到了非议。怎么会这样呢？她明明占据上风的。

白思年本有夺路而走的冲动，但有求于人的事摆在眼前，不容她任意妄为。于是，压低声音解释道："我根本无法直接联系上孟行辰，就连他的那个秘书，也是爱理不理的，还说，孟行辰根本没有交代过签长约的事。"

沈妍和瞥了她一眼："有这回事儿？"

白思年抬高了声音："是你回来跟李导说，孟行辰打算与节目组签一份长约的。现在那边完全不认，你怎么解释？"

"我解释？我为什么要解释？"沈妍和像是听到了天大的笑话似的，不紧不慢地拿过水杯，轻轻抿了一口，"现在要头疼去签合同的人是你，能不能签下合同回来邀功的也是你，跟我有关系吗？"

"你……"白思年紧攥着拳头，"对方没有意向，你为什么要传递错误的信息？现在好了，领导还在等着，我这边毫无进展，该怎么办？"

看到白思年窘迫的样子，沈妍和忍俊不禁。

"你笑什么笑？"白思年原地跳了起来。

"我笑我想笑的事，我笑我想笑的人。"沈妍和手指在桌面上轻而有节奏地叩打着，每一下都仿佛击中对方心脏的痛点，"怎么，连我笑一笑，你都要管吗？"

白思年被噎了个半死，此刻才搞清楚，自己来找沈妍和，并没有理直气壮的理由。她当初之所以去找李明理接下这个事，觉得这事简单好操作，自己只需要把那只煮熟了的鸭子抢过来，就大功告成。

结果呢？没有结果。

白思年现在根本搞不清楚，究竟是自己和李明理一起被沈妍和给骗了，还是李明理联合沈妍和一起，狠狠地摆了自己一道。她脑子里嗡嗡作响，一会儿琢磨着要跟孟行辰直接联系，凭借自己的能力，有希望把这份合同给签下来；一会儿又琢磨，这份合同从最开始可能就是一个陷阱，当务之急，还是及时脱身，再耗下去自己的竞争优势都没有了。下决心做选择，需要不停地权衡利弊，从来不是一件容易的事。

"与其在这儿浪费时间白费口舌，你还不如回去找一找李导，商量出来一个好办法。毕竟，领导已经知道即将签约的事，现在又说签不了，那不是打李导的脸吗？到时候你又如何交代呢？"沈妍和歪着头，认真分析眼前的形势。

"你……你连李导都坑了？"白思年吭哧了老半天，才冒出来这么一句奇怪的话。

"你真会倒打一耙！今天之前，所有人都看得很清楚，明明是你们在坑我嘛。"

沈妍和不想和白思年白费口舌，于是端起杯子去茶水间给自己泡了一杯浓茶，回来时，已不见了白思年的人影。

沈妍和平复了一下心情，拿出手机，调出孟行辰的号码，盯着号码犹犹豫豫，要不要打一个电话问问情况？思考一下后，她决定还是先给他发条信息：那份合同的事，有些情况我还没来得及跟你说。

她没有想到，信息发过的瞬间，孟行辰的电话便回拨了过来："抱歉，你稍等我一下。"

沈妍和从电话里听到孟行辰四周声音嘈杂，估计他正忙于事务，不是很方便，便说："如果你在忙，咱们可以晚些再通话，我没有什么急事。"

孟行辰低声说："我不忙，只是周围的人太多，不好讲话，你等我找个安静的地方……"

沈妍和只听见门咚的一声响，随后听筒里没了杂音。

"好了，可以了。"孟行辰长长地舒展了一口气，"你刚刚发信息来，是不是在问长约的事？"

"是的，那份长约，是咱们已经提前讲好了的，你突然拒绝，是不是还有什么担忧？"

"既然是我与你提前讲好的长约，为什么换人出面签署？"

"不管是谁出面签署，都是你与电视台之间的合同，这是最重要的一点，本质没有改变。而我，只不过临时充当联络人的角色，真的不会影响什么。"

"我觉得由你来签署，和换人来签署，意义完全不一样。如果没有沈妍和，所谓长约完全没有存在的必要，我是这样认为的，至于别人怎么想，我并不关心。"

这是在聊工作吗？孟行辰话里话外透着暧昧和暗示，沈妍和并不是未经世事的小女孩，怎会不懂？

对于这份撩拨，沈妍和生出了几分好笑，她有些打趣地问："孟总，你与异性交往，总是这么暧昧吗？"

孟行辰大笑了起来："首先，我近五年一直在创业，每天至少要工作十八个小时，全年无休。我身边有三支团队，不论男女，都是我并肩作战的伙伴，没有同性异性的差别。"

孟行辰继续解释道："其次，我没有女朋友，和任何异性都不能使用'交往'这个词。至于你所说的'暧昧'，暂时不予解释。沈老师，我的所作所为，的确发自内心，真诚表白。"

"我不理解。"见孟行辰如此坦诚，沈妍和反而不知道如何接话。她在国外生活多年，习惯老外的那种热烈直白的情感表达方式。只是孟行辰的直白，与他们还是不同。他仿佛什么都说了，又似乎什么都没说。

"是我的疏忽，真的很抱歉。"显然，孟行辰很快意识到这一点，他素来有错就改，绝不容许自己在错误的道路上耽搁太久。

"沈妍和，有些话并不适合在电话里表达，我觉得我们最迫切需要的是见一次面。"

"见面？"沈妍和似乎有些慌乱，明明心中期盼着，嘴里却说，"我还在上班。"

对于女人的矜持，孟行辰怎会不懂，他坚持道："你可以告诉你的领导，我们见面，是要商量长约合同的事，我想，不会有人阻止你。"

"但是，你的合同，已经不归我来处理了，领导另有安排。"沈妍和继续强调理由。

孟行辰葫芦里到底卖的什么药，明眼人一看便知。但沈妍和对于孟行辰的暧昧和示好有些不信。她经历过了许多，感受过不足为外人道的悲伤，感情上她不容许自己再受任何伤害。像孟行辰这种男人，无论容貌、地位，还是财富、能力都属于上上品，身边美女如云，怎会轻而易举地对某个女人生出情愫？难道他会对自己一见钟情？绝不可能。

"你在单位吧，我马上过去找你。"孟行辰挂断电话。

"来了也好。"沈妍和只好坦然面对，那份长约合同此刻对她还是有着相当大的意义。若是孟行辰如他所说，只愿意与她签约，那么，这份合同对于她的转正还是有帮助的，她怎么舍得放弃呢？

在孟行辰没来之前，沈妍和一路小跑找到还在蹲守的许灵宝，告诉他："孟行辰一会儿到，这是最好的机会，你努力把握住，说出你的请求。"

许灵宝喜出望外。

不久，孟行辰果然开着一辆黑色商务车，急匆匆地停在电视台门前。孟行辰一下车，见到沈妍和在大门口张望，以为她是在等自己，眉眼之间情不自禁地露出了惬意的微笑。

突然，许灵宝跳了出来，横在了两个人中间，跪坐在地上，哭诉起来。

孟行辰的笑容一下子凝固了，十分不解地看着沈妍和，沈妍和却一脸无辜的样子。

孟行辰问："什么情况？"

沈妍和叹气道："下雨那天的车祸，你还记得吧？他就是那位出租车司机，叫许灵宝。"

孟行辰明显抗拒着不想提这件事儿。

沈妍和连忙提醒许灵宝："孟总在这里，你有什么想法抓紧说。"

许灵宝鼻涕一把泪一把地把自己的境况和诉求说了一遍，希望孟行辰给条活路。

"关于你的事，我会考虑的。"孟行辰最终给了许灵宝一个模棱两可的答复，"你先回去，稍后再联系吧。"

"孟总，您放过我，放过我全家吧，求求您了！"许灵宝继续哭诉道。

"不用我说，你也清楚，事关几百万的损失，你的哭闹只会让事情变得更复杂。"孟行辰十分冷静。

"孟总，我愿意给您当牛做马地偿还，还请您给我一条活路，我……

我……"许灵宝上气不接下气，使劲地抽搐着，好像快要晕过去了。

"我再重复一遍刚刚说的话，你现在回去，稍后我的秘书会与你联系，试试看能不能找一个合理的解决方式。"顿了顿，孟行辰语气严肃起来，"如果你再来电视台纠缠沈老师，哪怕一次，我一定会公事公办，绝不会给你任何机会。请你记住！"

听孟行辰说话的语气，似乎有了希望，许灵宝抹了一把眼泪，站起身，踉踉跄跄地走了。

孟行辰的干脆利落让沈妍和有点惊讶，以至于望向孟行辰的眼神里还带着些许崇拜。

"怎么了？"见许灵宝走远，孟行辰忘掉了刚刚的不开心，笑着问道。

"今天的事，我可以解释。"对于自己唐突，沈妍和心里多少有些心虚，"是你临时决定要过来，许灵宝也一直在这里不想走，所以，在门前就碰上了。"

"是了，的确是我要过来的，沈妍和，我有话想对你说，一分钟都不能耽误。"显然，孟行辰事先有思想准备，时机一到，必须果断出击。

"你想对我说什么？"沈妍和的心莫名地慌张起来。

两个人不是要聊合同的事嘛，怎么听起来觉得好像与合同无关呢。

"来的路上我一直想着怎样对你表达，可刚才被那人打断了。不过，此地绝非谈话之处，请跟我来！"说完，孟行辰一把攥住了沈妍和的手腕，径直拉到了车前。

"你做什么？要带我去哪里？孟行辰，不可以这样做，我还在上班。"

"现在是中午十二点整，午休时间。"即便不是午休时间，孟行辰一样有很多借口把沈妍和带离这个地方。

见沈妍和有意抗拒，孟行辰低声地提醒："我已默许你对许灵宝和对我的安排，怎么你就不能回馈一二，默许你我之间的相处呢？"

"那根本就是两件事，好吗？"沈妍和哭笑不得。

"看上去是两件事，其实还是一件。"孟行辰把沈妍和塞上副驾驶座，并殷勤地帮她系安全带。

沈妍和连忙用手一挡："别，我的手还能用，千万别这么照顾我，我不习惯。"

"你脸红了。"孟行辰总有办法在三言两语之间，击碎掉沈妍和的伪装，让红晕染红了她白皙的脸颊。

"孟行辰，你能不能恢复成以往的高冷模样啊？"沈妍和明显招架不住，她不习惯男人这样向她献殷勤。

"抱歉。"孟行辰哼着小调，驾车飞驰而去。

沈妍和突然反应过来，自己究竟在做什么呀，有必要那么紧张吗？自己期待着什么，又抗拒着什么？分明自己心中有想法呀，不是吗？

人一旦静下来，头脑自然清醒。

沈妍和抬起手腕看了看表："中午我只有两个小时的休息时间，你不要把车开得太远，不然会来不及赶回去。"

"等会儿我会给李导打个电话，告诉他，我在和你谈合同。"孟行辰一向善于拿捏有利条件，利用有利时机。

"李导可能会很不高兴，因为他希望这份合同交由他认可的同事去谈。"沈妍和摊了摊手，满是遗憾地说，"很显然，他认可的人，并不是我。"

"在录制现场，李导与你相处得还不错，我还以为你们是一个团队，他支持的是你。"

"没有永远的伙伴，只有绝对的利益。这话从前在书上看过，生活中也听说过，这次却让我见识到了。事情既然发生了，气有什么用呢？"沈妍和及时调整心态，她关注的重点是没有这份长约合同后，接下来靠什么与其他三位展开竞争。沈妍和只觉得时间紧迫，转眼间试用期便过去了一个月，过多考虑利益得失，只会阻碍脚下前行的路。

"你的心态倒是不错。"孟行辰单手握着方向盘，用欣赏的眼光看了看沈妍和。沈妍和提醒他认真开车。

孟行辰手指着远处的一栋三层小楼说："中午咱们去吃清水面，爽口不油腻，你一定喜欢。"

沈妍和对于美食没有追求，孟行辰随便带到哪里都行。进了门，沈妍和发现这栋小楼内竟别有洞天。

清泉水冰过的面，搭配精心制作的八种不同口味的卤料，看上去，简单得不能再简单，人们却可以做到心无旁骛，全身心地去感受这一碗清水面。

"真不错！"沈妍和吃饱了，眉眼舒展，笑眯眯地放下了筷子。

孟行辰送了一杯半热的大麦茶过去："润润。"

沈妍和一饮而尽，一杯茶喝完，身体说不出的舒服，她长长地吐出一口气："甭管压力多大，唯有美食，绝不辜负。这世界上，再没有什么比好好吃饭更加重要的了。孟总，我今天才知道，你是真正的美食家。"

"谢谢夸赞，听着舒心。"孟行辰绅士地帮她添了茶，而后坐正了身体。这架势，一看就是有话要说。

"现在，我们来聊聊正事吧。"孟行辰正襟危坐，一副认真的样子。

"嗯？"沈妍和立刻紧张起来。

孟行辰单刀直入："我喜欢你！"

沈妍和尽管有预感，但听到孟行辰如此直接，还是有些不敢相信自己的耳朵："你是……开玩笑的吧？"

"非常认真，没有一点儿开玩笑的意思。"孟行辰清了清嗓子，坚定地说，"我二十九岁，单身，经济条件尚可，与前任分手已有六年，分手的原因是我想回国创业，她不愿回国发展，双方和平分手，再无联络。从那以后，我没有再谈恋爱，全部精力放在公司，直到遇见你。"

沈妍和眨了眨眼睛，想要说什么，孟行辰接着道："我对你有心动的感觉，希望能有进一步交往的机会。沈妍和，你有拒绝的权利，但你拒绝了也没用。因为，我今天正式宣布，我要追求你，就准备拿出创业的心劲儿，全力以赴，不把你追求到手决不罢休！"

沈妍和很平静，既没有惊讶、欣喜之色，也没有厌恶、不快的表情。

孟行辰设想了无数种可能，并给出应变之策，唯独没有想到，沈妍和竟然如此平静！

"你，有什么想问的，或是想要表达的吗？"孟行辰倒有点儿摸不清沈妍和葫芦里到底卖的什么药。

"我想要再加一份清水面。"沈妍和平静地说。

孟行辰满心狐疑，让人送了一份面过来。面送来了，沈妍和一口接一口地吃着面，旁若无人。

孟行辰着急地看着沈妍和，耐心等待她的答复。接受或是不接受，抑或是需要一点儿时间考虑，倒是给个痛快话呀！

沈妍和很快吃完了面，她放下筷子，皱着眉小声道："我吃撑了。"

能不撑吗？两份面呢！就算分量不大，可对于胃口有限的女士来说，依然超出了负荷。

"孟总，我今天跟你出来，真正的目的还是希望你将那份长约合同交给我来签订。这份合同对我来说至关重要，它将成为我战胜竞争对手，得到唯一转正名额的最大砝码。"沈妍和鼓足勇气，讲出了自己的请求，"因为我另有所图，所以才犹豫着不知道该怎么回答你。"

孟行辰是多聪明的人呀，瞬间明白了沈妍和的意思。

"我刚刚加了一碗面，在吃掉它的时间里，我思考了一些事。"沈妍和抿了抿嘴唇，接着说，"工作是工作，生活是生活，或许有些人可以完美地将两者融为一体，但我更加偏爱将工作与生活完全分开。对于你刚刚所说的话，我现在非常认真地回复你：我不能接受你的追求。"

"你不能？"孟行辰玩味地重复着这三个绝情的字，异常失落。此时，他只感觉头顶有人用冰水劈头盖脸地泼下来，刹那间，透心凉。

"能给我个理由吗？"孟行辰嘴巴不受控地追问。

沈妍和淡定地回答："没有什么理由，我不想谈恋爱，而且目前我的生活状态也不适合谈恋爱。"

沈妍和拿起茶壶，为孟行辰添满了茶："感谢你的认真，现在我得回去工作了。"

沈妍和走出面馆时，暖阳洒落在身上，甚是舒服。她不由得心中暗喜：万万没想到，万万没想到啊！居然还能收到孟行辰这样高富帅的爱情表白，哈哈哈，太棒了，真的太棒了！

不得不说，女人的虚荣心得到了前所未有的满足，以至于沈妍和整个下午都心情舒畅得很。

临近下班时，周小亚过来通知，说是李明理晚上要开一个碰头会，希望沈妍和参加。

"跟我有什么关系呢？"沈妍和完全不能理解，她沈妍和已没有利用价值，在这个时候又把她招回去，不知道这个李明理又要要什么阴谋。

"我也不知道为什么呀，李导亲自找我，让我过来跟你说一说这事儿。"周小亚双手合十，轻声地哀求，"要不，你就勉为其难地去一下吧？你被踢出来，这事大家都知道，那是李导不对，简直太过分了！不过，这次跟以前不一样，李导看来是有求于你，下了死命令，无论如何要请到你。你来了算我大功一件，你若不来，接下来的编审工作也不要我参与了。沈编导，算我求你了，给个面子，如果你觉得为难，就露个脸，马上离开，也算我完成了任务，等李导再来找我，我也有话说了不是？"

"小亚，你这样子，真的让我很为难。"沈妍和听着郁闷，心里极其反感，李明理这样的领导，像神经病一样，用得着就亲近你，用不着就让你坐冷板凳，一会儿搞亲善，一会儿又搞敌对，完全看关系、凭好恶用人，心思都不在工作上，这叫属下员工如何安心工作呢？

不过，瞧着周小亚急得眼睛都红了，沈妍和的心里便生出了几分不忍。两个人相处的时间虽不长，周小亚却是一个很讲义气的人，每次她这边有什么问题，周小亚总是冲在前边，帮了不少忙，这些情谊真的让沈妍和没办法冷下脸来拒绝她。

"只是去一去，不会有别的了。"沈妍和决定去一下，看看李明理到底要搞什么鬼。

"谢谢沈编导，我的亲姐！"周小亚喜出望外。

会议时间是晚上六点半，沈妍和六点下班之后，还得多等半小时。这半个小时，令沈妍和十分不爽，因为她晚上约了人，这一来有可能会迟到。而她，最讨厌不守时的人。

叮咚——微信里传来孟行辰的消息，他说：*我想要一个理由。*

沈妍和微笑着回复了一条：*私人原因，恕不奉告。*

孟行辰：*确定不是欲擒故纵？*

沈妍和没有回复信息，孟行辰干脆打电话过来。沈妍和一看是孟行辰的电话，没有理睬，直到孟行辰极有耐心地第四次打过来时，沈妍和才带着几分被打败的无奈，按下了接听键。

"没有特殊原因，我也给不出合理的解释，我只能说，我的未来从没有计划与谁展开一段感情。目前不具备这个条件，更没有这样的想法。"沈妍和不等孟行辰开口，一口气将心里的想法全说了出来。

孟行辰嘿嘿地笑了："你想表达的意思是不是说，你不只会拒绝我，还会拒绝其他人。今天，不管是谁站在你面前表白，得到的答复都会是一个'不'字？"

"是的！"沈妍和没有一丝犹豫。

"好的，我知道了。"孟行辰的糟糕心情一扫而光。

"你又知道什么了？"沈妍和莫名其妙，她搞不清楚这个男人怎么风一阵雨一阵的，情绪变化有点儿快，她都有点儿跟不上趟了。

"沈妍和,石秘书下午与许灵宝取得了联络,你想知道他打算怎么办吗?"孟行辰的话题跳跃得有点儿快。

"那一笔赔偿,他是想要延迟赔付,或者减免赔付吧?"对于许灵宝的想法,沈妍和多少能猜到一些,"只是就算按照他的想法,那笔赔偿依旧是一个可怕的数字。这都是治标不治本的拖延之计。我们设身处地地想一想,就算他再拼命,依然没办法短时间内解决这笔赔偿。"

"所以,我给了他一个选择。"孟行辰缓缓开口道。只要能与沈妍和有聊下去的话题,孟行辰不介意聊聊许灵宝的事。

"我公司刚好缺一名司机,他可以过来上班,工资每月一万块,但只能给他发六千,余下四千财务会扣下来作为赔偿金。这份协议会持续到他的债务还清,如果他的身体状况无以为继,还可以推荐他的孩子来接替。当然,如果在没还完之前,我的公司不存在了,这笔债也可以一笔勾销,我不难为他。"

"你是个好人。"沈妍和抑制不住笑容,心里不由得给孟行辰点赞。

不得不说,孟行辰的解决办法最大程度地解决了许灵宝的燃眉之急,还是很有人情味的。这让许灵宝和他的家庭看到了一线生机。至于什么时候能还清债务,需要交给时间。孟行辰这份替他人着想的解决方案,让沈妍和刮目相看。

"我对许灵宝提出的唯一要求,就是让他不要再去打扰你;如果他违反了,我会让他知道后果很严重。"

沈妍和听得有点儿哭笑不得,真的怀疑孟行辰故意用这事来撩拨她。

"还有别的事吗?"沈妍和岔开话题,"六点半,我还有个会,现在已经是六点二十五分,若再不出发,我会迟到的。"

"暂时没有了。"孟行辰很干脆地挂断了电话,速度之快,甚至引起了沈妍和的不适。这个男人就不能多聊两句吗?他真的喜欢她吗?中午的表白是不是在试探呢?

"还是我想得太多了,他应该只是来试探一下,成了更好,不成也无所谓。"沈妍和翻了个白眼，"幸好我也没当真！"

李明理的团队规模在台里都是数一数二的，直接归他指挥的接近三十人，间接为他服务的有上百人。今天来开这种小会的，清一色全是李明理最信任的人。

通知沈妍和的开会时间是下午六点半，实际上会议五点就开始了。等沈妍和到时，会议已接近尾声。

沈妍和一到会议室，李明理极为热情地站起身，欢迎她道："你终于到了，大家都在等你呢。"

李明理示意沈妍和在他身边的空位坐下，接着讲道："我们今天的会议主要是安排接下来的工作，目前策划那边共准备了三期节目的文稿大纲，来来来，沈编导给把一把关，我们急需你的指导意见。"

沈妍和看了一眼，桌上果然放着厚厚的三大本文案，说道："李导，我已经退出节目组了，不方便看还没有开始制作的节目策划稿。再说，您这边根本不需要一个外人来提什么意见，不是吗？"

李明理好像完全没听出来沈妍和话语里的不满，也仿佛忘记了之前的不愉快，笑着说："谁说你已经退出节目组了？这不是胡来嘛！只是一点点沟通不畅，大家也是为了工作，过去了也就过去了，谁也不会真的放在心上。小沈啊，在这件事上我还是要批评你的，你虽然在相关行业有着一定的经验，但到了电视台，还是要抱着学习的心态，用最快的速度成长起来。"

李明理讲得口沫横飞，慷慨激昂，沈妍和却不为所动，表情紧绷，眉头紧锁，接着说："您找我，为的是说这些？"

"小沈哪，我们认真地讨论过了，咱们的节目必须有一位常驻嘉宾，而孟行辰正是最合适的人选。之前关于谁去签约的事，一直没达成统一的意见。不过，经过大家一致讨论，最后决定，这件事还得你来办。"

李明理将压在自己手下的那份合同，当着众人的面儿，郑重地交给了沈妍和："这件事关系重大，现在交给你，请务必努力达成，时间上也要注意，领导要求尽快完成，免得时间长了再生出其他变故，这是大家都不愿意看到的。"

沈妍和用两根手指头按着合同，李明理怎么推过来给她，她便原封不动地推回去。

"据我所知，这份合同是李导亲自交给白思年来完成的，您突然改变主意，把合同交给我，这样会影响同事之间和睦相处的。"要说漂亮话，谁还不会呢？沈妍和甚至能做到天衣无缝，"再说，这也不是什么大事，区区一份合同而已。都是同事，何必为了这点儿小事伤和气呢？回头再让人说我抢功，打压同事，那多不好！"

李明理这才发现，原来沈妍和竟是个伶牙俐齿、得理不饶人的主，弄得自己很是下不了台。

"小白那边有点儿困难，她已经表明态度，没法完成这件事。"李明理其实不太愿意提起白思年，她留下来的烂摊子，还得要他去擦屁股。只是自己把合同给了白思年，本想利用白思年去打压一下沈妍和，没想到看起来精明利落的白思年，实际上是个花架子。李明理觉得，今天他所有的羞辱全是白思年带来的，显然是自己高估了她。当务之急先稳住沈妍和，等自己抽出手来，再好好整治她。这笔账暂且记着！

"白思年这么快就认输啦？她怎么不再试试呢？或许，还有希望呢。"

"现在说这些实在没有什么意义，小沈，一切要以大局为重。合同给你，你抓紧时间去找孟行辰。只要能顺利地签下合同，我一定好好写一份职业鉴定报告，在领导面前美言几句，在转正的节骨眼儿上，你的胜算会比其他人大很多。"

李明理威逼利诱，能屈能伸，只要能哄着沈妍和做事，他一点儿都不觉得没面子。

"李导，你刚刚说的话是真的吗？"沈妍和压低声音凑近李明理问。

"当然是真的，我说到做到，你完全可以相信我。"

李明理斩钉截铁的诺言，却换回了沈妍和一声冷哼。

"我能相信您？就在最近，您可是翻脸不认人地选择了白思年，还让我滚出您的团队。"沈妍和重重地往椅子上一倚，目光清冷，"您有失信记录在前，要我怎么相信您？万一进行到一半，您又觉得李思年、赵思年更适合做这件事，又把我一脚踢出局呢。或者，合同签下后又将功劳记在团队的名下，我也是哑巴吃黄连——有苦难言。毕竟，离开台里这个大平台，个人的努力显得那么微不足道。"

当初李明理怎样用话刺激她的，现在沈妍和要原封不动地砸回去。合同能不能签订，对于沈妍和来说已没那么重要。她和孟行辰之间的问题，还有待解决，即便她答应下来，心中也没把握说服孟行辰在不附带条件的前提下签约。既然如此，还不如就此拒绝，免得骑虎难下。

沈妍和说完，起身离开。李明理想要跟着追出来，怎奈众目睽睽之下，作为团队领导，他还是要点儿面子的。于是，故作不在意地笑道："她是个聪明人，知道该怎么做才是最有利的，我相信，她会回来找我的。"

散会后，李明理又把周小亚叫过来，叮嘱她抽空儿再去找沈妍和说说，总之，必须让沈妍和去做正确的事。那份合同，无疑是李明理目前的第一要务，他必须拿下它。

沈妍和买了份晚餐送到医院，父亲果然还没走，他在昏暗的病房内坐着，盯着嘀嘀作响的仪器，正在发呆。

"爸，我带了烧鹅饭过来。"沈妍和进门，打开灯，将饭菜放在小桌子上。

看到女儿过来，父亲原本木然的神情突然变得生动起来，他抑制不住惊喜，忙站起身。

"今天下班早，顺便过来接您。"沈妍和把筷子递过去，"时间很晚了，出去吃的话也很麻烦，咱俩陪着妈妈凑合一顿吧。"

说是凑合，可是小桌子上却摆满了各种饭菜和水果，看上去就很有食欲。刚刚还死气沉沉的病房里突然充满了生活气息，有了家的味道。沈父鼻子有点儿发酸，差点儿落泪。

　　"爸，咱们给妈请个护工吧。"

　　父亲诧异地看看沈妍和，很意外她会突然讲出这样的话。

　　"妈一直醒不过来，您也需要调整一下身体和心情，家中有亲人重病是件很艰难的事，我们都要做好长期奋战的准备，不要把身体拖垮了，那样谁来照顾我妈？"

　　沈妍和说话柔声柔气，她想爸爸会接受她的建议，于是接着说："有护工守在这儿，您就可以不那么担心妈妈了，自己也可以做点儿喜欢做的事。"

　　"我……还能做点儿什么呢？其实……也没什么要去做的事。"沈父迟疑地说着。

　　"您很久没跟老朋友见一见了吧？从前您是喜欢钓鱼、爬山的，这些都是不错的爱好，您完全可以继续。"

　　父亲惊慌失措，像个受到了惊吓的孩子。

　　沈妍和叹了口气："爸，没关系的，我回来了，不管发生什么事，我都会与您一起来分担，您要尝试着放松自己，调整一下生活的节奏，这样对大家都有好处。"

　　"你妈妈……她需要我，没有我在，她怎么办？"父亲满心惆怅。

　　"除非妈妈恢复意识，否则的话，您就算日日夜夜地守在这儿，她也是不知道的。您放心吧，她身边会一直有人照顾，也会得到更好的治疗，一切都和从前没太大差别，唯一有所改变的，是您会变得没那么辛苦，状态也会好很多。"

　　父亲依然无法做出决定，不过沈妍和很清楚，她的话已产生了一定的作用，父亲需要时间去重新考虑这个问题。

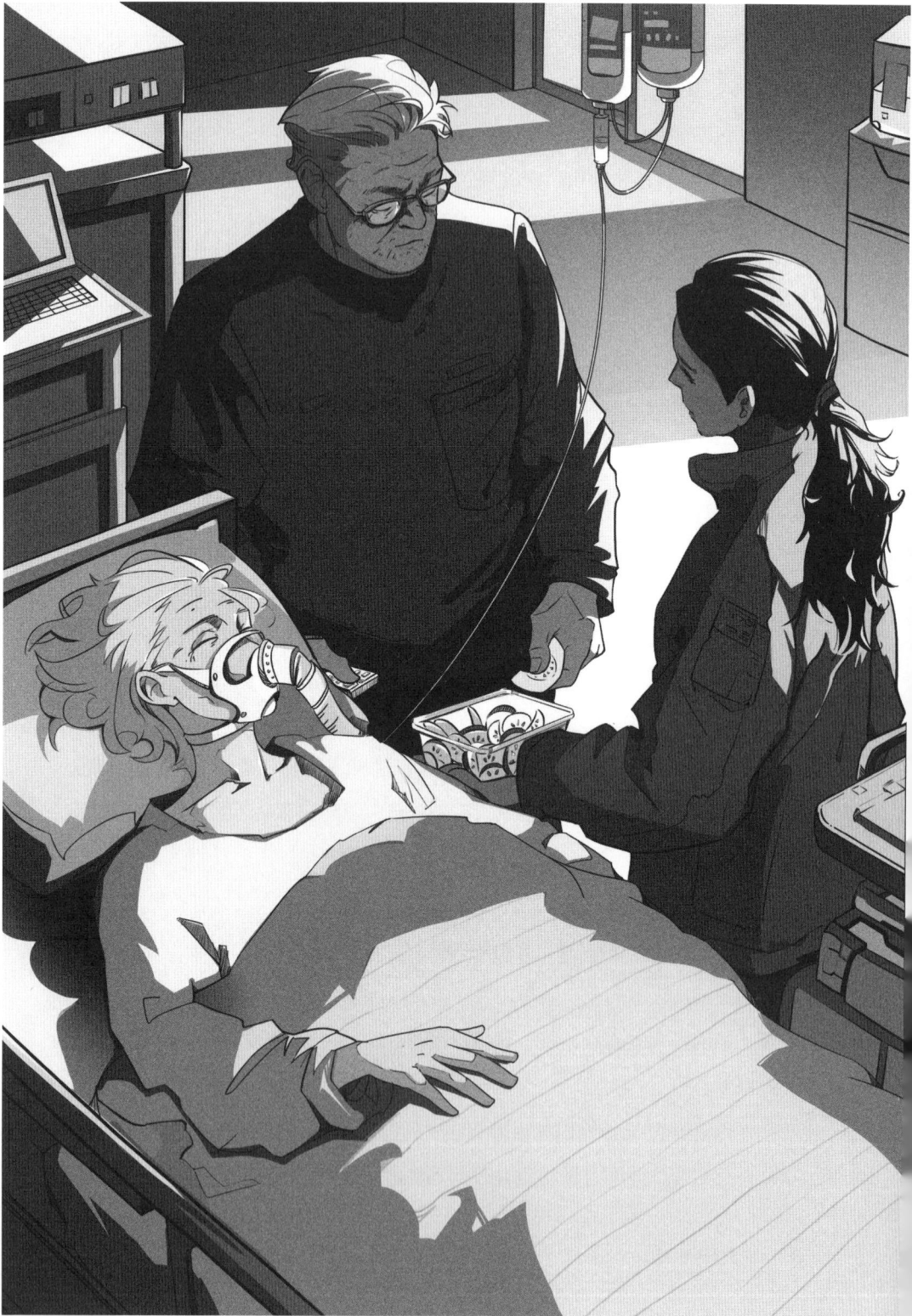

第七章　选边站队

　　周一的晨会比往常多了几张生面孔，沈妍和之所以会关注到她们，主要是因为她们身上有种极具东方古典佳人的美丽气质，即便只是静静地坐在那儿，也与其他人大为不同。

　　沈妍和想了好一会儿，才想起来她们是谁，这不正是她所感兴趣的那几档晚会里经常出现的舞者嘛！即便是卸了妆，不穿舞衣，也能一眼认出来。因为她们身上的那份气质很特别。

　　台里每年都会在春节、清明节、中秋节等传统节日时筹备一两台以东方古典文化为主题的大型晚会，这种以东方歌舞、民俗文化、民族器乐为主的文化盛会，持续开展多年，在国内外都有一定的影响，与另一档戏剧类的节目，成为该电视台内引以为傲的两大品牌。

　　这种极具古典美学的文化类节目，尽管制作精良，艺术价值很高，屡次斩获国内外大奖，台里也做了大量的宣传和推广，却曲高和寡，市场反应平淡，收视率并不高。没有收视率，自然就拉不来广告，节目就无法获得收益，因此，每一次节目制作下来，都要赔上一大笔钱。

　　节目是好节目，却没有产生好的经济效益，没有形成良性循环，屡做屡赔，这还怎么玩？台里还怎么去投资？尴尬呀！

沈妍和对面坐着的一位优雅美人，正是该节目的艺术导演赵清梦。赵导人如其名，眉目如画，身姿婀娜，乍一望过去，就像从古代仕女图里走出来的纤纤佳人一般潇洒、风流。

赵清梦五岁开始学习舞蹈，本就极具天分，又加上勤奋努力，如今，她在国内外享有盛名，不仅是古典舞专业的表演艺术家，还是某大学古典舞专业的特聘教授；不仅获得多项国内外表演艺术大奖，还是该专业综艺赛事的嘉宾和评委。

在专业领域无人能及的艺术家，如今正面临着她无法解决的困扰——钱。

"资金迟迟不到位，我们的工作始终没办法展开。目前所剩的时间已经不多了，编舞配乐需要时间，歌舞排练需要时间，舞美灯光也需要时间，每一项都耗时耗工，如果一直往后拖，最后要保质保量地完成节目制作，简直是不可能的。"说起节目，赵清梦一肚子怨言，"这是每一年都要进行的工作，台里的项目资金也是早早确定了的，既然如此，为什么不快点儿到位，让我们也能尽早工作呢？"

"资金的问题一定能解决的。"主管领导照例打哈哈，说些台面上的话，"财务有财务的流程，你们那边如果想尽早开始，就要配合财务，把相关程序走一下，一切都要按照规矩来嘛！"

见领导如此讲话，赵清梦气不打一处来："每次轮到我们，就得按照规矩来，那他呢？他那边的项目资金，全都是先用了再说，过后再慢慢补手续。领导呀，按照您的说法，先履行好手续再开始制作节目，今年的中秋晚会只剩下不到两个月了，工作量实在太大了，我们完全没有信心。总不能再像上一次那样，节目直播当天还没定下最后的节目单吧！"

赵清梦拿来对比的人，正是李明理。

李明理在制作节目的过程中，同样也会遇到资金不到位的问题。但是，他却能先斩后奏，一路绿灯。说到底，还是节目影响力问题。李明理制作的节目收视率高，在台里自然享受最优惠的待遇，得到台领导、市领导，甚至省领导的支持。

面对困局，赵清梦要尽快想出破局之法，不然就会永远被动下去。

在主管领导面前，李明理向来自信满满，一副高高在上、舍我其谁的样子，听到赵清梦拿自己当靶子，大声讲："赵老师呀，我非常理解你此刻的心情，工作停滞，时间临近，这换成谁，都得十分着急。"

赵清梦没好气地瞪了李明理一眼，知道他肯定没安好心。果然，李明理笑眯眯地继续说："但是，我还是要跳出来提醒你一句，工作上的事，必须按章办事，不然，我们这么大的单位，不都乱套了吗？你得在自己身上找原因，好好地找出解决办法。像你这样在晨会上大放厥词，怕是对于工作推进本身并无益处吧！我是真不明白，有些人水平不咋样，工作也没做好，向台里张口要钱还那么理直气壮，也不知道谁给的勇气，脸皮咋就那么厚呢！"

赵清梦气得脸色煞白。

论起颠倒黑白、打嘴仗，脸皮薄的赵清梦永远不是李明理的对手。她是纯粹搞艺术的出身，擅长做的是专业的事，像李明理那样使用手段，她可永远学不来。

两边杠得激烈，没人敢在这时候开口表明立场，站队支持谁，毕竟赵清梦与李明理所率领的是台里数一数二的团队，得罪了谁，都没有好果子吃。恰恰这个时候，沈妍和突然举起手，表示要发言。

"我是沈妍和，是两个月前进入电视台工作的编导。"

赵清梦对沈妍和的事情早有耳闻，对于她那种敢闯敢干的性格颇为欣赏，只是两人工作上没有交集，私下也没有见过面。此时，沈妍和的出现，赵清梦一时竟有惺惺相惜之感。

"我正式提出申请，想要加入赵清梦老师的团队，一起筹备接下来的中秋节晚会。我善于节目策划，但对于古典美学与东方文化的学习有待提高，希望得到赵老师的指导。"

会议室里一时鸦雀无声，似乎没人料到，沈妍和居然在这个时候，当着李明理的面，跳到与他一向不合的赵清梦团队里去。

"你捣什么乱！"李明理的脸好像被人狠狠地抽了一下。

"我目前还属于编导工作的试用期，按照面试时的相关规定，对于我进入台内所要做的工作，一方面是可以接受领导和各个团队主管的指派，另一方面也可以自主选择去感兴趣的团队，发挥个人专长，尽可能地展现自己的实力。"沈妍和说完，眼睛一眨不眨地盯着坐在李明理身边的江泰山副台长。

江泰山点了点头，承认的确有这么一条规定。

沈妍和满意地微笑着："既然如此，现在正处于工作空档期的我，想要申请加入赵清梦老师团队，应该是会被允许的吧？"

江泰山望了一眼李明理："你不是已经去李导那边了吗？"

"李导那边安排的工作我已经提前完成，稍后李导会提交为我所写的工作鉴定报告。"沈妍和毫不客气地直接将李明理承诺过的事，当着大家的面儿，全讲了出来。

"我没听懂。"江泰山一头雾水地又看向李明理，"李导这么早就给小沈写工作鉴定报告了？看样子，你是对小沈的工作能力非常认可呀！怎么就放小沈走了呢？"

李明理黑着一张脸说："沈妍和的工作暂时告一段落了，后续还有些收尾的工作，她处理妥当了，我才会给她出那份工作鉴定报告。"

沈妍和又举起了手，坚定地说："我已经考虑得非常清楚，赵老师那边正是我最理想的团队，我现在正式提出申请，希望赵老师能考虑我的请求。"

赵清梦的团队接近满编，手下拥有一个相当不错的演员组、编导组、美术组。她近期也没有补充演职人员的打算，就算是未来有计划，也必定精挑细选，绝不含糊。可沈妍和擅长媒体传播和流量运营，正是赵清梦所需要的紧俏人才。早在两年前，她就一直在物色相关人员。

赵清梦正瞌睡呢，有人送来了枕头，当然是喜上眉梢，笑吟吟地点头答应："沈编导愿意来，我当然非常欢迎！"

沈妍和一见对方接下了自己抛过去的橄榄枝，心里就有数了，瞬间笑容满面。

赵清梦难得在场面上压倒李明理一次，整个人也欢喜起来。

沈妍和接着道："既然我要去赵老师那里，关于经费问题，我有不同意见。"

沈妍和这是要交投名状吗？才表明立场就要来维护团队利益、为团队说话了吗？沈妍和在工作上强势，正是赵清梦及她所带领的团队所不具备的。在工作上，沈妍和一向锋芒毕露，咄咄逼人；在正当利益面前，她更是据理力争，强势维护。有这样的战将开路，赵清梦何乐而不为呢？她乐见其成，任由沈妍和去发挥。

沈妍和将重点锁定在江泰山副台长身上。没办法，他是今天主持晨会的领导，也是分管领导，手上拥有决定权，是能拍板解决赵清梦资金问题的关键人物，不找他，又找谁呢？

"我们的节目以东方文化和古典美学为主要创作元素，并融汇了古人的聪明才智，从制作手段到创作内容，都达到相当高的水准，只不过，多数人对它缺乏了解和认识，一旦宣传到位，掌握流量密码，我相信这个节目会家喻户晓，成为经典品牌。好了，我不说废话，为了直观地表达这个节目，我制作了一套视频资料，烦请各位领导和老师欣赏。"

沈妍和说完，站起身将优盘插到会议室电脑上，投屏上立刻呈现出一个视频文件。沈妍和点开视频文件，许多人这才惊愕地发现，原来沈妍和并不是临时起意一时冲动，她显然做足了功课，静待机会的到来。

"我搜集了大量的资料，从节目的完成度、品质、艺术造诣、节目影响力，以及如何引流、变现等相关方面，做了系列分析。视频有点长，烦请大家耐心看完。"

沈妍和边说边展示资料，客观讲，沈妍和的视频资料制作得相当精美，一看就知道下了功夫，具有相当高的水准，就连满腔怒火的李明理，也不得不暗挑大拇指，露出惊讶之色。

赵清梦更是满含热泪，抑制不住激动的心情，不停地揉搓着双手。她平时只顾着埋头做事，将全部精力集中在制作节目上。每次节目制作出来，照例也做了营销宣传，也请媒体做了多次报道，节目的精美也赢得不少的赞美和掌声，国内外大奖也斩获无数……然而，节目就是火不起来，收视率就是上不去！

沈妍和一针见血地指出了问题所在，找到了关键点和突破口，并将之展示出来。她边展示边说："从数据上看，赵老师的团队在节目制作上，已达到国内甚至国际的先进水平，就近三年推出的六台晚会来说，任何一台拿出去，都是顶级水平。我们所运用的舞美、灯光设计和文化元素，以及科技含量和新颖度，均已遥遥领先，这些经验是我们台里的宝贵财富……"

李明理听到这里，再也按捺不住，直接打断了她："赵老师真正需要面对的现状是收视率上不去，耗费大量人力、物力、财力、精力完成的节目，演完了一遍后，就像石沉大海一般，没有一点儿浪花。现代社会，即使是高雅艺术，也讲究一个经济效益和社会效益。你们自己说你们的东西好，在小圈子里互相吹捧，老百姓们不认可，那又有什么意义呢？我认为，就应该严格执行台里的绩效考核制度，对有些投入和产出明显不成正比的节目，该砍砍，该断断，咱们得集中全部的力量，打出几个响当当的招牌来。就像我们制作的大咖访谈节目，那就是标杆。每一期都很火爆，流量来了，广告来了，投资商也来了，这才是真正的双赢、多赢，台里满意，大家赞扬。你看，我们现在还需要那些华而不实的吹捧吗？完全不需要，这才是底气！"

面对李明理的反驳，沈妍和不急不躁，胸有成竹："李导的节目水准和节目效果摆在那里，大家有目共睹，自然不必多加评说。但偌大一个电视台，为什么要分出那么多的团队，原因在于文化需要百花齐放。作为媒体人，我们有责任也有义务将本省的特色文化、中国的传统文化推陈出新、发扬光大，并以精彩的节目形式展现在观众面前。"

沈妍和的辩驳主要对象并不是李明理，她要想方设法说服的是副台长江泰山，只有他才有决定权。正因为目标明确，沈妍和知道自己在做什么，更清楚为什么要这么做。李明理愤怒，赵清梦欣喜，其他人也都有自己的判断和想法。

沈妍和的目光在大家的脸上一扫而过，静等副台长的反应。一直坐在赵清梦身边的舞台总设计师沈行行忽地站起身，倒了一杯温水送到了沈妍和面前。两个女孩年纪相仿，又同为沈姓，仿佛天然便有种亲近感。

沈妍和小声说"谢谢"，继续说："赵老师的团队目前的最大问题还是运营推广欠缺，其实这并不是赵老师一个团队的问题，业内80%的节目都面临着这个困扰。如果我有幸加入赵老师这个团队，我将主攻这个方向。"

"你有办法吗？"赵清梦被深深地吸引，急忙问。

"是的，我有办法。"沈妍和眨了眨眼睛，"稍后我单独跟您汇报整个推广计划。"

会议室人多，李明理还在那边看着呢，万一被他学了去怎么办？有些重要的内容，还得在自己人小范围传播。毕竟，大家是竞争关系，资源有限，必须防着点儿。

"好的，好的。"赵清梦秒懂。

有了沈妍和的助力，赵清梦趁热打铁，又说起了资金的事。

中秋档的晚会，目前他们已设计出初步方案，依然以传统民俗文化为主题，充分利用现代科技，力争做到让人耳目一新。另外，赵清梦计划启用多会场同时录制的方式，在国内选取八个城市的八处风景，以动静结合、主次分明的方式，将整个节目的意境表达出来。

舞台总设计师沈行行也用PPT课件展示了她的舞台设计构想。整台晚会的构思更像一台盛大的舞台剧：从嫦娥奔月的故事开始舞起，百姓为感谢五谷丰登，在丰收时燃起篝火，拜月而舞；皇城之中，金砖铺地，百花齐放，好一派万国来朝的巍峨景象；民间，百姓欢声笑语，摆下美食，阖家团圆。中国人的节日，总是会体现出喜庆、团圆、希望和祝愿等元素，从古至今，这些祖祖辈辈流传下来的习俗，已成为人们生活的一部分。中秋佳节来到，中华儿女载歌载舞庆祝丰收。金色圆月，悬挂于穹顶，那是怎样的一番盛世美景！

"还是老一套，没什么创新之处。但有一点可以肯定，要想达到沈行行所描述的效果，没有三百万绝对下不来。更别说他们还要做资源联动，分设其他取景地，这是什么？这就是哗哗地烧钱！"李明理第一个表示反对，这些话也是有意说给坐在旁边的副台长听的。

江泰山瞥了他一眼："李导，你今天的火气有点大啊！"

"我可没什么火气，这一切都是为台里考虑呀。台里预算就那么多，我并不是跟赵老师争夺资金支持，但好钢要用在刀刃上不是？赵老师是高高在上、不食人间烟火的仙女，我是红尘里摸爬滚打的俗人。仙女只需要美丽就好，俗人还得管着一家老小的吃喝拉撒呀！"

江泰山哈哈大笑起来，没接李明理的话，倒是把期许的目光落在了沈妍和身上，低声说："李导，这个小沈还是有一套的，你不是喜欢她这个类型的嘛，早早把人要了过去，怎么现在却放手了呢？"

李明理自然而然地联想起了前前后后发生的事，他之所以想越过沈妍和，先把孟行辰的那份长约拿过来，记在自己的名下，主要原因还是台长惦记着呢。台长与孟行辰本来就是老朋友，一直以来最迫切地想要完成签约的也是他。李明理时常在台里开会，对于领导们的心思拿捏得非常准。既然上有所想，下必有所效。眼看着之前费了好大劲儿仍没有进展的麻烦事，沈妍和奇迹般地就要完成了，李明理能不跟着心里痒痒吗？

不管是谁去签约，最终这份合同还是要落在电视台里。李明理觉得，只要他认可沈妍和的能力，以后在工作中多给她机会，在她转正时美言几句，这不比一份合同更有价值吗？谁承想，沈妍和却非常在意合同本身，这让他十分难堪。

李明理本想借刀杀人，利用白思年去压一压这个不知好歹的沈妍和。谁知这个白思年却是个中看不中用的花瓶，这让李明理始料未及。

为了这份合同，李明理不得不低声下气央求沈妍和再次出马，但沈妍和根本不接招，而是选择了赵清梦的团队，这让李明理无论如何也难以接受。

沈妍和的那一套理论，尽管把赵清梦等人说得热血沸腾，而在李明理的眼中等于纸上谈兵，不具备可操作性。流量岂是说引来就能引来的？说到底，谁也没有十足的把握。

晨会开得比以往时间长很多，仍没有要散会的意思，李明理心里很不耐烦，他索性闭上眼，听赵清梦继续游说领导。

"古典文化类的晚会是我们台的一个标志性节目，十几年的心血积累到这儿，丢掉了的确可惜。不过，这么一大笔资金投进去，如果还是赔钱赚吆喝，也不是长久之计。"副台长江泰山做了最后的总结，他讲话的速度很慢，言语之间有了明显的倾斜，"等会儿散会，几位相关负责人留下来，就赵老师的项目做个规划，也算是开个绿灯吧。不管怎么说，中秋晚会是今年台里的重要项目，宜早不宜晚，若像去年一样仓促，将来就不好交代了。"

"谢谢！真的谢谢！"赵清梦激动地站了起来，连连鞠躬。这意外之喜来得太突然，赵清梦团队在场的每一个人都松了一口气。

江泰山副台长一声散会，沈妍和起身要走。赵清梦先一步拦下了她："沈编导，等会儿的会议，我希望你能一起参加。"

沈妍和意外地看了看周围留下来的人，清一色全是台里中层以上的领导，以及几支团队的负责人，就连沈行行也离开了座位，要她留下似乎不太合适，她迟疑地问："需要我留下来吗？"

"是的，需要你留下来。你所说的运营计划和流量推广方案，我和各位领导都很感兴趣，等会儿你可以多聊一聊。"顿了顿，赵清梦十分客气地问，"方便吗？"

沈妍和畅快地笑了起来："当然！"

李明理借机离开了。他有预感，接下来的会议不论开成个什么样子，都会让他万分难堪。

白思年和曹轩阳就等在会议室外，今天的晨会，他们没有资格参加，两个人的脸色都有点儿差。虽然各自负责一堆工作，也在岗位上发挥着一定的作用，在此之前，他们甚至觉得，沈妍和与李明理发生矛盾，等于在试用期自绝生路，她也许会自动退出，另寻出路。谁知晨会上剧情却发生了反转，沈妍和一下子成了台里的焦点。

看着李明理出来，白思年迎了上去："李导，您这是刚散会呀？"

李明理爱理不理地哼了声，他很自然地将注意力放在了曹轩阳身上，亲切地问了很多最近的工作安排，甚至还掏了根烟递给他，将白思年晾在了一边。

白思年什么时候受过这样的冷遇？简直比跟沈妍和正面吵一架还要难受，她就尴尬地杵在那儿，走也不是，留也不是。于是，她便朝着曹轩阳使眼色，示意他赶紧结束谈话，与她一起离开。以往对她百依百顺的曹轩阳，今天的反应却特别慢。白思年暗示了两次，他都没反应，等她第三次提醒时，曹轩阳竟然答应李明理中午跟他一起吃个简餐，顺便聊一聊。两人大有一见如故、相见恨晚之感，聊来聊去，曹轩阳八成是要去接李明理抛来的橄榄枝。

白思年的怒火都要从眼里喷出来了，李明理当着她的面邀请曹轩阳一人用餐，她被彻彻底底地忽视掉了。为什么？难道只因为那一份根本不可能签上的长期合同？明明给她的时候，李明理说是十拿九稳，可签不下来，又理所当然地将责任推到她身上。自己成啥了？不是明显的替罪羊吗？

白思年越想越气，回到办公室，无意中看到了那份将自己整个生活推入谷底的破合同，这份合同差点儿成就了她，也几乎毁掉了她！她的第一个反应就是立即拿过来，使劲儿地撕掉它！

然而就在她即将冲动的那一刻，一缕灵光闪过了心头，她不能就此认输，她要绝地反击！

白思年激动地使劲儿一拍桌子，把周围正在办公的同事给吓了一跳。她愤愤道："我真是傻啊，明知道这么重要的事，为什么要让石秘书牵着鼻子走，我得想办法见到孟行辰本人才行！"

萧意与孟行辰之间的商务交涉进行了九个小时，他离开的时候，室内的灯全都关了。石秘书站在门口，似乎还有事，正打算敲门。

萧意拦住了她："孟总在休息，最好不要打扰。"

石秘书抑制不住惊喜："他肯睡了？"

萧意瞥了她一眼："听你这意思，他很久都没睡过？"

石秘书竖起一根手指。

"才一天就这样了？"萧意正想说孟行辰的精力可大不如前了啊。

石秘书摇了摇头："一星期。"

"居然有一星期了吗？"萧意掰着手指头向前推算时间，大约能判断出孟行辰和沈妍和的进展可能不太顺利。还真没看出来，平时淡定超然的孟行辰，犯起花痴来，竟是如此强烈。萧意攥着拳，忍俊不禁，真是不枉费他耗时耗力，跑大老远来看孟行辰，累也值得了。

在公司门口，萧意看到白思年正愁眉苦脸地坐在那里，似乎在等人。

白思年长相甜美，穿着靓丽，萧意不自觉地多看了两眼。石秘书送萧意出门，便道："这是电视台派来的，没有预约，想直接见孟总。"

"电视台的？沈妍和不也是电视台的，这俩人难道是同事？"萧意问。

石秘书困扰地叹了口气："应该是才进台没多久的新人吧，做事愣头愣脑的，我跟她说好几次了，没有预约的话，是见不到孟总的，她不信，非要在这儿死等。"

萧意问："你没跟她说，这种不按照规矩来的行为，你们公司非常不认可的吗？"

"我说了呀，人家根本不理会。还说上一次她们台有个姓沈的编导，也是来公司门口等着，孟总很快就见了。"石秘书翻了个白眼，嘟囔着说，"她也不想想，人和人能一样吗？"

"人和人哪儿不一样了？"萧意饶有兴味地问。

石秘书察觉到自己说漏嘴，连忙收了声，抿嘴微笑。

萧意摇头感叹："石秘书，你不能这样子，话说一半留一半，让我猜谜呀！"

白思年瞧着石秘书送客人出来，生怕错过了，赶紧三步并作两步地小跑着过来。

萧意正要坐电梯去地下车库，他似乎嗅到有关孟行辰八卦的味道，走？那不急！他背着手，站在那儿等着。

白思年很快来到石秘书身边，她先看了一眼萧意，发现这个穿着花衬衫打扮得花里胡哨的年轻人，一看就不像是孟行辰公司的人，于是，殷切地问："孟先生还在忙吗？"

石秘书一板一眼地答："非常忙。"

"就算特别忙，也应该有休息时间吧，我在这儿等了一整天，都不见他出来。"白思年等得心浮气躁，情绪有点儿不稳定。

石秘书的表情透着不耐烦："没人让你在这儿等呀，没有预约，等多久也没有用。如果人人都像你这样，不预约就登门，我们公司还能正常上班不？"

见石秘书不悦，白思年强挤一丝笑容："石秘书，我不是那个意思，先给您道个歉，刚刚的确是有点儿冲动，主要是我在单位也有一堆事呢，那边一直在催，我其实还可以继续等下去，但我得给单位一个回去的大概时间。"

白思年很纠结，很为难，也有万般无奈，她试图把这种情绪传达给石秘书，希望能得到石秘书的同情。可是石秘书不为所动，依然是一副公事公办的样子："你可以现在就回去。没有预约，就算真的等到孟总出来，他也不会破例见你。"

"我……"白思年想说，她愿意去试一试。

石秘书已经转过身去，笑盈盈地对萧意说："我送您去停车场吧。"

萧意随着石秘书坐电梯去了地下停车场，留下怅然若失的白思年走也不是，留也不是。

"这是什么情况？"萧意好奇地问。

石秘书简单地把事情经过讲了一遍："坦白说，电视台的那份录制长约，其实是一桩很扯的事。孟总有多忙，您也是清楚的，放着成千上万的生意不做，一次次跑电视台录制节目，这不是舍本逐末吗？"

"为什么突然说起长约了？"萧意迷糊地问。

"我也不知道怎么又提起来了，电视台那边口口声声说是孟总自己同意的，但他根本没答应过。我觉得，大概是有人为了完成任务，邀功请赏搞这么一出吧！哼，最讨厌这种为了达到目的不择手段的心机女了！"石秘书满腹牢骚。

萧意似乎明白了什么，他要看一场大戏，心情愉悦地吹起了口哨，心中暗想：孟行辰呀，真有你的！之前想签长约，可以有借口去电视台，跟沈编导来一场浪漫的邂逅；后来却不想签了，是发现沈编导人家根本不给机会，再努力也没有用。孟行辰，怪不得最近如此狼狈，这是沦陷了呀！

白思年垂头丧气地回到电视台时，沈妍和正被李明理堵在办公室内好言相劝。

沈妍和一副很无辜的样子，与李明理讲起了道理："首先，我没有答应一直留在你们组，上次去，只是因为您那里缺人，而我的工作刚好没有确定下来，才会有一个临时的安排；其次，我在您组里工作期间，应对得当，圆满完成您交给我的每一项任务；再次，如果您还记得的话，我其实是被您赶出来的。常言道，好马不吃回头草。我都被您赶出来了，怎好再死皮赖脸地回去呢？"

"我赶过你吗？没有的事儿。"李明理明显理屈，强装笑颜，"对于那份合同的事，我承认，当时处理得不够恰当，但我是你的直接领导，你总得给我留点儿面子吧，不要把事情做得那么绝嘛！"

沈妍和一脸不可思议："我做得绝？我怎么绝了？"

"你不该去赵清梦那里呀！"李明理义愤填膺，"再说，你还年轻，才来电视台没几天，不应该做如此不恰当的决定。不可否认，赵清梦那一组节目高雅，有艺术水平，但你要知道，那些纯艺术的东西曲高和寡，不接地气，脱离群众生活，叫好不叫座。将来能给你带来什么经济效益呢？沈编导，从你进入电视台那天起，我就觉得你是个有理想、有追求、有激情、肯吃苦的人，你身上有种别人不具备的特质，我非常欣赏，正因为如此，我才不希望你走弯路，在不适合你的地方白白浪费时光。"

沈妍和一旦确定干什么，就会义无反顾，决不动摇。面对李明理煞费苦心的劝告，坚决予以回绝："李导，您要表达的意思，我已经听得非常明白了。不论您对赵老师有多少偏见，对我本人有多少意见，现在都没有更改的余地了。今天下午，赵老师已经去人事处将我正式调到她那里了。李导，感谢您的一再挽留，不过这件事，还是到此为止吧！"

闻听此言，李明理脸上的笑容一下子消失了，他啐了一口道："别给你脸不要脸！"

沈妍和见李明理不再伪装，心里反而松了口气："您给的脸谁敢要呀？前一秒风和日丽，后一秒暴风骤雨，您的反复无常，我是领教过的。兔死狗烹、过河拆桥，在您李导那儿是家常便饭，在您手下做事让我感到害怕。"

这是彻底与李明理决裂呀！沈妍和说完转身就走，在门口与沈行行撞了个正着。沈行行满脸堆笑："沈编导，赵导有事找你。"

　　"什么事？"沈妍和疑惑地问。

　　"今天晚上，赵导想给你办个接风宴，欢迎你的加入，希望你能赏光。"沈行行搓了搓手，满是期待地说，"赵导定了一家烤鸽子的店，环境幽雅，风味独特。这次沾你的光，让我们美美地大吃一顿，全组欢腾呀！"

　　"今晚吗？"沈妍和有点意外。

　　沈行行紧张地问："怎么，你有其他安排了吗？我也知道这次聚餐安排得有点儿仓促，可赵导真的很高兴，迫不及待地想把你正式介绍给团队成员认识。你知道吗？我们组内最近人困马乏，士气低落，正需要你给大家提提劲儿呢！"

　　沈妍和原计划下班后去医院看妈妈的，她犹豫了一下，决定先跟赵清梦他们碰个面，然后再去医院。毕竟自己已正式加入赵清梦团队，大家以后要在一起合作、共事，需要互相了解，快速磨合，赶快进入工作状态。

第八章　迎新宴会

沈行行高高兴兴地走了，沈妍和却迎面遇上了刚从孟行辰公司回来的白思年。沈妍和对白思年视而不见，形同陌路；而白思年则满腔怒火，急于找沈妍和发泄。

"你别以为自己出了风头，一时占了上风，便能顺顺当当地成为最后的胜利者。"白思年咬牙切齿地说。

"你现在歇斯底里的样子，很破坏形象的。"沈妍和平静地提示白思年。

白思年却以为沈妍和在讽刺她，杏眼圆睁，愈加气愤。

沈妍和见白思年如此情形，也不再惯着她，说："我们来电视台做的是一份工作，无论我们处于一种什么状态，将来成功也好，失败也罢，我们都要坦然面对，不能失去做人的底线，更不能丧失理智，把自己变成一条疯狗，到处狂咬。"

白思年听到沈妍和把自己比喻成"疯狗"，气得浑身发抖，双眼冒火，恨不得立即冲上来，将沈妍和撕成碎片。

见她这副模样，沈妍和觉得自己实在是没必要跟这么个情绪不稳定、性情冲动的女孩枉费唇舌，直接转弯走掉了。

白思年这时却遇到了曹轩阳，欲将新仇旧恨一起发泄在他身上。

"小白，你别生气嘛，我一直想找时间跟你解释的……"曹轩阳忙不迭地解释。

白思年更加傲娇："你有什么好解释的？不过是通过我搭上了李导的那条线罢了。你不想想自己有没有本事去把握，大难临头各自飞，这还没怎样呢，你就想一脚踢开我，这也太过分啦！"

曹轩阳几次想要插嘴，白思年根本不给他机会，像开了火的机关枪似的噼里啪啦地往下说："现在你肯定是没在李明理那儿占到什么便宜，又回过头来找我缓和关系，你以为你是谁啊，你想做什么就能做什么？把我当成猴子一样耍，觉得很好玩是不是？"

被白思年一通臭骂，曹轩阳涨得满脸通红，连忙向白思年道歉。

"我今天算是认清了，原来你跟沈妍和一样，都在心里把我当成对手来看待，只不过，她一开始就表达得清清楚楚，而你比她虚伪，比她更可恶！"

曹轩阳也是有尊严的人，被白思年骂得面子挂不住，扭头就走，再不愿意多看她一眼。白思年以为曹轩阳会惯着她、主动哄她，但曹轩阳的离开让白思年十分失望。白思年原本想连曹抗沈，现在曹轩阳也离她而去，看来谁也靠不住，一切还要靠自己。

白思年暗下决心：孟行辰的长约，我一定会拿下来！等着吧，沈妍和、曹轩阳，以及所有看不起我的人，我一定要惊掉你们的下巴。

赵清梦订了个大包间，摆了两大桌，将团队所有的主创人员全邀请过来，大家热热闹闹地度过了一个晚上。这既是给沈妍和举办的欢迎宴，也是中秋晚会筹备的誓师大会。

每一年的重要项目开始之前，赵清梦总会秉承传统，摆上一两桌，给大家打打气。今年的启动资金比往年审批顺畅许多，赵清梦显得无比放松，破例喝了酒，微醺时还唱起了歌，包间内觥筹交错，人声鼎沸，好不热闹。

沈妍和与沈行行坐在一起，第一次参加这样的聚会，有歌有舞，有酒有菜，有情怀更有远大目标，少了一些人情世故，多了一些热血赤诚。

"我喜欢你们的团队。"沈妍和愈发觉得自己没来错地方。

沈行行笑呵呵地纠正："你应该说咱们的团队。沈编导，以后你就是咱们这一组的一员了，咱们有福同享，有难同当！"

"是，你说得没错。"那股子江湖豪气，刹那间涌上了沈妍和的心头。

团队成员陆续过来敬酒，她一开始还是小酌，但很快兴奋起来，忘记自己不胜酒力，应适可而止。喝酒这种事，本就讲究一个心情，遇到对的人，千杯不醉，多喝一点儿也无妨；话不投机时，再好的酒也难以下咽。

沈妍和上一次微醺，还是和孟行辰一起喝酒，她心情惬意，也就多饮了几杯。

今晚又是如此。因为受到赵清梦的高度重视，又得到团队认可，别人敬酒又不好驳人家的面子，加上自己第一次与大家见面比较亢奋，心情舒畅，沈妍和就尽兴多饮了几杯。宴会结束时，沈妍和已经晕晕乎乎了。

"沈编导，我叫辆车，送你回去吧？"沈行行熟练地安排着后续工作。

"不用了，我家离这儿不远，向前走两条街就到了。"沈妍和拒绝了沈行行的安排，醉了的时候，她讨厌进入狭小的空间，那样会觉得窒息。

沈行行虽然担心，但看着沈妍和说话还比较清醒，就没有坚持。

沈妍和顺着长长的街道缓缓向前走。夜风微凉，吹啊吹的，一开始觉得很舒服，可很快，沈妍和就有种天旋地转、摇摇欲坠的感觉。她顺势在街边的长椅上坐下，就这么一动不动，坐了好一会儿。

在自己将要昏睡之前，沈妍和拿起手机，找了一个看起来很熟悉的号码，拨打了过去。对方一接通，沈妍和便开口吩咐："喂，快来接我，我要睡着了。"

这个电话是打给孟行辰的，当孟行辰急急忙忙找到沈妍和的时候，她蜷在长椅上，头埋在包里，睡得正香。孟行辰满头是汗，见到沈妍和这个模样，又惊，又吓，更是后怕。

"沈妍和，你疯了是吗？喝这么多酒做什么？"孟行辰拍了拍她，毫无反应。

孟行辰恼火得不行："这个女人，酒量不行就别逞能啊！你也不想想深更半夜醉在路边，万一遇到坏人了怎么办？"

沈妍和眉眼放松，也不知道在做什么美梦，嘴角弯弯翘起，看上去有说不出的幸福。

孟行辰使劲地抓了一把自己的头发，很是无奈："明天再跟你算账！"

孟行辰把失去意识的沈妍和抱上车，却又面临另一个问题。

沈妍和醉得不省人事，把她送到哪里去呢？上一次，两人约会后孟行辰只是将沈妍和送到她所住的小区附近，并不知道她家的具体位置。

孟行辰决定就近找一家酒店，给她开个房间，暂时安顿。当看到沈妍和窝在车里醉得不省人事，又觉得不妥。在沈妍和最需要帮助的时候，她选择了首先给自己打电话，说明对自己非常信任，把她放在酒店里万一出事了怎么办？考虑再三，孟行辰最终决定将沈妍和带回自己的另一套房子里。这套房子孟行辰自己单住，几乎没有邀请外人来过。

在陌生的环境里醒过来，是一个非常惊悚的体验。宿醉令沈妍和头昏脑涨，第二天清晨醒来，沈妍和才后知后觉地意识到，自己并不是躺在家中的床上，周围的一切更是陌生到令人窒息。这种难以言表的惊吓，直接把最后一点儿迷糊全驱散了。

沈妍和从床上弹坐而起，她首先检查自己的衣服，哎呀！糟糕！一丝不挂，一件不剩，她像一条光溜溜的鱼，被一条蚕丝被裹在其中，而那原本属于她的衣裤，被丢得到处都是。

昨天晚上，这里难道发生过一场不可描述的激战？不不不，沈妍和的脑子里除了有种要爆炸的感觉，想不起其他任何信息。

这是哪里？谁带她来的这里？还有，到底发生了什么？

沈妍和艰难地爬了起来，却又重重地摔了回去，身体要多难受就有多难受，她有些绝望，又忽地生出了无名的怒火。她连忙抓起手机并打开，发现有一条短消息：

吓蒙了吧？请你记住此刻的感觉，并且永远引以为戒！如果没有我把你带回来，你还能在不受到任何伤害的情况下，安安稳稳地睡一觉吗？另外，你的衣服是你自己脱的，我在你开始不恰当的脱衣行为时，转身离开了，你甭想把醉酒断片的羞耻感发泄在我身上。

落款写着：猜猜我是谁。

沈妍和扒拉一下通话记录，顿时发出痛苦的哀号。

谁能解释下，为什么她昨晚会主动打给孟行辰？这毫无意识的尴尬行为，真的是她做出来的吗？她能不能选择不承认呀？

沈妍和在房间内做了足够的心理准备，这才进了浴室，她需要用冷水来冲刷一下自己，清醒清醒头脑。

二十分钟后，沈妍和冲洗完毕，这才发现，浴室门口放着一套男士睡衣，还有孟行辰的留言：你有两个选择，暂时穿我的，或者穿你自己的。

在别的男人家里，穿那么熟悉的男人的贴身衣服，总觉得不太合适。可等她把自己丢在地上的衣服捡起来时，扑面而来的异味，让她连忙丢在一边。算了，不就是一件衣服嘛，昨晚那么不堪的事都做了，也不差这一件了。

沈妍和判断，孟行辰应该在某个房间，没有出门。沈妍和穿着孟行辰的睡衣走出房间，她要先给孟行辰道个谢。

客厅里，一台超大的电视正开着，孟行辰盘腿坐在地毯上专心致志地打着赛车游戏。黑、白两只猫像哼哈二将似的，守在他的身旁。等沈妍和走近了，两猫和一人，动作一致地转头，向她望了过来。

"醒啦？"孟行辰迅速把头转了回去，继续沉浸在游戏里，"解酒药喝了吗？"

"嗯。"尽管没有被孟行辰紧盯着，沈妍和依然觉得有点儿喘不过气来。

"餐桌上有早餐，去吃点儿吧，身体会舒服些。"

孟行辰话音刚落，两只猫便一起朝沈妍和走过来，先到脚边闻了闻，接着便毫无顾忌地围着沈妍和蹭了蹭，俨然把她当成了女主人。

沈妍和站在原处，一动不敢动，有点儿不知所措。

"黑的那只是阿圆，白的是阿宝，它们今年都是三岁，是我养的猫。我家很少有客人光顾，阿圆和阿宝还在适应当中。你放心吧，它们蹭一蹭就慢慢习惯你了。如果你想与它们建立良好的关系，等会儿可以去架子上拿一些零食。相信我，它们只要吃上几次，便会认定你是好人，会很喜欢你的。"

沈妍和心想，她为什么要跟这两只猫建立良好关系啊，她只是偶然闯入这里，又不会长时间停留，而且以后大概率也不会再来了。

早餐只有一份，一碗粥、一碟酱菜、一个煎得金黄的鸡蛋，还有一小份三明治和一杯牛奶，当然也没有忘记切一小份水果拼盘。

早餐既丰盛又可心，这个孟行辰可真是用心呀！

沈妍和心里暖暖的，一口气把早餐吃光了。不得不说，醉酒后吃点儿补胃的食物，身体也舒服起来。

沈妍和一吃完饭，孟行辰像算好了时间似的出现在她身边。

沈妍和还没有摆脱昨晚的尴尬情绪，小声解释道："昨晚上我跟同事聚餐，喝多了点儿。谢谢你解救了我！"

"一个女人深夜醉倒街头，你知道有多危险吗？万一遇到坏人怎么办呀？"孟行辰本来不想说教，但看着沈妍和顶着蓬松的秀发，坐在那儿发愣，不由得多说了几句，"沈妍和！你有没有在听我说话？"

听到了孟行辰在点自己的名字，沈妍和拽了拽自己身上的睡衣，有些苦恼地问："孟行辰，你家洗衣机应该是有快速烘干功能吧？"

"什么意思？"

"我今天上午要去台里另一个团队报到，现在时间已经不多了，既来不及回家去换衣服，也来不及等商场开门去买。"沈妍和声音软软的，表达着自己的无奈。

孟行辰心领神会地拿着沈妍和的衣服，来到洗衣机旁边，一股脑儿丢进去之后，又拿出来看看衣服材质标识，自言自语道："不行，裙裤是桑蚕丝的面料，上衣也是真丝的，如果高温烘干和熨烫，会变形的。"

孟行辰抱着沈妍和的衣服去了洗手间。

沈妍和不知所措地问："你要做什么？"

"拯救你的事业。"孟行辰回答。

不等沈妍和说完，孟行辰关上门。二十分钟后，孟行辰将手上折叠整齐的干净衣服递给沈妍和。

"你会魔法吗？太厉害了吧！"沈妍和是真的感到意外，把脸埋进了衣服里，闻了闻淡淡的清香气息，和在孟行辰车里闻到的是一个味儿，那是专属男性气息，清冽而独特。

"赶紧换上吧，你要迟到了。今天上午我也有个会，不能迟到，所以，等会儿我顺路送你去电视台。"

顺路？怎么可能顺路！孟行辰的公司和电视台明明是两个方向。不过，沈妍和顾不了那么多了，她很享受孟行辰的这种体贴和照顾。

一路无话，孟行辰的车子很快到了电视台。

沈妍和下车，清了清嗓子，郑重其事地说："你说得很对，如果不是有你，我昨晚真的要遭殃了。真的谢谢你！"

"不要再喝酒。"孟行辰强调道。

"我平时没有饮酒的习惯，这次是个例外。"

在沈妍和走远之后，孟行辰摇下车窗，冲着她的背影大声喊："下次，如果再有你所说的例外，还可以打电话给我。"

沈妍和没有反应，也没有回头，几步跨上了台阶，消失在大厦的入口处。

孟行辰心想，她应该是没听见吧。就在这时，孟行辰手机上传来一声轻响，沈妍和给他发了一条信息过来：孟总，谢谢！

还叫孟总呢？真是生疏呀！

沈妍和的第二条信息紧接着发了过来：以后如果你也有不得已的状况时，我也会随时待命，江湖救急。

孟行辰得意地笑了。

赵清梦开了个早会，对中秋晚会做了具体部署，每人都有工作任务，还规定了时间和流程，要求最初的节目单，在本周五前要定下来。满打满算，只有三天时间，这速度快到了极致。

在会上，赵清梦给沈妍和的任务是："这一台晚会的宣传推广和引流，全权交给沈编导负责。你要重新组建一支队伍，找合适的人，做恰当的事，我不关心过程，我只需要满意的结果。"

沈妍和做了个"OK"的手势，脑海里开始物色合适的人。

散会之后，赵清梦把沈妍和原来负责宣传推广的杜亚飞留下来，对沈妍和的营销计划做进一步的讨论："你说得很对，每一场节目在正式播出之前，提前预热，大范围宣传，这都是十分重要的。其实我们从前也一直在做，报纸、电台、电视台、网站、自媒体、小视频、公众号，这些都在做，但效果并不理想，收视率摆在那儿呢，不上不下，永远是叫好不叫座的样子。每次一想到这个，我都心塞。"

看着赵清梦推心置腹、百般真诚、万般信任的样子，沈妍和备受感动，如果不尽力把赵清梦的愿望达成，她都要生出负罪感来了。

"宣传是要有技巧的，若没有找到大多数观众期待的那个点，即便铺天盖地地做宣传，效果也不一定很理想，这或许是之前节目一直没有爆火的原因吧。"沈妍和将自己的设想和盘托出，"我也是第一次正式接触气势如此恢宏、底蕴如此厚重的节目，它将上下几千年的历史，浓缩在美轮美奂的节目里，再用多种高清晰、超震撼、强冲击的大视角展现给观众。正如李明理导演所说，节目的艺术表现反而与普通观众产生欣赏上的鸿沟，说白了，就是看不太懂。观众守在电视机前，看了老半天，除了浮光掠影的灯光、美轮美奂的舞美效果，最终在心底能留下多少触动和感动呢？另外，晚会是通过电视直播、网络线上直播的方式在传递，而观众在观看节目的时候，也必然受到电视、电脑、手机等设备的分辨率，音响的限制，进而影响到了观赏的效果，如此一来，我们最具有优势的部分，反而弱化了。"

沈妍和的话多少让杜亚飞不高兴。沈妍和的突然到来，抢走了她的工作。按照赵清梦的安排，她只能配合沈妍和，给她当助手。杜亚飞接受了安排，努力调整失落情绪，告诫自己要向沈妍和学习。没想到，沈妍和一上来便说了这么一番话，这让她气不打一处来。

"你这样子说有意思吗？还没开始做事，就先把后路铺垫好了。怎么，没有信心了？牛皮吹得震天响，可不要收不了场，下不来台呀！"来自东北的杜亚飞是个直性子，说话很冲。

沈妍和并不生气，胸有成竹地说："正相反，我非常有信心。我刚才是在分析过去我们宣传推广没有取得良好效果的主要原因。"

赵清梦点了点头，对沈妍和的观点表示认同："是呀，想要找到治标又治本的好方法，首先要对自身的节目，有一个充分而又正确的了解。不妨谈谈你的具体思路。"

沈妍和轻轻点了点头："时尚爽点很重要，我们接下来的主要任务，就是找到这个能牵动老、中、青，尤其是青年人的爽点，然后围绕爽点下手，变换各种方式，确定他们的接受度。"

赵清梦听得似懂非懂。

杜亚飞有点不屑地说："你这还是纸上谈兵，谁不知道找核心、抓爽点是吸引流量、聚焦话题的最好方式之一，但问题是，爽点、热点、关注点，有那么好抓吗？一代人有一代人热爱的东西，一代人有一代人的欣赏习惯。同一件事，可能用这种表达方式不行，换了另一种方式便会大火，也可能尝试了无数次，依然不温不火。每个媒体从业者，每天绞尽脑汁都在做这件事，这也造就了短视频、自媒体行业的空前繁荣，观众的审美和接受程度越来越高，对一件事的持续关注时间越来越短。要想将节目做得火爆，还要持续火下去，哪有那么容易呀？"

见沈妍和并不反驳，还在认认真真地做记录，杜亚飞的情绪稍微转好一些，她放底了声音，继续说："流量为王、信息喷涌的时代，我们去找最适合扩散传播的方式，当然是正确的。但我认为，你太乐观了，网民、观众如今的兴奋点，早被那些各式各样的信息抬到相当高的程度，想要引起他们的关注，并不是那么容易的。"

沈妍和打了个响指："没错，就是要以一个特别的方式，牢牢抓住他们的眼球，给每个粉丝心里都粘个小钩子，让他们不由自主地持续关注，欲罢不能。类似于爱豆与粉丝之间的联系，虽然爱豆不与粉丝亲密接触，但并不影响粉丝对爱豆的热爱和支持。"

杜亚飞明显觉得沈妍和的说法太过理想化，她冷笑了半天，刚想组织语言与沈妍和辩论到底。可沈妍和明显不想在这种事上浪费时间，她敲了敲桌面，吸引了大家的注意力，继续说："赵老师，这就是我们未来两周要做的内容，用最简单的两个字来表达，那就是'预热'，而更具体的方式，就是想办法提取节目最精彩部分，并用特殊的方法将其传播出去。"

"预算！预算！预算！"杜亚飞强调了三次，"沈编导，你现在的每一个设想，我都闻到了金钱的味道。你别忘了，咱们这儿除了人手不足、资源不足、领导的关注度不足，还有个最大的难题就是经费短缺。台里拨过来的经费，必须专款专用，我们小组能拿到的运营经费都是非常有限的。你很快就知道，我说的有限，不足以支撑你的任何设想。"

对于这一点，沈妍和心中有数，她点头："这个我理解。"

"就这？然后呢？"杜亚飞愕然，她讲了那么多，沈妍和是一点儿反应都没有，她是没听清楚自己的话吗？

"这两周的工作，其实是一个不断探索、不断试错的过程。我会将目前所掌握的流行、爆火且效果比较好的推广方式，一一与大家分享，然后会拿出更具体的计划展开工作。"沈妍和轻描淡写地说着，"一切结论等两周后再下也不迟。"

沈妍和不肯再讲更具体的内容，但赵清梦相信沈妍和的心里肯定是有计划的。既然沈妍和已做好放手去干的打算，自己又何必在一切都没有开始之前，先让她许下承诺呢？

"好，我清楚了。"赵清梦微笑道，"你全力去准备，有处理不了的问题，随时来找我。"

身为团队负责人，赵清梦负责排忧解难，她的话宛如给沈妍和吃了定心丸。下班之前，杜亚飞匆匆忙忙地来找沈妍和，看来还是不放心，想要问问更为具体的东西。

"你似乎很急躁。"沈妍和摇了摇头，"我送你八个字：急事慢做，静水深流。"

"我不想听什么心灵鸡汤，更不是要听你讲励志成功故事。沈妍和，我和你不一样，在团队里，我是处于边缘化的位置，正在失去赵老师的信任。其实，我对这份工作也是真心热爱，也将之视为终生奋斗的事业，一时的挫折，只会激发我的斗志。"杜亚飞攥着拳头铿锵有力地说。

沈妍和趁着杜亚飞热血沸腾之际，"啪"地往她面前甩了一摞文件："这是你明后两天的工作任务，将我给你列出来的三十个公众号里的六十篇推文，做一个系统的梳理和分析，然后给出一份科学的分析报告，我要从你的报告里知道，为什么这些推文在十二小时内都能做到转发量十万+。"

"啊？"杜亚飞愣住了，她不置可否地翻开文件，果然看到沈妍和已经替她选好的三十个公众号的六十篇文章。

"搞得定吗？"沈妍和试探着问。

"搞是搞得定，但是，这有什么意义呢？这些公众号，涉及五花八门的行业，推送的文章也没什么规律，你要我分析它们做什么？"杜亚飞不太情愿，她认为沈妍和给她安排的工作完全是在做无用功。

"这些公众号唯一的共同特征就是爆款。"为了让杜亚飞心服口服、心甘情愿地为自己打下手，沈妍和耐心给她分析，"爆款的逻辑，就是流量倾斜的走向，我们首先要搞清楚别人成功背后的逻辑，再想办法套用到我们的产品当中。这是在时间有限的情况下最快速便捷的做法。我们现在人手少，工作量大，希望你提前做好准备。另外，我觉得，除了大合唱、舞蹈靠人多才能营造出特别氛围，其他工作不一定人多就好。只要我们工作方向对，效率高，两三个人照样能把效果做出来。"

杜亚飞喃喃道："我还是觉得你太乐观了。"

嘴上虽然这么说，杜亚飞双手已经在翻看文件，准备投入工作了。

沈妍和微笑道："那就拜托你了。"

"我只能试试看，有些事我也是第一次做，你不要抱太多期待。"杜亚飞说完，抱着一堆文件离开了。

杜亚飞的工作状态，沈妍和之前做过调查。她不是不会做事，也不是不想做事，问题在于她始终找不准自己的方向。在电视台工作多年，很容易循着惯性，按照固有的模式去工作。有时候改变，并不仅仅限于自身，所处的环境也十分重要。

瞧着杜亚飞跃跃欲试的样子，沈妍和感到几分心安。

下班时间刚到，沈妍和的手机立即响了起来。号码虽没存，但沈妍和熟悉这个号码。

"孟行辰？"沈妍和接起电话。

"今天晚上有事吗？要不要见一面？"孟行辰发出邀约。

沈妍和清了清嗓子："有事吗？"

"说有事，也有事，但不是什么大事。"孟行辰叹了口气，"我想跟你确认一些事，电话里说不清楚，还是见面聊比较好。"

沈妍和一听说有正事，瞬间来了精神，便答应和孟行辰见面。

沈妍和随着下班的人群走出电视台的大门时，马路对面，孟行辰戴着墨镜，背靠着车门早已等在那里。远远望去，孟行辰高大俊朗的身躯，很帅，很迷人，活像从海报里走出来的大明星。那一刻，沈妍和好像是被他给帅到了。

在沈妍和身后，白思年也从办公楼里走出来，她还在打着电话，试图与那个十分不好沟通的石秘书，再次预约时间。然而，她的请求还是被石秘书无情地拒绝了。

"这也许就是上天对我的考验吧，它告诉我，成功不是随随便便获得的，如果没有运气加持，就必须拥有百倍的努力。"白思年把心灵鸡汤灌了一碗又一碗，安抚着自己饱受挫折的内心。

就在这时，白思年愕然地发现，她一直要找的那个男人，竟然就站在距离自己不足二十米的地方。他似乎是在等人，夕阳柔和温暖的橘色光线，将他整个人清冷的气质给柔化了，很美，真的很吸引人。

"孟总……"白思年毫不犹豫，一路小跑，朝着孟行辰所在的位置而去。

比她更快的，是一抹纤细的身影，走到了车子跟前，正与孟行辰说着什么。两人有说有笑，分外熟络。孟行辰殷勤地帮那个女人打开车门，体贴地用手挡在车窗上方请她上车。每个看到这一幕的女孩，都会投去羡慕的眼光。

白思年急于确认那个女孩的身份，然而让她万万没有想到的是，那个女孩居然是沈妍和！

什么情况？白思年感觉自己好像被一道闪电劈了个正着，原本还有的某种自恃与清高，被亲眼所见这一幕给彻底击碎了。

孟行辰调转车头，在白思年的身旁画了个弧线，白思年与坐在副驾座上的沈妍和隔窗而望，不超过三米。沈妍和平静地摇上车窗，对白思年的存在视而不见。白思年呆立在原地，被喷了一脸的汽车尾气。这一刻，她气得想尖叫，想用骂娘的方式来发泄心中的怒火。除此之外，她似乎也没有其他的办法。

车内，孟行辰当然也看到了白思年，对电视台换人签约的事情听石秘书说起过，于是，主动问道："对了，那份长约，不是应该由你来负责的吗？"

"李导那边的长约？"沈妍和揣着明白装糊涂。

孟行辰嘿嘿一笑："你别装傻，那天在商务酒宴结束之后，明明是你在说，希望我能签署那份合同，长期稳定地与你保持合作关系。"

"有吗？"沈妍和瞪圆了眼睛，表现出很无辜的样子。只可惜，演技不过关，孟行辰根本不吃这一套。

"有的！并且我已腾出时间，做好了充分准备。"很明显，孟行辰在送人情。

"我已经离开了李导那一组，后续的工作会有同事来做，如果你确实要签长约，我会让同事联系你。"沈妍和一副公事公办的样子，似乎并不领情。

孟行辰的脑子多么灵活呀，微一皱眉，感觉沈妍和话中有话："你被针对了？"

"我已不在原来的岗位上，自然也不再负责原来的工作。"沈妍和不想背后说人坏话，也不想深谈单位内部事务。对于李明理的决定，沈妍和并无异议。反正，她对自己有着绝对的自信，不论到哪个岗位，她总有能力混得风生水起。早早地从不恰当的岗位上离开，未必不是件好事。

孟行辰的眉头紧皱，追问道："李明理做的？"

"瞎猜什么。"沈妍和根本不接话茬。

"好吧，我知道了。"见沈妍和不愿意多说，孟行辰也不再强求。

针对新的工作岗位，孟行辰多问了一句，原以为沈妍和也会保持沉默，却不想她打开了话匣子，兴冲冲地说起了赵清梦的项目。

"我学了十几年的音乐、美术，对于音乐与色彩有着天然的兴趣。你知道吗？我从来没想过，世界上会存在着一种舞台艺术，将上下五千年的中国文化、历史，和色彩、光影，以及现代影像技术进行完美结合，最终呈现到观众面前，这种节目既高端大气、充满艺术气息，又接地气，一般老百姓都能看得懂。我很欣赏这种节目，你知道是什么感觉吗？"

"什么节目这么让你感动？"

"不不不，不只是感动，也不仅仅是激动，情绪很多，混合在一起的时候，你会发现真的很难用言语来表达。"沈妍和按住了胸口，回忆那种感觉，像是完全沉醉在那种氛围之中，"所有形容词，所有美妙的字句，都不能精准地表达它、描述它。在这些节目里，我与古代帝王产生了深深的共情，从莺歌燕舞中，了解了'春宵苦短日高起，从此君王不早朝'的梦幻；理解了赶考的举子，'学成文武艺，货与帝王家'的忠诚；明白了'剪断三千烦恼丝，无牵无挂自逍遥'的洒脱……太美了，太惊人了，我对于音乐和画面的感悟，在那一瞬间得到了质的提升。孟行辰，这还只是在观看回放的视频，如果在现场观看这些节目，我一定会完全沉浸其中，忘却身在何处。"

"有那么好吗？"孟行辰微笑道，"听你这么一说，我竟然有种想看的冲动。"

沈妍和一下子兴奋起来，孟行辰感兴趣的样子，让她觉得自己寻觅到了知音。

"只可惜，在电脑上观看，其实连节目十分之一的效果都感受不出来，屏幕太小，分辨率不够，音响效果更是不行，也没有现场氛围。"正因为如此，沈妍和发现自己突然超级期待中秋节晚会，自己一定要在现场找一个最佳观赏点，好好地过一把瘾。

"我家的电视是定制的，应该是目前能够购买到的最大屏幕，分辨率什么的一定能令你满意；至于音响，不会比你们电视台演播厅的差，是家用级别里的发烧机，最适合播放层次感强的音乐，高中低音的表现都称得上完美。"停顿了一下，孟行辰发出邀请，"怎么样，要不要去试一试效果？"

沈妍和满是诧异地看向了他。唯恐沈妍和会误会，孟行辰连忙解释："被你说的，我也对这台堪称光影盛宴的晚会有了很多兴趣，反正现在是下班时间，没什么重要的事，不妨尽情地去欣赏一番，你说呢？"

沈妍和有些犹豫，她觉得自己和孟行辰的关系，远没有熟络到去他家里，单独相处，度过只有彼此的夜晚吧。

"你大可不必担心，我不会借机对你做什么坏事。如果我想，昨晚在你醉得不省人事的时候，不就下手了？反正你什么也不知道，更不会反抗。"

沈妍和被孟行辰说得脸色迅速涨红起来。

孟行辰一本正经说道："我已经证明过自己的人品，你不需要处处防备了吧。沈妍和，不要被我之前的表白所困扰。我想，我们可以从普通朋友做起，做个可以共同分享爱好的朋友，怎么样？"

沈妍和原本也没把事情想得太复杂，只不过有些不好意思跟孟行辰共处一室罢了。被孟行辰这么一说，想到昨晚发生的事，自己多少有些不堪，能不脸红吗？

"晚上可以在家里煎牛排，我的冰箱里有几块不错的和牛，还有刚送过来的笋和马铃薯，稍稍地做一下，就是一顿不错的大餐。"孟行辰自顾自地安排起来，他还不忘打几个电话订了外卖，让人送水果、零食和猫饭。

见沈妍和哭笑不得地在看着他，孟行辰认真解释："阿圆和阿宝虽然是喵星人，但它们非常聪明，每次我晚上加餐，如果不给它们预备好吃的，它们准会闹腾的，久而久之，我也就习惯了，吃饭不能吃独食，一定要照顾好它们。"

见沈妍和没有答应，孟行辰继续诱惑道："我家里的电视、音响，还有隔音设施都是为了打游戏而装备的，不过，用来看电影、看舞台剧，那也是足够用的，不会比影院里的效果差，你如果不去感受一下，实在是太可惜了。这可是独一份，过这村儿可就没这店了。"

如此卖力地推销着自己，沈妍和都被逗乐了："比起做老板，你更适合做推销员。"

"在创业之前，我一直在做推销，卖过啤酒，卖过车，卖过自己开发的软件，还计划过卖房子。"

沈妍和一听就来了精神："怎么样？营业额好吗？"

"当然好，创业所需的第一桶金就是这么赚来的。"

两人的话题很自然地转到孟行辰创业之前，沈妍和虽无意打探孟行辰的私人生活，但孟行辰似乎找到了分享他创业故事的人，十分享受这种倾诉的感觉。在此之前，沈妍和也一直生活在国外，因此，孟行辰的那一段留学经历，引起了她的强烈共鸣。

普通家庭出生的孩子，最终能够获得出国留学的机会，并且能顺利地完成学业，其实是很不容易的。不管孟行辰讲得多轻松，沈妍和还是体会到他国外求学的艰辛。本质上来说，他与她是同样的人，认定的事，哪怕再苦再难，也会坚定信念去完成。

沈妍和本想拒绝孟行辰的邀请，可哪里有机会呢！孟行辰把每一步都规划好了。当孟行辰决定全力以赴投入这场情感追逐时，她与他皆是局中人，哪可能轻易退场呢？

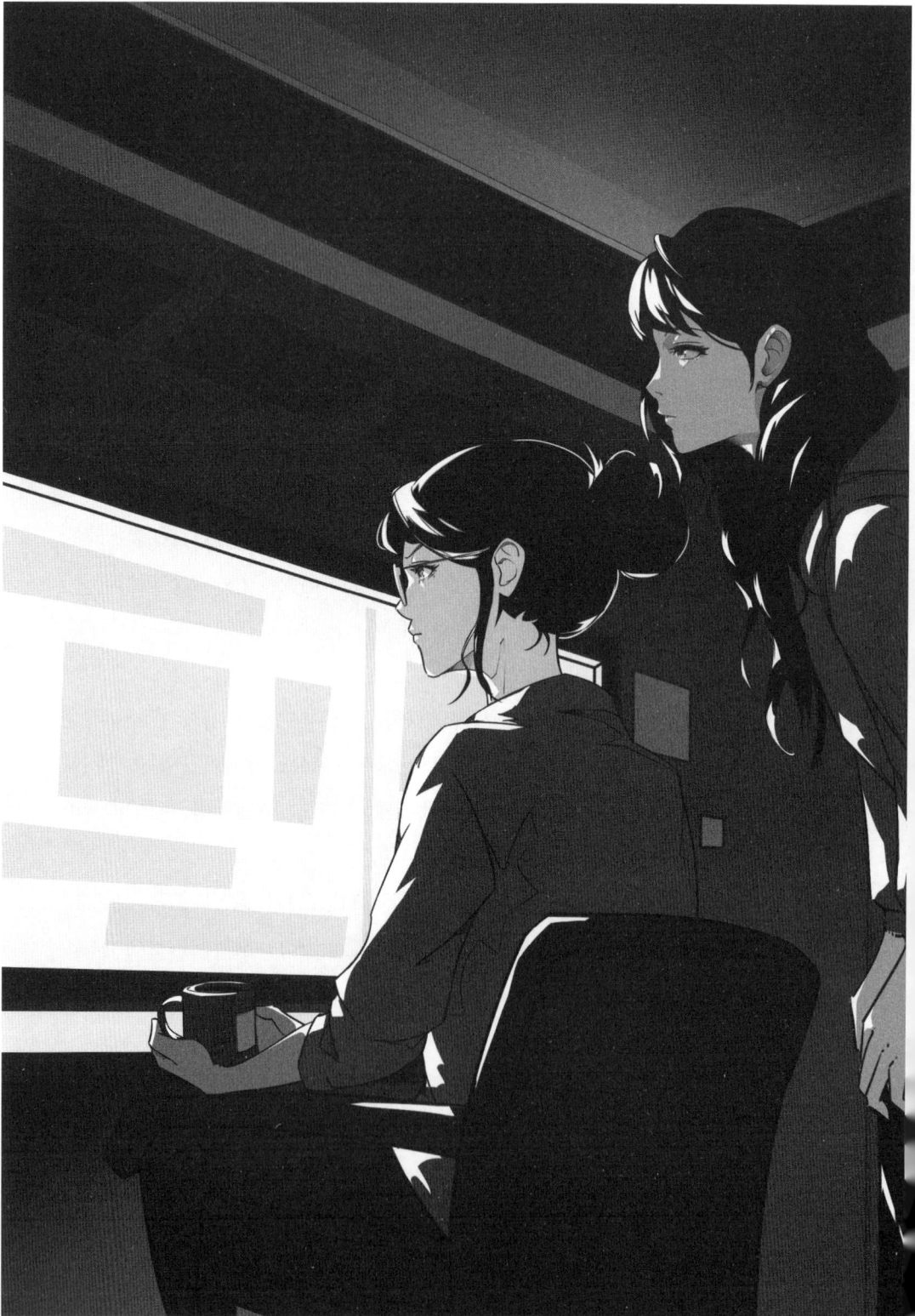

第九章　不愿服输

　　孟行辰用做游戏测评的专业设备，播放电视台的高清录像，那是大材小用，但又不得不说，效果是极好的。

　　之前沈妍和在电脑上匆匆看过了一遍，节目就宛若一场视觉盛宴让她欣喜若狂，而这次在专业播放设备上再次观看，其演出效果更令她震撼和兴奋。她拿出笔和本，像学生认真听课一样，从专业的角度，对节目的每个细节都做了审视和客观分析。

　　沈妍和完全沉浸在了学习研究的氛围里，因为过于专注，以至于根本没注意到，孟行辰倚在沙发上，一直在静静地注视着她。等到将所有的视频播放完毕，沈妍和也像泄了气的气球一样，瘫软在地毯上。

　　"我好像找到原因了。"她嘟囔道。

　　"嗯？"孟行辰不知所云，应了一声，还在等她的回复，沈妍和却一动不动，酣睡过去。

　　孟行辰失笑："果然是在硬撑着啊，我就说嘛，昨晚醉成了那样，今天又忙了一整天，晚上回来还在看节目做笔记，就算是铁人也会撑不住的。"

　　孟行辰站起来，将沈妍和抱起放在沙发上。这套沙发本就是临时休息用的，比卧室的大床还要舒服。孟行辰倒也考虑过直接将沈妍和抱回卧室里睡，但两人还没亲近到如此地步，等沈妍和一觉醒来，睡在沙发上倒很好解释，如果睡在卧室里，难保她不会多想。

"孟行辰，你是从什么时候起，变得如此善解人意了？"孟行辰对自己发出灵魂拷问。

即使面对自己的家人，孟行辰也没有如此细心体贴过，这份用心，他只给了沈妍和一个人。

对于孟行辰的体贴入微，沈妍和哪能不懂？只不过暂时没心思去考虑这些，目前她有更重要的事情要做——如何突出重围将节目做火是当前一切工作的重点。

第二天一早，赵清梦一进公司，便连连喊头疼，赶紧让人帮忙去煮咖啡。她这种平时不喝刺激性饮料的艺术家，也不得不强打精神拼命工作。

"怎么了？"沈妍和笑着问。

赵清梦指着自己的脑袋，轻轻地点了几下："才思泉涌，灵感如潮，控制不了，也睡不着。"她叹了口气，喃喃地说，"如果不是今天还有重要的事，我都想请假好好在家休息一上午了。自从资金问题解决以后，业务上也仿佛没了卡顿，一下就全通了。看着吧，今年的中秋夜，我们准能拿出一台惊艳八方的节目，让那些对我们没有信心的家伙们惊掉下巴。"

沈妍和托着脸颊，慢悠悠地补充："也要让那些喜欢我们节目的粉丝们，转为忠粉、铁粉，自动自发地替我们免费宣传、推广节目。只有发自内心的喜欢，才会持续不断地关注，粉丝聚集，流量集中，不断转发分享，就像滚雪球一样越滚越大，这才是一个正向的良性循环。"

赵清梦听得入了神："你说的这些，我想都不敢想。但是，在我的内心深处，真正渴望的，也正是这样的一个结果。"

"我们一起努力吧。"沈妍和没有过多的许诺，她站起身，搜寻着杜亚飞的身影。

杜亚飞也早早来到办公室，看到沈妍和的身影时，连忙端来一杯咖啡放到她面前，奇怪地问："你昨晚上给我留了一堆作业，死熬活熬加班加点的人明明是我，怎么看起来你比我还累呢？"

沈妍和露出了感恩的表情："太感谢了，我真的需要一杯浓咖啡。你别忘了，现在这个小组是我来负责，你要做事，我当然也不能闲着，只不过大家的工作重点不同罢了。"

电视台是个神奇的地方，这里有最好的拍摄设备和最专业的人员，也有丰富的素材资源，要在这里剪辑几段高质量的视频那简直易如反掌。前段时间，沈妍和尝试着剪辑出五段视频，每一段都是三分钟。她看了一遍又一遍，没法分辨出哪个是最好的。如果将这些视频发在自己的大V号上，不久，她的评论区就会被刷爆，单想想那种画面，沈妍和都觉得十分愉悦。只可惜，这些视频的版权归电视台所有，未经允许不可以私发。

"明明爆火的机会就在眼前，我却利用不上，人间最悲惨的事莫过于此。"在剪辑视频时，沈妍和有种怅然若失的感觉。

目前，大家缺的不是业务能力，而是信心。沈妍和需要做的是找一个燃爆点，让大家重新树立信心。

"沈编导，你交给我的那些公众号，我昨晚上全过了一遍。"杜亚飞凑过来，向沈妍和一五一十地汇报，"你让我分析这些推文被读者广泛接受并积极转发、传播的原因，我想说，每一篇我看得都热血沸腾，有的让我愤怒，有的使我感伤，有的让我勾起青春的回忆，有的令我产生深层次的思考。可是，除了这些情绪之外，我找不出相似点来。或者说，我没有捕捉到它们的共性或精髓。"

沈妍和默默地喝着咖啡，静静地听杜亚飞说完，放下杯子，开口道："你已经找到了传播的关键元素。"

"什么？"杜亚飞有点不敢确认地问，"你指的是——情绪吗？"

"嗯，没错。"沈妍和点点头，"公众号的流量背后，是一个个鲜活的生命，他们来自五湖四海，职业、年龄、性别不同，人生所遭遇的点点滴滴也不尽相同，为什么在同一篇推文里，能够达成短暂的统一，站在相似的立场，甚至会为了同一件事去发声呢？从本质上来说，这就是情绪带动着的力量。我们的最终目的是将节目推广出去，并给观众留下深刻印象，同时唤起观众的期待。我们前期宣传所要达到的效果，正是这份期待。因此，情绪很重要，我们无法跟每个人费尽唇舌地陈述我们所要表达的东西有多么美好，如果我们能找到这个情绪的点，集中攻克，便会取得意想不到的效果。"

沈妍和揉了揉太阳穴，脑子昏沉发涨，即便用咖啡、浓茶都没办法调动她的情绪。

"你不舒服吗？"杜亚飞察觉到了她的异样。

"等咖啡的劲儿上来了，会好些。"沈妍和轻描淡写地摆摆手，意思是自己没事。她列出几个重点，让杜亚飞一定注意把握。

"我好像找到了感觉，知道从哪里下手了。"杜亚飞兴奋地搓了搓手，感觉这一晚上的辛苦真的没有白费。

杜亚飞离开后，沈行行抱着一摞材料走过来，看着沈妍和一脸疲惫，笑道："怎么？这是为了工作鞠躬尽瘁了？"

"我还真没法昧着良心把失眠的原因全推到工作上。"沈妍和无奈地摇了摇头。

"导致失眠最多的原因就是忧思过度，以后你晚上过了八点钟，要把脑子放空，什么都不要想。"沈行行说着自己的经验。

"我尽力。"沈妍和感激地笑笑，"你找我，有什么事吗？"

沈行行赶紧打开了手绘本，让沈妍和看她设计出来的素描稿："今年的中秋，我们想拿点儿好玩的东西出来，要足够新颖，更要令人印象深刻。来来来，给我提提意见，我昨晚上熬了个大半夜，全为了这个。"

那些画稿一看就是带着强烈的个人风格，是相当用心了。节目还是设计的初始阶段，沈行行已经提出了大概的构想，虽是半成品，却已相当惊艳眼球。

沈妍和瞥了一眼，顺手拿起一张白纸，用彩笔快速地勾勒起来。

"你的主题是'中秋环梦奇妙游'，重点在'奇妙'和'梦'的上面，所以整台晚会由五个模块组成，现代、古代、月亮、人间、现代，你想要强调的主题里，无论从画面还是歌舞的节奏，必须出现反转感。这舞台的光影设计是非常不错的，你看看，如果在这几个地方，再添一些这样的元素，感觉上会不会好一些？"沈妍和用图画的方式在表达着自己的想法。

沈行行瞪圆了眼睛，难以置信地问："你也会画画？而且画得这么好！一看就是童子功，专业基础非常扎实。"

沈行行的话勾起了沈妍和的回忆，但她克制自己，不允许自己再坠入到那种恼人的思绪里去。

"小时候学过一些，但是已经很多年不画了，手上生得很，控笔的能力也大不如前，跟你的画比不了。"沈妍和将最后一笔画完，把自己的画推到了沈行行面前。她指着画上的几个点，提出了自己的意见。

舞台设计是沈行行在负责，沈妍和始终记得自己的位置，她没有指手画脚，没有咄咄逼人，只是将最近几年偶尔看到的国外的一些东西，画出来给沈行行作某种参考。这样的交流当然是愉悦的。沈行行离开时也是心满意足的样子，走路都带着风，见谁都露着笑脸。

"行行和沈编导相处得很好呀！不是都在传说沈编导不好打交道吗，好几次都把人整崩溃了。"

"你亲眼看到了？"有人凑过来问。

"倒是没有亲眼看见，不过她刚进电视台那天，不是有几个同事在洗手间说她闲话，沈编导直接给人家播放录音，弄得大家好没面子。我那时候还在想，她作为新人，脾气那么大，肯定不容易相处。"

"听说一开始被李导给要走了，但是两人不和，才不得不来咱们组的。"

"赵导也真是的，怎么考虑的呢？沈妍和的气场与咱们组一点儿都不搭，我跟她偶然遇上，就屏住呼吸，大气都不敢喘一下。有这么一位待在咱们办公室，感觉气压都低了些。"

……

大家正聊得兴起，一抬头却发现赵清梦过来了，赶快收了声。

"你们真的是很闲啊！"赵清梦白了大家一眼，摇摇头，"是不是工作量太少了？让你们还有那么多时间说个没完没了。"

"姐，现在是策划那边在忙啊，我们忙的时候还没到呢。"

赵清梦压低了声音，气哼哼地强调："沈编导是我好不容易请来的能人，你们可千万别给她气跑了。我把丑话说在前边，要是因为你们嘴欠，惹出事来，我可饶不了你们！"

"姐，她才来几天呀，你怎么这么偏心眼呢？"同事们哭笑不得，真真假假地跟着瞎嚷嚷。

赵清梦所带的团队女孩子居多，大家一起共事多年，关系比较融洽，平时对赵清梦总是姐长姐短地叫着，没大没小的；赵清梦对她们也像亲姐妹一样宠着、爱着，有个大事小情的，赵清梦总是护着、罩着。

"才来几天不重要，有能力做事才最重要，咱们组就缺这样雷厉风行的狠角色。"赵清梦很欣赏沈妍和，人就是这样，一旦入了眼，得到了认可，她身上的优点就会被无限放大，她身上的缺点也会被加上美颜滤镜而忽略掉。

见赵清梦过来，沈妍和抢先一步道："赵老师，我昨晚剪了几个预热的小视频，请您过过眼。"

说着，沈妍和抱着笔记本电脑把赵清梦引到小会议室，并打开电脑播放第一个视频。三分钟后，视频播放完毕。

小会议室内鸦雀无声。沈妍和有些拿不准了，因为她看着赵清梦的表情，像是在发呆似的，怎么都回不过神来。沈妍和暗自琢磨：应该不是视频质量太差造成的吧！难道是自己运用的手法略显超前，让她没办法接受？

"赵老师？您如果不喜欢，我还有其他的呢。"沈妍和早有准备，做了好几个风格的版本。

"好，你继续放来看看。"赵清梦的声音平淡，根本听不出一丝情绪。

沈妍和心里默默打起了鼓，不过，倒也不会灰心丧气，反正款式那么多，总有一样适合她。

第二个视频、第三个视频、第四个视频、第五个视频陆续播放完毕，赵清梦依然没有反应。

"赵老师，您都不喜欢吗？"沈妍和得不到有效回应，心里边有点儿没底。

"小沈，能不能麻烦你帮我再去倒一杯咖啡，要黑咖，只加奶不要糖，浓一点儿。"赵清梦一板一眼，喃喃轻语。

"好。"沈妍和起身走了出去。

没一会儿，沈妍和端着咖啡回来，却发现赵清梦正指挥人拆墙上挂着的电视机。

"什么情况？"她不解地问。

赵清梦没应，只是催促着工作人员动作快一点儿把幕布挂上，并让人调试好投影仪。一切停当后，她拉下遮光窗帘，关掉灯，并催促其他人离场。

转眼之间，小会议室里漆黑一片。

"小沈，你的电脑已经跟投影仪连接上了，快点播放视频吧！"

沈妍和好像明白了什么，应声道："您要看哪个？"

"全部。"赵清梦戴上眼镜，正襟危坐，静待视频播放。

"好的。"沈妍和也没有废话，再次播放起来。

这一次，就不是走马观花式的观看，赵清梦时不时地会要求沈妍和按下暂停键，然后提出很多问题。有些是从创作者的角度，问得很专业；有的是从观众的角度，分析一下这些视频吸引自己的原因，讨论一下观后感。

"这些素材明明就是我们往年制作的节目，被你这样剪辑一下，马上焕然一新。"连续看了三遍，赵清梦意犹未尽，她让沈妍和把窗帘拉开，然后才轻轻地揉着闷痛的额头问，"都是你一个人做的吗？"

"是的。"沈妍和点头，"时间不多，做得粗浅，这些只是拿去试水的作品，也没有过多强调精细度和创意度，只是从画面本身出发，做出情绪的积累、酝酿和转折。效果虽有限，若是仅用于咱们早期的节目预热，应该是够用的。"

"你一个人，用了多久做出这些？"赵清梦问得更加细致了。

"一夜没睡，十几个小时吧。"说起这些，沈妍和就又觉得疲惫了。她并没有熬夜的习惯，但自从回国以后，生活规律遭到严重的破坏，原本最简单的时间安排，总会被这样或是那样的事给搅乱，这让她变得憔悴而疲惫，每天要靠着咖啡和浓茶来提神。

"十几个小时就能剪辑五六段视频？效率太高了！"赵清梦不由得感叹道。

沈妍和却摇摇头："赵老师，灵感创意不是每一天都有的，偶尔一次爆发，算是个例外吧。正常来说，在熟知素材的前提下，四个小时能完成一段短视频的剪辑已是很了不起，你看平台上的大V博主们，几乎都是每三天更新一次，或是每周更一次，能做到日更，且质量不错，那都是背后有一支团队在运作，单靠一个人的力量没办法持续。这也是我要向你汇报的我们组存在的客观问题。"

赵清梦十分认可地点点头："小沈，你好好干吧，需要什么帮助，或是有什么困难，你尽管来找我。"

赵清梦是见过了大场面的人，她虽有一些疑问，但还是表达了对沈妍和的无限信任和支持。

"看了这些视频，我也彻底地放下心了。这充分证明，你的确在自媒体宣传方面有独到的见解。对此，我并不专业，所以我也不发表任何意见和建议。你辛苦了，今天下午提前下班吧，晚上早点儿休息，好好养精蓄锐。"

"没有事了吗？"对于赵清梦的特许，沈妍和有些意外。

"工作不是一天能做完的，要想走得更远，首先需养好自己的身体，才能激发更多的灵感。"赵清梦看了看时间，催促道，"也快到下班时间了，快回去吧！看你这一整天都在强撑着，别累坏了。"

"谢谢您，赵老师。"沈妍和退出小会议室。

连团队的领导都在心疼她，沈妍和决定放过自己，提前下班。沈妍和琢磨着要不要去一趟菜市场，晚上做几道拿手菜，和父亲好好聚聚。正要起身离开，却被怒气冲冲的白思年堵了个正着。

"沈妍和，你都已经到了别的组，为什么还要使出下三滥的手段，去阻止别人的事业？你以为靠着不正当的竞争手段就会成为最后的赢家吗？我告诉你，不可能，我是不会让你得逞的！"

此时此刻，白思年已顾不得她一贯的斯文形象，大声咆哮起来。一时间，无数双眼睛看了过去。哪怕被那么多人盯着看，白思年也不觉得难为情。她既然来了，目的就是为了将事情闹大，说什么都不会让沈妍和好过。

"谁踩到你尾巴了？"

"看样子是伤得不轻呀！"

见白思年发飙，沈行行和杜亚飞一起走过来，将沈妍和护在身后。两个女人一唱一和，让沈妍和差点儿笑出声来。

有关签长约的事情，沈行行有所耳闻，于是故意问："白老师，你这是为李导那组签长约的事吧？"

杜亚飞跟着插嘴道："沈编导，你跟那位孟行辰是什么关系呀？为什么白老师气得脸都绿了？"

三个女人工作上配合默契，生活里也是性情相投，眼看白思年找上门来欺负沈妍和，俩人岂有不帮她出头之理？

白思年长得漂亮在台里也是出了名，男人们明里暗里追求她的不少，这使她每天像公主般受到追捧。面对沈行行和杜亚飞的冷嘲热讽，白思年哪里受过这样的气，于是跳将起来，吼道："我来找沈妍和算账，你们算是什么东西？把路让开！"

沈妍和不想在办公室内起争执，一见如此，就想过去把白思年拉到没人的地方。沈行行和杜亚飞一左一右，直接把她拦住说："急什么？让秋秋姐她们发挥一下作用吧！"

"秋秋已经跃跃欲试了，你不让她过过瘾，等回过头来还要埋怨你呢！"

两人口中的秋秋姐、秋秋是谁呀？沈妍和一时没有明白过来。

仿佛知道她的想法，沈行行忍着笑，解释道："她要在外边跟你吵，咱们这边没权过问，因为那是你俩的纠纷，属于私事范围。但如果进了这道门，就属于办公区域，在此发生的一切全部属于公事。公事自然会有专人负责。秋秋姐她们分管风纪，兼管团队内的婚姻、家庭、爱情困扰。如果你有爱情烦恼、家庭纠纷、婆媳关系不好处理……找秋秋姐她们准没错，免费排解情绪，还负责出谋划策。"

"分管风纪的意思是……"沈妍和来了兴趣。

"咱们电视台是分为好几个团队的，偶尔团队与团队之间也会产生纠纷，那么，为了捍卫团队利益，总要有些能言善辩、能讲理更能吵架的姐姐们出面，去平息那些讲理没用的无聊场合嘛。秋秋姐说，这件事跟处理婆媳关系没啥本质区别，理所当然该由她们搞定。"杜亚飞解释着，还流露出一脸的崇拜，"我是秋秋姐的粉丝呢，她火力全开的时候，超猛超厉害的！"

"我给大家添麻烦了！"沈妍和表示歉意。

"嘻，说什么麻烦不麻烦的，等秋秋姐发挥完毕，你记得给她买一杯杨枝甘露润润喉，那是她的最爱。保管从此以后她将你收入羽翼之下，不管在哪儿，谁敢冲你咆哮，她准第一个跳出来，喷对方一个狗血淋头！"沈行行手指头指了指小会议室的方向，"你没发现外边闹闹哄哄的，赵姐根本理都不理吗？她知道有秋秋姐在呢，保管处理得妥妥当当。"

白思年的战斗力委实太差，在秋秋等人的参与下，没过五分钟，她直接被气哭，扭头跑掉了。

沈妍和大获全胜，在手机上依照大家的口味订了很多果汁、奶茶和甜品，不妨借机请全组的姐妹们享用一顿丰盛的下午茶吧！

在门口看热闹的人给秋秋、沈行行、杜亚飞鼓起掌来。沈妍和与大家不算很熟，却通过这样的方式融入了团队。

"谢谢！"沈妍和微笑着对秋秋表示感谢。

秋秋清了清嗓子，白白圆圆的小脸上浮现了一抹红晕："沈编导不要客气，以后咱们都是一组的，我可不能看着你被人欺负！"

"有你在，谁能欺负得了，秋秋姐她们给大家保护得严严实实，哪次都没吃过亏。"杜亚飞一脸得意地跟着夸赞。

就在这时，外卖准时送到，满满的几大包。

"哇，这是什么？"秋秋诧异地问。

"今天给大家添麻烦了，我请大家喝奶茶！"沈妍和提高声音道。

沈行行跟着解释："听说你最喜欢杨枝甘露，沈编导特意给你点的。"

杜亚飞笑着说："我们也沾了秋秋姐的光呀！"

"不知道大家爱吃什么，索性全都点了些。"沈妍和笑着说，"以后还要请大家多多关照，之前如果有不周到的地方，还请多多谅解！"

沈妍和知道，初来乍到大家对自己缺乏了解，难免得罪了一些人，就此给这些人道个歉，算是给自己的过往画个句号。

"都是自己人，别客气了。"杜亚飞接言道。

大大小小的杯子、盒子摆满了桌面，大家也不再客气，呼呼啦啦地上来挑选着自己喜欢的饮品和甜点。

"谢谢沈编导！"

"以后大家肯定会相处得很愉快！"

"沈编导，有空来找我们玩呀！"

……

办公室里笑声一片，以往的陌生感、隔阂感渐渐消失了。一场吵闹、一顿奶茶，让沈妍和悄无声息地融入了赵清梦的团队。

孟行辰整天都在电视台隔壁的大厦里开会，之所以将会议选在这儿，是他跟主办方提议的，在会场内，隔着窗子就能看到对面电视台的大楼。

"真的是太奇妙了！"好像离沈妍和近一点儿就能拥有她一样，孟行辰还真有这种奇妙的感觉，不由得发出慨叹。怀着这种美妙感觉，孟行辰倚窗而望，浮想联翩。

他的合伙人，也是他的好兄弟、好朋友温远洋走到了跟前，上下打量着孟行辰，一脸的古怪神情。

孟行辰打趣道："你能不能正常点儿？"

"正相反，我认为这句话应该是由我来说。孟行辰，在我外出的这段时间，你究竟遭遇了什么，好像一下子变成了另一个人。"温远洋说完，背着手围着孟行辰转了一圈，非要仔仔细细把孟行辰研究一番。

"萧意那个家伙的话，最好不要听。他一贯爱夸张，喜欢捕风捉影，这你是清楚的。"孟行辰知道，肯定萧意这家伙在温远洋面前说了什么，于是解释道。

"我原本也不信的，可是见到你现在这个样子，我不得不信了。"温远洋坦言，"你知道，你现在的样子像什么吗？"

温远洋不等孟行辰回答，接着道："你是不是坠入爱河了，而且是求而不得、备受折磨的那种？说说吧，你看中了哪位姑娘？"

"要开会了。"面对好友的质问，孟行辰岔开话题，拒绝回答。

"好吧，你的私事我不过问，这总行了吧？"温远洋抓了一把头发，默默地跟在他身后，"墨西哥那边的事，我暂时处理妥当了，但一个月后，还需要有人过去坐镇。行辰，这次安排你去，你别忘了，那边一直有个人在等你。"

"温远洋？！"孟行辰连名带姓吼了出来，看来真的动了气。

温远洋一怔，觉得有些委屈。原本是想促成一对情侣，看来事与愿违了。

"行辰，你一直躲着也不是办法。六年了，整整六年了，多大的心结，也该慢慢地消除了吧？"温远洋一边观察着孟行辰的表情，一边小心翼翼地说，"一个女人的青春，能耗得过几个六年？你可以当她不存在，眼不见心不烦，可是，她真的是个死心眼，一个六年她愿意等，两个六年也愿意，三个、四个、五个，我相信她都不在话下，但这样的话你不是毁了她的一生吗？"

温远洋的声音戛然而止，因为他发现，孟行辰突然停下来，正愤怒地盯着他。温远洋紧张起来："你不得不承认，我讲的也是有道理的，对吗？她不是仇人，她是一路扶持着咱们的公司，从无到有一步步做大的。你不领情不要紧，但你要承认这是事实。"

"我从来没向她求救过，这件事我不领情。"孟行辰有些决绝地说。

看着孟行辰不领情的样子，温远洋故作轻松，调侃道："好了，这件事我们以后再谈，反正我该表达的也都表达完了。"

"看来，出差去墨西哥你还是不够累，还有时间去搞七搞八的。"孟行辰满脸不悦。

温远洋的嘴角哆嗦了几下："你以为我很想管你们俩的事吗？我是那种闲着没事干的人吗？要不是那个人是夏秋，我才懒得管呢！"

夏秋是谁？这里有必要交代一下。夏秋是孟行辰公司驻墨西哥的总经理，是孟行辰重要的合作伙伴之一，也是他的追求者。

温远洋这次去墨西哥拓展业务，与夏秋多有接触，得知她暗恋着孟行辰，但孟行辰对她不冷不热，令她十分苦恼。

温远洋答应帮忙，准备借机摸一摸孟行辰的真实想法。然而，令他失望的是，孟行辰根本不感兴趣，这个夏秋怕是没戏！

温远洋感慨夏秋的美貌和执着，不由得感慨道："夏秋她……唉！"

孟行辰有点被气乐了："说吧，不让你说出来，今天算是没完了。夏秋怎么了？出了什么问题，让你这么感慨？"

"我不是那个意思……"温远洋一着急不知道说什么好了。

"你不是那个意思，你老追着我说这些做什么？我跟她完全没有可能，你也不要再问了。"

孟行辰的性格温远洋非常了解，他意志坚定，目标明确，从不做没把握的事，说过的话、做过的事从不反悔。只不过，困守在墨西哥的夏秋却处于疯狂的爱恋中，希望引起孟行辰的关注、关心和关爱，一心想走入他的生活，得到他的真爱。

"夏秋的状况真的不太好。"温远洋摇了摇头，"你也是了解我的，我是多管闲事的脾气吗？若不是她的状态实在是太差，我怎么会站出来说这些。夏秋是整个墨西哥推广计划里的核心人物，她若出了问题，对我们海外业务的拓展，可能会产生难以预估的影响……"

温远洋的话还没说完，孟行辰就决绝地说："那就换掉她！"

"什么？"温远洋惊呆了，他完全不敢相信自己的耳朵。

"墨西哥推广计划是未来三年公司发展的重中之重，我们不需要一个不稳定的因素长久地存在。"孟行辰淡淡地说，"那么，从现在开始，我们需要重新布局。"

"你的意思是，把夏秋踢出公司？"温远洋怎么也想不到孟行辰这么绝情。即便孟行辰不喜欢夏秋，两人之间存在一些分歧和误会，但也不至于把她开除掉呀！

"该交接的交接，不能交接的做个了断。对了，替代的人选，可以从总公司这边派过去。我建议考虑李墨，他这几年的表现可圈可点，应该能顺利接下海外的工作。找个合适的机会，你去跟李墨谈一下，给他的薪酬、待遇可以高一些，他有冲劲、有干劲，想要结婚却攒不够钱。我想，他应该愿意长期到海外出差。而李墨目前的位置，可以让石秘书接替。石秘书虽然一直在做秘书工作，但综合能力很强，足以适应这个岗位，担当此任。"

温远洋不相信今天这些话是孟行辰临时想出来的，于是问："你早有打算了？"

孟行辰也不避讳，点头道："是的。"

"你真下得了手，那可是夏秋。"温远洋觉得自己今天受到了巨大的刺激。他虽然在情感上接受不了，但在理智上也认可孟行辰的规划。

孟行辰重重地拍了下温海洋的肩膀，说："要开会了，进去吧！"

温远洋苦笑一下，他想抽根烟，缓解下这突然的变故带来的不良情绪，于是，指了指吸烟处，一个人默默地抽烟去了。

温远洋本来是想帮夏秋的，现在却帮了倒忙，连夏秋的工作都要搞丢了。这怎么去跟夏秋解释呢？夏秋如果知道此事，又会做出怎样的反应？

温远洋一下子陷入了深深的苦恼之中……

第十章　淡淡情愫

晚上下班，沈妍和与秋秋等几位同事一起离开办公大楼，她们边走边聊，远远地看到孟行辰在路对面等红灯。与此同时，孟行辰也看到了沈妍和，连忙挥手示意让她等等自己。

沈妍和本来打算装作没看见，她不想当着爱八卦的同事的面与孟行辰公开接触。无奈，秋秋等几位同事甚至比沈妍和更早地发现了孟行辰的存在。

"沈编导，那边有个超级大帅哥在跟你打招呼呢！"

"认错人了吧。"沈妍和有意回避，并准备转身离开。孟行辰却迈着大长腿，三步并作两步，来到了她的面前。

"刚好赶上，太幸运了！"孟行辰一脸的兴奋，沈妍和却一脸无奈。

"您是……孟行辰先生吧？"秋秋主动上前打招呼，用欢快的眼神将孟行辰全身上下打量一番。

"你好，我是孟行辰。"孟行辰一反常态，热情地与秋秋等人依次握手、寒暄，然后以一种舍我其谁的态度把沈妍和给带走了。

等走出老远，离开了众人的视线，沈妍和仍有如芒在背的感觉，兴奋中透着紧张，她完全可以想象到秋秋等人在两人离开后的兴奋表情。

"你知不知道，今天你的做法，会让我的同事误会的。"

"误会什么？"

"误会你和我之间……"沈妍和止住了自己差点儿脱口而出的话，转而无奈地说，"你怎么又来了，是有什么事找我吗？"

"我在路对面开会，刚刚散会。晚上一起吃顿饭吧？"

"我有约。"沈妍和想都不想，直接拒绝。

"和谁约？什么局？多带一个人方便吗？"孟行辰并不放弃。

"怎么，像你这样有头有脸的人物，难道还想要跟着蹭饭？"沈妍和简直不敢相信自己的耳朵。

"有头有脸怎么了？饿的时候需要先填饱肚子的。"

两个人亲密地并肩而行，有一句没一句地闲聊着，疲惫了一天的身心，奇迹般得到了缓解。

说来奇怪，沈妍和越是冷着脸，表现得拒人于千里之外，孟行辰越是喜欢那种一点点拉近距离的感觉。

最终，沈妍和没有拗过孟行辰的邀请，跟着他进了单位附近的一家牛蛙店，去品尝香辣开胃的干锅牛蛙。

店内生意不错，刚刚有一张靠窗的桌子被收拾出来。两人被服务员领着面对面坐下。服务员熟练地将几碟小菜和茶水摆满桌面，两个人吃着小菜，喝着茶水闲聊起来。聊工作、聊生活，也聊一些国外留学经历，话匣子也渐渐打开。

沈妍和这才知道，孟行辰出身平凡，根本不是什么富家子弟。作为家里的独子，父母给他营造了一个良好的生活环境和学习环境，尊重他的每一个的选择，并最大程度支持他完成学业、独立创业。孟行辰聪明好学，敢闯敢干，在求学和创业的路上顺风顺水，成了众人眼中的成功典范，父母口中的绝对骄傲。

当然，孟行辰忘不了在国外那段艰苦求学的岁月，他并没有完全依靠家人的资助，而是靠着勤工俭学完成了学业。

回忆往事，孟行辰感慨万千："真的好像是在玩闯关游戏，一关又一关，一局接一局，前方似乎存在无限希望，需要不断奋勇向前。当面临挫折、失败和未知的未来时，我也彷徨过、迷茫过，但都咬牙坚持下来，平安度过了。那一段黑夜独行的经历，我这辈子都很难忘记。"

相似的国外求学经历让沈妍和感同身受，孟行辰的感慨触发了沈妍和深埋心底的留学经历，使她陷入了沉思当中。

"怎么了？"见沈妍和久久无言，孟行辰忍不住问。

"你所说的留学生活，我也经历过。几年前，我刚到奥地利，语言上存在一定障碍，课业压力也重，还有经济问题，叠加在一起压得我几乎喘不过气。父母并不知道我打算去奥地利留学，这一笔出国费用是我拼命打工，想尽办法赚钱才存下来的。出国以后，面临的最大问题是生存，我没有合法的工作许可，只能打黑工，赚微薄的时薪，买打折的食物，还时常饿肚子。那时候，虽然知道自己一定会有光明璀璨的未来，可那一段时间真的走得步履蹒跚。很多次都快支撑不下去了，好在自己咬牙坚持下来了。"

沈妍和这么悲摧的过往，让孟行辰没有想到，他便莫名地心疼起来。隔着桌子，孟行辰伸出手去，轻轻拍了拍沈妍和放在桌子上的纤纤玉手。

"好了，全都过去了，以后的生活会越来越好，如果有需要，可以随时给我打电话，保证随叫随到！"

这个许诺成功逗笑了沈妍和，她并不当真，迅速抽回了自己的手。

"你知道吗？你这样的承诺，像是一个不负责任的渣男，靠着嘴上的功夫试图在勾引一位单纯的女士上当呢！"

孟行辰假装一脸受伤的样子说："我好冤枉呀！你可别忘了，在你喝得酩酊大醉的时候，是谁接到电话后第一时间沿着那条长街，一个长椅一个长椅地找到你，并把你带到安全的地方？又是谁在不辞辛苦地保护着你免受伤害的呀？"

孟行辰的话正中沈妍和的痛处，她一脸尴尬地连声道歉："抱歉，我以后会注意的。"

"所以我是个好人，不是渣男！"孟行辰十分狡黠地笑笑。

"我的意思是，作为普通朋友，咱们之间正常相处就好了，不要忽然抚摸我，也不要对我甜言蜜语，那样，我只会感觉不适。"沈妍和说着，将双手藏在桌子下面，一副十分戒备的样子。

气氛一度尴尬起来，孟行辰只好转移话题："好吃吗？"

"嗯，好吃。"沈妍和附和道。

"我还知道很多饭店，等有机会我们一一过去探店。"孟行辰用公筷给沈妍和夹了一块肉放在她的盘子里。

也许是吃了辣的缘故，沈妍和鼻子竟然开始发酸，浑身冒汗。

这顿饭吃完以后，沈妍和肯定会要求各回各家，孟行辰觉得这么美妙的夜晚，提早结束两人的约会，总有那么几分意犹未尽。或许，还可以邀请沈妍和去做点什么：临时起意去看一场电影，或是去河边随便逛逛……

孟行辰正在盘算着，从店门口的方向突然冲进来一个人，不顾服务生的询问，兴高采烈地直奔孟行辰而来。

"孟先生，真是好巧，竟然能在这儿遇到您。我是白思年，在电视台上班，目前在李明理导演那一组做编导，也是未来您的合作伙伴。"白思年饱含热忱地伸出小手，等着孟行辰去握。

能看得出孟行辰非常意外于她的出现，这一点，白思年也能理解。但孟行辰的目光，为什么只是短暂地在她身上停留了半秒，便迅速地落到了桌子对面去了呢？白思年下意识地望了过去，完全出乎意料，她看到的竟然是沈妍和那张冷淡的脸。

为什么沈妍和会坐在这儿？白思年在外边观察了那么久，并没有看到沈妍和，因为沈妍和的位置是一个视觉盲区，白思年在外面根本看不到。两人刚刚在办公室吵完架，在这里不期而遇，你说尴尬不尴尬？

沈妍和表现很平静，她不慌不忙地放下筷子，拿起纸巾，擦了擦嘴角，好像完全不认识白思年一样，就那样毫无表情地看着她。

白思年脸上却挂不住了，主动解释道："我是来找孟总的。有关合同的事情，我一直想跟您见一面，为此，与石秘书约了很多次，很遗憾都没能见到您。像您这样的成功人士的确很忙，这个我能理解……"

沈妍和悠闲地喝着茶水，一言不发，仿佛置身事外。

"可我不认识你。"有沈妍和在场，孟行辰就是傻瓜也不会这个时候怜香惜玉地与白思年套近乎。

白思年清了清嗓子，再次解释："我是电视台的编导白思年，是来跟您谈长约合同的事……"

"这里不是办公室，请你不要影响我们用餐！"孟行辰此刻有点儿想发火。

"可是……"在白思年的人生里，极少遇到不给她情面的人，好歹她也是一位年轻漂亮的女孩子，有谁不喜欢美女呢？

"服务员，这里有人在影响我们用餐，请你把她带走！"孟行辰连一句废话都没有，直接喊人了。

正是用餐高峰期，店内坐满了人。孟行辰声音洪亮，一下子吸引了众人的目光。白思年眼泪都出来了，手足无措，走也不是留也不是，就那样尴尬地站着。

服务员虽然不清楚发生了什么事，但还是应客人的要求，在白思年面前客气地做了个"请"的手势。

白思年脸上挂不住，不服气地嚷道："我也是用餐的客人，凭什么赶我走？"

"请问您是在哪张桌子坐？"服务员客气地问。

"我……"白思年看看四周，并没有空余的桌子，于是指指沈妍和身边的空位说，"我坐这里。"

"我不认识她。"孟行辰不耐烦地说。

原本的好心情，被破坏得一塌糊涂，孟行辰很少遇到像白思年这种人，表面看起来光鲜靓丽，做起事来却愚蠢得让人发笑。

"小姐，请您离开！如果您再不出去，我们会强制将您请出去，并且报警。"饭店总会遇到奇奇怪怪的客人，看着白思年赖着不走，服务员也只好说出狠话。

一群人都等着看笑话，而白思年则是笑话的中心。白思年此刻真的后悔自己刚才贸然闯进来，把自己陷入无法拯救的难堪境地。

"你们给我开一张桌，我点餐，我消费，我也是你们的客人，这总行了吧？"白思年气得不行，不受控制地嚷嚷了起来。

服务员无奈地看着她："请您在吧台拿号排队，目前店内的桌子都已经满了。"

沈妍和抬起了手，轻轻地抵住额头，十分想笑，但一直抑制着，努力不要笑出来。她怀疑自己一旦笑出来，白思年会当场掀桌子，大吵大闹。

"小姐，您看？"服务员再次做出"请"的手势。

"闭嘴吧！不用你提醒，我会走！"

白思年愤恨地瞪了服务员一眼，转身离开。由于走得急，在门口还不慎崴了脚，疼得她顿时尖叫起来，将刚刚一肚子的委屈大声释放出来。

"你们电视台打哪儿找来的女憨憨？"孟行辰实在看不下去了。

"她是从小到大父宠母爱、顺风顺水长大的，几乎没遇到过什么挫折的那种女孩。"沈妍和研究过白思年的履历，对她的过往一清二楚。

眼看白思年越闹越大，已经有人拿出手机，对着她乱拍起来。沈妍和觉得不妙，这要是有人把她发到网上，势必对单位造成不良影响，到时候难免自己也会受牵连。

"你吃好了吧，我们走。"沈妍和站起来准备往外走。

孟行辰抓住了她的手腕问："做什么？"

"助人为乐呀！"沈妍和眨眨眼，一副神秘的样子。

对待像白思年这样的"傻白甜"，摆事实讲道理基本没用，最简单的做法就是尽快将其带离这个是非之地，免得让她继续丢人现眼。于是，两人一起架着白思年的胳膊，将其拖到街边一个无人处。

"你做什么？"白思年尖叫着，抓起地上一个矿泉水瓶，使劲往沈妍和身上砸。

看到白思年情绪失控，沈妍和甚至有些可怜她，规劝道："明天早晨，网上会有人上传一组视频，内容就是电视台的一位美女在牛蛙店大闹大嚷，撒泼打滚……你会上热搜的，被众人议论。人们不知道到底发生了什么，会给你造出很多谣言来，比如失恋呀，争宠呀什么的，到时候让你吃不了兜着走！你希望以这样的方式变成网红，顺便把电视台也推到风口浪尖吗？那样你就彻底完蛋了！你想呀，单位还能有你的容身之地吗？"

沈妍和的话果然奏效，白思年惊出一身冷汗来。

沈妍和继续言道："作为同事，我还是奉劝你几句：你若不甘心，就继续去努力争取；真的做不到，就直接放弃好了。你现在的样子，实在有些不堪。有能耐就把曾经对我撂过的狠话一一实现，没本事干脆提前退出这场竞争，何必把自己弄得如此狼狈呢？不过是一份工作而已！我走了，你保重！"

望着沈妍和与孟行辰肩并肩远去的背影，白思年内心无比酸楚和愤恨，她咬牙切齿地骂道："沈妍和，咱们走着瞧！"

白思年打的回到家中，把自己反锁在卧室里，父母敲门也不理睬。她从小娇生惯养，被父母视为掌上明珠，哪里受过半点儿委屈。

"年年，你这是怎么啦？有什么事你可以跟爸爸妈妈说说，别这样子一个人伤心，爸爸妈妈得多担心啊！"

父亲在外面唤了半天，也不见白思年有丝毫反应，担心女儿出事儿，于是找到备用钥匙，强行开门，闯了进来。

还没等父亲说什么，白思年便抱着父亲大哭起来："爸爸，我没法度过试用期了。爸爸，我好失败呀，随时可能会离开电视台。爸爸，我真的好喜欢这份工作的，而且也很努力了呀！……"

父亲断断续续地听完白思年的话，大概明白发生了什么事，安慰道："傻孩子，谁告诉你工作转正就一定得靠竞争获得呢？"

白思年一听父亲说这话，感觉有戏，不免心中大喜，便将自己在单位最近的经历和受到的委屈添油加醋地诉说了一遍。

看着女儿转忧为喜的小脸，父亲宽慰道："好了，你工作上的事我心里有数。从明天起你踏踏实实地上班，该做什么做什么，不用给自己太大的压力。你放心吧，有爸爸在呢！"

"嗯！"白思年知道，父亲在机关当了一辈子干部，关系和人脉还是有的。她只要稍微给父亲点儿压力，事情就好办多了。

今天这一闹还真起了作用。白思年心里得意，暗下决心："沈妍和，你等着瞧吧！早晚你会明白，什么叫降维打击。"

国内文艺汇演类节目做得最好的当属杭市电视台，这也是大家争相效仿学习的对象。沈妍和也想向杭市电视台取经，然而，面对着激烈的市场竞争，公开向人家学习，人家怎肯传授真经给你呢？不过，以个人名义，私下提供艺术指导，打一打擦边球；或者寻求一下流量支持，还是存在着可能性的。这不，经赵清梦介绍，沈妍和借着出差的机会要去拜访一位神秘大咖——杭市电视台著名艺术导演孙九茉——国内拥有千万粉丝的一流大V。

两人相约在一家私人别墅相见。

沈妍和在别墅的二楼休息区沙发上坐等孙九茉。她不知道自己来这里是不是个恰当的选择，的确公事要在更正式的场合来处理，在如此放松的环境下，就算见到了人，怕也是没办法深入交流，搞不好还是要等到工作日，到公司大家坐在一起才可以把事情完全说清楚。

既来之，则安之。先见到孙九茉再说。

沈妍和来到换衣间，脱掉外套，换上泳衣，并将蓬松的长发梳了个利落的长马尾，而后，戴上墨镜，遮住了大半个脸。在夜晚霓虹灯的照耀下，沈妍和的装扮多少有几分夸张。

沈妍和收拾停当准备离开，背部忽然被人轻轻地拍了拍。

"你好，沈妍和。"

听到有人叫自己的名字，沈妍和略显惊讶，她回眸望见一张陌生的脸，对方是位三十岁左右丰腴性感的美女。美女穿一身比基尼，将凹凸有致的身材显露无遗，无论男女见了，都会发出一声赞叹，沈妍和也不例外。

"我是孙九茉。"女人似乎很满意沈妍和的吃惊。

沈妍和立即摘下了墨镜，露出一双亮晶晶的凤眼，问道："您就是孙总呀？"

"嗯。"孙九茉上上下下打量着沈妍和，"你比照片里还要美，美得十分有特点，只要看上一眼，就很难忘记。"

孙九茉自我介绍道："我是化妆师出身，学妆三年，跟妆六年，现在虽然不做了，但对于一些比较特别的装扮，总是很容易记住。"

孙九茉自然而然地牵着沈妍和的手，来到一个僻静处，那边不见人群，也远离音乐的喧嚣，是个说话的好地方。

孙九茉将一杯红酒递给沈妍和，并举杯与她碰了碰："在你来之前，赵导提前把你的照片发给了我，她是个非常细心的女人，你能有这样的团队领导是非常幸运的。"

沈妍和赞同地点了点头："赵姐的确很好。不过，孙总只凭照片便能在这种环境下认出我，这认人的眼力，我是由衷地佩服。"

孙九茉把手一摊，绽放出一阵欢笑："要不然，你把酒喝了，我再透露一些小秘密给你听？"

沈妍和不胜酒力，有些为难，要不要喝呢？

见她迟疑，孙九茉问："我让你感到为难了？"

沈妍和含笑摇头："我只是在想，一杯红酒换一个秘密，这生意做得还是挺划算的。"

说完，沈妍和不再纠结，一饮而尽。而后，她还将酒杯倒翻过来向孙九茉展示一番，果然是一滴不剩。

孙九茉竖起大拇指："长得好看，性子豪爽，不错不错，咱俩投缘！接下来的工作沟通，相信会十分顺畅、愉快。我已经放心了。"

"我非常期待您要告诉我的小秘密呢！"沈妍和用期待的眼光看着孙九茉。

孙九茉笑得胸口直抖："秘密就是，我看了你的照片后，不知为什么心里期盼着与你见面，所以，在泳池最显眼的地方，焦急地等了你整整一个晚上。所以，刚才那杯酒，是罚酒，你喝得一点儿都不冤！"

没有想到孙九茉这么重视自己，沈妍和连忙表示歉意："对不住了，让您久等了。"

"刚刚那杯是罚酒，这杯是敬你的，来，我们干杯！"孙九茉高兴地给沈妍和斟满酒，也给自己倒上，然后一饮而尽。

这是个天生快乐活泼的女子，身上有种与生俱来的亲和力。沈妍和居然产生了与她相见恨晚的感觉。

"今天我们碰上一面，非常难得。我临时接到通知，马上要去北京，这事很急，等不到下周一跟你碰面了。"见沈妍和杯中酒不多了，孙九茉又给她斟了酒，继续说，"如果今天见不到你，我们就不得不电话沟通了。但有些事还是当面聊更有效果。"

沈妍和见孙九茉已经把话说到这个份儿上，便放下酒杯，拿出手机，点开准备好的PPT，让孙九茉观看、指导。

PPT共有六条，分别是预算、分会场的选景地、前期预热宣传、节目进行中的宣传、节目结束后的新闻报道和自媒体的转发造势等。

"你们目前所做出的计划，难度极高，预算资金又十分有限。如果是专业人士看，这份计划几乎不具有讨论性。"孙九茉一针见血地指出。

孙九茉看上去柔美可人，给人一种比较好说话、容易沟通的印象，其实，外柔内刚，做事果断，雷厉风行，不然年纪轻轻，怎么可能稳稳坐在杭市电视台综艺节目头把交椅的位置？

沈妍和笑了笑表示认同，在专家面前，她的设计方案也许太过普通，她所能想到的，人家也能想到，关键是如何落实。

酒劲儿上来了，沈妍和感到一阵头晕，但她不能在这个节骨眼上倒下去。她捏了自己一把，尽量使自己保持清醒，缓缓地说："我非常清楚，单从企划方案上看，这简直是一件不可能完成的任务。可有些东西是无法单从文字和图表上来展示的，我之所以来这里当面请教就是这个原因。"

沈妍和关掉PPT，迅速打开自己的短视频账号，让孙九茉观看。

"这是我们最近做的一些短视频，麻烦孙总过一眼，指导下。"

"什么？"孙九茉扫了画面一眼，几秒钟后，她愕然地一把夺过沈妍和的手机说，"昨天晚上爆火的那个国风短视频，是你们台的作品？这，怎么可能？"

对于孙九茉的吃惊，在沈妍和预料之中，她只轻轻地点了点头："是的，的确是我们的作品。严格来说，这只是通过剪辑制作的几个短视频，素材来自去年的一台元宵节晚会。视频主题是花灯故事，故事设定在一千多年前，讲述了元宵花灯会上，书生与小姐在玉兔灯前相遇，在金莲灯前结缘；花灯会后，书生赶考，小姐待嫁；金榜题名时，已成了状元郎的书生婉拒了公主，携聘礼前来迎娶小姐；经过传统的三书六礼，小姐携十里红妆，嫁给了书生，从此过上了团圆美满的幸福生活。整台晚会在诉说着这么一个情意绵绵的爱情故事。而将一场两个半小时的歌舞盛宴，剪辑成三分钟的短视频，抓住了故事的核心和令观众感动的那个点，于是，这个视频就火了。"

沈妍和用最简单的语言把短视频制作的来由说了个清清楚楚。

"在上传时，我们也估计着短视频会火，但没有想到这么火。短短24小时，它竟成为各大短视频平台的顶流，直接冲上了热搜。"

"舞台画面唯美，视频制作精良，故事好，画面好，自然而然就火了。这视频能火自有它的道理。但是……"

孙九茉停顿了一下，沈妍和却懂得她想表达什么，于是，接着说："您想说，类似的作品其实近两年有很多，基本的元素几乎都有，为什么是这部作品火出了圈呢？"

孙九茉觉得跟沈妍和聊天真舒服，字字句句都在点子上，没有多余的寒暄和废话，全是她想听到的。

沈妍和接着说："我认为，出圈的原因在于剪辑的素材来自电视台的资料库，而我们台近几年主推的传统国风晚会，恰好击中了时下最热的点：文化自信、爱国、东方精神的觉醒等。我们同时在三个不同的账号上，上传了三个不同主题的视频，虽然另外两个的效果不及这个，但整体都不错，这说明这个视频的火爆出圈并非偶然。您不妨也瞧瞧。"

沈妍和打开另外两个视频账号，让孙九茉一一观看。孙九茉看完，不由得赞道："是啊，短视频抓住了观众心里期盼的那个点，而且画面令人震撼，好像看大片一样，着实吸引人。"

沈妍和知道孙九茉接下来一定会好奇短视频的创作者是谁，以及短视频是谁在运作，但这不是沈妍和想要表达的主要内容，她正在承受着酒精的麻痹，她要在自己晕倒之前，把握重点，突出主题，把该说的话一次讲完。

"我们台的计划是在两个月的节目制作期内，全力以赴经营好几个短视频账号，接下来，我们会推出系列作品来引流、涨粉。"

孙九茉颇为玩味地笑了起来："你的意思是，你们觉得肚子饿，晚上想吃白馒头，于是就去承包一百亩良田，把麦种播种下去。现种现做现吃，还真是敢想、敢做、敢说呀！"

"之前我也没考虑把这个送到孙总面前，不过，当看到我们的短视频冲上热搜火遍全网时，我对我们团队的计划充满了信心。"沈妍和在心里强调，不要夸海口，一定要务实，眼前的这个女人，手上掌握着流量密码，她要争取孙九苿的全力支持。

"我想说，一两次的热搜，一两个的爆款，一段时间内的高热度，并不足以支持这一次的合作，并取得相应的流量倾斜。沈小姐，我要是把你说的话，写进报告里，会被专家们笑话的。"孙九苿给了沈妍和一个嗔怒的小眼神。

"但您也不能否认，我们的计划具有可行性。"沈妍和只觉得天旋地转，好想找一棵树，或者一面墙，以此来支撑身体不会倒下。

如果不想在孙九苿面前出丑，沈妍和意识到必须速战速决结束这场谈话，于是说道："孙总对我们的计划还存有疑虑，不如这样，咱们打个赌好不好？"

"打赌？赌什么？我从来不会用自己的工作来打赌！太儿戏了，那不是我的风格。"孙九苿表示拒绝。

沈妍和听出来了，可她假装没听懂，继续说："我们需要孙总这边推广支持的时间节点是在晚会节目推出之前，效果最佳的时间其实集中在节目开始前的一星期，七天的推广时间为最佳，全部资源都用上，完全能够将推广效果拉满。那么，我要跟孙总赌的是，在您最终做出支持的决定之前，我们也能培养自己的自媒体账号，并建立自己的推广渠道，粉丝量要超过三百万？"

孙九苿迟疑着，思考着，分析着。她不敢相信面前的沈妍和是一位不折不扣的新人，这老练的处事方式，表面上笑容和煦，实际上无时无刻不在试探、判断、改变着你的想法。沈妍和想用刚刚火爆起来的短视频为切入点，玩一把破釜沉舟。这是死马当活马医呀！

然而，孙九苿清楚，一个刚火起来的账号还需要很长时间去培育，如果以此作为合作筹码，的确很冒险。不过，按照以往的运作经验，在最后的黄金七天里，孙九茉将自己的所有宣传、推广、引流等资源全都用上，前面有成功的案例可以借鉴，自己有成熟的团队出方案，又有靠谱的下游团队转发、烘托气氛，自己也可以想象到最终的结果。

而沈妍和争取到了将近五十天的运营期，以她的才能和魄力，以及各方支持，第一个爆款出来以后，第二个、第三个、第四个还会远吗？只要平稳发展，用将近五十天打造一个超三百万粉丝的大号，也不是什么难以实现的目标。

好手段啊，沈妍和！孙九茉明白了沈妍和的真实意图，不但没有反感，反而更加欣赏她。于是举杯与沈妍和再次轻轻相碰。

"你要赌，也可以，但我的条件比较苛刻，若是达不到的话，后面一切支持就都没了。你确定用这种方式来进行我们的第一次合作吗？"孙九茉将决定权交到了沈妍和的手上。

多有趣呀！孙九茉期待着沈妍和陷入左右为难的境地。

"我们将来一定会有很多次的合作，而最为重要的第一次，若是以展现实力的方式来完成，我想，未来孙总是不是对我们的团队更加信任呢？"沈妍和要的是一个平等合作的基础，她考虑的不只是眼前，还有将来，这是站在团队的角度全盘规划。

"哦，亲爱的，你知道吗？我真的超爱你这份自信。"孙九茉举杯一饮而尽，她学着沈妍和之前的样子，将酒杯倒扣，同样也是一滴不剩，"那么，我要提出我的要求了，你若同意，我们的赌约便要开始了。"

"孙总请讲。"

……

两杯红酒，那是沈妍和的极限。与孙九茉道别时，沈妍和还保持着相当的镇定，可刚一脱离孙九茉的视线，她就踉跄一下，差点儿一头栽倒。在意识没有完全丧失之前，沈妍和拨打了一个电话，说了自己的具体位置，便什么都不知道了……

沈妍和做了一个很长很长的梦，那梦境仿佛是一个无尽的深渊，充满了压抑、恐惧和绝望的气息。梦中的家，不再是记忆中那个温馨而明亮的避风港，而是变成了一片灰暗的世界，每一个角落都弥漫着沉重的氛围。她仿佛回到了童年的时光，小小的身躯趴在冰冷而坚硬的书桌上，面前堆满了厚厚的作业本和习题集，手中的笔机械地移动着，却仿佛永远也写不完那些繁重的作业。

厨房里，妈妈忙碌的身影若隐若现，只能看到一个模糊的背影在不停地晃动。然而，那背影却时不时地转过身来，化作一张愤怒而扭曲的脸庞，对着沈妍和大声咆哮。

"沈妍和，你这次的分数只有96分，全班第四，你不觉得应该好好地反省一下自己吗？你看看你，平时除了玩就是玩，你怎么这么不争气呀！"妈妈的话像是一把把锋利的刀，深深地刺进了沈妍和的心。

"还有，周四的素描课，你的作业画过了吗？别以为我不知道你偷偷把练习册藏在了床底下！还有周五的小提琴课，老师明确要求你每天练琴四小时以上，你却总是偷工减料，你准备偷懒到什么时候？"妈妈的责备如同狂风暴雨般袭来，让沈妍和感到无法呼吸。

"今天晚上，如果不把所有的作业都做好，不准你吃饭，也不准睡觉！我就是对你太仁慈了，你才不把我的话听进去！你对得起我的付出吗？为了送你去学琴学画，家里的钱几乎全用在了你身上，你一个月花了那么多钱，不学出成绩来，你对得起谁？"妈妈的语气中充满了失望和愤怒。

沈妍和在这无尽的责备声中颤抖着，她想要反驳，却发现自己连开口的勇气都没有。她只能默默地承受着这一切，直到梦境的尽头。

"沈妍和，你怎么还在睡？你看看都几点了！谁让你睡觉的？快点儿起来学习！"妈妈愤怒的声音再次响起，"沈妍和——"

……

沈妍和醉酒后无意识间拨通了孟行辰的电话，而命运似乎早就铺设好了这一切，孟行辰恰好也在杭市出差，且距离沈妍和所在的宾馆不远。

宾馆房间内，灯光昏黄而柔和，营造出一种温馨而私密的氛围。孟行辰坐在床边，目光中满是深情与关切，静静地注视着床上的女子——他的心上人沈妍和。此时的她，与平日里那个雷厉风行、说一不二的形象截然不同，显得异常脆弱和无助。

沈妍和蜷缩着身体，双手紧紧地抱着脑袋，泪水顺着脸颊滑落，含糊不清地呢喃着："别打我，别打我……"那声音中充满了惊恐与绝望，让人心生怜悯。孟行辰心中一紧，连忙凑近她，看着她泪流满面、不停求饶的样子，心中涌起一股难以名状的痛楚。

他紧紧攥住沈妍和的手，轻声呼唤道："沈妍和，你醒一醒。"他的声音温柔而坚定，仿佛能够穿透沈妍和内心的恐惧与迷茫。在一次次的呼唤中，沈妍和终于缓缓睁开了那双美丽的凤眼，泪水如决堤般涌出，湿润了她的脸颊。然而，她似乎还沉浸在刚才的噩梦中无法自拔，不等孟行辰说话便又紧闭了双眼，身体也不受控制地哆嗦着。

孟行辰见状，心中更加疼惜。他脱下外套，轻轻地躺在沈妍和身边，将她揽入怀中。此时此刻，他心中并无任何邪念，只想给她一些安慰和依靠，让她感受到温暖和安全。沈妍和似乎感受到了孟行辰的怀抱和温暖，不自觉地贴近了他，手臂揽着他的腰，整张脸都埋在了他的胸口。

孟行辰轻轻地拍着沈妍和的后背，像哄一个没有睡熟的婴儿一样温柔。他哼唱着轻柔的小调："沈妍和，别怕啊！我是孟行辰，有我陪着你呢。"那声音低沉而富有磁性，仿佛有魔力一般，让沈妍和渐渐平静下来。她不再呓语也不再哆嗦，但孟行辰依然能够感觉到她胸口的潮湿和持续流淌的泪水。

他心中五味杂陈，不知道沈妍和究竟经历了什么才会如此伤心欲绝。但无论如何，他都在心里暗暗发誓要守护好她、照顾好她。沈妍和在自己怀中的存在感出奇地强烈，让他无法忽视她的存在。这辈子，他从没有遇到过一个能在他生命里留下如此清晰且深刻烙印的女子。

孟行辰轻轻地叹了口气，心中似乎已经预见到了自己的未来将与怀中的她紧紧相连、纠缠不清。他抚摸着沈妍和的头发，心中充满了温柔和坚定。无论命运如何安排他们的未来——无论是好的还是坏的——他都愿意全盘接受、绝无怨言。

这个夜晚，他们彼此依靠、彼此温暖。虽然外面的世界依然喧嚣繁华、充满变数，但在这个小小的空间里，他们仿佛拥有了整个世界。这份淡淡的情愫在两人之间悄然滋生、蔓延开来，成为他们生命中最宝贵的财富和记忆。

未来的日子里，他们或许会遇到更多的挑战和困难，但只要彼此相依、携手前行，就一定能够克服一切、走向幸福。这份情愫将成为他们最坚实的后盾和最温暖的依靠。

第十一章　画地为牢

新的一天，窗外的鸟儿没有叽叽喳喳叫个不停，厨房那边没有父亲做早餐时发出来的声响，楼上邻居习惯性的吵架似乎也没有进行……这样的感觉，并不是沈妍和所熟悉的。

今天的感觉似乎与往常有些不太一样，她的怀里居然抱着一个人。

沈妍和首先否认这种感觉的真实存在，一直以来，她都是一个人睡，早已习惯了这种生活的她，做梦都想不起与一个男人同床共枕会是个什么滋味。

"男人"？当这两个恐怖字眼清晰地浮现于脑海中时，沈妍和吓得一激灵，彻底清醒了。自己的确是与某个男人，以一种相当亲密的姿势在拥抱，而且男人的长腿搭在了自己身上，轻吐的气息吹拂着她的脸颊，而自己也正抱紧对方结实的腰身，恨不得将整张脸都埋进那人的胸膛里。

"什么鬼？"沈妍和下意识地就要在床上表演一记鲤鱼打挺。紧要关头，她的理智战胜了冲动。

"沈妍和，你要冷静，一定要冷静，越是紧要关头，越不能乱了方寸。"心中默念着，沈妍和试图从男人的怀抱里挣脱。

尝试几次，根本没用。男人的身体重得像是一座山，在不把他惊醒的前提下想要把他推开，几乎是不可能的。

"沈妍和，你完了，你真的堕落了。说了多少次喝酒误事，明知道自己根本碰不得红酒，昨天在孙九茉递过来那杯红酒的时候，就应该告诉她自己不能喝酒。现在好了，保住了面子，却丢了人……"她摸了摸自己的身体，幸好，衣服还在，看来事情没有自己想得那么糟糕。

有了这样的判断，沈妍和决定先去看看抱着自己睡的男人，长得什么样。但她绝对想不到，看到的竟是孟行辰的脸。他还在熟睡，脸颊周围冒出了一圈浅浅的青色胡茬，让他整个人的气质都与平时不太一样。

沈妍和一下子脸红心跳外加冒冷汗，她怀疑自己出现了幻觉，不然的话，孟行辰怎么会出现在这里？这实在是一件不可思议的怪事，以至于沈妍和还以为自己在梦中，她惊恐过度，几乎要当场尖叫起来。

"沈妍和，我还没睡好，你最好不要吵我。否则，后果自负。"孟行辰没有睁眼，嘀咕道。

其实沈妍和在怀里一激灵的时候，孟行辰已经醒了。之所以没有立即睁眼，完全是想看看沈妍和到底什么反应。即便不去看她，孟行辰也能猜出沈妍和是多么震惊。他存心给她一个教训，在她打算挣脱自己的怀抱时，故意抱紧她，让她不得挣脱。

孟行辰有些快意地想：沈妍和，应该是吓得快哭出来了吧！

沈妍和终于回过神来，小声地问："孟行辰，你怎么会在这儿？"

"自己想。"

"你能不能先放开我，我想坐起来。"

"我还没睡够。"

孟行辰根本不放她，只是给她调整了个姿势，改由从背后抱紧了她。两个人的身体轮廓，完全镶嵌在了一起，仿佛这种亲密的睡姿，本就该如此。

"孟行辰！"沈妍和又慌又窘，终于恼了。

"沈妍和，你昨晚喝了红酒，穿着泳衣，醉倒在那个什么破别墅的门前。你给我打电话，命令我去救你。我去了，抱着你上了车，你完全没有意识，身体沉得像个麻袋，坐到了车上，你突然睁开眼睛说要给我唱歌……"

"你胡说八道，我怎么可能做那种事！"沈妍和可以接受自己醉酒，但如此丢脸的行为，她还是要否认的。

孟行辰直接哼起昨晚她要唱的那个歌曲，沈妍和一听，立即不吭声了。那是她最爱的曲子，孟行辰绝对不知道这件事。

"我把你带来酒店的时候，前台服务生看我的眼神，非常古怪。"孟行辰抱怨道。

"对不起！"沈妍和直接认错，她觉得如果自己早点儿道歉，或许孟行辰就不会再让自己难堪了。

"沈妍和，你承诺过的，明知道自己喝不了红酒，以后就要完全避免触碰这种会让你失去意识的东西。"孟行辰提起这件事，极为愤怒，"这次真的是凑巧，你在杭市，我也在杭市，你打给我的电话也接到了。你想过没有，如果我没接到，或者是接到了以后无能为力，会是什么后果？"

沈妍和冷静了好一会儿，不好意思地说："谢谢你啊，幸好有你在！"

孟行辰也有些意外，他还以为自己听错了呢，正在得意，却听沈妍和又说："我也不知道为什么又去麻烦你，可能是条件反射，电话打顺手了。"

沈妍和明显想找回些颜面，孟行辰岂能揪住不放？于是拍了拍她的背说："朋友之间不就是互相麻烦的嘛。将来有一天，等我也喝醉了，找不到路，回不了家的时候，如果给你打电话，你也尽快赶过来不就行了。"

"这样也可以吗？"沈妍和总算找回了一点心理平衡。

"一定可以。"孟行辰点头。

"只要你需要，我一定去！"沈妍和承诺。

孟行辰看着沈妍和泛红的眼睛，有点儿想笑，但又实在是不敢笑，只能一本正经地憋着。

沈妍和解决了心病，挣扎着爬起来。

想起昨晚沈妍和难受的样子，孟行辰忍不住好奇地问："你能想起昨晚梦到什么了吗？把你难受得一直哭一直哭。"

"我……"沈妍和愣了愣，而后摇头，"我不记得了。"

"压力太大了吧。"孟行辰替她找了个借口。

"是的，最近的工作任务很多，每天的工作计划都列得满满当当。我这人性子急，做好的计划完不成，心里边就有负罪感。"沈妍和认真地解释，唯恐孟行辰不信。

"你说得非常有道理。"孟行辰一副十分信任的样子。

与孟行辰道别之前，沈妍和已经收拾好了心情，她甚至还主动相约，等回去找个时间一起吃个饭，来感谢孟行辰的帮助。

孟行辰求之不得，欣然应下。

孟行辰走后，沈妍和打电话给杜亚飞，约好在自己所在的宾馆见面。

杜亚飞这次和沈妍和一起出差，昨晚有事另有安排，并没有和沈妍和在一起。接到沈妍和的电话，便火速赶来。

两人一见面，杜亚飞看到沈妍和憔悴的脸，有些诧异地问："妍和姐，昨晚是不是没有休息好？脸色真的很不好。"

沈妍和苦笑，避开醉酒的事不谈，详细地说了说与孙九茉对赌的事。

杜亚飞有点儿犯愁："要求有一个300万以上粉丝的账号，两个200万以上的，五个80万以上的，还都要自然的活粉，不允许买量和刷单，真的太难了，几乎难以完成。更别提还给了时间限定，我完全想不到从哪里下手。"

沈妍和心里有数，她比杜亚飞要乐观不少："一共八个账号，主营三个，另外五个主要靠转发，操作得当的话，只要主账号能够运营起来，其他的账号就好弄了。"

杜亚飞还是摇头："说的就是主账号啊，现在玩的都这么大吗？张口就是两三百万的活粉，难得很呀！"

三百万的活粉账号，商业价值极为可观，不管在哪里，都称得上是大V了。

见沈妍和不搭话，杜亚飞嘟囔："我要是有那本事搞这些，为什么还要在电视台辛辛苦苦地讨生活，我自己去整个号，做独立运营的自媒体不好吗？又有钱又有名，在家就把钱给挣了。"

沈妍和听了直想笑，她能理解杜亚飞的惊慌，而沈妍和的自信是来源于她丰富的自媒体创作经验，她清楚粉丝们的关注点在哪里。不过这些事，沈妍和并不打算透露过多，在以后的工作里，杜亚飞会慢慢接触到，等杜亚飞习惯了，也不会再当一回事儿。而此刻，适当的压力有助于杜亚飞的成长，沈妍和深深明白这个道理。

沈妍和与孙九茉通了一个电话，足足聊了二十分钟。双方确认了昨晚的对赌，然后聊了聊美容。女人嘛，如何保持美丽是永远的话题。电话挂断时，孙九茉还主动提出，等以后有时间一定要向沈妍和多多请教。

杜亚飞在一旁听得目瞪口呆，据说，孙九茉是行业里最有名的艺术导演，上过杂志封面的传奇人物，她居然和沈妍和聊得如此熟络！

杜亚飞捏了捏自己的脸颊，有点儿疼，不是在做梦。

杜亚飞满眼崇拜地看着沈妍和，心想：只一个晚上，沈妍和到底做了什么，让孙九茉对她如此刮目相看呢？

星期一上班的时候，杜亚飞正无精打采地坐在会议室内，一口接一口地猛灌咖啡。沈妍和走了进来，她穿着白衬衫、黑短裙，极其简约，有她在的地方，即便美女云集，她也能成为全场的焦点。只可惜，美人今天心情不佳，冷着个脸，让人极难靠近。

见沈妍和进来，杜亚飞抱怨道："等这次晚会结束，我要跟赵姐申请休年假，我要去看长河落日圆，也要去看大漠孤烟直，世界那么大，我想去看看。啊，为什么世界上会有星期一这么可怕的东西存在？"

"年底之前，你的年假一天都别想休！"

沈妍和说着，将一个文件夹扔在了杜亚飞的面前，那是昨晚收集起来的数据。

杜亚飞感觉不妙，迅速翻开文件夹，一目十行地看了下去，才看到一半，冷汗便跟着往出冒。

"数据出现了大幅度的断层，第一个视频火爆，并没有理所当然地把粉丝和流量挪移到新的视频上去，粉丝总量不增反降，差评率……唉，为什么短视频网站还要算一个差评率呢？而且数字还这么难看的！"杜亚飞痛苦地将额头抵在了桌面上，缓过一口气，自言自语，"妍和姐，我就说了，我不行，真的不行，在自媒体方面，我是个不折不扣的新人，单靠短时间研究了几个爆款，就想获得所谓的流量密码，显然是行不通的。"

沈妍和挑了挑眉，坐在她的对面，没有给予任何评价，只由着她喋喋不休地说下去。

"我真的努力过了，更新的视频是耗尽心血才剪辑出来的，这是近期完成率最高，也是自我感觉最好的一个作品。可是，自己觉得好有什么用？市场不认，网友不认，这跟自嗨有啥区别。"杜亚飞捂住脸，十分沮丧。

无法抑制的负面情绪，仿佛一瞬间就要把杜亚飞给打倒。第一个视频是沈妍和制作的，交给她来上传，杜亚飞看了一遍，觉得视频虽然不错，但并没有沈妍和以往的视频那么精美，然而就是这个她不怎么看上眼的作品，四十八小时内一举收获了四十二万人点赞和一百六十万条留言的超强记录。

在沈妍和这条视频的鼓舞下，杜亚飞热血沸腾，摩拳擦掌，跃跃欲试。沈妍和的视频素材来自历届歌舞晚会，通过精心的剪辑、编排而成。电视台的素材库，沈妍和可以使用，杜亚飞也可以使用。

在研究了整整三天之后，杜亚飞自认为对于网络爆款有了相当的认识，无论自媒体，还是新媒体，也不论文字还是视频，她都觉得自己具备了制造爆款的关键要素，自己的作品发出来，成绩应该不会太差。

今天，是正式交成绩单的时候，而摆在面前的数据用惨不忍睹来形容都不为过。点赞量没超过一千，留言者寥寥无几。在那些不多的留言里居然还有毫无理由的谩骂，大呼无聊的也有，这是构成数据表上差评率的基础。但更多的还是有人质疑，两段视频是否出自同一人之手，水准差得太多了。

杜亚飞此刻才明白，什么叫观众的眼睛是雪亮的。创作者自以为瞒天过海，观众只凭直觉，便能够给予最直接的评价：喜欢或者不喜欢。

瞧着杜亚飞深受打击的神情，沈妍和笑着问："怎么？失望了？"

"能不失望吗？我想过可能会不尽人意，但没想到根本没有人喜欢。问题出在哪里？我根本找不到症结所在，这才是最可怕的……"

"你发现了差距的存在，是吗？"沈妍和毫不客气地说。

杜亚飞一片茫然，到了嘴边的话，又全都咽了回去。

"既然发现了差距的存在，接下来要做的，首先要足够重视这项工作，不要漫不经心，浮在表面。在互联网高度发达的今天，粉丝的快乐阈值一直在提高，审美能力与鉴赏能力也在提高。作为创作者，平台上曾经出现过的流行梗，我们自己使用过的爆款元素，以及可能造成雷同感的素材，在最近更新的视频里都不要用，只有这样才能让粉丝眼前一亮、耳目一新，持续更新的作品才有可能突破前一部的火爆，成为更受追捧的作品。"

杜亚飞出了神，喃喃自语："难道我的作品是同样使用了晚会素材，出现了雷同感？"

"失败的原因有很多种，不仅仅是这个，你的视频里还缺少一抹点睛之笔。"沈妍和丝毫没有顾忌杜亚飞的情面，既然说开了，索性就一次把问题说明白。

杜亚飞是她即将组建的团队里的核心成员，如果连杜亚飞都没办法改变固有思维，沈妍和也只好放弃不用。正因为带着破釜沉舟的决心，沈妍和觉得自己要求得严格一些没什么不对。

"每个视频都要有一个表达的故事核心，画面、颜色、光线明暗、人物对比，以及音乐、氛围等，你能直观看到、听到、联想到的方方面面，都要围绕着这个故事去展开。根据平台要求，迎合粉丝喜好，一段优质视频的表达，大约三分钟，那么，在这一百八十秒内，每一帧画面都必然精益求精，无关紧要的东西必须删除，这样才勉强合格。"沈妍和解释完，给杜亚飞布置了需要完成的任务，杜亚飞一脸认真地忙去了。

赵清梦是在沈妍和与杜亚飞聊天的时候走进来的，她怕打扰沈妍和，与沈行行一起靠近门口坐下，静静地听沈妍和高谈阔论。

等杜亚飞离开，沈妍和来到赵清梦的身边，接过了沈行行递来的水杯，猛喝了两口，这才说起出差的事。

其实，沈妍和有随时汇报的习惯，从出差第一天起，她的行程、会面、重点沟通内容，以及相应的解决办法和未解决的问题，她都编辑成短信，直接发送到赵清梦的手机上。不论赵清梦回不回复，沈妍和都在按照自己的做事方式，认真地去做。正因为如此，赵清梦尽管每天从早到晚跟舞蹈演员泡在一起，她依然非常清楚沈妍和这边的任务进度。

"我已经将你拟定的计划交到台里，等待上边的审核。"

"这么快吗？"沈妍和颇为意外。

"工作效率必须高。"赵清梦愉悦地轻眨了下眼，显然也十分喜欢整个团队焕然一新的状态，包括她自己在内，虽然每天都很忙，可现在的忙碌，与过去的忙碌相比，明显多了许多条理和目标，那是赵清梦一直想要的状态。

"我与杭市的孙总签了对赌协议，其他几个台的负责人知道以后，都表现出了相当大的兴趣。"说到这里，沈妍和忍不住想叹气，"就连我早前拜访过的那几位，后来听说了我们之间的对赌，也专程打电话过来，要求参与。"

赵清梦忧心忡忡："你定的标准太高了。"

"如果太低，就不会引来那么多人的关注。"沈妍和不以为然。

"但是太高，很有可能会完不成。"赵清梦望向杜亚飞离开的方向，从她的视角能看到杜亚飞正在电脑前极为认真地忙碌着。

"我们这一组能够给到你的人手并不多，更多时候，你可能还要靠自己。"赵清梦左手捏着右手，小心翼翼地按摩着自己的骨节，认真思考着措辞，表达着自己的担心，"你有破釜沉舟的勇气，我非常欣赏；但你也要考虑好，如果输了，我们将失去外援，今年的中秋晚会不仅不能够达到大放异彩的预期效果，反而可能成为史上最糟糕的一台晚会。妍和，你的这一步，迈得略显大了点儿。"

赵清梦这么说还是客气的呢！换成李明理，他必定会指着沈妍和的鼻子大骂她擅作主张，先把自己的责任规避掉，然后再将黑锅结结实实地砸在沈妍和身上。

"宣传这边您是交给我负责的，赵老师，您尽管放心。但是有一点，我们小组现在只有两个人，确实人手太少。依照我的计划，除了我最少还需要三个人，大家分工合作才能保证各自发挥最大的作用。"

沈妍和也知道自己提出这个要求很高。过去只有杜亚飞一个人在做的工作，突然需要三个人来完成，这多少有些说不过去。关于人员的使用以及跨部门的调动，都需要赵清梦去协调，这让赵清梦很为难。

沈妍和当然知道这事难办，继续解释道："我需要一支信得过、用得上、实力强、经得起考验的队伍。就像赵老师您自己带的那一支舞蹈队伍一样，无论遇到什么困难都能众志成城、团结一心，圆满完成任务。"

沈妍和竖起两根手指，强调道："给我两个月的时间，我有信心做好。"

一贯极为支持沈妍和的赵清梦陷入沉思，极为罕见地提出了相反的意见："如果，你做不到呢？"

"赵老师，您也想与我签订一份对赌协议吗？"沈妍和笑吟吟地问。

赵清梦直视沈妍和的凤眼，那是一双极有特色的眼睛，天生带有某种凌锐的感觉。赵清梦在台内带着百十人的团队，没有谁像沈妍和一样，以决策者的眼光审视、筹划和决定事情。

"签一个，似乎也是一个很不错的想法。"赵清梦想了又想，理智地回答。

赵清梦从不掩饰自己对沈妍和的喜欢，但作为团队负责人，她要服众。对赌是沈妍和提出来的，赵清梦了解沈妍和的性格，这个遇强则强的女孩，一定会迎难而上，克服一切险阻，圆满完成任务。

"赵老师，您说吧，要怎么赌？"沈妍和摩拳擦掌，跃跃欲试。

赵清梦清了清嗓子："就按照你与孙九茉定下的标准，我给你配备五人团队，如果你能够达到，那我会写一份鉴定报告，亲自去台里解决你的转正问题。"

"真的可以吗？"沈妍和开心地问。

"沈行行，你帮忙起草一份协议，白纸黑字写下来。"赵清梦也是爽快人。

沈行行很快拟了一份协议，双方看后没有异议，就在协议上签了字。

"你就那么自信吗？"赵清梦最终还是问出了自己关心已久的问题。

"相当自信！"沈妍和并没有遮遮掩掩。

沈妍和已将自己的前途全部赌上，甚至没有留回旋的余地，不给自己留任何退路，接下来只有拼命向前冲，向前冲！

今年聘任进电视台的四位新人里，白思年自认为优势最大。不仅仅因为在几个人当中，她年轻漂亮，履历丰富，更因为她背后的人脉资源。父母都是机关干部，在省城政府机关工作多年，各个部门都有得力相熟的朋友。与沈妍和、曹轩阳和段旭这种普通人家出生、成长，靠着自身的努力进入名校的平民子弟完全不同，就连沈妍和这种海归，白思年也没有放在眼里。

在得到了父亲的承诺之后，白思年认为自己的转正名额十拿九稳，精神状态也就焕然一新，一扫前段时期的颓废，再次昂起高傲的头颅，连走路也带着风。

白思年很快调到李明理的团队。因为与孟行辰签订合同未果，李明理对白思年本没有什么好态度。谁承想，台里的大领导过问，分管的副台长直接跟他谈话，要求将白思年安排在他的团队，职位是编导，还要当作副手来培养。李明理精于人事，不再多问，心里便有了数。看来白思年能量不小，既然上边有人打了招呼，自己怎么好得罪呢！

白思年志得意满找李明理报到，李明理一改往日的冷漠和不屑，笑脸相迎："欢迎白编导！"

白思年媚眼寒暄，完全忘却了以前的不愉快："李导，以后小妹就跟你混了，还望多多指导呀！"

作为特殊关照，白思年还得到了一间办公室，就在李明理隔壁。这种特殊待遇，让白思年非常满意，虚荣心也得到了极大满足。

搞定了李明理，下一步白思年要去对付沈妍和。在她看来，从哪里跌倒，就要从哪里爬起来，她要让沈妍和知道知道自己的厉害。

而沈妍和呢，哪里还管得了白思年心里怎么想，她正忙着寻找团队成员，全力以赴为中秋晚会做准备。

内部对赌协议签署完毕以后，沈妍和等于立了军令状。

赵清梦本着"用人不疑，疑人不用"的原则，给了沈妍和相当大的权力，既然她需要四名成员，那么就让她自己选好了。自己既没有那个时间，也没有那份精力。

杜亚飞对此一度很紧张，她担心自己没有达到沈妍和的预期，而被踢出小组。沈妍和迟迟不表态，杜亚飞的情绪就迟迟放不下。有一天，杜亚飞终于憋不住了，决定主动找沈妍和谈谈："沈编导，我有事找您。"

沈妍和的手上正在忙，没抬眼看她，只轻声地问："视频改好了？"

"改了一半，还差一些，我……"

见她迟疑，沈妍和又问："你是有什么不懂的吗？直接问吧，我在听。"

杜亚飞只是低下头，不知从何说起，整个人憋屈得快要哭了。

沈妍和等了会儿，不见动静，抬头看了看杜亚飞，问："遇到问题了？"

杜亚飞点了点头。

"说吧。"沈妍和放下手上的工作，等待杜亚飞说话。

见杜亚飞还是扭扭捏捏地不肯讲，沈妍和叹气道："你才转换思路没多久，剪辑视频的技巧也是重新学习的，觉得哪儿都不对，却找不出来问题所在，这很正常。不会就学，不会就问，我也是这样过来的，没必要不好意思，这是工作。"

杜亚飞深吸了一口气，仿佛下定了决心，郑重地开口："沈编导，我会更加努力，争取早些进入状态，能不能给我点儿时间，不要那么快地否定我。"

沈妍和没听懂，疑惑地问："谁说我要否定你了？"

杜亚飞哭丧着脸说："您最近不是在组建团队吗，虽然过去我一直负责宣传工作，但实际上，工作思路与现在完全不同。我自认为能够完全胜任您布置的任何工作。现在我承认，这份工作并不容易，于我而言，是新的起点，更是新的挑战。沈编导，我已经很久没有像现在这样，充满学习欲，并且对未来的工作有着极大的期待，我对这份工作有了新的认识，也充满了兴趣。我对自己的能力没有怀疑，可是……可是……我需要时间。"

杜亚飞终于鼓足勇气，把真正想说的话给表达了出来。

沈妍和耐心地等待杜亚飞说完，轻笑一声："听到什么谣言了？"

杜亚飞摇头："我是居安思危。"

"你认为咱们的营销团队新增加了成员，有可能会影响到你现有的工作？”

“嗯！我不希望失去自己喜欢的工作，我要把这件事做好。”

“好。”

“嗯！我一定会努力的！”

“在新成员来到时，我希望你能够比新人更早接受新的工作方式，否则，面子上过不去呀！”

杜亚飞是个爱面子的人，在听到沈妍和肯定的答复后，瞬间恢复了活力，于是，精神抖擞地返回工作岗位上忙碌起来。

“真是有干劲啊！”沈妍和微笑着赞道。

这个小团队是她两日后交出完美任务的基本保证。可以说，每一个人都很关键。杜亚飞虽然表现平平，但沈妍和愿意给她时间让其成长。

“杜亚飞最需要的是时间，好像我目前最需要的也是时间。”沈妍和目光坚定地对自己说。

对赌协议都签了，箭在弦上，沈妍和还有回旋的余地吗？

斗志满满的人，不只是沈妍和，还有一个自认为悄悄开挂、稳操胜券的白思年。

在白思年来李明理团队之前，曹轩阳领先一步得到李明理的赏识，加入了李明理的团队。先是白思年不堪重用，接着沈妍和不愿加入团队，这让李明理手下一时无将可用。有一次，曹轩阳与李明理的深度交流，成功地展示了个人魅力，李明理诚邀他加入团队，主做大咖秀。

尽管当红的主咖走了七七八八，最具有流量和话题度的超级大咖孟行辰也未能顺利签下合同，但节目总不能不做吧。毕竟，广告商、冠名商、投资商的合作都在那儿，新一期的大咖秀，李明理把全部的人脉资源都用上，找了几位愿意出镜的嘉宾，勉强维持了几期节目。然而，节目虽然做下来了，但始终不温不火。受邀的大咖中，不乏学术派、技术流、网络红人、新闻话题人物等，甚至还有过了气的一二线明星，然而，这些策划总是差那么点儿意思，节目也难再创孟行辰在时的辉煌。

面对流量不断减少、关注度持续下滑、差评与日俱增的困境，本来就脾气暴躁的李明理，现在就像一头喷火暴龙，看谁不顺眼，动不动就是劈头盖脸一顿臭骂。他的团队成员，每个人都在夹着尾巴做人，见了他都是躲着走。

很不幸，曹轩阳自从来到这个组，面对的就是这样的生活。他自认为是个能隐忍的人，可也受不了李明理的窝囊气。有一次受了批评后，在周小亚面前抱怨道："我真的想不明白为什么李导总是不满意，收视率很不错，网络的播放量也好，可每次节目播出后，他总要找个借口，把全组的人都给收拾一顿。这算怎么回事儿啊？"

周小亚只是笑笑："那是你没见过节目最辉煌的时候。"

是啊，任谁感受过最好的，也接受不了节目日益变差的吧！

曹轩阳目前的身份较为尴尬，李明理似乎忘记了当初把他调过来时许下的承诺，平时交给他的任务，大多很琐碎，也并非曹轩阳的专长，不过，他都尽力去做，尽量让李明理满意。他憧憬着能够得到转正机会，留在电视台，拥有正式编制和光明美好的前途。偏偏在这种时候，白思年调了过来。

一个团队里有两名新人，并且还是竞争关系，曹轩阳瞬时警惕起来，他不明白李明理为什么会做出如此的决定。不过，当曹轩阳在办公楼的过道里遇到似笑非笑的白思年时，他还是亲热地主动上前打招呼："思年，你也来了，真是太好了，以后我们就可以一起努力了。"

"曹轩阳，你信不信，一个月之内你就要从电视台滚蛋！"白思年笑容满面，任何人看了都以为她像从前一样跟曹轩阳在热聊。毕竟从一进入电视台，两个人就很亲近，很像谈恋爱的样子。

连曹轩阳自己也没想到，白思年会对他说这种话。他脸上的笑容迅速收敛，整个人也变得阴沉起来："白思年，你是什么意思？这么说话不觉得过分吗？"

"我能有什么意思呢？我不过是在说些掏心掏肺的话。曹轩阳，虽然我曾一度很天真地认为咱们是朋友，但你把我当傻子一样去耍的时候，就该明白，我又不是真的傻，迟早会有想明白的那一天。"

"想明白什么？你是不是误会我了？"曹轩阳忍着破口大骂的冲动，他劝告自己，一定要保持冷静。

"我没有误会任何事。"白思年朝着李明理的办公室那边瞄了一眼，"你搭上李导，不就是为了留在电视台吗？"

"李导那是欣赏我，所以才——"

白思年摆摆手，不愿意再听他的辩解："四个人竞争，一个人留下，我们四个人注定是对手，绝不可能成为朋友。沈妍和从一开始不就把这话讲得很清楚吗？她虽然不是什么好人，但至少不虚伪。不像某些人，明明心里早就做好了盘算，却还假惺惺地站在我身边，一口一个我们是好朋友，然后乘人不备去做些令人作呕的事。"

"白思年，你今天是吃错药了吧？嘴里没把门的，怎么什么话都敢往外说？"曹轩阳被刺激得脾气也上来了。

"在四人里，第一个被淘汰的一定是你。你想要在电视台混试用期的工资，那也绝对不可能，因为我绝对不允许。"白思年下定决心要拿曹轩阳开刀，她笃定地宣布，满意地看着曹轩阳露出愤怒的表情。

"你别太过分了！"曹轩阳生气道。

"要说的话我全都说了，该怎么做，你自己考虑！"说完，白思年回到自己的办公室，狠狠地关上了门，把曹轩阳气得只想骂娘。

白思年觉得，自己今天这么做也只是牛刀初试而已。人，总是要学会长大。面对明争暗斗，何必抱有无聊的仁慈心呢？

而李明理也有些苦恼，苦恼的根源同样来自白思年。他的确按照领导的要求，把白思年留在身边，并作为副手培养，也给了她相当大的权力，团队资源她可以大胆调配。李明理心想：只要她充分发挥，调度得当，每一期节目上边都会有她白思年编导的名字，用不了多久，她就会在团队里站稳脚跟，业务上就不会有人说闲话；白思年再凭借私人关系在高层活动活动，即使最终转正的只有一个名额，白思年最后胜出的概率也极大。

偏偏白思年不按照套路出牌，才过来没几天，她既没有像曹轩阳那样拼命工作，在业务上为自己获得加分和人气，也没有像之前那样与李明理搞好关系，当好副手，来获得顶头上司的支持。

白思年当然有她自己的想法，并且在迫不及待地执行当中。

尽管白思年最主要的竞争对手是沈妍和，但她必须首先清除掉曹轩阳这个绊脚石，以确定自己在李明理团队的绝对地位，这样才有与沈妍和直接叫板的权利。下一个目标就是找机会干掉沈妍和，至于段旭嘛，她压根儿就没将其列为竞争对手。

仗着上层有人撑腰，白思年不像以前那样对李明理"卑躬屈膝""低三下四"了，在她眼里，他李明理算什么东西，不过是领导面前的一条狗罢了！领导让他干啥他还敢不干吗？

对待曹轩阳，白思年的做法简单粗暴：我不撵你走，让你自己不愿意干。自从白思年来后，曹轩阳的工作量大大增加，从之前的每天十二小时增加到十六小时甚至十八小时。无论他怎么努力，他的面前永远有干不完的工作，一周没有休息日不说，每天加班到凌晨也是家常便饭。

如此数日下来，曹轩阳实在受不了了，有一天，他直接到李明理办公室诉苦。

李明理却一脸诧异："你又不是第一天在台里跟组，加班熬夜，忙的时候甚至拉个折叠床睡在演播室，那不是很正常的事吗？你既然选择做这一行，就该遵守这一行的规则。如果你觉得不公平，建议你夜里十二点，站在电视台门前看看有多少同事才下班回家；再看看办公大楼里，又有多少个房间灯火通明。你觉得你苦，大家不都一样嘛！更别提你作为高级人才被招聘进来，虽没转正，但工资比一般的老员工都高出一大截。你既然享受着高收入，就应该比别人多付出，你说是不是这个理呀？"

曹轩阳愕然，原来李明理的口才这么好，讲起道理来一套一套的，让他无法反驳。就这还不算完，李明理端起水杯喝了一大口继续说："做人要认清自己的位置，尤其是年轻人，千万不要恃才傲物，自以为比别人强，或者自己的履历比别人光鲜亮丽一些，就理所当然地觉得自己应该享受某些特权。我今天不妨告诉你，你的未来会变成怎么样，还要靠你自己努力。若那一天真的到来，你变成了不可或缺的存在，我可以听一听你的特殊要求，我甚至可以答应你所说的一切，但那不是现在！小曹，把你的傲气收一收，把你的才气好好展现一下，如果你真的想要转正，成为最终的获胜者，拿到你想要的一切，我劝你，立即从我办公室离开。从今以后，如果因为工作量太大自己无法完成这种理由来找我，你最好免开尊口，那样会让彼此脸上难堪的。"

最后，李明理极其不耐烦地将曹轩阳赶了出去。

曹轩阳自感脸上无光，气急败坏地离开了。在离开时，白思年碰巧进来，她冲曹轩阳嘲讽一笑，仿佛在说：跟我斗，你还嫩了点儿。

曹轩阳不敢相信，真的是白思年造成了今天的一切。直到他辞职离开，他都没想明白，李明理怎么会那么听白思年的话，当白思年借工作之名行打击报复之实时，李明理却配合着白思年，由着她造次。面对这种局面，曹轩阳毫无胜算，他除了辞职灰溜溜地离开电视台，难道还有别的选择吗？

第十二章　接受挑战

　　沈妍和最近忙得焦头烂额，家里忙，工作更忙，每天的行程都安排得满满当当。要不是她早已习惯了高强度的工作和生活，怕是早就累趴下了。

　　起初听说曹轩阳辞职离开，沈妍和还有点儿不相信。曹轩阳可是有野心的男人，怎么可能轻易放弃呢？直到有一天早晨上班时，白思年亲口告诉她："曹轩阳是被我挤走的。"沈妍和才不得不信，看来这个白思年还真有些手段。

　　沈妍和好奇地问："你对他到底做了什么？"

　　白思年也不回答，一副高傲自满的样子，说："沈妍和，你等着吧，下一个人就是你！"

　　"什么？"沈妍和心想，这姑娘今天是不是吃错药了？不然一大早地不去忙活自己的事，竟然跑到她面前来撂狠话！

　　白思年大声宣布："你会跟曹轩阳一样，怎么来的就怎么滚走！"

　　沈妍和此生最不怕的就是别人给她放狠话，从小到大母亲用的还少吗？考大学、出国留学这种情况遇到的还少吗？沈妍和早就练就了一身功夫，像白思年这种水平，连她一根毫毛都伤不到。

"我是个人，从小到大，全都是直立行走。滚，倒是真没试过，要不，你来打个样，滚给我看看？"面对白思年的无理取闹，沈妍和决定给她点儿颜色瞧瞧，"白思年，听说你在李导那组受到重用，直接越过实习期，独当一面开始做节目策划了？"

"实力摆在那儿，李导是有眼光的领导。"白思年自鸣得意。

她怎么也忘不了孟行辰数次拒绝她所带给她的屈辱，把所有的怒火都发泄在沈妍和身上。她以为这肯定是沈妍和从中作梗，两个人关系暧昧，不清不白，导致自己栽了跟头。

白思年越想越气，咬牙切齿地说："你以为跟孟行辰有点儿不清不白的关系，就能阻碍我们组的节目计划吗？做梦去吧，地球离开谁都照样转！孟行辰受你蛊惑，放着大红大紫的机会不抓，错失了成为大明星的好机会，你猜，他会不会恨你？"

此时，赵清梦在沈行行的陪伴下，快速地往办公室的方向走来。没想到，在办公室门口撞上白思年正在纠缠沈妍和的场面。

"她怎么又来了？"沈行行气呼呼地打抱不平。

"嘘——别吭声，小心被发现。"赵清梦小声说，"咱们听听，这俩人又在吵啥呢。"

"姐！每次都是白思年堵上门来找麻烦，您不想着去帮忙也就算了，竟然还要躲起来看热闹，这可不是您的为人。"沈行行嘟嘟囔囔，她平时跟沈妍和的关系不错，对沈妍和既喜欢又钦佩，这会儿见白思年如此嚣张，如果不是赵清梦拦着，她早就撸起袖子，冲上去帮忙了。

赵清梦听到沈行行的抱怨，发出一声嗤笑："你开什么玩笑，沈妍和还需要你我去帮忙吵？她那是懒得张嘴，等会儿她想发挥了，十个白思年都不是对手。沈行行，你去后边点儿，别挡着我视线，我还想看看热闹呢！"

沈行行哭笑不得："姐，您不是真看热闹吧？"

"你啥也不懂，嘘——保持安静，顺便去把外边的人拦住，别让人过去打扰到沈编导。"

团队老大都发话了，沈行行哪里敢违抗？必须遵照执行。

沈妍和可没工夫注意办公室同事有没有在一旁看热闹，她的火气彻底被白思年那几句不负责任的话给挑起来了。

这姑娘年岁不大，妄想症却不小。之前还把孟行辰当成男神似的崇拜，一天到晚想把孟行辰的长约合同给签掉，使尽了美人计、堵人计、苦肉计……见所有的计谋都不管用，反过来倒打一耙，开始往孟行辰身上泼脏水，造谣中伤。对付这种家伙，沈妍和向来不会留情面。

"你去找孟行辰的时候，吃了不少苦吧？"沈妍和丝毫不给白思年留情面。

"谁去找他了？你别胡说八道了，他也配！"

沈妍和冷笑道："他不配，难道你配？你敢把刚才所说的话发在大咖秀节目评论区吗？不被他的粉丝用口水淹死才怪！"

白思年想要反驳，沈妍和火力全开，不给她任何的机会："你知道李明理为什么在多次被拒绝后，还死乞白赖求孟行辰吗？我告诉你，这就是所谓的流量密码、收视保证，更是一个节目制作人梦寐以求想要达到的高度。李明理为了留住他，耗费了多少力气，又用了多大心劲儿，你知道吗？如果被他知道，是你半夜给人打骚扰电话，还跑去人家门口送爱心早餐，干尽了黑粉儿才做的疯狂事，导致孟行辰下定决心远离剧组，不再签长约，与你们断绝关系。你猜，李明理会不会扒了你的皮？"

沈妍和越说越来劲儿："白思年，你是十五岁还是十八岁？你之前的工作经验全都是假的吗？好歹在职场混了那么多年，就算你再单纯无知，也该懂一点儿必要的社交常识吧，你既然敢做，为什么却不敢当呢？是欺负孟行辰脸皮薄，不会打电话去台里投诉，把你做过的奇葩事公之于众吗？"

白思年喃喃："你怎么知道？"

沈妍和冷笑道："还要从男女关系的角度，来污蔑我和他有什么不正当男女关系吗？"

白思年心里本就这么想的，不成想被沈妍和一语中的："他未婚，我未嫁，两个单身，即便是有心思凑在一起，那也算不上什么不正当关系。怎么？白小姐是看不得别人谈恋爱吗？有本事你也去找个男人谈恋爱呀！"

白思年无言以对："你你你……"

白思年一个"你"字念了老半天，终于绷不住了，又想逃。沈妍和可不给她机会，这次不把她治改了、整怕了，下次她会变本加厉，再来找麻烦。

"我可以把孟行辰请过来，证明我们的清白。白小姐要知道，侮辱、诽谤不仅无礼，还涉嫌违法呀！"

"你你你……"白思年气炸了肺，脸色苍白，嘴唇都在哆嗦，"你说谁诽谤呢？你有没有素质？"

"下次如果不是为了工作，请你不要来找我。我这个人呢，脾气不好，嘴巴也毒，见到上门找骂的人，总忍不住要教训几句。白小姐要记住我说的话哟！"

"沈妍和，你不要吓唬人，你给我等着！"

"白思年，你找错人了。要跟我竞争，你可以直截了当地来，口舌之争以后还是免了。第一，你吵不过我；第二，把我惹急了，你也兜不住；第三，反反复复就会撂几句狠话，你不觉得无聊，我都嫌磨嘴；第四，负责任告诉你，我现在心情很不爽，你要不要试试把我惹毛了是什么样呀？"

这次吵架，白思年又没发挥好，再吵下去似乎也占不到什么便宜，就这么走了，又不甘心。她怔怔地站在那儿，哆嗦着，愤怒着，不能自已。

这时，秋秋姐怕沈妍和吃亏，带着几个女人风风火火地冲了进来。看到秋秋姐一众女人，白思年面露惊恐之色，扭头快步逃走了。

赵清梦领着沈行行也返回办公室，见到那么多人围在门口，她故意问："怎么回事儿？都聚在这儿做什么呀？"

沈妍和淡淡地说："没什么事，大家在聊中午吃什么，要不要在办公室内聚个餐呢。"

"办公室内聚餐？顺便搞个团建，这主意很不错！"赵清梦立即拍板同意。

大家分头行动，订餐的订餐，收拾桌椅的收拾桌椅，准备餐具的准备餐具……组员们全都聚集过来，大家放下包袱，欢天喜地地又吃又喝，暂时忘掉了减肥瘦身的事儿。吃完这一餐，中秋节晚会的筹备工作正式拉开帷幕，这一餐也算是"战前动员"吧！

小会议室内，沈行行和杜亚飞在聊天，见赵清梦与沈妍和进来有事要谈，便知趣地让了出去。有人贴心地送来水果和甜点，两人边吃边聊。

"赵姐，你带着这支团队，组建之初没少耗费心血吧？我观察过了，人数虽多，但每支小队都非常清楚自己在什么位置，应该做什么事，擅长做什么事。这是一个正向的工作状态，我只在书本里见过，现实中，这还是第一次。"沈妍和倒不是在拍赵清梦的彩虹屁，难得有个机会谈谈自己的真实想法。

赵清梦吃着葡萄，笑盈盈地说："万事开头难，尤其是要找合适的人去做合适的事，还要善用每个人的长处和优点，最终形成一支步调一致的队伍。除了用心，还需要运气和缘分。我们这个团队一路走来，从小到大，共同成长，一直到了现在。就像大浪淘沙，适者生存，能留下来的，都是经过千锤百炼的。"

说到这儿，赵清梦话锋一转，问："沈编导，你的小队伍里的另外三个人，有没有中意的人选呀？"

沈妍和微笑："有了。"

"哦？也不见你把人带过来瞧瞧，是遇到什么困难了吗？别忘了还有我呢，我答应过你的，有任何麻烦都可以来找我，我会尽力帮忙的。"对于工作上的事，赵清梦从不推脱。

"对赌协议一签，我肩膀上的压力自然也就大了。要完成那么大的工作量，当然得找到最合适的人。秉承着这样的原则去考虑，也并不着急一定要立即把人给拉进来。"

赵清梦有点儿不太明白，问："你是打算去别的团队挖人？"

沈妍和轻轻地点头："我们团队的成员工作职能较为固定，强行要她们从擅长的工作转到另一个陌生领域，要浪费不少时间。更别说，中秋晚会还在筹备中，人员本身就不够。所以我考虑，尽量从外边调人，重新培养。"

"新人的话，重新开始，需要时间呀。"赵清梦的意思也很清楚，她们一直在为近期的中秋节晚会做准备，宣传是整个晚会能够取得成功的重要组成部分，之所以把沈妍和调过来，也是为了这个。如果说，这个宣传队伍全部是新人，一切从零开始，必然错误连连，这个试错成本太高。赵清梦想了又想，觉得还是难以承受。

"有我在，新人重新开始学，接收的都是正确的推广观念，吸收、理解新观念的过程也非常快，思维的转化同样会带来质变，这就是团队的力量。"沈妍和的话虽不多，但每个字都透着自信。

赵清梦点了点头，只回了一个字："好。"

赵清梦太忙了，没有时间去管太多专业范围之外的事。她相信沈妍和能够按照当初承诺给她带来耳目一新的体验。既然决定相信她，就要放手让她干。

赵清梦忽然说："你跟那个白思年，关系不太融洽啊。"

沈妍和毫不介意地笑了："是她把我当成了必须战胜的对手，既然是对手，关系就不可能真的融洽。四进一的比例，最终只有一个人能留下来，她若是想要这份工作，就必须做一些事。"

说话的技巧，莫过于此。好像什么都说了，又好像什么也没说。

赵清梦颇为感兴趣地问："你似乎不太担心？"

"事到如今，一切也只能尽力而为。这就好像是在进行一场马拉松比赛，大家才跑到了四分之一的赛程，便急于去找对手炫耀，这显然不是明智的做法。"

"是啊，最终还是要靠实力说话。"赵清梦话锋一转，"不过，不管是个人实力，还是背景、人脉，都要综合在一起去评价一个人，有时候最终结果和我们想象的相差甚远。"

赵清梦显然话中有话，仿佛在有意点拨沈妍和。沈妍和的心被轻轻触动了一下，但她没去追问，耐心地等着赵清梦往下说。

"曹轩阳辞职之后，白思年最大的威胁的确是你。她其实忘了那个段旭，段旭虽然没有在最显眼的位置积极表现，但并不代表不具备实力。据我所知，段旭进台以后，一直在做理论研究工作，已展露头角，小有成就。听说他的论文在核心期刊发表后，又被台里推荐去省里评奖，还获了个不错的奖项呢。台里对他特别重视，正准备去冲击国家奖呢。"赵清梦微笑道，"一个省部级的奖项，对我们台也是很不错的奖项了。可以说，段旭这一步走得非常巧妙，他清楚自己的优势，并且很好地发挥了出来。他和你一样，对自己的定位非常准确，也是个不错的竞争对手。"

沈妍和完全听懂了赵清梦真正想要表达的意思。

曹轩阳出局，白思年虽然咋咋呼呼地四处蹦跶，实际上真正能拿得出手的个人成绩并不多。反而是段旭，表面上默默无闻，实际上在暗地里下功夫，他分明是在藏拙呀！

作为沈妍和的直接领导，赵清梦在为沈妍和能否胜出捏把汗。作为台里的中层领导，在新人竞争的关头，她不管心里怎么想，表面上都不应该表露出来，免得事后被人诟病，受人指责。

"白思年的背后站着的是李导，但李导的为人我最了解。他对白思年有几分真，大概也只有他自己知道。"

沈妍和笑了笑说："最后决定转正名额的是领导的集体决议，并不靠某个人的喜好。另外，招聘工作是在全台的注视之下公正、公开地进行，全程受到极大的关注，我认为最后的结果，一定要令大家信服才行。我只管埋头做事，最后结果如何，全由成绩说话。"

赵清梦笑着点头："你的心态非常好，既然是这样，那我就放心了。因为你的加入，我很期待这台晚会最终的精彩呈现。"

赵清梦满是期待地看着沈妍和，沈妍和坚定地点了点头："我会尽全力的，不会让领导失望。"

三天后的一个早晨，在电视台的门前，白思年早早来到这里，她并不急着刷卡穿过闸机，而是不断往上班的人群张望，好像在等什么人。

没过多久，沈妍和挎着小包来了，她刷卡穿过闸机并没有注意到白思年。白思年看到沈妍和来了，便尾随其后，似乎有话要说。

"喂，你和孟行辰现在是不是在一起了？"白思年叫住沈妍和。

这种问题，沈妍和根本没有兴趣，也不想回答，于是说："这事与你有关吗？少管闲事！"

若在以往听到这种话，白思年肯定会当场发飙，可今天与以往不同，白思年完全没有生气，甚至还陪着笑脸。事出反常必有妖，果不其然。

"沈妍和，你真的以为自己找到了白马王子、如意郎君了？你认为孟行辰是个上等的好男人，值得你托付终身了吗？哈哈哈，你别得意太早了！你也不照照镜子看看自己，除了长了一张妖艳的、勾引男人的小脸，还有什么？"

沈妍和冷冷地问："美貌，难道还不够吗？"

"当然不够！这是最基本的东西，但并不是决定最终成败的条件。"白思年竟有些苦口婆心，耐着性子给沈妍和讲了起来，"孟行辰的公司有多强，你总应该知道了吧？他可是靠着自己的能力创业成功的富一代，有头脑，有学识，更有足够的运气。这样的男人，选择伴侣的目的是要巩固已有的社会地位，保护自己辛苦赚来的财产，以及拓宽商业版图，达到更高的人生目标。你或许只是他众多调剂品中的一个，有点儿喜欢，有点儿在意，可绝不是最后明媒正娶的那一个。"

"你是不是太闲了？"沈妍和一脸不可思议，像白思年这种素质的人，她是怎么进入电视台的招聘队伍里的呢？第一个被淘汰的，应该是她才对！

"你一定觉得我心怀恶意，想破坏你和孟行辰的感情吧？正好相反，你可不要狗咬吕洞宾，不识好人心。"白思年与沈妍和多次交锋，对于沈妍和的脾气，多少有些把握。她加快了语速，以防止自己想要传递的信息，还没说出口就被沈妍和给遏制住了。

　　"孟行辰早就有女朋友了，她是和孟行辰共同创业的伙伴，也是他公司的合伙人，更是孟行辰最信任、最可倚仗的对象。听说，她现在还在国外，替孟行辰在海外拓展版图。谁都知道，这是一个相当有实力的存在，她那么卖力地付出，孟行辰难道会视而不见吗？就算孟行辰喜新厌旧，爱上了你的美貌，你觉得那位女士会容忍自己守护了多年的男人，被你这个狐狸精给抢走吗？"白思年说到这里，一脸的鄙视。

　　白思年今天的目的很明确，就是要让沈妍和心中犯膈应，像吃了个苍蝇一样难受，进而远离孟行辰。即便是起到反作用，让沈妍和义无反顾地和孟行辰在一起，如果真到那种地步，有了这档子事，也会让沈妍和与孟行辰的日子不好过。一想到沈妍和将要陷入痛苦的深渊，白思年心中别提多得意了！

　　"沈妍和，你好自为之吧，大家同事一场，我的劝告你可以不信，你最好先去调查一下，我说的话是不是真的。相信我，绝对不会害你。"

　　白思年把该说的话说完，踩着小皮鞋，一路嘎嘎地离去了。

　　而沈妍和呢，她只是轻轻地笑了笑。在迈入办公区的一刹那，她全然进入了工作状态。没有什么比摆在眼前的工作更加重要，没有什么比即将到来的挑战更加紧急。至于爱情嘛，从不在她的工作计划之内。当然更不会因为它，而坏了心情。

　　孟行辰突然发现，自杭市回来，他和沈妍和已经有很长一段时间没有见过面了。孟行辰给沈妍和打电话，她不是说要开会，就是说在忙，通话不超过三秒钟，留下孟行辰一个人盯着手机发呆。孟行辰给沈妍和发信息，通常要等上两三小时才收到回复，且回复文字极少，比如：好，是，行……总是一副很忙的样子。以至于孟行辰再发信息过去的时候，心里边总有一种打搅沈妍和的愧疚感：是不是打搅她工作了？有没有给她添麻烦呀？甚至一度怀疑沈妍和移情别恋，故意躲着他。

有一次，孟行辰给沈妍和发信息不回，打电话也直接被挂断，以至于孟行辰坐卧不安，烦躁地将桌子上的文件狠狠地砸向桌面，发出一声巨响。

"究竟搞什么呢？"孟行辰大叫道。

孟行辰极少情绪失控，这种场景把刚好进来汇报工作的温远洋吓了一跳，他关心地问道："谁惹你了？"

"你有事儿？"孟行辰眼神冷冷地瞪过去。

温海洋堆满尴尬的笑容，小声说："有件必须抓紧时间去解决的事。这份文件下午就要拿出去走程序，需要你签字、盖章。另外，还有两处条款比较重要，你来确定一下。"

孟行辰看过文件，表示没有异议，便唰唰唰地在文件上签了自己的大名。

见正事忙完，温远洋便闲聊起来："行辰，我真的不知道该怎么样向夏秋交代了，其实你们两个之间的事，我多少能明白一些，也不想管，但……你们都是我的好朋友、好伙伴，你们任何一个有事，求到我温远洋，我都不会推脱，这一点，你能明白吗？"

偌大的办公室，只剩下一片空寂。孟行辰倚靠在大椅上，并没有像往常一样，提到夏秋的名字便显露出几分的不耐烦。他很平静，平静到了令人感觉到几分不安。

温远洋开始后悔，觉得自己选了一个不恰当的时间点来为夏秋说话。他并不想因为夏秋的事情与孟行辰闹僵，只是夏秋隔三岔五地打电话过来询问此事，这让温海洋不知如何回答夏秋。

"你可以回复夏秋，只一句话就好。"孟行辰突然说。

没等孟行辰说完，温远洋就打断了他："你要是没有好听的话，还不如不说。现在她为了拓展业务，已经整整一星期没有睡好过，天天熬夜加班，全靠咖啡顶着，你要是给她卸了劲儿，我真怕她马上倒下。"

"一直给她希望，难道就是正确的吗？温远洋，我一直公私分明的，公事上我不会亏待夏秋的付出，但在私人感情上，我不能用假情假意去回报一位对公司做过突出贡献的员工，如果是那样，岂不是害了她，毁她一辈子呀？"

"我从来都没有那种意思。"温远洋反驳道。

"你在做的事，就是这个意思。"孟行辰全然不留情面。

温远洋哑口无言，拿着文件，默默地退了出去。走到了门口那里，温远洋回头说："行辰，如果你念头不改，我们大概真的要失去一位优秀的得力干将了。她最近在与我沟通，明确提出了要求，希望你能够出国在她身边一段时间，或者调她回国，让她待在你身边一段时间。如果你不答应，她考虑辞职。"

"嗯，把接替的人先派过去吧，你也跟过去，带他一段时间，争取平稳过渡。"

"卓远软件的人，已经接触夏秋很久了，他们一直很欣赏夏秋的工作能力，开出的薪资和待遇，比我们的多出了三分之一。过去，夏秋不为所动，给再多的钱也挖不走，主要原因在哪里，我清楚，你也清楚。现在，你明确拒绝了她，她留在公司还有什么意思呢！不过，若是从公司发展的角度去考虑，你应该明白夏秋存在的意义。"

"从经营者的角度考虑，夏秋的能力的确很强，但从她的心态转变那天开始，她就由志同道合的伙伴，变为不可预估的隐忧。随着她的职位越来越高，负责的工作也越来越重要，这个隐忧也变成了隐患。作为公司决策者，我想，应该尽早消除掉这个隐患。从朋友的角度出发，也不应该让她长期陷入一厢情愿的情绪里，困住自己，不得解脱。她应该去追求更适合自己的未来，找一个喜欢自己的人陪伴一生，你说对吗？"

不得不说，孟行辰说的有一定的道理。真正不想让夏秋离去的人，或许是他温海洋吧。他总是在想，那么出色的一个女人，如果能和孟行辰珠联璧合，他们这个公司，大家携手同心，将会创造出怎样的未来呢？可惜，终究还是一厢情愿。

"我该怎么和夏秋交代？要不你来打这个电话，当面给她说清楚？"

"你去打，直截了当地告诉她即可。"孟行辰直接拒绝，不再给夏秋一丝希望。

"你怎么这样冷酷残忍呀！"温海洋撂下一句，无限感慨走了。孟行辰陷入了沉思，不论如何，他和沈妍和之间也得尽快有个结果。

孟行辰翻出沈妍和的电话号码，毫不犹豫地拨了过去。电话接通了，没等沈妍和说话，孟行辰就急切地说："我有急事，今天晚上下班我们见个面，到时候我去电视台接你。"

电话里，沈妍和感觉孟行辰情绪似乎有些不对劲儿，便答应晚上见面。

"你到底怎么了？出了什么事？"一见面，沈妍和便担心地问。

"好久不见你，很想……很想问问，晚上想吃点什么？"孟行辰差点儿把"你"字说出来，但关键时刻又改了口。

"晚上饭店除了烧烤就是油炸食品，吃这些东西容易发胖，我看还是算了吧，不如早些回去休息，明天还要上班呢。"见孟行辰没有什么大事，沈妍和便找借口有意回避。

对于孟行辰，沈妍和欣赏他的优秀，更体会到他的难得。这样的好男人，有气魄，有能力，集"高富帅"于一身，是女孩心目中的白马王子，没有哪个女孩不动心的。沈妍和要是年轻五六岁，肯定会义无反顾地扑上去，爱个死去活来，轰轰烈烈。然而，沈妍和如今27岁了，她走过了许多路，见过许多人，领略过不同的风景，她早已明白，人和人之间的缘分远不止心动那么简单。如果门不当户不对，就是携手走上一小段路，最终也多是悲剧，不是离婚就是在离婚的路上。这样的例子还少吗？

正当沈妍和思绪万千、左右为难之际，却听见孟行辰笑着说："沈妍和，我带你去楼顶看星星吧！"

"什么？"

在沈妍和满脸疑惑之际，已被孟行辰牢牢地拽着上了车。

"你不是说要去吃宵夜吗？怎么又去楼顶……看星星都是要去山顶的吧，你这个……"沈妍和手足无措，实在搞不懂孟行辰。

"当然是去个能看星星也能吃宵夜的好地方，去了你就知道了。"

沈妍和本想要拒绝，却被孟行辰瞪了她一眼："沈妍和，别扫兴！"

孟行辰直接将沈妍和带到自己家，却没进门，两人直接踏着木梯爬上阁楼，来到楼顶的一处露台。露台上铺着简易的木板，摆放着茶几、沙发、小冰箱等物，正中央放着一台天文望远镜。

"哇，这个厉害！"一见天文望远镜，沈妍和眼中放光，赞叹道。

不用孟行辰示范，沈妍和走上去，手法熟练地操作起来。

"行家呀！"孟行辰眼中也放出光来。

沈妍和调整着望远镜的角度，兴奋地说："我在维也纳时，家里也有一台天文望远镜，不过只是入门款。我那时没钱，有次卖了个小版权，赚了一小笔，为了奖赏自己，就买了它。"

那台天文望远镜陪着她度过了一个又一个难眠的夜晚，看着满天星辰，畅想着宇宙的奥秘。那时候的快乐，是如此的单纯。回国之后，虽然和父母在一起，但她并不快乐。首先面临的是就业压力，好不容易找到电视台这份满意的工作，却要四个人竞争一个岗位。现如今，又分别给孙九茉和赵清梦签下对赌协议，一旦完不成任务指标，后果不堪设想。

通过天文望远镜，沈妍和看到遥远深邃的太空，一时间忘却了工作的压力和烦恼。这时，孟行辰忙前忙后，不一会儿，整出一大盘水果来，还调了一杯鸡尾酒，在有限的时间内，向沈妍和展示自己的贴心服务和厨艺。

"你不能喝红酒，但是可以尝尝这一杯，这是我在奥地利时跟一位有名的调酒师学的。这是一杯喝了会让人感到快乐的酒，它不但不会醉人，还能让灵魂出窍，去往天堂，重温人生的幸福时刻，邂逅一生中最重要的人。"

沈妍和吃惊地笑道："听起来很像有人在施展魔法呀！真没想到你居然也去过奥地利。"

"是的。"孟行辰给自己倒了一杯加冰的威士忌，也不急着喝，单手端着，感慨道，"我刚才向你描述的这杯鸡尾酒，它还有个浪漫的名字，叫'七彩星空'。刚刚那番说辞就是那位奥地利调酒师给我描述的。"

沈妍和眼底的笑意转浓，轻啜一口，摇了摇头："你少放了一点儿东西。"

"什么？"孟行辰露出惊讶的眼神。

沈妍和来到茶几旁，找到一片新鲜柠檬，挤了几滴柠檬汁在酒杯里。"七彩星空"瞬间从一杯酒幻化成了一片宇宙。透明的杯子里，无数星星碎碎的闪光，正随着酒体的颜色转变，释放出璀璨的光华。这本是酒精与配料所生出的奇妙化学反应，层层叠叠，持续释放，呈现出七彩的模样，宛若夜晚梦幻的星空。

"你怎么会这些？"孟行辰彻底震惊了。

"我不仅会调酒，而且知道，那位教你调酒的小哥叫弗朗，二十多岁，一脑袋小辫。他不会白白教你调制这杯很容易吸引女孩子目光的'七彩星空'的，除非你愿意给他五百欧元，不能多更不能少，因为这是一种神秘的仪式。"沈妍和将杯子放在了橙色的灯光下，当有光透过杯身的时候，"七彩星空"的色彩转换得更加绚丽。沈妍和真的很久没有再喝"七彩星空"了，在这样温馨的夜晚，这杯来自奥地利的美酒，彻底让她放松了心情。

"你认识弗朗？"孟行辰哭笑不得。

"那个骗子，我当然认得！维也纳并不大，中国游客最常去、最喜欢去的就那么几个地方，我在那边读书，总是想办法去那里打工。至于这杯酒……"沈妍和举高酒杯，眯着眼盯着它，说出来了实情，"调酒，从本质上来讲，是将各种酒精、果汁等科学配比，最终呈现出一种与视觉、味觉、嗅觉、听觉有关的化学反应。看上去很神奇，你若是摸清楚其中的规律，就像变戏法一样简单。"

"沈妍和，你究竟想要表达什么？"孟行辰越来越好奇。

"我要表达的是，弗朗是地地道道的奥地利人，而我是中国人。"

孟行辰眨眨眼："所以……"

"这杯酒的调配方法是我卖给他的，配料是根据我在国内看到的一种可以变换三种颜色的调酒配方改良而成，然后再编个故事，教给弗朗。我要了他五百欧元，告诉他这是流传于东方的神秘仪式，调酒的配料不能多不能少，只有刚刚好的配比才能调出最美好的'七彩星空'。而他要付的学费也只能是五百欧元，不能多不能少，多一分他不愿意付，少一分我不愿意教，恰如这杯酒的精确配比一样。"

孟行辰诧异之余，忍不住笑了起来："缘分真是好奇妙的东西，世界那么大，又那么小。相同的业余爱好，相似的留学经历，让我们在奥地利擦肩而过，却在这里相遇。"

孟行辰相似的留学经历让沈妍和兴奋起来："'七彩星空'弗朗拿去做了镇店之宝，玩的就是一个噱头，要价很高，但外国人并不傻，没有几个冤大头去点这杯酒。不过，弗朗很快找到了变现的好办法，他把我说的那段话对很多人说，每晚还要在酒吧内卖弄一把酒技。虽然点酒的人不多，要求学调酒的人却不少。弗朗想不出合适的广告词，干脆拿我忽悠他的那一套，照样全搬，赚了一个又一个五百欧元，他可赚大发了。"

沈妍和打了个响指，看着孟行辰那尴尬的脸色，继续说："对了，他应该是用中文忽悠的你吧？那段中文也是我教的，作为交换，弗朗送了一张我最喜欢的音乐会的门票，他不爱古典乐，而我喜欢。"

"沈妍和啊沈妍和……"孟行辰指着天空的方向，戳了几下，"你把好不容易凝聚起来的一点儿浪漫气氛全搞没了。"

"实话总是有点儿伤人。"沈妍和轻拍他的肩膀，以示安抚，"蒙在鼓中不太好，知道真相是对朋友最起码的尊重。"

看着沈妍和调皮的样子，孟行辰这会儿变得很开心。

"你很会调酒嘛，露一手给我看看。"孟行辰想见识一下沈妍和的真功夫，邀请道。

沈妍和却笑吟吟地摇头："我不会。"

"你不会？"谁信啊，她可是拿调酒配方去换了五百欧元的人！

沈妍和收敛笑容，一脸认真地说："真不会调酒。出国之前，我一直在备考，哪有工夫去学调酒？"

"那你是什么时候学的呢？你能不能把想要表达的一次说完呀？"

"好吧，看在你准备了这么多好吃的份上，告诉你也没关系。我出国留学，靠的是一腔孤勇，虽然有全额的奖学金，但生活费是要靠自己来想办法准备的。口袋里没钱，但我要想办法挣钱呀！于是，我就用出国前仅有的两个月，搜罗各种用得上的小知识、小妙招，比如这个调酒配方，当时是预备去酒吧打工，面试时露一手用的。调酒需要大量时间去练习，我当时最缺的就是时间。为了能更快地找到工作，我就每样技能都学习一点儿，如中华面点、广东甜品、给宠物狗修毛、美甲、吹头发做造型、编辫子等。"

"后来呢？你临时抱佛脚学的本事，都用上了吗？"

"当然用上了。"沈妍和把头一抬，抓起吧台上的一杯酒，一口气全干了。

孟行辰的眼睛瞬时瞪大了，因为那一杯是红酒，是他给自己准备的。

沈妍和却没有察觉，她基本没什么机会与别人讲述那段不怎么好过的日子，不是不想倾诉，而是实在没有倾诉对象。而此时此刻，气氛这么好，她又有倾诉欲望，于是，滔滔不绝地讲起了自己的往事。

"最初，我是想靠着才艺去赚钱，比如说带着乐器去广场演奏，以此来换取路人的打赏；或者去街头画肖像画，毕竟我有童子功。可万万没想到，维也纳街头艺人那么多，人人有绝活，个个是大神，我过去拉了一下午，居然没什么人搭理我；至于画画，那就更别提了，一个广场上二十几个画架子，游客还没有画画的多呢，根本赚不到什么钱。"

沈妍和的身体微微摇晃，脸颊上迅速涌上一层浅浅的红晕，她真的没办法与红酒对抗，一杯就能让她倒下。但今天沈妍和找到了知己，居然泛着迷糊，拿起了醒酒器，又给自己倒了一杯。

"沈妍和，你不能喝这个，快点儿给我。"孟行辰伸手去夺。

沈妍和却以为他是在跟自己玩，捧着酒杯，一个漂亮的旋转，直接躲开了。那轻盈的身段，明显是多年练舞养成的。躲闪之间，沈妍和又喝了一大口，这才由着孟行辰把酒杯给夺了下来。

沈妍和打着嗝儿，纤纤玉指朝着孟行辰点了点，继续说："我没在维也纳被饿死，就是因为我会的东西很多呀，我也不知道怎么学了那么多。真的，脚下走过的路都不会白走，学过的本事别人也夺不走，总有一天会用上。其实我那几年，过得真不赖。"

孟行辰还是第一次见沈妍和当着别人的面自夸，显然她又醉了。

这时，沈妍和一个跟踉，坐在角落里的沙发上，再也爬不起来了。

"喂，孟行辰。"沈妍和眯着眼睛，用尽气力呼唤他的名字，并勾了勾手指，"你过来。"

孟行辰立即挨着她坐下，沈妍和像一朵柔软的云，轻轻地贴在他的怀里。

"我很厉害的。"沈妍和喃喃自语。

此刻，孟行辰却特别心疼：这么一个美妙女孩子，为什么被逼到这个份儿上？她完全可以用一种更加轻松的方式去生活的。

"沈妍和，你累了，想睡就睡吧，我陪着你呢。"孟行辰有很多安慰的话，一时却表达不出来。

孟行辰帮沈妍和调整好睡姿，与沈妍和相拥而眠。沈妍和带着浅浅酒香的呼吸，一下一下吹拂着他的脸颊。乌云散尽，繁星若隐若现，虽然不够璀璨，却也成了孟行辰心底最美好的一段回忆，他相信，自己一定无法忘掉这个夜晚。

第十三章　重大进展

　　杜亚飞的短视频事业昨晚迎来重大突破，她的第六个作品在短短六小时内点赞量飙升至四万，并荣登平台推荐位，数据仍在持续攀升。视频的热播引发了评论区的热烈反响，赞誉、批评、中肯建议与观众期待交织其中，对杜亚飞而言，这些都是宝贵的反馈。

　　清晨，满怀激动的杜亚飞迫不及待地赶往电视台，渴望与沈妍和分享这一喜讯，并听取她的评价与后续工作指导。八点整，沈妍和准时步入办公室，杜亚飞立刻起身，急切地迎上前去。

　　"妍和姐，你可算来了！我等了你一早，电话也打不通，真怕你出事，差点就要上门找你了。"杜亚飞一连串的话语让沈妍和感到诧异，望着她涨红的脸颊，沈妍和询问原因。得知是手机没电后，杜亚飞迫不及待地邀请沈妍和前往小会议室详谈。

　　两人抵达小会议室，杜亚飞迅速打开笔记本电脑，展示她的视频成果。近期，杜亚飞的视频制作水平显著提升，作品质量已相当高。沈妍和仔细审阅了视频及相关数据，露出满意的笑容："很好，你已经入门了！"

　　然而，杜亚飞对"入门"这一评价略感失望。沈妍和进一步解释："这算是小爆款，但离大爆款还有距离。数据不会说谎，继续努力吧，你能做得更好。"杜亚飞重燃斗志，自信回应："是！我可以！"

沈妍和适时提醒杜亚飞不忘初心："别忘了我们制作这些视频的初衷。"这句话让杜亚飞陷入深思。她意识到，制作短视频的目的并非追求账号火爆、点赞数或个人收益，而作为团队一员，要服务于节目本身，特别是为赵姐精心筹备的中秋晚会预热、积攒人气。所有的宣传与努力，都是为了中秋晚会的成功亮相，吸引全国乃至全球粉丝的关注，这才是宣传小组的最终目标。

想通这一切后，杜亚飞信心倍增："我会加大宣传力度，确保前期工作做到最好，你就放心吧。"

赵清梦对中秋晚会寄予厚望，强调其历史意义，并频繁邀请忙碌中的沈妍和观看排练，以期捕捉亮点与创新。赵清梦深信，沈妍和的音乐与国画底子能让她对晚会整体有更独到的见解，期望她能激发灵感，想出更新颖的方式用于网络推广。

"传统文化若无人传承，终将消逝。"赵清梦目光炯炯，满怀信心地表示，她希望以艺术形式展现传统文化之美，吸引更多人，特别是年轻人。她认为年轻一代是文化传承的关键，只有赢得他们的真心喜爱，优秀的传统文化方能发扬光大，走向世界。

赵清梦的责任感和使命感深深打动了沈妍和，激发了她的创作热情。沈妍和备受鼓舞，灵感如泉涌，迅速制订出一份详尽的中秋晚会宣传计划。

自媒体传播力惊人，仅一周内，沈妍和带领团队账号迅速积累了大量粉丝。其中，杜亚飞在沈妍和的悉心指导下，两个账号粉丝数激增，突破十万大关，视频互动数据亦表现优异。

在一次小组会议上，沈妍和雄心勃勃地宣布："我们的下一个目标是冲击热搜榜首。"

杜亚飞随即提出买热搜的捷径，但她又坦言费用高昂，远超小组预算。

新加入的大学毕业生楚琳，对预算问题尤为敏感，她猜测买热搜至少需万元，而当杜亚飞暗示费用可能高达五万时，楚琳震惊不已，想到自己拮据的生活，不禁趴在桌上叹息。

面对团队内的消极情绪，沈妍和语气坚定："谁说我们要买热搜？我们要靠实力冲上热搜！"杜亚飞、楚琳和小组内的唯一男生李晨，均以眼神表达了疑虑。

沈妍和见状，进一步鼓舞士气："买热搜虽能带来一时关注，但缺乏内在品质的支撑，热度难以持久。我们的账号旨在服务节目，需要粉丝的持续、高度关注。我们要用高质量的内容吸引观众，而非用金钱堆砌的虚假繁荣。记住，真正的成功，是从内心深处赢得观众的喜爱与认可！"

此言一出，团队成员虽仍心存顾虑，却也感受到了一股前所未有的动力与决心。

楚琳问："接下来我们该怎么做？"

沈妍和反问："你说呢？"

杜亚飞理解了沈妍和的意图，直言道："我们要引导粉丝的兴趣和关注点至中秋晚会。利用现有流量，引爆一个全民话题，无论支持或反对，关键是引起足够的关注。"

李晨对杜亚飞的想法竖起大拇指表示赞同。

沈妍和点头赞许："既然大家明白了，那就思考一下，我们节目的爆点在哪里？"

楚琳面露困惑："我们电视台晚会不断，但网络时代，观众习惯从电视转向手机，从有线转向网络。找全民认可的爆点很难，因为审美各异，且歌舞节目已趋小众。"

沈妍和反驳道："抱怨无用，爆点就在我们节目中。近三年，除了擅长的歌舞，我们还加入了现代科技元素，每年技术都有创新。对比三年九台晚会主题，明显可以看出我们的进步。"说着，她双手撑桌，眼神发光，注视着所有人，"预感告诉我，这就是爆点。"

李晨举手赞同，杜亚飞和楚琳也深受启发。

"本次任务为团队合作，我们四人需齐心协力。"沈妍和不疾不徐地开始布置，"首要任务是分批陪赵老师排练，体验节目，寻找情感共鸣点。拍摄花絮的同时，制作沉浸式体验视频供赵老师筛选预热，务必保密！"众人点头回应。

沈妍和继续说："其次，我们的宣传手段不可荒废。杜亚飞负责安排，你是专家。通告、地推都不能少，要见成效。汇报安排调整：星期一晨会杜亚飞发言，星期三楚琳，星期五李晨。PPT及内容需提前准备，按部就班开展。"

杜亚飞疑惑道："以往一、三、五的晨会都是组长汇报，这次怎么变了？"

看着大家的抗拒表情，沈妍和笑道："你们得成长，独当一面。晨会是展示才华的好机会，迈出第一步，你们会发现，难事其实简单，阻碍只是心理障碍。"

楚琳鼓起勇气问："那你呢？"

沈妍和笑着回答："我不会永远留在这组。"

楚琳一脸困惑："不会一直留在这儿？什么意思？"沈妍和只是微笑，没有回答。

杜亚飞察觉出话中有话，悄悄在桌下踢了楚琳一脚，暗示她别乱问。待沈妍和因事离开，楚琳满腹委屈地追问缘由。

杜亚飞提醒道："你怎么这么笨，忘了妍和姐是特招人才吗？她这职位竞争激烈，几个月内若无法转正就得走人；若成功了，也定会去更重要的岗位。她薪资超高，台里怎会让她屈才在咱们小组搞宣传？"

楚琳恍然大悟般道："这样啊，那我以后得紧跟妍和姐，等她升职了，我也能沾光！"

杜亚飞白了她一眼，本想反驳，却又觉得楚琳的话不无道理。她们可是沈妍和带出的首支团队，算是她的嫡系。沈妍和若晋升领导，怎么会不用自己的人？

沈妍和未察觉团队成员的私下规划，正忙于应对另一难题——白思年。

白思年近期在李明理团队表现良好，脾气收敛，展现出特聘人才的实力，适应着竞争激烈的环境。沈妍和专注于己事，无暇顾及白思年的动向。然而，白思年将沈妍和视为主要竞争对手，誓要将其排除，以保自己在电视台的地位。为此，白思年不惜越过顶头上级李明理，直接将矛盾闹到了副台长那里。

起因是这样的：《大咖秀》成绩不佳，播出次数由月八期减至月四期，导致广告商撤资索赔。李明理面临困境，频繁向领导求情无果。昔日节目热门时，赞誉声四起；今遇小挫，电视台非但不助其渡过难关，反而雪上加霜，削减其节目开支。

在会议场合，每当李明理提及某事项，赵清梦总是以一种旁观者的姿态出现，脸上挂着看笑话的表情，既不发言也不评论。李明理因过度焦虑，本就稀疏的头顶更加秃露无遗，与此形成鲜明对比的是，赵清梦每次会议都以盛装亮相，光彩夺目。

在一次会议上，李明理对赵清梦负责的一项晚会项目发起挑战，直言不讳地批评其"叫好不叫座"，并强调自己团队拥有更多的广告资源，而赵清梦团队则只能依赖台里的有限经费和官方扶持。面对李明理的挑衅，赵清梦微笑回应，以"文化自信、艺术内涵、信念传承"作为团队的核心理念。她制止了李明理的反驳，强调双方并非对立关系，各自忙于各自的项目，无需针锋相对。李明理虽心有不甘，但仍以"好男不跟女斗"自嘲化解尴尬。

此时，赵清梦向身边的沈妍和抱怨台内氛围不佳，沈妍和则冷静地指出，竞争与纷争是人类社会的常态，岁月静好才是难得的理想状态。这番对话进一步激怒了李明理，他选择将矛盾升级，直接向副台长告状。

副台长原本倾向于调和双方矛盾，避免正面冲突，但白思年的一次造访改变了这一局势。副台长突然致电赵清梦的办公室，要求沈妍和立即前来面谈。赵清梦担心沈妍和会吃亏，主动提出陪同前往，但沈妍和坚持认为这是领导单独找她，自己能够应对。

赵清梦虽然外表柔弱，但内心坚强，对团队成员极为关照，不愿看到任何人受欺负。她担心沈妍和的安全，但最终还是尊重了沈妍和的决定。在沈妍和准备前往副台长办公室时，赵清梦再次确认她是否真的可以独自面对，沈妍和以微笑回应，表示自己有信心处理此事。

赵清梦终于放下心来，微笑着对沈妍和说："我下午六点之前都在排练室，如果你有任何需要，随时来找我。"沈妍和轻轻点头，快步走向副台长的办公室。

副台长的办公室里已坐满了人，房间的正中与副台长办公桌面对面，空了一把椅子，估计是给沈妍和留的。不用坐上去，单单是看看，沈妍和就觉得有种三堂会审的感觉。她当然不会主动坐那里，自己找不自在。当沈妍和在办公室最不起眼的地方坐下时，白思年却大呼小叫起来。

"沈妍和，你的位置在那里！"白思年站起来指着中间的椅子说。

沈妍和看了看白思年，没有理她。

白思年今天的打扮与从前截然不同。从前，白思年五官秀美，气质淡雅，身形清瘦，给人一种亭亭玉立的感觉。她日常衣饰的选择和妆容也都以素雅清新为主。可是，不知从什么时候开始，她画上妖艳的浓妆，露着一对酥胸，穿着迷你裙，踩着细高跟鞋，甭提多性感了。白思年很年轻，也很漂亮，但这一身装扮过于妖艳，让人看着极不舒服，可她喜欢这么穿，旁人也没有办法干涉。

"沈妍和，你没听到我说话吗？你的位置在那里，快点过去。"白思年再次强调。

"我就想坐在这里。"沈妍和坐着没有动，回答道。

"你怎么可以坐在那儿！等会儿领导来了，肯定还要说你，你赶快坐过来！"白思年一副不依不饶的样子。

"你白思年什么时候成了副台长的代言人了？恭喜高升呀！"沈妍和话里含着讥讽，在场那么多人怎么会听不明白呢！

白思年被呛得说不出话来，吭叽了半天，只好撂句狠话："沈妍和，今天有你好瞧的！"

没一会儿，副台长端着保温杯回到办公室，他笑呵呵地扫了一眼周围，和大家打招呼："哈，都到了吧。"

副台长的目光扫了一下参会的人员，发现沈妍和坐在角落里，连忙招手："小沈，你怎么坐得那么远，过来过来，靠近一些。"

白思年暗自冷笑：沈妍和你装什么装，我让你过来你不过来，领导一喊，你还不是像一条哈巴狗一样要屁颠屁颠地跑过来。

沈妍和清清嗓子回道："原谅我只是个新人，还没学会直面领导时保持心情稳定。抱歉了领导，还是让我这个社恐新人就坐在这里默默学习、默默领会吧！"

沈妍和会社恐？开什么玩笑！没人信这个借口。

副台长没忍住哈哈大笑起来，他一笑，其他人都跟着笑起来，气氛瞬间跟着松缓下来。

沈妍和一副很无奈的样子："领导，我是认真的。"

副台长摆摆手："行行行，你就坐那儿吧。"

一向外柔内刚的副台长，看起来一副老好人的样子，其实并不是很好相处。今天将椅子摆在正中间，显然是经过他的授意。本来精心营造了一种向沈妍和发难的气势，却被沈妍和三言两语轻松化解了。

"该死！"白思年暗自骂道。

"无趣！"沈妍和叹道。

今天的会议针对的就是沈妍和，会议主题主要围绕沈妍和来展开。副台长首先对沈妍和在赵清梦团队从事的中秋晚会宣传工作做了介绍，然后话锋一转，说："小沈，你要认真想一想，台里招聘你进来目的是什么。你和小白、小段一样，在试用期拿着高薪，如果做的是普通的工作，台里花这么多钱还有什么意义？"

今天来开会的人，不是主管就是部门经理，让大家来就是要对沈妍和的工作做一下见证。

当副台长开始质疑沈妍和时，白思年兴奋地攥紧拳头："沈妍和，你不是厉害嘛，我看你怎么回答。"

面对领导的质疑，沈妍和认真做着笔记，将需要回答的每一个问题都简要地记在笔记本上。

等领导的讲话一停，沈妍和抬眸冲着他笑了笑，站起来说："关于您的质疑，我能理解，因为我没有及时向您汇报，这也难免。关于我的职业规划，其实在我去赵清梦老师的团队之前就已列好。"

"吹吧，你！"白思年不屑一顾，嘴里嘟囔了一句。

大家都在认真听沈妍和讲话，室内一片安静。白思年自以为自己声音很小，却让满屋子的人都听得清清楚楚，惹得众人都吃惊地看着她；就连副台长也满脸不高兴，瞪了她一眼。白思年自知理亏，噘着嘴，不再言语。

沈妍和整理了一下思绪，说："赵老师的团队创作的文艺节目，无论舞美效果，还是音乐艺术，都堪称完美，算得上顶级作品。然而，在数字化时代，流量为王，再好的作品，如果没有人关注和欣赏，也会被埋没。目前，我们不缺创作团队，不缺好的作品，缺的是流量和公众关注。这是制约我们发展的瓶颈，如果我们还固守原来的宣传模式和推广渠道，不去紧跟时代，不去创新发展，终将会被时代所淘汰。"

沈妍和一语中的，直击电视台发展要害，说得副台长频频点头。

沈妍和看领导听得进去自己的汇报，接着说："目前，在赵老师的授意下，我组建了一个四人宣传团队，申请了几个自媒体账号，并在这些账号上不断推出根据我们台的往期节目剪辑而成的短视频，一方面培育市场，引导粉丝关注；另一方面为今年的中秋晚会预热，积极做宣传、推广。"

副台长听得入了神，不时发问："目前情况怎么样了？"

白思年撇了撇嘴，不屑地说："这些路子谁不会呢？还说得冠冕堂皇，一套一套的。怕是花钱赚吆喝，净做赔本的买卖。"

沈妍和并不恼火，笑了笑，解释道："目前，我们的几个账号运营得都还不错。其中一个账号，前几天出了一个小爆款，六小时获得四万的点赞量，播放量应该不少于一百万。"

"那你们的粉丝量有多少呀？"副台长关切地问。

"这几个账号，我们才运行了一周左右，其中有一个账号粉丝量已经突破了一万；其他几个账号也都有大几千吧。"

"不错，不错！小沈，你继续努力，期待你为台里带来更多的改变。"副台长露出了十分满意的笑容。

对于未来规划，无论是个人，还是项目组，沈妍和都有极其深刻且十分清晰的认识。沈妍和不提理想，但她的规划处处皆是理想。沈妍和不讲奋斗，但她的未来从未有一点儿停歇。

面对白思年的发难，她不但没有怯场，而且当着领导的面，完美地阐述了自己的工作，赢得了领导的赏识。

最近沈妍和一直在忙中秋晚会的事，除了工作，几乎没有时间去关注其他事。万万没想到，她竟然上了八卦头条。

原来，有人将网红帅哥孟行辰和沈妍和在一起的照片传到了微博，从而在网上掀起了轩然大波，引发广泛热议。

孟行辰的粉丝们对于捕捉八卦的敏感度有多高，做自媒体多年的沈妍和心里比谁都有数。好在沈妍和在照片里只露了个侧脸，发布者还做了模糊处理，一般人几乎辨认不出来。就连杜亚飞这些熟人在看到照片时，也没有认出是沈妍和，甚至还说，"被孟行辰呵护在怀里的女人，该有多幸福"。不过，沈妍和除了担心，更多的是焦虑。她担心网络上谣言四起，凭空捏造的绯闻，给孟行辰带来麻烦和困扰。

杜亚飞认不出来，不代表白思年认不出来。往往最了解你的人，不一定是你身边朝夕相处的朋友和同事，而是对你恨之入骨，总想着找到破绽，将你打败的竞争对手。

白思年看到照片的第一眼，便认出了照片里的那个女人是沈妍和。

作为网络明星，孟行辰实在太帅了，这张照片完全可以拿去做影视海报，任何年轻女人看了都会幻想，孟行辰怀里抱着的那个女人是自己该多好！

在确认那个女人是沈妍和的那一刻，白思年五味杂陈，有心酸，有嫉妒，还有不甘。自己有漂亮的脸蛋，有性感的身材，有学历，有成就，有背景，有人脉，到底比她沈妍和差到哪儿了呢？为什么她沈妍和这么好运，什么好事都让她赶上？白思年除了想骂娘，就只有大声尖叫的冲动了。

有关孟行辰的八卦新闻，李明理也注意到了，为此他还专门召开会议商讨此事。在会上，李明理感叹万千："不瞒大家说，我早发现孟行辰身上有爆红网络的特质。首先，人长得帅，身材也好，而且洁身自好，没有什么绯闻。其次，他白手起家，年纪轻轻就身价过亿。像这样的'高富帅'不把现在的年轻女孩迷死才怪！"

李明理说到了兴致处，狠狠地捶了下桌面："你们看看，这都算是什么事儿啊，本来孟行辰是我们的人，差一点儿就答应跟我们签长约了，他的走红完全依托我们的节目，如果不是我们包装他、宣传他，又有几个人会认识他呢？"

李明理发了一顿感慨，目光落在白思年的身上，问道："小白，你说说看，如果我们的团队还想与孟行辰签订这份长约，是否还有可操作性？"

白思年心中一惊，心想怕什么来什么。她习惯性地挺直了脊背，回望一下李明理，心里却有着另一番滋味。在这之前，就孟行辰长约的事，她与李明理交流了至少二十次，探讨了多种解决方案，然而，这个孟行辰就是不给面子，事情毫无进展。

白思年收起了心思，强装笑颜，答道："根据我的调查，孟行辰今非昔比，不再是之前做节目时的孟行辰了。时过半年多，他的企业已经顺利完成了两轮融资，经营规模迅速扩大，利润实现翻番，可以说他已经实现了财务自由。拥有了庞大资源的孟行辰，与当初那个大咖秀主咖，已是完全不同的两种心境。因此，咱们的长约所开出来的条件，对如今的孟行辰来说完全没有吸引力了。"

白思年说了半天，这是在找理由推脱呀！李明理的嘴角不自觉地抽搐了几下，他点名要白思年回答问题，要听的可不是什么拒绝的话。

白思年话锋一转："李导，关于长约的事我们团队尝试了许多次，不管是您，还是我自己，都没有接触到孟行辰，难道您还没发觉一件事吗？"

"发觉什么？"李明理没好气地问。

白思年完全无视李明理话语中的不满，她告诉自己，现在聊的是工作，只要秉承就事论事的原则，她的论点若是能取得大部分人的认可，李明理也不好说什么。

在副台长突然召开的那个新人规划汇报会上，白思年本来想摆沈妍和一道，没承想让沈妍和死中得活，咸鱼翻身。这令白思年徒然生出了许多危机感。她知道父亲动用关系已替自己铺好了道路，扫平了许多障碍。但是，自己若是像扶不起的阿斗一样，即便父亲有通天的本领也无济于事。

成事在天，谋事在人。这句话如同一盏明灯，照亮了白思年无数个不眠之夜。她深知，在电视台这个竞争激烈的环境中，除了人脉关系，还要靠不懈努力，这样才能站稳脚跟。白思年已经在此坚持了那么久，委屈受了，压力担着，她从未有过半句怨言。然而，若是最后还因种种原因被赶出电视台，那将是对她所有努力的最大讽刺。单单是想想这种可能，白思年都觉得心如刀绞，仿佛整个世界都在这一刻崩塌，让她有撞墙而死的冲动。

面对这样的困境，白思年并没有选择逃避，而是勇敢地站了出来，试图用自己的智慧去化解这场危机。她尝试着从更加客观的立场，给团队负责人李明理解释："李导，您也知道，在孟行辰的生活里，公司的发展才是他的重中之重，而我们的《大咖秀》节目，对他来说，或许只是他繁忙日程中的一道开胃菜、一块小甜点，可有可无。如今，他的主业正发展得如日中天，各种商业合作、电影拍摄应接不暇，您说他真的会花费大量时间和精力来参与我们的节目吗？"

李明理听后，眉头紧锁，不屑地将笔扔在了桌上，以此来表达他的不满和不认可。李明理是个典型的暴脾气，但他的领导能力却是毋庸置疑的。他认准的事情，必定会全力以赴，贯彻到底。在他的团队里，几乎没有人敢对他的项目指手画脚，说三道四，但白思年却是个例外。

见李明理不高兴，白思年微微一笑，继续道："李导，您先别急着否定。我刚才说了那么多，其实最想表达的是，如果站在孟行辰的立场看待这件事确实不可行，那么，我们是否可以转变一下思维方式，用一种更加灵活变通的方式来达到我们的目的呢？"

李明理闻言，眼神中闪过一丝好奇，似乎对白思年的提议产生了兴趣："哦？什么变通方式？"

白思年见状，心中一喜，连忙将自己的想法娓娓道来："既然孟行辰的时间如此宝贵，我们或许可以先利用他现有的热度和流量。比如，将前几期他参与录制的花絮不断发布出去，同时再放出一些他将参与后续节目的消息。这样一来，他的粉丝们必然会密切关注我们的节目，即便孟行辰本人没有亲自参与录制，我们的节目也能因此获得大量的关注度和热度。而当粉丝们发现孟行辰并未如期出现，他们肯定会感到失望和不满，甚至会在网络上热议、谩骂。这时，我们再适时放出消息，强调下一期节目孟行辰一定会参与录制。您想想看，粉丝们会如何抉择？他们肯定会继续关注我们的节目，期待孟行辰的亮相。"

这时，有人轻轻地说了一句："是啊，粉丝们一定会继续骂，继续期待。"

白思年的提议如同一颗石子投入平静的湖面，激起了层层涟漪。李明理听后，陷入了沉思。他知道，这或许是他们突破困境、实现节目热播的唯一机会。

白思年的声音在会议室内回荡，带着不容置疑的坚定："没错，正如你所说，娱乐圈风云变幻莫测，《大咖秀》的舞台亦是如此。来来回回，反反复复，在真真假假之间，节目的热度与观众的眼球被不断吸引，而孟行辰，这位曾经的流量担当，也终将在时间的洪流中，被新的、更加闪耀的大咖所取代。但关键在于，我们如何利用好这段过渡期，最大化利用他的价值。"

她轻轻一笑，眼神中闪烁着算计的光芒："确实，我们没有与孟行辰签订任何具有法律约束力的合同，但这并不意味着我们不能从他的流量和热度中受益。在这个信息爆炸的时代，话题即是王道，争议亦是流量。只要我们巧妙地操作，让孟行辰的名字与我们的节目紧密相连，哪怕只是短暂的火花，也足以点燃一场收视盛宴。"

此言一出，会议室内的气氛瞬间凝固。众人面面相觑，心中暗自思量：这岂不是公开造假，蹭流量的行为？一位资深编导忍不住开口质疑："白编导，你的想法虽新颖，但风险也不容小觑。孟行辰毕竟是个有头有脸的人物，他怎会坐视自己的名声被无休止地消费？更何况，他身边那位石秘书，据传手腕强硬，一旦我们的行为触及底线，后果不堪设想。再者，孟行辰背后的公司法律团队也绝非等闲之辈，一旦对簿公堂，我们恐怕得不偿失。"

这番话如同一盆冷水，浇灭了不少人心中的躁动。然而，白思年的脸上却未见丝毫动摇，反而更加坚定了她的决心。她猛地站起身，目光如炬地转向李明理："李导，您是团队的领航者，此刻正值关键时刻，您的判断至关重要。请问，是我提出的灵活应变、借势而为的策略更为现实可行，还是这位同事的保守态度更适合我们当前的处境？"

白思年心中暗自盘算，李明理对业绩的渴望人尽皆知，他渴望晋升的野心几乎写在脸上。在这个竞争激烈的环境中，每一步都如履薄冰，想要再进一步更是难上加难。而她，正是看准了这一点，认为李明理会为了短期内的显著成绩而选择冒险。

然而，李明理的回答却出乎所有人的预料，他缓缓开口，语气平和而坚定："团队目前正处于一个稳定发展的关键期，我们需要的是稳扎稳打，步步为营。孟行辰的个性难以捉摸，而我们团队中缺乏能够与之有效沟通的关键人物，比如沈妍和。因此，我认为，从最稳妥的角度出发，保持现状，逐步推进，才是上策。"

李明理的话语虽简短，却如同一记重锤，狠狠地砸在了白思年的心上。沈妍和，这个名字再次刺痛了她的神经。凭什么沈妍和总能轻易解决难题，而自己却费尽心机仍一无所获？一股无名之火在她胸中熊熊燃烧，那是对自我价值的质疑，也是对沈妍和无尽的嫉妒。

"沈妍和，不过是个擅长耍小聪明的人罢了！"白思年在心中怒吼，她的眼神变得愈发凌厉，"她所谓的成功，不过是建立在一些上不了台面的手段之上，而非真正的能力。而我，名校毕业，才华横溢，凭什么要被她比下去？"

白思年意识到，自己不能再继续依赖李明理的认可来获取资源，她必须独立起来，用自己的方式证明自己的价值。于是，她挺直了腰板，以一种不容反驳的姿态说道："孟行辰的事情，我自有分寸。我会让他心甘情愿地回到节目，至少录制三期，甚至更多。如果有机会，签长约也势在必行。"

李明理闻言，眉头微皱，显然对白思年的自信感到不解甚至嘲讽："小白，你在同事面前立下这样的誓言，是否过于乐观了些？"

白思年不为所动，她深知自己的失败，但更明白，失败只是成功的垫脚石。她要以实际行动，向所有人证明，自己不仅能够挽回局面，还能超越沈妍和，成为团队中不可或缺的存在。"在哪里跌倒，就在哪里爬起来。"她在心中默念，这份决心，如同熊熊燃烧的火焰，照亮了她前行的道路。

更重要的是，她看到了这次行动背后的深远意义——这不仅仅是对沈妍和的一次反击，也是对自己能力的一次证明，更是对李明理乃至整个团队的一次震撼。她相信，男人或许喜新厌旧，但只要给予足够的诱惑和机会，孟行辰完全可以成为她手中的一枚棋子，一枚足以颠覆现状、改写命运的棋子。

"这不仅仅是为了业绩，更是为了证明我自己。"白思年在心底默默发誓，她的计划，如同一场精心布局的棋局，每一步都暗藏玄机，每一子都旨在实现她的"一箭三雕"——捕获孟行辰的心，打击沈妍和的声望，同时赢得前所未有的业绩与尊重。

于是，白思年毅然决然地接受了这场挑战，她要以自己的智慧和勇气，去书写属于自己的传奇。在接下来的日子里，她开始精心筹备，每一步都力求完美，每一个细节都经过深思熟虑。她知道，这不仅是与沈妍和的较量，更是对自己极限的一次探索、一次超越。

白思年的心中充满了前所未有的坚定与期待，她知道，只要这次计划成功，她不仅能够赢得孟行辰的回归，更能彻底改变自己在团队中的地位，让所有人刮目相看。而这一切，都将从她开始行动的那一刻起，悄然发生……

第十四章　一夜绽放

沈妍和身着一套白色的套装短裙，长发梳成高马尾，脸上画了淡淡的妆，连口红都选的浅红色。样子虽然没变，整个人的精神状态却一下子回到了二十出头。

赵清梦与沈妍和走了个脸对脸，竟然一下子没认出她来。

"我的天，你这是去做了几十万的医美手术了吗？怎么一夜之间回到了少女时代！"赵清梦张着大嘴，惊讶地说。

"赵姐，这话是从您口中讲出来的，不一会儿，整个电视台都得传我去做医美了。"沈妍和打趣道。

赵清梦禁不住哈哈大笑起来："主要是你这变化太令人惊讶了，怎么一夜之间，让人眼前一亮呢？"

"是因为我的穿衣风格和妆容换了一种色系的缘故吗？"沈妍和试探着问。

"不止、不止。"赵清梦摆着手，"改变是由内而外的，外在表象的确是你换了风格，但内在的容光焕发是主要原因。妍和，你最近是不是有好事了？气色这么好！"

"赵姐的节目即将变成大爆款，我和团队成员要跟着沾光了，我怎么能不高兴呢？"沈妍和将一切的原因归咎为工作，可她的话怎能骗过职场老江湖赵清梦。

　　不过，沈妍和的容光焕发的确与接连的几个爆款短视频有关。杜亚飞的账号变成了十万+粉丝的大号，楚琳和李晨的几个账号也有了相当大的突破。尤其是李晨，突发奇想做了几期极为特别的定格视频，每到精彩片段，整个画面就会以静止的形式展现几秒钟，另外，他配的音乐也不是节目中的古典乐，好好的一出歌舞盛宴，生生有种金戈铁马的杀伐之气。再看评论区，留言最多是"因为看到了这十几秒，我去看了整台晚会"，这使沉寂许久的电视台往期节目又被万能的网友深挖出来，受到公众的极大关注。

　　与此同时，与电视台晚会相关的周边产品，居然也被带动起来，卖了个小爆款。有很多粉丝涌入台里的网上店铺，直接来个买、买、买，这让原本半死不活的网上店铺瞬间人气爆棚。

　　看到团队成员取得的不俗战绩，沈妍和一下子放了心，卸掉了几个月来压在身上的巨大负担，思想放松了，信心增加了，精神状态自然就好得不得了。

　　赵清梦节目组取得这么大的突破与进展，让台领导刮目相看，欣喜不已，看来沈妍和及其团队的方向和路子是对的。为了鼓舞士气，再接再厉，台里决定开一个表彰大会，并进行一系列的制度改革，鼓励大家创新发展，走出新路。

　　赵清梦领着杜亚飞、李晨、楚琳参加了表彰大会，台领导将赵清梦团队在短视频上的突破视为电视台制度改革的大好契机，准备给予政策、资金和福利待遇等多种支持。

　　趁着领导高兴，赵清梦以方便工作为由，不失时机地将三个人的实际困难摆了出来，比如：李晨、楚琳是新人，工资低，为了省钱，只好在市郊租房，离单位远，每天上下班坐车耗费不少时间；杜亚飞虽然离单位不算太远，但家里有老人和小孩都需要照顾等。为了将短视频做得更好，希望台里考虑他们的实际困难给予支持。

就这样，表彰大会一结束，台领导直接拍板给杜亚飞、李晨和楚琳在单位附近的家属院，各分一套住房。虽然只有住的权利，每个月也要象征性地交一点房租，但在这里住，从此就不用上下班来回奔波，可以睡到自然醒了。住得近了，还可以享受台里丰盛的福利餐。以往可没有这个时间，早晚大多数时间都在公交车上呢。

总而言之，赵清梦为大家争取到的福利，鼓舞了士气，温暖了人心。

事后，三人向赵清梦表示感谢，赵清梦却摆摆手说："要谢呀，你们得谢沈编导，是她提醒我要切实解决你们的实际困难。知道她今天为什么不来参加表彰大会吗？"

杜亚飞有些疑惑地说："妍和姐说她有件很重要的事要去处理，所以请您代劳。"

赵清梦意味深长地说："你们遇到了一位好的带头人呀！有了成绩，她不贪功，主动把你们几个推出去，台里嘉奖你们几个谁也不好说什么；她要来了，她是负责人，功劳比你们大，台里首先应嘉奖她，你们几个房子的事估计会泡汤。你们几个跟着她好好地做事，争取把团队的威风打出来！"

"谢谢赵姐，谢谢妍和姐，我们会记住的，以后的工作也会更加尽心。"杜亚飞、楚琳和李晨发自内心表示感谢，鼓足勇气准备再创佳绩。

台里制度改革非常明确，就是经济效益、文化效益、社会效益齐头并进，共同发展。但实际操作起来，文化效益和社会效益都不错的节目，经济效益总是上不去；而一味追求经济效益、迎合市场的节目，容易粗制滥造，丢掉文化阵地，也不会有什么好的社会效益。

台里苦苦探索这么多年，终于在赵清梦团队里几个年轻人身上看到了曙光。台领导对沈妍和及其宣传队伍寄予厚望，对即将到来的中秋晚会充满期待。

中秋晚会的排练工作正在紧张有序地进行当中，而沈妍和这边的宣传反而只是停留在方案阶段，她好像也不着急，每次赵清梦问起来她都说时机不到。这让赵清梦有点儿坐不住了，她真恨不得让所有人的目光全聚集到中秋晚会上。然而办一台叫好又叫座的节目并不是一件容易的事儿。这不仅需要融合多种文化元素，在音乐、编舞、灯光、摄影等一系列环节上还要有所突破与创新，且节目效果更要让大多数观众，尤其是年轻群体喜欢和欣赏。

赵清梦坚持自己的理想这么多年，即便是她的节目一时不受追捧，她也没有气馁；抑或在台里受到李明理之流的无情排挤和打压，她也不改初衷。在沈妍和来之前，她凭着一腔孤勇，孤军奋战；而今，有了沈妍和这员战将及其团队的助力，赵清梦如虎添翼，终于可以大展宏图了。

眼看中秋晚会的时间日益临近，下午，赵清梦不得不将宣传小组的成员叫到一起，想听一听他们的工作进展，顺便做一下战前动员。

"最近大家辛苦了，取得的成绩我都看在眼里，喜在心上。眼看中秋晚会就要到了，不知道做好准备了没有。"赵清梦问道。

"再给我一个月，我把前期的宣传工作做完，怎么样？"沈妍和心里算着时间，答道。

"一个月，时间太长，可能等不了那么久。"赵清梦认真考虑了一下，"要不这样，你辛苦点儿，一边继续先前的工作，一边组织人手，将中秋晚会的宣传工作逐步搞起来。"

沈妍和觉得赵清梦的建议有道理，便同意了她的要求。她将四人小组一分为二，杜亚飞与楚琳继续先前的工作，自己和李晨则将主要精力投放到即将到来的中秋晚会的宣传上。这使大家原本忙碌的工作时间更加紧张起来，以后的工作怕是要用昏天黑地、夜以继日来形容了。

第二天上午，中秋晚会策划组送来了许多中秋晚会相关资料，沈妍和连口水都没来得及喝，埋在资料堆里研究了很久。等她看完资料，大家都去吃午饭了，办公室里已空无一人。她站了起来，活动活动肩膀，松了松腰身。

就在这时，手机收到一条短信：沈妍和，你出来，把事情解释清楚！

虽然没有储存手机号码，但一看尾号是1314，沈妍和一眼便认出这是白思年的电话。沈妍和没有理睬，白思年等不到回复，第二条信息很快又发了进来：你不来，后果自负。

沈妍和心想：这家伙又要作什么妖？难道说几句狠话就能吓倒自己吗？

肚子饿了，沈妍和赶紧去食堂打饭，去晚了怕赶不上饭点。沈妍和刚买好饭菜，还没有顾上吃，赵清梦的电话就打了过来。沈妍和便知有事儿，接电话说自己在吃饭，赵清梦提醒道："你先把午饭吃了，然后来副台长办公室一趟。"

沈妍和边吃饭边思考赵清梦要自己去领导办公室所为何事，联系白思年撂的几句狠话，沈妍和也猜了个七七八八。

台里争端离不开"名利"二字。昨天三位同事才拿到福利房，是不是今天就有人害起了红眼病呀？

二十分钟后，沈妍和慢悠悠地走进副台长办公室。办公室里，李明理、白思年、赵清梦、段旭几个人都在，却不见副台长。

"沈妍和，你怎么才来？非要让一屋子人等你一个，你才觉得心安理得吗？"白思年阴阳怪气地问。

沈妍和白了白思年一眼，没有吭声。对付白思年，沈妍和有的是办法，两人交锋多次，白思年连一次都没有占过上风。

白思年憋着火气，催促李明理先讲："李导，您是团队领导，还是由您来说吧！"

沈妍和瞥了一眼空荡荡的副台长座椅，应道："主角还没到呢，不急着开始。"

李明理才不管这些，咬着后槽牙说："昨天的事是你们先破坏规矩的。"

"规矩不规矩的，你我说了都不算。领导会上决定过的事，还容不得你在这里嚼舌！不过，规矩也好，制度也罢，对大家都是一样的。有本事的话，台里的奖励你们团队的人也可以拿呀！你们的人拿到了，我绝对不会有意见。"一向优雅的赵清梦一针见血地说。

赵清梦的话句句都在理上，让人挑不出半点儿毛病。

李明理气得咆哮起来："你们这是抢功！"

沈妍和突然朝着门口处望了望，小声说："好像有脚步声。"

言外之意是领导回来了。李明理瞬间收音，脸上堆起笑容，变脸比翻书还快。他站起身，等待着领导开门进来。

脚步声走近了却没有进来，而是渐渐地走得远了。这个过程大概持续了五秒，李明理的笑容也随着脚步声的远去逐渐没了，变回了恼羞成怒的样子。

"沈妍和！"

沈妍和长长地吐了口气，说："你吵我没有意义，这是台里决定的事。"

"直接受益人是你那个什么宣传小组，如果不是你在背后鼓动，事情怎么会变成这样？"李明理一激动，额头上的青筋也跟着暴起来，一副凶神恶煞的样子。

沈妍和从来不吃这一套，饶有兴趣地说："台里定下的事情，是我一个刚入职的新人能改变的吗？别说我沈妍和没这个本事，恐怕你李导也做不到吧？"

像李明理这种老江湖，哪里听不明白，他脸色极差，差点儿要破口大骂了。

沈妍和还嫌不够，慢悠悠地加了一句："如果您真的觉得台里的表彰大会的决议不合理，为什么不在会上提出来？事后再跳出来，您觉得有意义吗？"

"当时被你们整了个措手不及，没有反应过来。不过，我今天提出抗议也不迟，这件事不给个说法，咱们没完！"李明理越说越气，怒不可遏。

"有脚步声。"沈妍和望向赵清梦提醒，赵清梦点了点头，在椅子上坐好。

李明理骂了句粗话，然后才愤愤地一捶桌子："沈妍和，同样的伎俩你要使几次？"

这时，副台长推门进来，听到李明理在咆哮，打趣道："老李，这是谁惹到你了？午饭没吃好吗？情绪这么差。"

李明理尴尬地笑笑，一屁股坐在椅子上。

副台长在位置上坐好，不疾不徐地说："你们几个今天来，还是为了昨天那三位同志的表彰决定吧？"

赵清梦笑而不语，李明理瞪了一下眼睛，也没吱声。

副台长接着说："如果是为这事儿，单是你们两个团队来，还是不太够。赵老师，麻烦你帮忙联络一下，看看其他几位在不在，如果在，让他们一并过来，我这儿有个决议，班子会上刚定下来的，给大家宣布一下。"

"什……什么决议？"李明理愣住了。

"别急，等大家来，咱们一起说。"副台长慢条斯理地喝着茶。

赵清梦掏出手机，通知几个部门主管过来开会。不一会儿，几个部门主管全都到齐，大家纳闷这个时候来领导办公室所为何事。

副台长清了清嗓子："下午大家各有各的事，我不废话，直接进入主题。"

他摊开了一页纸，慢条斯理地开始读，边读边做出了相应解释。

原来，副台长念的是台里刚刚出台的奖励制度，一共二十六条。针对台里制作的节目取得的成绩，获得的奖项、扶持、资助、基金等，以及节目带来的社会效益、经济效益和文化传播效果等，将按照一定的标准，由台里给予团体和个人不同种类和数额的奖励。这些奖励包括团队奖金、个人奖金、相关福利，另外还在职称评定、推优评先等方面给予优先。

"这二十六条是暂行条款，接下来还会进一步完善。台里的想法是，把默默付出并有突出贡献的人挑选出来，落实奖励制度，让这一部分人优先获得实惠，从而带动大家创新发展。昨天，赵清梦提出的意见非常中肯，咱们单位与其他单位不太一样，忙起来的时候，没日没夜，没个准点儿。大家知道，虽然都是工作，但干好干坏是不一样的。尤其是实打实做出突出成绩的人，给台里带来可喜改变的人，当然是要大奖、特奖、重奖。而且，发现一个，奖励一个，立马兑现。"

副台长着重强调了沈妍和团队所取得的成绩，他说，刚刚组建的四人团队，紧跟时代潮流，在很短的时间就取得突破，让领导看到了台里创新发展的方向和希望。未来，我们要想把节目搞活，不被时代淘汰，这是唯一的出路。这下你们知道台里为什么对此如此重视了吧。过去只要一开会，每个人都在讲困难，事情还没有做起来，条件提了一大堆，好像在网络时代传统媒体就没有生存空间了似的。

"事实真的是这样吗？"副台长突然抬高了音量，"你们都已经看到了吧，沈妍和默默无闻地带着几个年轻人，没几天就把事情搞起来了嘛！"

副台长的话李明理听着极其刺耳，他来到这里可不是为了听领导帮沈妍和吹嘘的。大家全不出成绩的时候，只有他制作的节目有关注、有流量、有广告收入，那可是台里独一份，也没有见台里出台什么奖励措施。可现在，一个小小的沈妍和，领着三个名不见经传的年轻人，居然就……

副台长滔滔不绝地说："我始终认为，咱们台做自媒体、吸引流量，那是有着天然优势的，用一句比较流行的网络语来形容，那是降维打击！你看，现在验证了吧？这份文件，分发到各个办公室，你们组织人员好好学习一下。"

稍作停顿，副台长望向赵清梦："你们组的那几个年轻人不是要申请宿舍吗？我已经交代过了，在现有房源里，优先让他们按需要来选，如果有什么生活上的困难，也可以提出来，一并给予解决。你就让他们继续努力，安心工作，好好经营那几个自媒体账号，这对台里意义重大。"

白思年轻轻推了一下李明理，意思是让他别光听不说，也要发表一下意见。照这个架势继续的话，沈妍和春风得意，势不可当，这种气势要不压一压，她白思年怕是很危险了。

没想到，李明理直接就发起火来："干什么干什么，推推搡搡地做什么？你不看看这是什么地方，有话就说……"李明理差点儿没把"有屁就放"这句粗俗的话说出来，看来他真的急了。

白思年尴尬地愣在了那儿，她跟李明理是一组的啊，来之前的话术都是商量好的，怎么突然间全变了呢？

"小白，你这边是有什么意见吗？"副台长亲切地笑着问。

"我……我没什么意见，我是想说，那份文件很有鼓舞作用，稍后我也要认真学习，向厉害的同事学习。"

副台长点了点头："单单是学习还不够，你跟小沈一样，走的是特殊人才招聘通道来的台里，如今小沈那边已有了相当不错的成绩，你和段旭也要努力呀！距离你们转正的时间不远了，我希望能在你和段旭身上看到同样出色的表现。"

段旭一直静静地听，这时听领导提到自己，便礼貌地站了起来，点头答应着。如同往常一样，段旭把自己藏起来，他喜欢默默做事，并不受人关注。无奈，副台长对于沈妍和如此欣赏，对他显然构成了威胁，也给他徒增了不小的压力。

沈妍和眼眉低垂，遮住了她的凤眼，此时此刻，她平淡如水，宠辱不惊。尽管领导一再点名表扬，她永远是那个模样，脸上并无喜色。

副台长看着这一幕，有心询问："小沈，我记得表彰大会你没有参加，你是宣传小团队的负责人，理应受到奖励的。别人都是伸手要这要那的，难道你就没有什么需求吗？"

白思年搞不明白，沈妍和不就是走运取得一点点小成绩嘛，至于一说再说，讲个不停吗？副台长还当着这么多人的面儿，上赶着讨好沈妍和，问她需要什么样的奖励，哪有领导把事情做得这么绝的？过分！太过分！

白思年气愤地瞪了一下李明理，心想：在这种时候，身为团队领导，你李明理要是再不站出来说话，让领导继续宠着沈妍和，那她白思年怕是再也翻不了身。

李明理这会儿不知道是出于什么考虑，明明很不高兴，却只是一个人在那儿生闷气，并没有搭理白思年。

"我……"沈妍和刚想开口。

白思年立即站起来，抢着说："领导，我有话说。"

沈妍和轻轻地挑了一下眉：白思年这时候跳出来，看来是真着急了。

"你说。"副台长依然保持着和蔼温柔的语气。

白思年鼓足勇气说道："我和段旭也在为最后的评比做出努力，我们也会陆续有成绩展现出来，只是大家都需要一些时间，我们可能没有沈妍和的速度那么快，但我们的成绩未必比她差。所以，请您给我们一些时间，多一些关注和支持。"

这话还真敢说，这不是当面批评领导对她不够关心吗？

"小白的话，也有一定道理。"副台长面无表情地点点头。

副台长猛地喝了一口水，总结道："转正，就是最后的奖励，也是最好的奖励，距离那一天的到来已经不远了，你们三位要多加努力。命运永远掌握在自己手里，你们说是不是呀？"

沈妍和点了点头，段旭掩不住惊喜，白思年则默不作声。白思年清楚，自己必须得在最短的时间内拿出一份足以服众的成绩，把沈妍和的势头给盖下去。

散会后，赵清梦绷着脸，拦着李明理说："李导，你可是教出来了一个好徒弟，怎么什么话都敢说呀？"

李明理一脸无辜地说："又不是我叫她说的，你冲我吼什么？"

赵清梦翻了个白眼，带着沈妍和气呼呼地走开了。

等人散去，李明理与白思年一起回到自己的办公室。李明理关上房门，对白思年突然大叫起来："谁让你胡说八道的？"

白思年不甘示弱："我替自己争取应有的利益，这有错吗？"

"你争取利益？你做出什么拿得上台面的成绩，可以让你在领导那儿理直气壮？你知道不知道，你刚才说的那些话，简直就是一个天大的讽刺。人家沈妍和实打实地领着一组人，把成绩做起来了。你呢？亏你还有胆子去副台长那边说，你还有所谓的成绩马上要显现出来。用不了多久，台里肯定要过问的，你到时候自己去想办法，甭指望我帮你打圆场。"

白思年面红耳赤，无言以对。

李明理见她露出既委屈又不服气的样子，忍不住冷笑起来："小白，我知道你家里有点能力，但我希望你能明白，你家长能力再大，也不可能事事都能左右，称你心意。你如果真的想留在单位，让所有的同事信服你、认可你、尊重你，你自己就要有拿得出手的成绩，这样才能立得稳、站得住。"

白思年仍不服气，但考虑李明理所说的话也有一定道理，如果她继续反驳，就必须找出令人信服的借口，否则就是胡搅蛮缠。

一边是未出任何成绩的她和段旭，一边是硕果累累的沈妍和。最终谁会是胜利者呢？这不是明摆着的事儿吗？

白思年越想越觉得冷汗直往外冒。

"我最近心烦得很，新一期的节目必须有些不一样的东西。为了这个，我得全力以赴才行。你自己去考虑一下该做些什么，如果一意孤行，那你也不用告诉我，反正你在电视台也待不了多久。"李明理气呼呼地说。

话说到这个份上，白思年还能说什么，再不行动，就连李明理都不会支持她。

白思年回到自己的办公室，拿出手机，调出了一个号码，果断地拨打出去："喂，石秘书吗？您好，我是电视台的编导白思年，能不能帮我预约个时间，我想今天过去拜访一下孟总。我这边还准备了一些小礼物……"

石秘书冷淡地打断："我现在已经不是孟总的秘书了，很抱歉无法为您预约。"说完，立刻挂断了电话。

白思年气不打一处来，她发现全世界的人都在与自己作对，是不是她太好说话，人家全把她当成软柿子来捏了？

"不行，说什么都得把他搞定！"白思年拎起小包，踩着高跟鞋，扭动着腰身离开了办公室。

为了自己的前程，白思年下定决心拼一把，带着一腔孤勇，她再次拨打了石秘书的电话。

一开始石秘书没接，白思年来了脾气，继续拨打，像是跟石秘书较上劲了似的，就这样，持续了几分钟，石秘书大约是受不了了，于是，拉黑了白思年的电话。

"不会吧，这人怎么会这样呢？也太没职业水准了！"白思年气急败坏，下定决心，一定要给石秘书一点儿颜色瞧瞧。

二十分钟后，白思年堵在了孟行辰公司门口，大声嚷嚷着要投诉石秘书。

果然没一会儿，一个中年男人走出来，客气地说："石秘书已经升职做了副总，不再对接孟总的工作。电视台那边不再录制节目也是孟总亲自定下的，因此，我们这边不再与相关人员接触，这并不违规。"

这位是孟行辰新任命的助理，眼睛圆，脸圆，身子也圆鼓鼓的，跟人沟通时，不笑不说话，看上去简直是个和气的好好先生，当然也给人一种让人觉得好欺负的印象。

白思年一下子来了劲儿："我不管，这些话全是你们说的，我要当面跟孟总聊，万一你是共犯怎么办？呵，一看你就不是很值得人信任的样子。"

"好吧。"中年男人叹口气，居然也不生气，让人把白思年领到休息室等候，还很客气地给她倒了一杯热水。

虽然过来堵人，白思年这一次感觉不太一样，至少，她有了一杯热水。白思年等了一会儿，见员工们吃完午饭陆续回来开始午睡，就连前台的小姐姐都趴在桌子上昏昏欲睡。

白思年站起来，心脏在狂跳，可是脚步却很轻盈。她悄悄地来到一个挂着"总经理办公室"的门牌前，轻轻推门而入。

"不入虎穴焉得虎子，今天不成功便成仁。"白思年狠下心来。

午间休息，温远洋抻开了自己的豪华版折叠床，脱了袜子，平躺上面，正打算好好补一觉，突然隐约听到自己办公室的门轻响了一下，好像有人进来了。温远洋懒得搭理，翻个身，拉了拉毛毯裹紧自己，继续睡觉。

房间内遮光窗帘全部拉上了，光线很暗。温远洋感觉那个人进来后，似乎在寻找什么，很快，径直来到自己身边，半蹲下来，经过几秒的犹豫之后，开始窸窸窣窣地脱起了衣服。

这会儿温远洋已经完全醒了，但他没动，因为脑子里冒出来个奇怪的念头：这是办公室里哪位胆大的妹子，趁着午休时间投怀送抱吗？

温远洋在国外多年，很开放，什么场面没有见识过？可今天这种状况，他还是有点儿蒙。

温远洋睁开双眼偷偷观察，见一妹子蹑手蹑脚来到窗边，小心地挑开了一条缝隙，室内光线稍亮一些，她立即回来，屏住呼吸，小心翼翼地掀起了温远洋身上裹着的毛毯。

温远洋一直睁着眼呢，薄毯一被掀开，两人四目相对。此时此地，此情此景，你可以发挥想象……

温远洋衬衫长裤，齐齐整整；而那个妹子却已经脱了外套，解开了衬衫，酥胸半遮半露，长发凌乱……她高举着手机，已经调好了摄像模式，却万万没想到，对上的是一张极为陌生的面孔。

"你谁啊？"温远洋厉声责问。

那个妹子忽地大声尖叫起来，一边用衣物遮挡胸部，一边慌乱地后退。

办公室的喊叫声惊动了外边的值班人员，大家不知道发生了什么事情，直接推门冲了进来。结果这荒诞而又尴尬的一幕，被大家一览无余。

原来这个妹子正是白思年，她本想跑到总经理办公室找孟行辰制造点儿绯闻，好逼迫孟行辰就范，不承想，办公室躺着的并不是孟行辰。惊恐之中她只好转过身，哆哆嗦嗦地穿上外衣，系好扣子。好不容易，总算规整好衣衫，理好头发，转身却发现办公室里站了一堆人。大家正充满好奇地、饶有兴致地看着自己。

"说吧，你是谁？"温远洋坐在老板椅上，眯着眼睛问。

孟行辰是在下午四点多返回公司时听说的这件事。温远洋讲得眉飞色舞，毕竟这种八卦乌龙让自己摊上，那也并不容易，他亲历其中，乐得不得了。

"我推测，这个姓白的妹子，真正的目标并不是我。"温远洋贱兮兮地说。

见孟行辰完全没有兴致，并不搭腔，温远洋奇怪地问："喂，咱们公司发生了这么大的事件，难道你一点儿都不关心？"

"嗯，报警了吗？"孟行辰问。

"还没有，不过现在把人暂时留在会议室了，我也拿不准该怎么做。"温远洋觉得这其实是一块烫手山芋，处理不好，有可能造成非常麻烦的后果。

从去年开始，公司就在积极地为上市做准备，关键时期，绝对不能闹出半点儿负面消息。而今天的事，并不是什么正面消息，如果被人恶意炒作，会给公司带来负面影响的。

"你说这个妹子是不是脑子短路了，她进来之前，也不调查调查是谁在办公室内睡着，本来是想趁机录个视频什么的作要挟，没想到，人都没对上，先把自己搭进去了。"温远洋边说边笑。

孟行辰依然不吭声，低头看文件。

"行辰，虽然那个姓白的妹子什么都不肯说，可我怎么觉得，她的真正目标是你呢。"温远洋分析道，"这个总经理的位置是你临时起意塞给我的，那间办公室也是你腾出来给我用的，满打满算，我走马上任也没超过两星期。我敢肯定，这女的我是真的不认识。那如果是这样的话，她要找的人，会不会是你呀？孟行辰啊孟行辰，万万没想到，你这个浓眉大眼潇洒多情的霸道总裁，表面上一心一意地跟沈编导谈着甜甜的小恋爱，背地里居然还欠了这么一笔桃花债。我怎么没想到呢？听公司的前台说，她来公司转悠，主要目的就是要找你，好像是在石秘书——石副总那儿碰了钉子，干脆耍赖堵在门口不走了。"

孟行辰继续翻看文件，置身事外。

温远洋见状，凑上前继续说："沈编导也是电视台的吧？"

这次，孟行辰总算是有了反应："是。"

"姓白的妹子，她跟沈编导也认识？"

孟行辰想了想说："同事，兼竞争者。"

"所以，她真的是冲着你来的？"温远洋搓搓手，激动得不行。这惊天大瓜，单单是听着都觉得刺激。

"应该是。"孟行辰叹了口气，把看过的文件递过去给温远洋，"远洋，如果你很闲的话，可以把这份文件再过一次，我认为预算有点儿问题，我们可以把成本压缩得更低一些。"

"这样也可以的吗？"温远洋掏出眼镜，往鼻子上一架，跟孟行辰一起将预算表过了一遍。这时，石副总走了进来。

"那个白思年在搞什么鬼？还跑来咱们公司搞色诱的把戏！"石副总满脸惊诧，同为女人，她觉得这个白思年的骚操作还是挺过分。

孟行辰冲石副总招招手："你来得正好，先看这份文件，有没有办法把成本再控制一下。这是我们做出的第一批样机，理论上还能找到压缩成本的空间。"

石副总便趴在办公桌的另一角，捏根铅笔一项一项地看。她做秘书的时候就最细心，对这些业务熟悉得很。孟行辰要看的文件，她全要先看一遍。她的业务也是顶呱呱的，公司一直把她当作管理人员来培养。

没人再提白思年，眼前摆着的这些文件，价值可比那个跳梁小丑一样的姑娘要高太多了。

一个小时后，孟行辰将需要修改的文件交给石副总，说："现在交出去，让他们尽快联系好厂家，拿到样品，补充好数据。"

石副总点头离开了，温远洋有别的事着急去处理，也离开了。

孟行辰伸了伸懒腰，拿出手机给沈妍和打了个电话。是时候处理一下白思年的问题了，也不能一直不让她走吧，时间长了，传出去也不好听。

沈妍和听完孟行辰简单的描述后，在电话里足足沉默了一分钟。

孟行辰问："报警处理，给电视台打电话，还是不处理呢？我想听听你的意见。"

沈妍和叹了口气说："她才二十五岁。"

二十五岁，那是一个女人的人生才开始的年纪。她一时冲动去做了这样的事，并不代表她已思考过了接下来极有可能会发生的一系列后果。沈妍和倒不是圣母心在作祟，她只是觉得挺可惜的。

孟行辰与沈妍和是默契的，不必说什么，他明白了她的意思。挂断电话之后，孟行辰还保持着愉悦的好心情。也拜这份好心情所赐，当温远洋再来问怎么处理白思年的问题时，孟行辰只淡淡地说："放她走吧。"

"就这样随便放了？这姑娘摆明是没安好心，万一再有下次怎么办？"温远洋诧异地抬高了声音，虽然他一直把这个事件看作是生活里的一段小插曲，但并不代表他没有注意到那份深深的恶意。一个为了达到某种不可告人的目的，连自己都随时准备搭进去的女人，难道就可以这样被放过吗？

"不然呢？"孟行辰反问，"报警？见报？闹得人人皆知？你别忘了，公司目前正处于上市前的关键阶段，负面新闻最好不要有，闹大了，对公司能有什么好处？"

"就这么放过她了？不给她点儿教训让她长长记性？"温远洋耿耿于怀。这事儿当时觉得没什么，但过后越想越气，他都准备好了直接报警，就算警方只是批评教育，也得让这姑娘搞清楚什么事可以做，什么事不可以做。没想到孟行辰竟淡化处理，温远洋有点儿想不通。

孟行辰语气平淡，说："你有时间纠结这种无关紧要的小事，不如把心思放在公司业务上。远洋，下个月我们会进入一个非常忙碌的状态，我希望你拿出当初创业时的劲头全力以赴。"

温远洋眨了眨眼问："你是在给我打鸡血吗？"

孟行辰点点头，微笑着没有吭声。

温远洋再没心情去说白思年的事，他捏了捏自己的腰，调侃道："我这好不容易才养出来的一点儿肉，怕是要被你榨没了。"

"男人嘛，精神点儿，才有女孩子喜欢。"孟行辰也开玩笑说。

这一晚，沈妍和坐在办公室的落地窗前，城市璀璨的灯火映照在她略显疲惫却依旧专注的脸庞上。她的工作效率明显比平时低了许多，或许是因为心中那份对即将来临的挑战既期待又忐忑的心情在作祟。好在，需要她亲自处理的核心事务并不算多，这多少给了她一些喘息的空间。

杜亚飞和楚琳在办公室内穿梭，如同两只忙碌的小蜜蜂，一个负责联络协调，一个忙着准备各种材料。他们的身影在灯光下拉长，显得格外辛勤。而李晨，则安静地坐在他的工作站前，全神贯注地处理着后期制作的细节，每一帧画面、每一段音频都经过他的精心加工，力求完美。

宣传工作早已全面铺开，这几个人的自媒体号仿佛变成了实时更新的连续剧，每天滚动播出着节目的幕后花絮。然而，尽管他们倾尽全力，宣传效果却并未如预期那般火爆，这不禁让团队的每个人都感到一丝焦虑。但正是这份眼前的困难，激发了他们内心深处的斗志。每天，他们都会聚在一起，查阅资料，总结经验，不断尝试新的宣传策略，勇敢地面对每一个挑战，不畏失败，砥砺前行。

与此同时，与杭市的对赌协议早已在半个月前就超额完成，这一消息传来，不仅让孙九茉感到惊诧，更让她对沈妍和的决断力和执行力生出了由衷的佩服。接下来的推广工作，除了可以按照合同的约定顺利进行外，杭市方面还主动提出了联合制作的意愿，这无疑为整个项目注入了新的活力。

得知这一喜讯，赵清梦立刻召集了沈行行等人开紧急会议。会议室内，每个人都显得异常兴奋，他们深知，这次合作不仅是一次提升自我价值的绝佳机会，更是团队迈向更高层次的重要一步。

"我们这一台晚会，虽然需要严格控制成本，压缩规模，但我们的专业水准和团队凝聚力是有目共睹的。"沈行行挥着拳头，激动地说道，"我有信心，最终呈现出来的效果，一定会比以往任何一次都要耀眼。"他的话语中充满了对未来的憧憬和决心。

"所以呢？"沈妍和轻声接了一句，眼神中透露出几分期待。

赵清梦替沈行行回答了这个问题："所以，我们决定按照之前的计划，将八个分会场的节目全部安排到位。"

"不是八个，是十二个。"沈妍和微笑着纠正道，"后来又有几个电视台主动联系了我们，按照惯例，他们也提供了各具特色的场地。我粗略地看了一遍，真是美得让人心旷神怡，每一处都别具一格。"

沈行行闻言，不禁叹了口气："不管是八个还是十二个，我们现在的演员资源都非常紧张。就连杭市的外景地，我们都难以抽出足够的演员前往。"

"是啊，有些机会，真的是天时地利人和缺一不可。"赵清梦感慨道，"在我的职业生涯中，像这样形势一片大好的机遇，也是屈指可数。而现在，正是这样一个千载难逢的时刻！"

沈行行心中暗自思量，赵清梦的想法她大抵能够猜到。毕竟，对于任何一个有志于事业的人来说，这样的机会都是无法拒绝的。然而，沈妍和却坐在那里，表情平静如水，仿佛一切都在她的预料之中。

"分会场的演员问题，我们可以考虑从歌舞剧团中挑选一些年轻有为的演员。"沈妍和的声音温柔而坚定，她拿起沈行行面前的绘图本，一张张地仔细翻看着，"主会场将是一场视觉与听觉的盛宴，而分会场则应该以突出地方特色为主。因此，我们并不需要每一场都安排大量的演员参与，也不一定非要我们自己派人过去。"

这个道理其实并不复杂，只是当局者迷，旁观者清。而沈妍和，正是那个能够看清局势、指点迷津的人。

"对对对！每个省都有自己的艺术团体和演员资源，我们只需派主演过去指导一下，带着他们一起表演就行了。"赵清梦闻言大喜，她兴奋地站起身来，捧着沈妍和的脸颊亲了一口，"你实在是太聪明了！"

沈妍和无奈地笑了笑："赵姐，您注意点儿形象，这里还有很多人呢！"

赵清梦却毫不在意地笑了笑，一把将沈妍和搂在怀里："都是自己人，没关系的。"这一刻，整个会议室充满了欢声笑语，仿佛所有的困难和挑战都已经被他们抛诸脑后。而沈妍和的心中，也涌起了一股前所未有的信心和力量。她知道，只要团队齐心协力，就没有克服不了的困难。

第十五章　中秋晚会

中秋晚会，如期而至。

赵清梦站在舞台下，神情严肃，全程紧盯。而沈妍和站在不远处，看着杜亚飞等人在忙着拍摄，看着沈行行等人快步疾走，甚至还看到来支援的李明理团队成员，整台晚会耗费了台里大量的人力、物力，每个参与节目的演职人员，全都在这紧张而关键的时刻，拿出一百二十分的努力，全力以赴。

沈妍和坐在演播厅的观众席上，抱着手臂，静静地看着舞台上的光影流转，聆听乐器和鸣，演员们正在为了梦想奋力而舞。

时光恍若穿越到一千多年前的大唐盛世，皇宫夜宴，歌舞升平，美轮美奂。舞台艺术与现代技术完美融合没有一丝破绽，小小的舞台，大大的世界，引领着屏幕前的亿万观众，徜徉在一场浩瀚的光影盛宴当中。全国共有十二处外景地，不时进行着镜头切换。高山之上，大河之源，峻岭之间……人间美景，繁花似锦，江山画卷，尽现眼前。

沈妍和团队此前的宣传和导流，在今夜有了明显的效果。直播平台的观赏人数正直线攀升，评论、点赞的增长速度快到让人眼花缭乱，往往一个留言抛出来，就立即被吞没。亿万观众同时在震撼，在激动，在骄傲，在自豪，在赞美……不只是观众，赵清梦等人也同样激动不已，多日以来的辛苦、疲惫，早已烟消云散，换来的是满满的成就感、收获感。

唯有沈妍和，宛若置身事外。她观看了一会儿演出，便静悄悄地走出演播厅。

杜亚飞见沈妍和心情惆怅地离开，很快追出来拉住她，愤然道："妍和姐，台里的决定实在是太不近人情了，他们怎么可以这样子对你？毕竟，你做了那么多工作，比任何人付出的都多，他们怎么能在你即将成功的时候，无缘无故地把你赶出团队呢？"

"这事儿不急，一切等到中秋晚会结束后再说。"沈妍和淡定地回答。

就在中秋晚会即将拉开帷幕前，沈妍和被告知暂停职务，不必参与晚会的相关工作。前来传达这个停职决定的是赵清梦，她也被蒙在鼓里，不知道是怎么回事儿，只说是台里的临时决定，要沈妍和克制个人情绪，一切等晚会结束再说。因事情太过突然，赵清梦正忙于指挥演出，根本没有时间去安慰沈妍和。

这时，团队所有成员都在忙碌，唯有沈妍和无事可做，只能独自安静地欣赏节目。

沈妍和被停职的消息很快传开了，有人诧异，有人同情，有人表示不理解，也有人幸灾乐祸、看热闹不嫌事大。

一开始，沈妍和也是大脑一片空白，接受不了，但她马上冷静下来，断定此事里面大有文章。她要静观其变，绝不能自乱方寸。

中秋晚会的节目效果，沈妍和一点儿也不用担心，因为赵清梦和她的团队足够专业和优秀。于是，她决定提前下班，好好休息一下。

沈妍和站在走廊巨大落地窗前，遥望城市的远方，长长地出了一口气，心境也随之舒展了一些。

就在这时，白思年一脸得意地出现在沈妍和面前，幸灾乐祸地说道："你肯定很难受吧，做了那么多，但是最后还是说停职就停职，狠狠地被人把脸按在地上摩擦！"

沈妍和呵呵一笑，冷冷地说道："怎么？打算落井下石吗？"

"现在的你，根本不配！"白思年努力想要学着沈妍和的样子，将自己的气势和气场全部发挥出来。

连白思年自己都没有发现，来到电视台后，她的妆容、穿戴悄然发生着改变。沈妍和喜欢穿套装，她学着穿；沈妍和妆容偏冷，她也照葫芦画瓢；沈妍和习惯穿高跟鞋，她更是当仁不让，走起路来嘎嘎作响……然而，效仿就是效仿，在正主面前，她的气势永远要弱上几分。更别提，沈妍和天生丽质，无需雕琢，浑然天成。白思年硬学，只能是东施效颦，终是不伦不类，迷失自我。

沈妍和对于白思年这种无时无刻、无所不在的敌意，早就索然无味。今天，即便是白思年蹬鼻子上脸疯狂挑衅，沈妍和也懒得和她计较。

沈妍和转身离开，白思年却不依不饶，紧随其后。沈妍和忽然停住，白思年来了个急刹车，差点儿没撞在沈妍和身上。她趔趄了两下，差一点儿崴着脚。

"你是不是觉得我要出局，而你十拿九稳就被留下来了呢？"沈妍和毫不避讳地问。

白思年把头一扬，自信满满地说："我对这唯一的名额势在必得，而你，好像也没什么拿得出手的成绩来跟我竞争了吧！"

沈妍和不屑地轻哂了一声："你高兴就好。"

"喂，你什么意思啊？"白思年反问道。

白思年下意识地要去揪扯住沈妍和，不准她离开；沈妍和却一把掐住白思年的手腕，只听见白思年一声惨叫。沈妍和松开手，扬长而去，留下白思年独自抚腕哀号。

第二天，沈妍和妆容精致地来上班。她踩着高跟鞋，身姿婀娜，步伐轻快，走出了自己独有的气势。

办公区里，只有几位同事在上班。中秋晚会的录制工作已经结束，按照惯例，除了负责收尾的工作人员，其他参与人员可以休息三天。

沈妍和暂停了工作，没有权利享受假期，所以还要照常上班。

沈妍和静静地坐在办公桌前，悠闲地看着书，她在为昨天的事情等一个说法。

杜亚飞、李晨等人也陆续赶来，他们本可以休息的，就是因为担心沈妍和，才特意赶过来的。

"妍和姐，昨天是怎么一回事儿？我们真的不清楚。临时下那么一个通知，大家还来不及反应，就被提醒说一切以大局为重。中秋晚会咱们准备了那么久，决不能在最关键时刻出岔子。"杜亚飞询问道。

昨天，杜亚飞临危受命，接替了沈妍和所有的工作。虽然整场晚会都很顺利，但沈妍和被停职的事还是传出了流言蜚语。虽然杜亚飞所在这支小团队里的其他成员没有指责她，可大家的态度再明显不过了，每个人都觉得这件事与她有关，至少她是知情人之一，要不然的话，为什么一切都那么巧合，而且顺理成章呢？即便是早有安排，哪个领导会拿这么重要的一台晚会去冒险呢？要知道，沈妍和在负责所有的宣传工作，节目录制当天，可是各项宣传工作最关键的时候。得是多大的事，要在这一天来发难，而且接替的人选都已定好了？

"嗯，我知道的。"沈妍和示意杜亚飞少安毋躁。反正事情已经到了这种地步，胡乱猜疑也不会改变什么。

没过一会儿，赵清梦和沈行行也一起赶到。两个女人的脸色一个比一个难看，离老远都能接收到她们释放出来的强烈的不满情绪。

赵清梦看到沈妍和，两人四目相对，赵清梦有意闪躲。对于昨天的事情，她有点儿心虚。她从业十几年，从来不曾在即将获得荣耀之前，将谁抛弃过。昨天，却是个意外。虽然没有人说什么，但赵清梦知道，团队里的每一个人都在等待一个理由，等待一个解释，等待一个能够说服所有人的说法。因为沈妍和在整台晚会筹备过程之中，起到了相当关键的作用。

如今，中秋晚会的播出，已在网络上造成了相当广泛的影响。宣传组的几个视频号只要一上传节目视频，就会引得一片惊叹，粉丝量蹭蹭地往上涨。台里合作的网店新推出来的主题产品，还未上架便引得各方关注，并开启了预订通道，未上线便已火爆全网。能达到这样的局面，沈妍和在背后做了多少工作，那是有目共睹的。难道仅凭一句工作调动，便将前边的工作一笔勾销了吗？

这个先例若是一开，以后他们这些做具体事的人，可能都要面临着同样的结局，若如此，努力奋斗还有什么意义呢？这件事要是处理不好，给出的结果不能服众，赵清梦比谁都清楚，这会对整个团队造成极大的打击。

赵清梦顶着巨大的压力，一大早便到台领导办公室要说法。领导在开会，她就领着沈行行在外边等，今天上午她非要一个结果不可。

终于，台领导那里赵清梦要来了自己想要的说法。这不，她和沈行行一起马不停蹄来到沈妍和办公室。

"你们都在，那就过来开个会吧！"

这个会，有关整个宣传组的事，不止沈妍和到场，杜亚飞等人也全部参加。

等大家在小会议室聚齐，赵清梦平和地说："昨天的事，大家心里都有相当多的疑惑，也有很大的情绪。但是，昨天那个场景，晚会录制工作是首位，任何人，包括我在内，个人的情感、荣辱、委屈全都不值一提，整台晚会不能因为任何一个人、任何一件事而受影响，相信大家都能认可和理解吧！"

没人讲话，当然也没人反驳，因为赵清梦字字句句全在理上。

"但是，"她话锋一转，脸色冷沉了下来，"我们顾全大局，也不代表着身为团队负责人的我，能够容许一些不公正的待遇，随随便便施压过来！"

"所以，理由是什么？"沈妍和淡淡地问。看得出来，她并没有被赵清梦一番慷慨激昂的演讲所打动，反而心里有一种不太好的预感。往往前面越是铺垫，越能说明接下来的话不那么尽如人意。

果然，赵清梦露出了抱歉的神情："沈编导，关于你的停职是台里几个领导慎重研究后决定的，因为有人举报，你利用职务的便利获取素材，制作短视频，在私人账号上盈利；另外，还有你的学历、海外工作经历等，都涉嫌造假。关于你的调查，已经启动，为了不造成麻烦，台里决定，停止你的一切职务，等待最终的调查结果。"

沈妍和一听就笑了起来，果然与她猜想的一模一样，反而是听到了确定的答复之后，她心里便安然下来。

"调查需要一定的时间，这段时间的工作停滞，是不可弥补的损失。在最终的竞争里，我会因为这段时间的工作缺失，完全失去竞争的筹码。"沈妍和说出了自己的顾虑。

"这也是没办法的事。"赵清梦一脸遗憾，"举报人递交上去了一些证据资料，而且还是实名举报，台领导必定要给出一个态度的。"

"还有证据？怎么会有证据？假的吧！"杜亚飞尖叫起来。

"不可能！"李晨说。他不善言辞，但心里像明镜一样。

沈妍和的能力，如果不接触，只看表象，可能会产生怀疑。但宣传组的人与其朝夕相处，每天都在接受着她指导，在极短的时间便掌握了宣传的精髓，每个人的进步和成长那都是看得见的。可以说，台里的中秋晚会的节目之所以有今天的高流量，沈妍和功不可没。她怎么可能去造假呢？她有必要去造假吗？

"我也觉得台里的决定太武断了，而且这时候，正是竞争的关键期，怎么可以直接停职呢？如果等调查结果出来一切都是子虚乌有，那沈老师的损失谁来承担？"沈行行气得直跺脚，真心替沈妍和打抱不平。

与沈行行的态度相反，赵清梦的态度就有点儿模棱两可。她摇摇头，叹着气说："抱歉，我已经努力替你争取过了，也愿意为你做一个保证，可是，台里不同意。这件事必须查个水落石出，才能堵住众人之口。所以，既然事情发生了，直接面对就好，若你问心无愧，也不怕任何调查，不是吗？"

赵清梦如此轻描淡写，沈妍和还没来得及说什么，沈行行已经激动得叫嚷起来："话不能这么说！"

"不管话怎么说，这就是最后的结果，我知道大家很难接受，可现在的关键是，所有人都必须接受。"

赵清梦一席话落地，在场的人脸上都露出了复杂的神情。

"你们都出去吧！"赵清梦满脸疲惫地挥挥手。

沈妍和要动，却被她拦下："你别走，我想对你单独讲几句。"

这个要求倒是合情合理的，毕竟在沈妍和的身上发生了这么大的事，赵清梦私底下安抚几句，那也是人之常情。

等其他人都离开了小会议室，赵清梦亲自把门给关上。她知道，此时此刻，肯定还有很多人在默默地关注着这里的一举一动。她还顺手关闭了小会议室的所有百叶窗，室内光线随之一暗。刹那间，这里成了只有沈妍和与她两个人的私密空间。

赵清梦像是泄了气的皮球一样瘫坐在椅子上，刚刚那股公正严明的模样，一下子没了踪迹。她愤愤地说："这事儿不用问，肯定是白思年想出来的阴招。那丫头一天到晚，脑子里全是鬼点子，不好好提高业务，却总是用歪门邪道来整治人。"

沈妍和露出诧异的神情，没着急接话，因为她完全不了解发生了什么。

"沈妍和，你是什么样的人，有什么本事，能够做成多大的事，难不成我心里会没数吗？你不会以为，我真的那么容易被骗吧？"赵清梦咬牙切齿道，"找了个合同工来搞实名举报，就认为别人看不出来这里边的猫腻吗？"

赵清梦说话的语气和激动、愤恨的表情，与刚刚那副一本正经打官腔的样子判若两人。这才是沈妍和所熟悉的那个领导。

沈妍和的神情也放松下来："怎么回事儿？"

赵清梦暗自佩服沈妍和的淡定，出了这么大的事儿，她竟像没事儿人似的："事情就是那么回事儿，那群垃圾明的玩不过，就来阴的了呗！"

"我提交给电视台的入职资料全部是真的。"沈妍和觉得有些话，还是有必要强调一下的。

"当然是真的，这一点我从不怀疑。"赵清梦也表了态，刚刚在领导办公室里，当着几个领导的面儿，她气得拍了桌子。但这又有什么用呢？事情发生了，就必然得有个能够服众的解决办法。而在调查的过程中，必然会给沈妍和带来极大的困扰。

沈妍和的真正困境在于时间不够，到目前为止，属于她的一分一秒都无比珍贵，她必须在有限的时间内做出更多的成绩，去争取唯一留下来的名额。

"你放心，虽然你没有参加中秋晚会的现场录制，但在整个过程中所付出的努力，以及此前所做的每一项工作，全部作数，他们休想打一笔勾销的主意。"赵清梦咬着牙说完，忽地变脸，露出了一抹意味深长的笑容来。

得，关键来了。沈妍和正了正身体，耐心地等着赵清梦开口说话。

赵清梦先是在自己的皮包内一通翻找，很快拿出了一本厚厚的企划案，递给沈妍和。

赵清梦微笑道："这个，给你。"

沈妍和接过来一看，企划案的第一页，用极大的字号写着"寰宇之夜"四个大字。

"《寰宇之夜》，"沈妍和小声念着，而后问，"是什么？"

"一台晚会。"赵清梦的眼神灼灼发亮，"在市郊的万人体育馆内举行，全球直播，全国几十家大媒体参与，同时开通互联网线上直播。这是一台空前的巨大视觉盛宴，我们将利用一切能够利用的资源，吸引全世界人们的目光，向其展现东方文化之美，那将是传统文化与现代科技的完美融合与展现。"

讲到激动处，赵清梦站了起来，她兴奋地围着会议桌不停地走来走去："如此广阔的舞台，是每一位舞者一生梦寐以求的机会，如果《寰宇之夜》真的可以实现，那一晚我要做一回最纯粹的舞者，带着我的初心，登上万众瞩目的舞台。"

赵清梦本就是业内最专业的舞蹈家，虽然身在管理岗位上，但她从来没忘记属于自己的舞台。《寰宇之夜》是她的一个梦，如庄周梦蝶，三生三世。

在那个梦里，上下五千年，泱泱大中华，每一段历史，每一个片段，都是这璀璨星河里的一颗颗晶莹闪亮的星辰。时光流逝，时空穿梭，大浪淘沙，带走了无情的岁月，却将人类文化的精华与美好留下，不论多久，都熠熠生辉，让人向往。

赵清梦对于整台晚会的设想，便是如此。当然，这个设计稿仍很粗糙，有待完善。三年来，赵清梦每有灵感，都会迫不及待地将它记下来，她为《寰宇之夜》设计好了一条明朗的时间线，并带着满腔热情，随时准备奉献一切。

"真美！"沈妍和认真地看完了整本企划案，一时间竟也有些心驰神往。她承认，她被这个策划完完全全地吸引了。

"我希望，在你接受调查的这段时间，咱们合作，能够正式启动《寰宇之夜》的筹备工作。"赵清梦使劲地搓搓手，"申报、审批、投资、广告、媒体、宣传，乃至后期的运营、包装等等，所有的这一切，每一个细节都需要有专人去处理。沈妍和，我相信你一定可以，你身上有股子冲劲儿，冷静得宛若坐镇三军的将军，兵临城下，迫在眉睫，你依然可以稳坐城头，指挥若定。这种气魄让人信服！"

"赵姐？"沈妍和失笑出声，想要打断她的话。

赵清梦抬手阻住了沈妍和："你之前带的是杜亚飞那一组，现在功成身退，由杜亚飞来接手继续做；接下来，你作为我的副手，全权策划《寰宇之夜》这个新项目。"

"我已经被停职了。"沈妍和轻声提醒。

"的确停职了啊，我不是已经把你从宣传组调出来，不再做那个事了，有什么问题吗？"赵清梦理直气壮地反问。

沈妍和一下子明白了她的意思：这是"明修栈道，暗度陈仓"呀！借着这个机会，神不知鬼不觉地把她从一个位置挪开，转做更重要的事。

沈妍和的确想为赵清梦的这种安排点赞，但她还是有些担心："在筹备的过程中，一定会与各部门有接触，万一人家知道了……"

"我已经跟老大沟通过了，老大也觉得这主意很靠谱。"赵清梦嘴里的"老大"就是台长，一般来说，他不参与具体工作，也很少露面，在基层工作人员那里存在感很低。

赵清梦冲着沈妍和神秘地眨了眨眼睛，沈妍和心领神会。

"赵姐的效率太高了，您做了不少的事嘛！"

"《寰宇之夜》并不是我一个人的梦想，"赵清梦颇为感慨地说，"现在，终于有了启动的契机，可以说是天时地利人和全都具备。不只是我，所有知道《寰宇之夜》的人，都期待着这一夜，能够真实呈现在眼前。"

赵清梦说到了动情处，忍不住抓紧了沈妍和的手："现在，大家都很看好你。"

沈妍和垂眸，思考着，没有回答。

"若是《寰宇之夜》能够实现，你必定是最后的胜出者。"赵清梦不屑地微笑着，"在绝对的实力面前，所有的阴谋诡计都只是一场玩笑而已。说真的，我还挺期待看到有些人在机关算尽却不能得偿所愿时，那张气急败坏的面孔！"

"说得我也期待了。"沈妍和跟着笑了起来。

《寰宇之夜》，注定要改变什么，是挑战也是机遇，沈妍和很喜欢。

许多重大的决定，总会在看似平淡的日子里做出，那一天与平时一样，天空蔚蓝，金色的阳光透窗而过，恰好就落在办公桌的一角，桌上摆着的茶杯里才泡好的茶水，竟也透着与阳光一样的金色光泽，单是看看就觉得舒心。

沈妍和从小会议室出来后，赵清梦演戏成瘾，又气呼呼地猛推房门，连走起路来也嗒嗒作响。

看着赵清梦怒容满面，又看着沈妍和面无表情，杜亚飞等人谁也没法从这两人的表情上猜到在小会议室里究竟发生了什么，有心想去沈妍和那里问一问，但见沈妍和已经在收拾东西了。

沈妍和将办公桌里的物品简单收拾了下，该锁的锁，该收的收，转眼间恢复了最初的样子，仿佛没有人使用过似的。

"妍和姐，你去哪儿？"李晨着急地问。

宣传小组的成员都有点儿着急，大家虽然各怀心思，但一见沈妍和收拾东西，顿感不妙。

"妍和姐，你别着急，台里一定会很快给出公正的处理。我们相信你，一定会没事的。"

"对啊，你总是提醒我们，做事要有耐心，不要一开始就给自己心理暗示，认为自己做什么都要失败。现在，也仅仅只是一个开始罢了，台里不可能无休止地调查下去，对你的指控也只有那么几样，没准明天或者是后天，就有定论了，他们不会拖延那么久的。"

"妍和姐，你打算去哪儿呀？直接认输了吗？还是打算就这样退出？您不是十分喜欢这份工作吗？您不是说，这份工作非常有挑战，可以提供一个平台，让您把心中的理想全部实现吗？您怎么可以这么轻易放弃？明明只是一点小困难，咱们大家齐心协力，一起能够渡过去的……"

沈妍和的目光，落在几张年轻而又充满朝气的脸上，从他们的脸上，沈妍和看到他们的眷恋与不舍，大家共事这么久，真的处出了感情。电视台这种地方，人员流动比较大，工作繁忙，几乎没有太多的个人时间，每个人都仿佛是这台机器上的一个零件，存在的人虽然都有重要的作用，却不是非谁不可。来到，离开；相见，不见。这是人生常态。很难得，还会有人因为她的离去而感到不舍。

沈妍和的眼中现出了几分温柔的笑意："你们都好好的，接下来的工作也要努力去做，把手上的这些自媒体账号经营好，配合赵姐将每一台节目做好。将来，大家都会实现自己的梦想的。"

当沈妍和走出办公室时，心中还压着一块重重的石头。外边的天气真的很好，天高云淡，微风徐徐，这是一年中最舒适的季节。不知不觉间，她来到走廊尽头，正打算等电梯，忽然听到白思年在身后说："就这样被扫地出门了？还真是可惜呀！"

沈妍和听到也只当是没听到，可白思年根本不放过她，跟随她一起在电梯里继续嗷嗷叫。

"沈妍和，你真的以为自己有点儿本事能做点儿事，就可以为所欲为了吗？我看你是被国外的那一套洗脑洗得太厉害，都不知道自己几斤几两了。"

沈妍和用冷冷的眼神瞪过去："白思年，你是不是嘴巴痒痒，不贱几句就难受？"

白思年不甘示弱："你已经被扫地出门，还猖狂什么？"

"呵呵。"沈妍和懒得跟这个女人计较。

白思年属于那种有智商欠情商，得意便忘形的小女人，从小到大，只要遇到比她厉害的人，非要想方设法将对方比下去，踩在脚下，心里边才舒服。这种心态伴随她度过整个学生时代，在一次次的"获胜"之后，让她更狂妄自大起来。白思年非常享受这种处处高人一等的感觉，她的这种优越感绝不允许任何人破坏。

白思年玩味地看着沈妍和："我劝你最好赶紧辞职，反正已经注定失败了，何必非要等到最后，让人看笑话呢？沈妍和，我是为你好。"

"要不要打个赌？"沈妍和不慌不忙地打开手机，点开录视频功能。

手机镜头将两个人的脸完美地拍了进去，从沈妍和提议要打赌的那一段开始录起。

白思年明显地一愣："什么意思？"

"在真正的实力面前，一切阴谋诡计都只是无聊的笑话罢了。"沈妍和调整角度，让自己的镜头画面变得更加好看一些。

她继续说："即便使用再多的手段，最后得到转正名额的人，也只会是我。"

"你……你哪儿来的自信啊？"白思年气极反笑，"你可别忘了，现在，你被赵清梦那一组扫地出门了，分分钟失业，你根本没有竞争资格了，懂吗？你被淘汰了！"

沈妍和提醒道："你信不信，你现在的样子，如果我稍微剪辑一下，上传到了网络，保证会让你一夜爆火，变成网红。"

白思年的面孔瞬间扭曲，她几乎控制不住愤怒，想要冲上去与沈妍和扭打在一起，无奈沈妍和满不在乎，始终把手机摄像头瞄准了她，全程录像。

白思年气急败坏："赌就赌！"

"明智。"沈妍和称赞了一句。

白思年转了转眼睛说："如果我赢了，我要求你录制一段视频上传到网上，在所有网友面前，承认你沈妍和徒有其表，滥竽充数，不过是靠着一张漂亮的脸蛋，才在台里坑蒙拐骗这么久。"

白思年浓浓的恶意，再也掩饰不住，直扑沈妍和而来。原来压抑在白思年心底的嫉妒和怨恨，竟然是如此之深。

"怎么，你怕了？"见沈妍和沉默不语，白思年立即换了副嘲讽的样子。

"怕？"沈妍和微笑，"如果你输了，就由你录制一段视频，上传到网上，在所有网友面前，把你背地里玩阴的陷害同事、靠家里的关系获得不正当提升、传播流言蜚语中伤他人，及无法看到身边的人比你优秀，而想方设法地用各种手段打压，直至要把竞争对手逼出局的事，全都原原本本地给网友们讲一遍吧？"

"你，你胡说！你血口喷人！"白思年愤怒至极，她这辈子都没讨厌过像沈妍和这样的人。不，那已经不仅仅是讨厌，而是恨。是的，她恨沈妍和，日积月累的恨意是从点点滴滴的事件里累积起来的，渐渐地，所有的愤怒就全集中在了沈妍和身上，哪怕是想到沈妍和，白思年都觉得怒火中烧，恨不得扑上去狠狠咬沈妍和几口，偏偏沈妍和一点儿面子也不给她。

"哪儿那么多废话，要赌就赌，不赌拉倒。"沈妍和可不惯着她的大小姐脾气，对方的情绪越是暴躁，她便越是淡定。

"赌！"白思年从牙缝里挤出来了一个字，"希望你赌输以后，不要找借口逃避赌注。"

沈妍和轻哂："这个你不用担心，为了怕你赖账，我这不是全程录视频了嘛。这场赌注，就这么定下了，你有时间在这儿担心，不如赶紧回去准备，别到时候输了，又来撂狠话。"

白思年想反驳、呵斥，沈妍和根本不给她这个机会，继续说："你自己数数，从进电视台认识你到现在，你冲我撂过多少次狠话了，有没有一次你能够实现的？天天就知道打嘴仗，你觉得有意思吗？"

电梯门打开，沈妍和关闭手机摄像功能按扭，径直离开。白思年留在原地，脸色铁青，甭提多败兴了。

这两位新人之间的竞争，成了台里的头号新闻，两人的这一幕不得不引起人们的围观和猜测，人们都想知道最后的结局会是怎样。

沈妍和并没有离开电视台，而是去了位于四楼最东侧的一间足有两百平米的大办公室。这里如今是一片狼藉，满是灰尘，一些简易的办公器材被胡乱地堆在地上，显然被当作临时库房了。

沈妍和知道，不久这里就会变成井井有条的办公室，一场盛大的晚会将在这里策划,直至呈现在观众面前。想到自己会成为其中的核心推动者,沈妍和的心脏竟然激动得急速跳动着。

沈父心里很清楚,沈妍和之所以回国,完全是因为她内心深处强大的责任感,在她心里,凡事都有自己的标准:是她的责任,应该由她做的她不会推诿;而不属于她的责任,她也不会多管闲事。这只关乎个人修养,与感情无关。因此,沈父从来不强迫沈妍和去医院看望母亲,连多余的话也不多提,生怕沈妍和不高兴。沈父始终小心翼翼地维护着这种平衡,他却不知道,沈妍和其实经常去医院看望母亲,她会搬个小凳子坐在病床旁边,呆呆地看着母亲那张瘦得深凹的脸,她很难把这个沉睡的女人与记忆里那个时常愤怒、焦虑却充满渴望的母亲联系在一起。无论过去怎样,如今的母亲却只是这样沉沉地睡着。

沈妍和扪心自问,自己能放下她不管吗?

很显然,不能!

离开母亲的岁月里,她开始独自应对人生,去经历这样、那样的事情,去面对这样、那样的困难,年龄大了,阅历多了,突然间就能与母亲共情了。也就是从那时起,她开始理解了母亲的焦虑、辛苦和不易。于是,就有了深夜的第一次探望,以及之后的第二次、第三次、第四次……来的次数多了,自己的情绪也变得平和起来,原来与母亲的对立情绪也在慢慢消退。

《寰宇之夜》的项目尚未启动,沈妍和暂时无事可做,下午一下班便来到医院看望母亲。

沈妍和去开水房打了一盆温水,开始帮母亲擦洗身子。母亲的身体已经变得十分干瘪,没了水分,手指所及皆是骨头。医生说,母亲会这样慢慢耗尽,犹如油尽灯枯。这个过程不可逆转,几乎不会有奇迹发生。从生理学上判定,母亲是活着的,其实她现在与死了没有多大区别。

这些事,沈妍和懂,沈父也懂,可这毕竟是自己的亲人,只要她还在呼吸，还有心跳，就没有人能真的狠心放弃。

沈妍和一边给母亲擦洗身子，一边和母亲说着心里话，回顾着过往的趣事，叙说着儿时的烦恼，分享着成长的快乐。她忙了好一阵儿，帮母亲换好了衣服。一抬头，发现父亲站在门口，手里拎着不少东西，正眼巴巴地看着她，也不知道他来了多久。

沈妍和连忙打招呼："爸，您来了。"

"你……你在照顾你妈妈吗？"父亲的眼睛湿润了。他佝偻着身体，一个六十岁的老人，哭得像一个无助的孩子。

"爸，我来照顾一下妈妈，这不是很正常的事吗？您怎么哭了？"沈妍和叹了口气，过去把沈父手上的东西接了过来，故意不去看他的脸。

沈妍和的语气无比轻松："既然您来了，那我就先回去了。"

"小妍，自从你出国以后，你妈妈……一直很惦记你。"父亲小心翼翼地说。

平时父亲是不愿提这些话的，因为在沈妍和这里，一切与母亲有关的话题全都是禁忌，她不愿意多问更不愿意多听，只要不提类似的话题，沈妍和永远是乖顺的，仿佛所有的事全都与她无关。父亲一直想找机会化解母女之间的矛盾，妻子已是这个样子，女儿若再去计较，怕是两人的矛盾再也难以化解了。万万没想到，一向与母亲不和的沈妍和，居然主动来医院照顾母亲。看到女儿与妻子冰释前嫌，沈父直感一股暖流通遍全身，感动得落下泪来。

父亲抹了一把眼泪，低声说："谢谢你，小妍……"

沈妍和却打断了他："爸，我还有事，真的要走了。"

"你妈妈她……"父亲欲言又止。

沈妍和却摇了摇头说："爸，顺其自然，咱们都不要强求，好吗？"

于是，父亲一肚子的话，被生生地堵了回来，只好强作微笑，点了点头："好吧。"

沈妍和从医院里出来，脑子里一片空白，有点恍惚。她捂住脸，小步快跑，不小心脚下一个趔趄，眼看就要滑倒在路边。这一刻，世界好像只剩下她一个人，马路上穿行而过的车子，身边走过的行人，仿佛都消失了似的。

"你还好吗？"一个熟悉的声音在沈妍和上方响起。

沈妍和诧异地抬眸，忘记了自己已是满脸的泪水。她只感觉双臂被人一把抱住，自己被拥在一个人的怀里。

"孟行辰，你怎么在这儿？"沈妍和睁大眼睛，一脸的惊愕。

孟行辰很快解答了她的疑惑："我开车去给孟瑶瑶开家长会，在路上遇到了沈叔叔，他说要去医院，我刚好顺路就把他送过来了。"

这里需要交代一下，孟瑶瑶是孟行辰的亲妹妹，小孟行辰22岁，在上幼儿园中班。孟母老来得女，异常宠爱。孟瑶瑶古灵精怪，在外面很少叫孟行辰哥哥，有时还故意叫他爸爸，这让孟行辰哭笑不得，不明真相的人还真以为两人是父女关系呢。

孟行辰酷爱钓鱼，与沈父是钓友。有一次，两人正在一起钓鱼，恰好沈妍和给父亲打电话，询问他什么时候回来，晚上想吃什么饭。沈父则"小妍、小妍"地叫着。这让孟行辰猜测来电话者可能是沈妍和，一问，还真是。就这样，两人一来二去，混得挺熟。孟行辰也从沈父那里了解了沈妍和的过去，加深了对她的认识。

至于为什么孟行辰送完人没有立即走开，可能是冥冥之中有种神奇的感应吧。他目送着沈父走进医院，并没有急着离开。没多久，他就看到那一个熟悉的倩影，心事重重地从医院里走出来。瞬时，孟行辰眼前一亮，他高高兴兴地下了车，迎面走了过去。

沈妍和与孟行辰擦肩而过，却压根没有注意到他的存在，一脸茫然地向前走去。孟行辰跟在沈妍和身后，瞧着她像个游魂似的晃晃悠悠地向前走。

孟行辰面露疑惑：难道她遭遇了什么打击了吗？

没想到，当沈妍和小腿一软将要滑倒时，孟行辰又一次上演了英雄救美的戏码。

"怎么哭了？"孟行辰心疼地问，手指在口袋里摸了半天也没找到纸巾，索性直接拿衬衫的袖子去帮她擦。

"我哭了吗？"沈妍和强作欢颜。

"你怎么一直在走神呢？"孟行辰心疼地问着，顺手把她的包接过来，牵着她的手，不肯再松开。

"我……"沈妍和本来想避而不谈，但面对孟行辰，她又有了倾诉的欲望，"我发现，我开始原谅妈妈了。"

沈妍和与沈母之间的那段过往，孟行辰知道。一些是沈妍和心情不好时讲给他听的；一些是在钓鱼时从沈父口中得知的；还有一部分则是来自自己的妈妈，原来，孟母曾做了沈妍和三年的班主任。一个偶然的机会，孟行辰从家里一张毕业班集体照中，认出了沈妍和，便询问母亲有关沈妍和的情况。对于这个多才多艺的得意门生，孟母赞誉有加，欣赏不已；而对于沈母的强势，则多有微词。

从这些人的话语里，孟行辰还原了一个焦虑的中年女性的形象：她只有一个女儿，视如掌上明珠，决心在女儿身上实现她没有实现的美好愿望，将其培养成出类拔萃的优秀人才。于是，从沈妍和出生开始，一场无休止的"鸡娃"之路就此展开。沈母只是看到了沈妍和聪明善学的一面，便忘记了每个孩子都有接受的极限，她执拗地认为聪明的沈妍和必须什么都能学、什么都愿意学、什么都可以学好。如果沈妍和表现出抗拒和不喜欢，那就是在偷懒、逃避，就是用强迫的方式也得让沈妍和就范。

一个小孩子，哪里能抵抗得了妈妈的强势？沈妍和疲于奔命，每天不是在学习，就是在学习的路上，即便是比同龄人优秀了很多，但仍达不到妈妈设定的基本标准。文化课这些或许还可以凭借着勤奋日积月累；音乐与绘画等艺术课，则是天赋大于努力的，即使沈妍和很努力，成绩永远只是中等偏上。

有很多人，天生对于色彩、律动、节奏等方面，有着自带的天赋，后天专业训练似乎永远不会达到那种一点就通、再点即透的程度。这些事，老师懂，沈妍和懂，稍微学过艺术的孩子们都懂，唯有沈母不懂。她只懂得逼迫、咆哮、怒骂、惩罚。

沈妍和如果没能取得预定的成绩，那一定是不够努力。沈母笃信"笨鸟先飞""勤能补拙"的信条，要把沈妍和培养成全能型优秀的人才，因此，沈妍和没资格午睡，没资格跟小朋友玩，没资格参加班级里除了学习以外的其他活动，更没资格去融入任何一个小团体，很显然，这些都被妈妈视为浪费时间，耽误学习。

这种几乎变态式的管教，令人产生抵触心理。沈妍和艰难熬过童年，逆来顺受度过少年，直到她考上大学，成为独立的个体，有了反抗能力，她才开启了蓄谋已久的逃离，展开羽翼，振翅高飞，从此彻底离开那个想起来都让她瑟瑟发抖的妈妈。

正是因为了解沈妍和的过往，今天孟行辰看到沈妍和失魂落魄的样子才觉得诧异："发生什么事了吗？"

"也没有什么事。"沈妍和倒在他怀里，止住眼泪，心情也变得好起来。乌云散尽，阳光绽放，压在胸口很久的东西，突然卸了下来。

"我妈妈，她可能还没学会怎样做妈妈，就变成了我的妈妈。没有人教她如何去做一位称职的母亲，她就由着自己的性子来。"

"你也没有学会怎么做个快乐的小朋友，就遇上了恨铁不成钢的妈妈，她很辛苦，你更辛苦。"孟行辰的手有节奏地轻轻拍打着沈妍和的后背。此时此刻，此情此景，孟行辰知道沈妍和需要的并不仅仅是安慰，还有理解和陪伴。

沈妍和的嘴角悄悄绽放出一抹笑容，幸福的感觉将她牢牢地包围，她宛若漫步在云端，那种悠然闲适的感觉，久久不能消散。

那一刻，沈妍和便认定孟行辰就是自己要找的另一半。每当自己有困难需要帮助时，这个人便会出现，这不是缘分又是什么？自己注定这一生离不开他！那就认命吧！嫁给他！

第十六章　寰宇之夜

第二天上午，沈妍和来到新的办公室，她的身边不断有人进进出出，这是安装工人在装配办公室桌椅，不出一天时间，这里会焕然一新。

《寰宇之夜》的项目虽然重新招兵买马，另起炉灶，但还是由赵清梦挂帅。不过赵清梦接下来还要做元宵节晚会的筹备工作，根本分不出时间来筹备《寰宇之夜》。

沈妍和这次要挑起大梁，做好《寰宇之夜》的一切筹备工作。不过，有了中秋节晚会的筹备经验，沈妍和心中有了底气。节目内容由赵清梦设计和把控，她的工作重点仍然是外围的宣传，这是她的强项。至于如何宣传《寰宇之夜》，不用考虑，她也能说出个一二三来。

沈妍和找到赵清梦，两人要将《寰宇之夜》的筹备情况给台长做一个汇报。沈妍和第一次见台长，心里多少有点紧张。在去台长办公室的路上，赵清梦一再给沈妍和鼓劲："咱们去汇报工作，你放心大胆地说，注意不要讲废话，要言简意赅。因为领导工作忙，他只有二十分钟时间，我们一定要利用好。"

赵清梦安排沈妍和汇报工作，一是有意让她在台长面前表现自己，给领导留个好印象，为下一步的考核做铺垫；二是沈妍和的确做了很多具体工作，业务更加全面。而赵清梦作为舞蹈家，更擅长组织节目。

《寰宇之夜》的准备工作，沈妍和事先已经做好了功课，信心满满。她坐在台长对面，有条不紊地将《寰宇之夜》的筹备情况做了详细的汇报。原定二十分钟的汇报，因为台长非常感兴趣，过问了很多细节，足足用了一个半小时。

汇报完，两人走出台长办公室，沈妍和的嗓子微微有点沙哑，而赵清梦却掩不住自己的兴奋，对沈妍和竖起了大拇指："你好厉害！"

"希望顺利。"沈妍和轻轻松了口气。

"最难的一关已经过了，肯定可以的。"赵清梦点点头。

因为《寰宇之夜》的项目汇报做得好，项目策划较为全面，按照台长的指导意见做了一些补充和完善后，下周一，中层以上领导将开会讨论此事，最终确定做不做这个项目。

转眼间，星期一到了。

这几天，沈妍和并没有闲着，她忙着物色人选，准备组建新的团队，希望能用最精干的人来完成最复杂的工作。

留给她的时间并不是很多，《寰宇之夜》一结束，她的试用期也就到了，到那时，唯一的一个正式编制名额会花落谁家，也将终见分晓。

星期一的晨会，一直开到过了中午，持续了足足五个小时。

散会的时候，每一组负责人的脸上都挂着未散的怒气。看得出来，这个会开得并不和睦，大家都剑拔弩张，余怒未消。

从会议室出来，赵清梦径直来到沈妍和办公室。沈妍和才收拾整理妥当的办公室，显得相当整洁。

"一个好消息，一个坏消息，先听哪个？"赵清梦重重地坐下，手里的包往桌面上使劲一砸。一向温文尔雅的赵清梦，这会儿也一反常态，难以控制自己的情绪。

沈妍和起身，拿起纸杯泡了一杯茶，送到赵清梦跟前："忙了一上午，不着急说这些，您休息会儿，先润润嗓子。"

"我现在浑身冒火，不应该喝热茶，最好还是来一杯冰水。"

沈妍和摇头："您从来不喝冰水的，对身体不好。"

"现在就是拿一桶冰水往头上浇，都熄灭不了我心里的火，喝一杯冰水算什么！"

赵清梦嘴上这么说，却没有真的抗拒。果然，一杯茶慢慢地喝下去，她急躁的情绪缓解了不少。

不等沈妍和开口问，她便将好消息、坏消息一股脑地说了出来："今天的会，宋台长宣布要启动《寰宇之夜》的制作计划时，好像一下子动了所有人的奶酪似的，几个组都抢着要参与进来；当得知这次的晚会要起用新人，进行全新的探索时，他们立即坐不住了。"

赵清梦咬着牙，恨恨地把会议细节都一一讲了出来。沈妍和全懂了。

《寰宇之夜》这个项目从策划到即将落地实施，这期间经历过了无数次酝酿，没有形成正式文件时，"寰宇之夜"只是四个字；而今，由宋台长主抓，资源倾斜，各方面的支持接踵而至，可以预见，《寰宇之夜》将会成为本年度大项目——一场比以往任何节目都吸引人眼球的媒体盛事，谁不想去分一杯羹呢？

有人得到消息，说项目总负责人赵清梦只是个名头，而实际操控人却是沈妍和。怎么可以让正在接受调查的人担此重任呢？几乎所有的参会人员空前一致地提出了质疑。

尽管赵清梦一再解释，但是难以服众。看着这么多人站出来反对，就连宋台长也不好硬往下推。看来，在沈妍和的调查结果还没出来以前，要想让她独当一面还存在一定的难度。

"我承认，沈妍和是有点能力，我也相信，她有办法把事情做好，我更相信最终的调查结果出来，大概率她不会有太大问题。"李明理说完，话锋突然一转，"那么，问题来了，这一次重点培养的人才，目前还剩下三位，段旭、白思年和沈妍和，你一下子给了沈妍和如此好的机会，如此广阔的平台，那不是破坏了竞争的公平性了吗？"

赵清梦的心里咯噔一下，直觉事情的发展好像不太对。李明理怎么不按常理出牌，居然夸奖起了沈妍和。她正在心里想着对策，段旭的主管领导和李明理便阴阳怪气，一唱一和，左右夹击，互相打起了掩护。

最终，《寰宇之夜》项目成了三位新人竞争的大舞台，段旭和白思年将各领一组人马进驻，各自负责一块内容，三人既是合作伙伴，又是竞争对手。

赵清梦等人则组成监督、评审领导小组，充当裁判员的角色。等《寰宇之夜》一结束，领导小组就会根据三人的表现，各自打分，当场裁决，并公布结果。

面对沈妍和清亮亮的眼睛，赵清梦把一上午发生的事，大体讲述了一遍。然后赵清梦满含歉意地说："对不起，妍和，我一个人顶不住那一群人，还是让他们把水给搅浑了。"

沈妍和紧绷了一上午的情绪，突然间释放出来，长长地吐了一口气说："不管怎么说，总算是有了结果。"

"你不要生气，有时候做事的确会遇到这样、那样的问题，面对问题，首先要想办法去解决，尽量不要受外界的干扰。"赵清梦的话，与其说是在劝沈妍和，不如说是在劝她自己。今天的这个会，把她早早部署好的工作计划全打乱了，她都不知道该怎么去处理了。

"像《寰宇之夜》这样的项目，由一个有决定权并且执行力超强的团队去完成，是最高效的办法。他们倒好，把这么重要的项目当成了试验场，将两个业务能力并没那么强的新人硬塞进来，还要搞什么竞争，这不是胡闹吗？简直就是扯淡！"赵清梦忍不住，又去拿自己的包，想要使劲地砸一下桌面，以发泄怒意。

沈妍和连忙把可怜的包夺下来："赵姐，您发火归发火，别拿包出气，这么漂亮的包，弄坏了多可惜！"

"都什么时候了，你还在乎这个包？"赵清梦哭笑不得。

"已成定局的事，生气没有用，我相信，您在会上肯定据理力争过了，嗓子都喊哑了，一定很辛苦吧。"说完，沈妍和从抽屉里取了一颗润喉糖，撕开包装，送到赵清梦面前。

赵清梦几乎是下意识的，一张嘴就把润喉糖吃下去了。丝丝清凉的感觉，沿着口腔释放开来，不止缓解了喉咙的干哑，仿佛连燃烧的心火，也慢慢地被那一抹薄荷凉意给覆住了。

"你啊，我是真的服气，每次遇到麻烦事的时候，你比谁都沉得住气，年纪轻轻怎么就那么淡定呀！"

不知道为什么，看着沈妍和平静的表情，赵清梦忽然轻松起来，她期待着沈妍和能给出切实有效的计划来。

《寰宇之夜》是赵清梦酝酿多年的作品，寄托了她太多的梦想、期待和愿望，她怎么会不在乎呢？

"既然他们要来，那就来吧！只要有人的环境，就一定有竞争的，与其让他们在暗处眼红，寻找机会捣乱，还不如把大家全拉到阳光下，来一场公正的竞争。"

听了沈妍和的话，赵清梦豁然开朗。

"没错没错，正是这样，我是评判组成员，有我在，其他人别想耍花招。谁敢玩阴的，那就提早出局，省得大家麻烦。"

沈妍和笑吟吟地点头："是这个道理。"

白思年和沈妍和的关系不好在台里尽人皆知；段旭的存在感虽然不强，但他一直默默发力，在没人注意的时候，已经积累了不少成绩，十分被看好。

白思年太过张扬，心思浅，藏不住情绪，反而是比较容易打败的对手。因此，在段旭眼中，真正需要竞争的对手，从始至终也只有一个与他一样在认真做事的沈妍和罢了。

　　现在，三人同台竞技，明里暗里，都要十分小心，赵清梦单是想想都替沈妍和捏一把汗。反倒是沈妍和，看上去一身轻松，无比潇洒。

　　"不管怎样，一年的试用期即将结束，不论最后的结果如何，我都会坦然接受。在电视台的这段工作经历丰富了我的人生，对于我来说，在最后几个月，将《寰宇之夜》展现在亿万观众面前，用舞台艺术向世人展示一个全新的东方面貌，作为实实在在的参与者，我这一生都会感到骄傲。"

　　正是带着这样的信念，沈妍和不计个人得失，决定来一把沉浸式的体验，完完全全地释放才能、展现自我，挑战自己，实现自我超越。

　　沈妍和饱满的工作热情，积极的工作作风，从不认输的干劲，感染了赵清梦，使其受到很大的鼓舞，她对沈妍和能够出色完成这次任务充满了信心。

　　"我们加油！"赵清梦伸出手掌。

　　"一起加油！"沈妍和与赵清梦击掌鼓劲。

　　面对宽敞明亮的办公室，沈妍和仿佛看到不久的将来，这里将是台里最紧张、最忙碌的地方，人们都将为盛大的《寰宇之夜》而疯狂工作。

　　赵清梦暗暗发誓，这次要严防死守，杜绝中秋节晚会的闹剧重演，不能再让沈妍和的努力白费、汗水白流。

　　正在这时，办公室门口一阵骚乱，好像来了很多人。没等沈妍和察看情况，来人已进到办公室。赵清梦一看，不是别人，正是白思年和段旭，两人身后还跟了几个人，都是年轻的面孔，赵清梦一个也不认识。

　　"怎么选了这么个破地方办公啊，连空调都没有，是不是太简陋了？"一进门，白思年就大声嚷嚷起来，毫不掩饰她那飞扬跋扈的嘴脸，"行了，我喜欢靠窗口的那一片区域，阳光足，也通风，但紧挨着墙的那一排座位我们可不要，冬天冷夏天热，咱们的人要避开那里。"

窗口的位置早有同事摆放了办公用品，而白思年看上的那一片地方，也早已被人占用。

白思年一来就存心要给沈妍和一个下马威，她也不管什么先来后到，一进来就先给自己人抢地方。

已经在那里办公的同事没有遇到过这种场面，自己坐得好好的，东西被人强行搬走，哪里会善罢甘休？这一下，办公室里便热闹起来。

没想到，白思年居然强词夺理："我们是被邀请加入《寰宇之夜》项目组的，大家地位平等，凭什么你们先来两天就把好地方全抢去了，当然要重新分配才行！"

这是在下战书呀，沈妍和若是再不应战，白思年怕是要蹬鼻子上脸了。

白思年还在咋咋呼呼，一转眼的工夫，沈妍和已经站到她面前。有了前几次的交锋，白思年心里还是有点儿怵沈妍和。看到沈妍和，白思年的嚣张气焰有所减少，她自我解释道："这是台里的安排，赵老师已经转达给你了吧？从现在开始，我和段旭也要参与到这个项目中来，这是台里要求的，你有意见可以向上反映。"

"听说，是有这么一回事儿。"沈妍和点点头。

沈妍和的平静，让白思年深感意外，一时间不知道沈妍和葫芦里卖的什么药。

白思年清了清嗓子："我今天只带来十一名团队成员，接下来还会有五十几名成员过来报到，所以，我要选七十张办公桌。"

整个办公室也就一百二十套办公桌椅，白思年狮子大开口，张嘴就要走一多半，完全不把别人放在眼里。

沈妍和笑了起来："好的呀。"

"啊？"这次轮到白思年吃惊了。

好的？沈妍和是疯了吗？连这种要求都不跟她计较了吗？

沈妍和指着门口说："你们进来时，有没有看清楚门上的牌子？旁边还贴有一张纸，那是办公须知，每个人都要读的。"

"什么牌子？"白思年的脑海中突然出现一个"禁止入内"的屈辱画面来，于是，恼羞成怒，一巴掌甩了过去。

沈妍和早有防备，轻松躲开她的攻击，却在下一秒极为迅速地擒住了白思年的手腕，稍微一用力，却听到白思年一声惨叫。

"啊，疼！你做什么？快放开我！"

沈妍和一阵冷笑，一字一句提醒道："白小姐，我还要请你明白一件事：台里的确同意你和段旭一起参与《寰宇之夜》的制作，但大家是友好协商、平等竞争、共同进步的关系，这间办公室隶属于我们自己的项目组，是赵老师将组内的仓库腾出来作为办公室用的。我希望你去门口挂着的牌子上看看，仔细阅读办公须知，这里可不是《寰宇之夜》项目组的办公室，你想要带着人进来办公，怕是没有这个资格。"

"什么……什么意思？"白思年惊住了。

闻听此言，段旭也是一愣。

"意思很明白，你没有资格来这里办公。"沈妍和微笑。

"你……你凭什么这么说，我们是得到允许的……"白思年结结巴巴地说。

"你要是听明白我说的话，请你立刻离开；不然的话，闯进我们组办公室是什么后果，你应该清楚。"沈妍和这可不是吓唬白思年。

这么多人看着，白思年实在不想灰溜溜地离开，她必须把面子找回来，于是问："那《寰宇之夜》项目组的办公室在哪里？"

沈妍和嘴巴一抿："不知道。"

"为什么不知道？"白思年反问。

"因为，根本没有项目组办公室啊，自己的人自己找地方安置，这不是很正常吗？"

眼看着沈妍和所在的项目组办公室内空荡荡的，连一半也没坐满，而且环境整洁，各种办公用品一应俱全，白思年还以为来了就能直接用，没想到竟然是这样一个结果。

"你赶紧走吧，大家是竞争关系，为了避嫌，如果没有工作上的事，最好不要接触。"沈妍和下了逐客令。

白思年哪里还敢再说什么，立刻逃也似的走掉了。

看着白思年灰溜溜地离开，沈妍和转身看着段旭。

段旭高举双手，微笑着解释说："我们是接到通知过来交接的，并不知道台里还没有做出相应的安排。"

"然后呢？"沈妍和笑了笑，"你连挣扎一下都不打算吗？"

段旭笑了说："台里既然决定由我们三人带团队分工合作完成《寰宇之夜》的筹备工作，我相信，后续的工作一定也会安排好的。"

段旭环顾了一下办公室，颇为欣赏地说："真是看不出来，这里以前竟然是间仓库，听说你们用极短的时间把这里收拾出来，还配齐了办公设备，执行力果然厉害，佩服佩服！"

面对段旭的夸奖，沈妍和始终不动声色。

"不过，你这儿确实挺大的，单是你们这一组人，应该是用不完的吧？"

"怎么？我这儿地方大，段老师打算带着人搬过来呀？"

段旭笑呵呵地摆手说："你不要那么敏感，我又不是土匪，怎么可能会在别人不愿意的情况下去做那种事呢？这么大一个项目，台里必定会有所安排，总不能让我们其他两组人去大街上办公吧？"

段旭说完，也不看沈妍和什么反应，领着一起来的同事离开了。

赵清梦走过来问："段旭说这话，看来是意有所指啊！"

"他的意思是，他会再回来的。"沈妍和早已心领神会，读出了他话里话外的含义。

"反了他了，这里是咱们自己的仓库，怎么连这个便宜都想占？怎么就那么没规矩呢？"赵清梦气不打一处来。

要知道，《寰宇之夜》可是由她赵清梦挂帅，属于她的项目，一股脑塞进来这么多人来指手画脚，她还从来没有遇到过这种事情，自己的项目自己做不了主，这算什么事儿？！

等段旭一群人离开后，沈妍和轻轻拍了几下巴掌，招呼大家说："每个项目，无论大小，都要经历一个从无到有、优中选优的过程，遇到些困难是很正常的事，大家平常心对待就好。好了，现在继续工作，按照咱们设定好的工作计划走，我希望每周交一次周报。大家都要努力，希望都能交一份无愧于自己、无愧于这份工作的完满答卷。"

办公室里响起了热烈的掌声，看着大家干劲十足的样子，沈妍和笑了。她喜欢这支年轻的团队，喜欢看她们生机勃勃的模样，喜欢感受她们的奋斗热情，喜欢参与他们的工作，成为他们其中的一员。

沈妍和返回自己的座位，她打开电脑，盯着"寰宇之夜"四个字陷入了沉思。

赵清梦制订的策划案里，《寰宇之夜》应是一场时空的交汇，上下五千年的中华文明，多视角转换，多角度表达，将那些曾经存留在东方历史里的美好画面，以现代科技和先进的表达手法，最终将美轮美奂的画面呈现在观众面前，使之成为一场视觉、听觉完美结合的饕餮盛宴。

沈妍和轻巧地转动着签字笔，那支笔仿佛有了生命似的，旋转、滚动，在纤长的手指之间尽情而舞。蓦地，沈妍和想到了什么，她紧握着签字笔，在纸上快速地书写着什么。

赵清梦的设想与从前的中秋节晚会、元宵节晚会，以及台里承办的一系列较为轰动的节目，并没有本质上的差别，如果《寰宇之夜》也采用类似的情绪表达，那么这台晚会将会中规中矩，难有突破。

"亮点"？沈妍和在纸上写下了这两个字，陷入了深思。

紧跟着，她又写下两个字："特色"。

"难啊！"沈妍和无奈地摇了摇头，站起身活动一下身体，试图寻找一下创作灵感。

沈行行抱着一大摞资料从外边小跑着走进来，她是赵清梦特意调过来帮忙的，对于舞美有着相当丰富心得的她，也在设计《寰宇之夜》的初稿。

"妍和，没有一个主题，我真的想不出来该从哪里下手。"沈行行径直来到沈妍和跟前坐下，满脸挫败，"之前能用到的元素，我都已经运用过了。既然在大家的心目中，《寰宇之夜》应该是一台超越以往任何节目的文化盛宴，那方方面面都应该运用最好的画面吧。主题，我真的需要一个贯穿的主题，这样我才能展开想象去创作。"

"别急。"沈妍和倒了杯水，递到她面前。

沈行行接过来，咕咚咚地一气喝完，然后抹了一把嘴巴："怎么不急呢？过几天要初稿，赵姐说，要去台里做项目汇报。这台晚会，对于所有人都非常重要，这绝对是一场翻身仗，必须全力以赴。"

望着沈行行那双熠熠生辉的眼睛，沈妍和笑了。

沈行行愣了愣，同为女人，她却被面前这个女人的笑容给晃了眼。

沈妍和没有发现她的异样，也不知道此刻不经意的风情展露，却迷了别人眼。

"欲速则不达。"她轻叹，"在这种时候，灵感十分重要。"

沈行行一听，嘴角瞬时垮了下来："是啊，这时候最缺的就是灵感，而且还有一个问题，我们掌握的信息太少，交出去的草稿很容易被打回来，我可不想自己辛辛苦苦熬几个大夜交出的作品，被领导一句'不合适'给直接'枪毙'。"

沈行行用手比了一个高度，说："不夸张地说，从业八年，我废掉的画稿，足有这么高。那些都是我日日夜夜的心血凝结呀，心疼呀！"说是心疼，但实际上更多的还是在表达得意之情。

八年之间，勤奋不辍，每一分每一秒都在努力，每当看着那些累积起来的草稿，何尝不是一种骄傲呢！也正是因为如此，沈行行才渐渐成长为如今的模样，在台里她的舞台设计能力是数一数二的，她的作品与国内外一流的作品相比也毫不逊色。每当有大型节目推出，台里的其他几个团队都会来这里借人，还非她不可。那种傲视群雄的感觉，甭提有多爽了！

正因为如此，沈行行才无比清醒地认识到，业务水平的提高是当务之急，她今日得到的青睐，完全取决于她个人的业务能力，若想维持这种舍我其谁的局面，唯一的选择就是不断学习，更加努力，拿出一个又一个更加优秀的作品来。

沈行行与赵清梦朝夕相处，是最早知道《寰宇之夜》项目的人，她和赵清梦一样期待着项目的早日实现。如今，眼看着《寰宇之夜》从构想到实施无从下手，沈行行能不着急吗？

反而因为这份过度期待，让沈行行的大脑一片空白，对新作品毫无头绪。

也许找沈妍和聊聊，可以触动一点创作灵感，这不，沈行行直接找到沈妍和，拍着桌子表决心："我一定会把《寰宇之夜》的舞台设计成后人无法超越的高度，它会变成教科书式的经典，不管多少年以后，只要有人提起舞台设计，必须提到《寰宇之夜》。做人，做事，必须争一口气。"

"大家都有这种心劲儿，我们一定可以把这台晚会做好的。"沈妍和点头。

"那么，接下来要做什么？"沈行行期待地问。

沈妍和想了想，顺手把一本书拿过来，摆在了沈行行的面前说："看书。"

"什么？"沈行行万万没想到竟然会是这么个答案，不过看着沈妍和认真的样子，实在不像是在开玩笑。

"我们需要从书中寻找灵感，为《寰宇之夜》确定点睛之笔。这个主题，将带动整场晚会的节奏，所有的单元会围绕这个主题展开。"沈妍和讲完，轻咬嘴唇，"我们已经取得那么多好成绩，品牌形象早已建立起来，这些品牌不能丢。"

沈行行点了点头，接着又摇了摇头："这几年，我们也是从书中寻找灵感的，那些比较经典的著作，翻了一遍一遍又一遍，说真的，现在去看书，我一时间都不知道要看哪本。"沈行行并不排斥学习，可她也有自己的苦衷。

类似题材，相似系列，她钻研了许久。目前的问题不是拿不出设计，而是拿不出令人眼前一亮的设计。这个设计既要与以往的作品有所区分，又要一脉相承，有所继承与创新。本质上来讲，她们要的是超越。

"站在山坡望山峰，当然是不容易的，放宽心，慢慢来。"沈妍和说完，想起自己下午还有个会，便与沈行行告辞。两人约好，改日再聊。

第二天上午，沈行行忙完手头工作，便来找沈妍和，在办公室没见到她，沈行行正准备离开，却看见沈妍和迈着优雅的步子迎面走来，连忙打招呼："一直没见你过来，正想打电话呢！怎么，早晨是起晚了吗？还真是很少见你迟到。"

"今天早晨去做了件人生大事，所以来晚了。"沈妍和答得很认真。

可能就是因为这种认认真真的表情，才会让沈行行觉得她其实是在开玩笑，并没有去想太多，也没有去问。其实，沈妍和口中的人生大事并非玩笑，就在今天上午，她与孟行辰去民政局办事大厅领取了结婚证，孟行辰送给她一枚大钻戒。沈妍和本想把这个喜讯告诉沈行行，见沈行行没有兴趣，也就没有多说。

"好吧，既然是人生大事，迟就迟了，那也没什么。"沈行行说完，就指着摆在沈妍和桌上的一大堆文件说，"喏，刚送过来的文件，我们要开始设计总体的流程了，现在的关键是，做筹备工作的团队有三支，尽管说是要相互配合，但其实还是各干各的。由于你们是竞争关系，所以没人愿意主动去做沟通，好像谁先开口，谁就先落了个有求于人的口实，最终沦为弱势一方。"

沈妍和点了点头："的确是这么一回事儿。"

"这可是一台超大型的晚会，就算是三组全力以赴，各自发挥特长也不一定能够做好。"沈行行摇了摇头，"体量太大，工作量更是巨大，另外，除了歌舞演员之外，我们还需要开场歌手，以及大量的群众演员，总预算是个天文数字。这两天我一直在整合目前咱们这一组手中的所有资源，最终列出数据，来反映这件事的可行性。"

"结果是什么？"沈妍和关切地问，"空中楼阁吗？"

沈行行摇了摇头，表达了所有的无奈。

"我想不明白了。"沈行行干脆将列满了密密麻麻数字的小本送到沈妍和的面前，让她自己去看。

沈妍和只是瞥了一眼说："这种状况，台里难道会不清楚吗？"

沈行行连忙摇头："开什么玩笑？每一个团的艺术总监，那都是在这行摸爬滚打多年的行家里手，没有十年八年的努力，怎么可能弄懂这方方面面的技巧，有些人生经历是不可能凭借着所谓的天赋来弥补的……"

说到这里，沈行行像是发现了什么似的，问道："既然是这样，为什么还要你们来做？"

沈妍和笑了起来："是啊，为什么呢？"

沈行行痛苦地抱住了脑袋："我感觉自己的脑子不够用了。"

"既然发现了不对劲，也确定存在问题，那么逆向来推其实是很容易得出结论的。"沈妍和提醒道。

沈行行痛苦地嗷嗷叫："妍和姐，我可没你那么聪明，你如果猜测出了什么，可以直接跟我说嘛。"

沈妍和摆摆手，并没有给沈行行解答疑惑。

面对一大摞文件，沈妍和脑子里竟然全是通透的念头。她已经猜测到在《寰宇之夜》背后，台里给他们所列出的真正考题是什么。

白思年挨了李明理的一通批，整个上午情绪都不怎么好。她给父亲打了个电话，希望父亲能够通过私人关系来帮她调整在台内的工作节奏。没想到，一向坚定支持她的父亲，这次说起话来却很犹豫。

据说，台里非常关注这次的转正测试，因为这牵涉到整个电视台的人事政策调整。作为传统媒体，电视台的发展面临诸多困难，台里一直在努力寻找出路。台里急需要一批新鲜的血液加入，而选拔人才、任命人才的方式，注定与以往不太一样。

沈妍和、白思年这一拨人，便是在这种情况下，被台里以特殊人才引进的方式招聘进来的。这一拨人的潜力、创造力如何，关乎整个电视台人事改革，事关重大。

为了客观公正反映这次的招聘工作和人才选拔过程，台里专门请了专家来设计考核指标，程序相当复杂，涉及多个方面，并不能单凭某项指标来衡量。

白思年的父亲最后明确告诉她，这次竞争没有捷径可走，一切要靠她自己努力。白父甚至也为白思年想好了退路：若是白思年留不下，凭着家里能力，再去别处找一份不错的工作，那也不是多困难的事。

白思年气得直嚷嚷："爸，你怎么可以这么说？如果我作为失败者被踢出局，未来很长时间，我心里边的那道坎都过不去。我不要变成失败者，从小到大，我从来没有失败过，这一次也不例外！"

白思年气呼呼地挂断了电话，一个劲地喘粗气。就在这时，办公室外有人在一路小跑，叫叫嚷嚷不知道在闹腾什么。

白思年猛地拍案而起，一张来自本市知名律师事务所的律师函跟着震了震。孟行辰那个家伙实在是可恶，她做节目明明是职务行为，而他居然还让律师单独给她发了律师函，什么捏造事实，什么侮辱诽谤，故意罗列了一大串的法律名词，这不是存心吓唬她吗？她白思年难道是被吓大的吗？

新仇旧恨拥到一起，白思年的心情糟糕透顶，她打开房门，大吼一声："吵什么吵？"

白思年这才注意到，原来是沈妍和与段旭有说有笑地走过来。

"你们……"白思年指着段旭的鼻子，气得直哆嗦。

"我们是来寻求合作的。"段旭解释。

"什么合作不合作的，你明知道我最讨厌这个女人，为什么跟她在一起，你是故意要跟我作对吗？"

沈妍和知道白思年的脾气，见她是这个反应，瞬时笑了起来："我说什么来着，没错吧？"

段旭双手合十，算是讨饶了："你等会儿，我跟她仔细讲一讲。"

段旭话还没讲完，白思年像被踩住尾巴似的，突然尖叫起来："段旭，你不要忘了大家是竞争关系，你跟沈妍和混在一起，最后绝对捞不到什么好处。她那么有心机，把赵清梦等人都耍得团团转，你以为你能斗得过她吗？"

这下，段旭也忍不住了："你别忘了这是什么地方，要注意个人情绪，既然是工作，那就该有工作的样子。"

白思年本来情绪就差，当看到段旭与沈妍和在一起时，顿时有种被出卖的感觉，于是脑子一热，只顾发泄，根本不管这是在哪儿，面对的人又是谁。

"咱们不是说好了吗？你这人怎么能中途变卦呢？"

白思年当面质问，让段旭尴尬到了极点。过去他觉得白思年是傻白甜类型的娇小姐，性格冲动，心机不深，比较好利用，因此才会选择与她保持良好的关系，周旋于她和沈妍和之间，两边都不得罪。

没想到，白思年压根儿没有一点儿职业素养，只要一冲动，直接掀桌子、亮底牌。

段旭调整呼吸，抑制着情绪，对沈妍和说："你说得没错。"

"不要太失望。"沈妍和的目光自然地落在桌子上摆放的律师函，她看着眼熟。

白思年顺着沈妍和的目光望过去，气急败坏地把律师函和一堆文件一起，一股脑儿塞进柜子里。

白思年懊恼地摆摆手："我现在心情不好，没兴趣跟你们谈什么合作。而且，我觉得，既然咱们三个只能有一个留下来，那么大家就是纯粹的竞争关系，还是早早地认清这个事实，不要摆出一副假惺惺的面孔的好。"

"也好。"段旭认真地点点头。

"你……"白思年真的没想到，段旭居然"叛变"得这么快。毕竟过去几个月，她把他当作好朋友看待，还私下约会，一度被人认为两人在谈恋爱。可如今，他就站在沈妍和那边！见到自己生气，连一点儿安慰的意思都没有。

"妍和，我们还是去你办公室谈吧，那边安静一些。"段旭保持着最基本的风度。

一见两人要走，白思年鬼使神差一般又拦住了去路。

"段旭，你不要被她给骗了，难道你不知道这个女人的心机有多深吗？你根本玩不过她的。"

段旭冷冷地回答："心机深，总比天生蠢要好一些。"

"你骂我？"白思年太受伤了。

"白小姐，既然大家是竞争关系，你还是跟我保持距离比较好。什么朋友不朋友的，竞争者之间永远不可能成为朋友。"

说完，段旭与沈妍和一起头也不回地走了。

白思年气得都要崩溃了，她使劲地抓了几下头发，大声骂道："你们……你们是什么东西，故意找碴儿气我是吧？"

这个世界是怎么了？为什么所有的人全都不对劲？难道没人看出来，沈妍和才是那个应该被群起而攻之的坏家伙吗？为什么就逮着她白思年来欺负！

而另一边，段旭正给沈妍和道歉："是我判断失误，她的确不适合合作。"

"这么说，你是同意我的建议了？"

段旭笑了笑："是的，我将全力以赴配合你将这一台晚会做好。至于到时候，台里会给出什么评判，我无所谓。毕竟，我全力以赴过，至于结果，无论怎样我都能接受。"

"但是现在，三组意见无法统一，即使你和我共同努力，有白思年拖后腿，仍会大大减慢进度。"针对这一点，沈妍和也没有更好的办法。

"我本来想，找个机会好好劝劝她。但是，现在我放弃这种念头了。白思年，她并不具备一个媒体人该有的素质，她只惦记个人恩怨，没有大局观，根本不配带领一支团队。"段旭把手一摊，笃定地说，"从某种意义上来讲，其实她早已被淘汰出局。"

"希望我们的判断没有错，这件事最终会达到双赢的局面。"沈妍和主动伸出手去。

段旭紧紧握住沈妍和的手，激动地说："一定如此。"

"白思年那边的任务，可以由我们两组先行分担下来，如果她能拿出可行方案，就按照她的内容来修改推进；万一拿不出来，也不会因为她而影响整个项目的进行。"沈妍和提议。

段旭思考了一下说："我们的人手不足，即使是一组一半来分担，也是相当大的工作量。"

"整台晚会，不管哪一个环节出现问题，都会影响我们的进度，这是摆在面前的一个严峻事实，与其使用大量的时间去做注定无效的沟通，还不如先做下一步的考虑。"沈妍和盯着段旭的眼睛说，"你刚刚也看到白思年的态度了，她很焦虑。"

"好吧。"段旭心里明白，沈妍和说得非常有道理。

替人干活是个笨法子，可在关键时刻，却是个解决问题的好方法。两个人一拍即合，又去讨论一些细节，最终在各自的团队里做好任务的分工。他们要赶在第一次项目会前，向总导演汇报时，完成最基础的工作。

忙完以后，沈妍和返回办公室。一进门，看见赵清梦悠闲地坐着在等自己："怎么样？带队伍不容易吧？"

"还成。"沈妍和拉过一把椅子，坐在了赵清梦的旁边，桌上放着盒饭，那是同事帮她提前打好的，还贴心地用保温袋包着。沈妍和恰好饿了，拿过来直接开吃。

"有什么困难吗？"赵清梦又问。

沈妍和口中塞满食物，含糊不清地回答："大大小小的事儿一堆，大困难小困难从来没饶过我。不过，都有办法解决。我准备耐心一点，慢慢来，总能搞定的。"

赵清梦没有说话，只是轻轻地挑了挑眉。

沈妍和继续专注地吃饭。

"白思年和段旭那边怎么样？"赵清梦问。

"段旭与我达成全力合作的协议，白思年嘛，她不同意。"沈妍和实话实说。

赵清梦颇为感兴趣地问："她不同意？"

"竞争关系嘛，不管我说什么，她都不是很放心。"沈妍和讲得很隐晦。

赵清梦知道白思年的性子，听到这话并不意外。事实上，以白思年那种一点就炸的脾气，到现在还没有过激行为已算不错了。

"你第一次做团队领导，心态要放平稳，自己不慌，那才是关键；否则，就是一团乱麻，无解。"

按照规定，赵清梦是不能够提示、点拨太多，可她欣赏沈妍和，不忍心看她单打独斗，明里暗里总想帮她一把。

"赵姐，谢谢您。"对于赵清梦的关爱、提携，沈妍和岂能不懂。

"至于白思年的不配合……还是要想个恰当的办法，一个团队，哪一方都不能出问题，身为团队领导要有沟通、协调能力，这也是领导者分内之事。"她微笑着，继续提醒道，"畏难的情绪不能有，更不要有草率搪塞的念头，咱们这里毕竟是电视台，别的没有，镜头最多。"

如果赵清梦前边的话还是在暗示，后边的这些话就是直截了当的提醒。沈妍和心情很平静，有自己的打算。等她放下筷子时，赵清梦已经离开，办公室空荡荡的只剩下她一个人。

《寰宇之夜》创作计划自启动以来，已经整整一周时间了。在这短暂而又紧张的筹备期内，沈妍和所属的部门以惊人的速度正式组建完成，团队规模达到了八十四人，阵容庞大且充满活力。赵清梦凭借其卓越的领导力和丰富的经验，被任命为项目负责人，而沈妍和作为她的副手，担任着执行人的角色，肩负起监管团队内各项具体事务的重任。

与此同时，针对沈妍和的调查工作也在紧锣密鼓地进行中。电视台对于此次事件给予了高度重视，不仅针对举报人所提出的几项疑点进行了深入细致的调查，还对沈妍和自己提供的资料、证明等进行了逐一核实。查验的重点聚焦于沈妍和在国外的求学经历，除了毕业文凭的真实性外，还延伸到了她在校期间的学习成绩、社团活动参与情况、导师评价等多个维度，力求全面、客观地还原她的学术背景和个人品质。这一系列烦琐而严谨的调查工作，最终将汇总成一份详尽的书面文件，提交至电视台高层，由他们进行最终的鉴定和裁决。

与此同时，针对沈妍和、白思年和段旭三人的试用期评价工作也在悄然展开。这次评价不仅涉及台长、副台长等高层领导的直接观察与评估，还特别引入了一批匿名评委，他们将从专业技能、团队协作、工作态度等多个方面对三人进行打分。这种多维度、全方位的考核方式，旨在确保评价的公正性和准确性。最终结果将在试用期满后择机公布，对于三人未来的职业发展具有至关重要的影响。

然而，面对这些纷扰的外界因素，沈妍和却显得异常冷静和专注。她的全部精力已经完全被《寰宇之夜》这个项目所吸引，她深知，只有带领团队所有成员成为一个高效运转的有机整体，才能共同应对这项既美好又艰巨的任务。为此，她按照人尽其才的原则，对团队成员进行了重新的配置和调整，力求让每个人都能在自己的岗位上发挥出最大的价值。

在这个过程中，沈妍和展现出了卓越的领导力和战略眼光。她不仅关注团队成员的个人能力和特长，还注重团队氛围的营造和协作机制的建立。通过一系列的磨合和适应过程，她成功地将队伍调配到了最佳状态，为决战《寰宇之夜》做好了充分的准备。

相比之下，白思年和段旭的团队组建过程则要顺利得多。他们各自得到了所属部门的全力支持，团队成员基本都是业务骨干，有着丰富的工作经验和专业技能。

在沈妍和的精心调配下，一大批新人被重新组合后，却展现出了惊人的效率和战斗力。他们将《寰宇之夜》的准备工作模板化、碎片化，将大目标分解成一个个小目标，再将这些小目标分发到每个成员手中。大家各司其职、各尽其能，实际操作起来异常高效。随着一个个小目标的顺利实现，大目标、大任务的完成也指日可待。

"这个沈妍和，还真有两下子！"这句由衷的赞叹，不仅是对沈妍和个人能力的认可，也是对她所带领团队出色表现的肯定。

第十七章　绝无仅有

　　沈妍和可不仅仅只有这两下子，她联系到杭市的孙九茉，又与其他省市电视台的几个宣传方面做得相当不错的团队取得联系，从最初的资源兑换改为深度参与，一共提出了六处亮点，每一处都有创新，虽然预案还只是雏形，但已经足够吸引眼球。

　　杜亚飞、李晨和楚琳三人的宣传小组，如今已经将业务做得游刃有余。中秋晚会后，他们也只是进行日常账号的维护，并没有太重要的任务。本来就是自己的部下，用起来得心应手，当沈妍和向赵清梦提出借用三人时，赵清梦尽管没有拒绝，却提醒沈妍和这几个人只是暂借，说不定什么时候会被直接收回去。主要怕被别人抓住把柄，认定为不公平竞争。

　　"宣传小组是我一手建立起来的。"沈妍和哭笑不得。

　　"这一点我当然非常清楚，但是，台里这样界定，我也是友好提醒，仅供参考。"赵清梦笑容满面。

　　不知从什么时候开始，赵清梦跟沈妍和讲话喜欢打哑谜。东边一下，西边一下，似乎什么都没有说，又似乎将所有规则全都说明白了。

　　沈妍和最终选择借用宣传小组，她所能利用的资源有限。现在，她不仅缺时间，还缺精力。以前带三个人，现在要面对八十几位成员，工作量可想而知。杜亚飞等三人的加入，分担了一部分工作，减轻了她的压力。

杜亚飞等人一到，沈妍和立即安排他们出差，代表她分别与六家电视台沟通，走之前，沈妍和吩咐道："接下来的工作你们可以自行决定，安排好时间。可以三个人一起一处一处地去搞定；也可以分工合作，一人负责两处，这样会大大节省时间，对个人能力也是一个锻炼。"

沈妍和清楚，是该彻底放手的时候了，想要他们快速成长，就必须让他们冲锋陷阵，亲自实践。

令沈妍和欣慰的是，面对挑战，杜亚飞等人个个露出兴奋的表情，信心十足，不再像从前那样胆怯、畏缩，这是非常好的开始。

有些事并没有想象中的那么艰难，更多的还是源自自身的心态。心态对了，敢于面对困难并积极地想办法加以解决；心态不对，就不敢直视困难，总想着逃避，困难也就永远解决不了。

"对了，杭市那边一定要重点对待。"沈妍和强调，"其实，只要我们争取到了杭市的支持，其他几个地方也好谈一些。在此之前，我会用私人关系先进行一波宣传，给大家的工作做一个铺垫。"

沈妍和讲得如此笃定，显然心里早已有了明确的计划。

杜亚飞想多请教一些细节问题，但见沈妍和已开始安排其他的工作了。自从来到四楼的办公室，沈妍和更加忙了，她几乎没有空闲时间。以前，她还能偶尔与大家闲聊几句，以增进彼此的了解；而现在，她宛若在指挥一台高速运转的机器，准确发布命令，完美处理眼前一切问题，从不拖延。因为她的行事风格一贯如此，除了节目组，配合她的其他部门，也都被她积极地带动起来，一起高效地运转着。

杜亚飞看到的是一张张年轻而朝气蓬勃的脸，那一双双充满憧憬的眼眸里，埋藏着攀登事业高峰的向往。杜亚飞见识过沈妍和的能力。以前，带领三个人，沈妍和尚有余力；而现在，面对的是八十几名成员，没有指导，甚至还有人捣乱，想看笑话，可是，沈妍和就是不一般，她遇强则强，谁也不知道她是怎样在不动声色之间，把一切都处理得如此妥当。

杜亚飞等人离去，沈妍和才端起杯子喝口水，突然，李明理怒气冲冲地闯了进来，大声嚷嚷道："沈妍和，我真的没办法再忍你了，今天，咱们之间的事必须解决一下，彻底解决一下。"

沈妍和一脸诧异："李导，我哪儿惹到你了？"

周小亚紧随其后，冲了进来，她冲着沈妍和歉意地笑了笑，然后劝道："李导，在这里发火不好，外边还有那么多人，传出去影响不好。"

"影响？我怕什么影响？她沈妍和连最后的脸面都不要了，我一个大男人还怕什么？"

周小亚不劝还好，她这一劝，李明理嗓门更大了："人多怎么了？人多力量大。不趁着大伙都在的时候把事情说清楚，那还要等到什么时候？"

大家都看出来了，李明理今天来的目的就是闹事。所有人的目光都落在沈妍和身上。沈妍和本来并不想把事情闹大，一直忍让着，考虑着怎么安抚李明理。

"沈妍和，你是不是心虚了？"大概是发现沈妍和始终没有讲话，李明理又叉着腰，嗷嗷大叫，不把事情闹得不可收拾绝不罢休。

这是硬要逼着沈妍和接招呀！沈妍和抿了抿嘴唇，心里有了主意，面容平静。

"我心虚？我为什么要心虚？"沈妍和左手自然地按住右手，覆盖着钻戒的光芒。

沈妍和不紧不慢、不慌不忙地说："为了驳斥您的说法，我今天一定会跟李导把话说清楚。"

"就在这里说，当着所有人的面来说。"李明理很得意。

"当着大家的面儿说，又有什么意义呢？"沈妍和把手一摊，满不在乎地嘀咕道，"实名举报我都不当一回事儿，难道我还怕所谓的闲言碎语吗？

我觉得，不如咱们直接去台领导办公室，让领导给我们做个见证。"

李明理的笑容僵在了那里。从沈妍和来到电视台开始，始终处在舆论中心，在试用期就受到的高规格待遇，令不少人嫉妒，而她交出的一张张亮眼的成绩单，用绝对实力堵住了众人之口。即使有人指责她履历有假，台里也开启了调查程序，暂停了她当时的工作，但很快又把她安排在更为重要的岗位。作为为数不多的知情者，李明理非常清楚台领导对沈妍和的打算，如果举报内容为真，当然要开除她，而且还要启动追责程序，沈妍和与相关的责任人都逃不过惩罚；若举报内容子虚乌有，那么沈妍和之前在中秋晚会的亮眼表现，以及后来的从容应对，再到现在的《寰宇之夜》重任在肩，都将变得十分有意义。

恐怕白思年和段旭还不知道，在此过程中，沈妍和所表现出的特质，会成为对她综合评判和打分的依据。而白思年和段旭的职场生活相对安稳，没有沈妍和那么多的波折和变故，反而少了抗压测试等内容，没有沈妍和这种置之死地而后生的经历，当然这项评分也就迥然不同。

李明理虽然笃定沈妍和一定讨不到好，但他无法真的放松心情。毕竟沈妍和的能力如何，没有人比他更加清楚。如此思维缜密、执行力强，难得还生了一颗宠辱不惊的心，她的将来必定不可限量。从沈妍和出现在李明理面前时，他已预见到她的未来，因此，当初最先冲着沈妍和抛出橄榄枝的人也正是他。

只可惜，后来两人有了矛盾，沈妍和不愿意受委屈，愤然离开李明理，这才让两人的关系到了不可挽回的地步——当然，以上全是李明理自己的想法。他是既欣赏沈妍和身上的傲气，也敬佩她敢于拒绝的勇气，同时还恼火这种反叛精神，毕竟他是团队负责人，团队任何成员，都要服从管理，要都像沈妍和一样，那还得了。沈妍和去了赵清梦的团队，并在那里得到了施展空间。

如今，沈妍和已开始威胁到了李明理，于是，他下定决心，想尽一切办法尽快将沈妍和赶走。

沈妍和心里诧异，搞不懂李明理在抽什么风，为什么突然咄咄逼人，跳出来大吵大闹。

李明理当然是在为白思年出头，可是一个白思年，又凭什么让李明理不管不顾，疯狂到这种地步呢？

沈妍和脑海中突然跳出昨晚在步梯间撞见的亲密画面，她的眼睛瞬间放大了几分。她仔细地盯着李明理观看，还别说，他的身形与昨天晚上突然跑出去的那个人如此相似，难道是⋯⋯

"原来如此。"沈妍和叹息一声。

李明理回过神来，咬着牙根问："你在说什么？"

"昨晚我在步梯间遇到了很有趣的事。"沈妍和轻轻地点了李明理一下，此话一出，李明理瞬间恼羞成怒的表情，已经充分地说明了一切。

李明理今年也快五十岁了，他常年吸烟、喝酒、熬夜，工作压力大，时刻处于焦虑状态⋯⋯以至于他的面相看上去比同龄人要老得多。白思年的父亲也不比他大几岁吧，这么一个老男人，白思年还真下得去嘴！

沈妍和的话不仅刺激了李明理，还让他提高了警惕。他也怕沈妍和当众让他难堪，说出不该说的话，于是说："走，去副台长那里，今天你逃不过的。"

"我根本没想逃。"沈妍和拿起一份文件，准备顺便给副台长送过去。

有个声音在提醒李明理，最好不要顺着沈妍和的节奏走，这女人很厉害，一不小心，就会掉进她设定好的圈套里。而沈妍和变被动为主动，大踏步走在前面，不容许李明理不跟着。看来她是真不心虚呀，倒让李明理狐疑起来，有心给白思年打个电话再确认一下，可沈妍和就在眼前，不给他任何机会。

"您怎么走得那么慢，后悔了吗？"

"后悔？哈哈哈⋯⋯该担忧的人是你，我为什么要后悔？"既然敢来，李明理已经做好了心理准备。

"那就好，我还怕你会临阵脱逃呢。"

得，被沈妍和补上这一句，好像李明理心虚似的。"冲，必须冲！谁怕谁？"

虽然心里是抱着这样的决心，但一进领导办公室，李明理的心顿时慌了起来。领导办公室里，不仅副台长在，其他几个领导也在。领导们好像刚刚开完会，正在喝茶聊天，突然沈妍和敲门进来，身后还紧跟着李明理，大家便露出兴味盎然的表情来。

"有事儿？"副台长挑着眉毛问。

李明理当场有了打退堂鼓的念头，沈妍和却上前一步，露出招牌式的冷艳笑容："各位领导都在呢，刚好，李导有事要说。"

副台长爽朗地笑了起来："哦？老李是有什么喜事吗？"

李明理一怔，瞥了一眼沈妍和，想要看看她是个什么表情，结果发现，她已经很自觉地找了个位置坐下，跟大家一起准备看他表演。

"我……"李明理本来还觉得自己理直气壮，信心满满地认为可以扳倒沈妍和，可见她这个样子，顿时心里泛起了嘀咕。

"怎么回事儿？还神神秘秘的？"副台长等了几秒，不见李明理说话，忍不住皱起了眉。

"李导需要点儿时间组织好语言，他心里边应该千头万绪吧，一时间想不到该从哪里说起。"沈妍和看似轻松的语言，实则暗含着调侃和讥讽。

所有的人齐刷刷地看着李明理，大家都在等他说出个一二三来。气氛到了，即使李明理此刻想要反悔，似乎也没有后退的余地了。

他咬了咬牙，心想既然沈妍和都豁出去了，他又怕什么。

"沈妍和，她利用不正当手段，抢走了我准备签约的嘉宾，这种不正之风绝对不能助长。今天既然各位都在，我也不藏着掖着。"李明理清了清嗓子，继续说下去，"我是台里的老人了，大家对我是了解的，事先声明，今天的事我不针对任何人，只是实事求是要一个说法。"

李明理做了几句铺垫之后，扫了各位领导一眼，下定决心说："我要举报，沈妍和与我组正在努力签约的嘉宾孟行辰，有不正当关系；并且我有理由相信，孟行辰之所以没有按照计划签约，也是因为她的干扰，才导致了我们组承受了巨大损失。当然，没能签约成功也是台里的损失，孟行辰的观众缘非常好，被我的大咖秀捧红以后，他吸引来了不小的流量。原本这样持续下去，会是一个双赢的局面，我们的长期合作计划也在有条不紊地进行当中，直到某一天，孟行辰突然拒绝了一切合作要求。这拒绝来得太突然了，我们没能合作成功，其中定有原因。今天，我终于找到了原因，发现了真相。"

他忽然换上了怒不可遏的表情，手指头使劲一指沈妍和："就是因为她与孟行辰有了不正当的男女关系，并且，因为她被我的项目组开除，所以怀恨在心……"

沈妍和突然笑起来，她实在没忍住。

李明理硬着头皮讲下去："从事实上分析，沈妍和在这件事里一定有着相当大的责任，无论她如何抵赖，也不可能抹灭这种事实。"

全场鸦雀无声，大家静观其变。

李明理控诉后好一会儿，沈妍和并没急着开口辩解，还是副台长出面解围，他清了清嗓子问："小沈，这件事，你给解释一下吧。"

沈妍和换了一下坐姿，反问道："哪件事？"

"当然是李导提出来的事呀，他既然当着我们的面说这些，你有必要回复一下。"

"我没有义务对他那组的工作失败，做出任何解释。"别人恼火、着急，沈妍和全不在意，她始终按照自己的节奏，掌控着大家的情绪。

副台长还没来得及说什么，李明理又一次忍耐不住，大声嚷嚷起来："你的履历造假还没调查清楚，现在又闹出这么多事，你怎么那么理直气壮啊？"

沈妍和突然抬高了声音："明明白白的事实摆在那里，还需要我说什么？您非要装傻扮痴，让我拆穿你不成？"

李明理的嘴巴动了动，没有说出话来。沈妍和一旦开始反击，就没打算再给他插嘴的机会。

沈妍和竖起一根手指，嘲讽道："我现在要声明几件事，第一，那天开会，诸位领导都在场，应该能回忆起来，我是主动要求离开李导团队的。因为我与他三观不合，李导的行事风格，我不适应，更看不惯，因此不愿意再浪费彼此的时间。重点是我主动离开的，而不是他开除我的。"

李明理脸一红，想想还真是这么一回事儿。

沈妍和不慌不忙，竖起第二根手指，继续说："第二，孟行辰之所以不愿意跟李导合作，其间必定发生了一些不愉快的事，至于是什么事儿，别人不知道，李导一定是清楚的。恰好，我与孟行辰私交不错，他曾经透露过一些信息。据我所知，孟行辰之所以不愿意签长约，主要是他有自己的事业，娱乐圈的这一点点成绩不过是无心插柳所得。于他而言，可以抽点时间继续参与节目录制，也可以完全拒绝，彻底放弃那所谓的虚名，毕竟，他关注的东西，从来不是这些。"

"你倒是很了解他呀！"李明理阴阳怪气，意有所指。

沈妍和满不在意地笑了笑，继续说："我当然了解他。"

李明理没想到沈妍和竟然大大方方地承认了，心里一喜，心说既然你自己送上门来，那就别怪我不客气了。

只是不等他开口，沈妍和继续说："真正导致孟行辰彻底放弃合作的原因，应该在李导那里，有人深夜打电话骚扰，还做出不恰当的行为，这让孟行辰对节目组的专业性产生怀疑，最终决定放弃合作。"

沈妍和顿了顿，露出轻视的笑容："李导，我说得对吗？"

沈妍和当众说出真相，李明理不淡定了。

"胡说八道，从来没有这种事。"李明理的眼珠子转了转，那一瞬间透露出来的心虚，已经说明了很多事。

在场那么多领导都是绝顶聪明的人，李明理的表现很容易让人生出许多猜测。

沈妍和继续说下去，她竖起第三根手指："至于您控诉的所谓混乱的私人关系，那也是无中生有，纯属污蔑。"

李明理像是揪住了最后一根救命稻草，他不等沈妍和说完，立即大声打断："我是有证据的，你根本否认不了。"

沈妍和挑起秀美精致的眉毛："哦？您能有什么证据？"

李明理带着几分决然，在手机上找出一条录音，点开播放。

录音本身并没有什么太大的问题，一组电话号码，几句简单的对话。就在大家感到诧异的时候，李明理迫不及待地开始解释。

"这是深夜打到沈妍和手机上的电话，那个男声很有辨识度，一听就是孟行辰；再看看时间，半夜十二点四十分！绝对的深夜！请问，这么晚了你们两个为什么会在一起？别告诉我是在谈业务，更别说是在讨论工作，这种不靠谱的解释可是骗不了任何人。"

沈妍和无奈地按住了眉心。李明理还以为她心虚了，正打算乘胜追击，彻底打败沈妍和。谁知，沈妍和却摆摆手，无名指上的钻石戒指如此抢眼，在半空中划过了一道耀眼的光线。

"李导，您知道女人为什么要在无名指上戴戒指吗？"沈妍和的话，似乎透露着某种不为人知的信息。

李明理拒绝去分析，只暴躁地强调："你别想用拙劣的方式来转移话题，根本没有用的。"

"副台长，您一定理解的吧？"沈妍和见李明理不明就里，于是把目光转向了领导。

副台长清了清嗓子："结婚了？"

沈妍和微笑道："已经登记注册，回头摆酒的时候我会送来请帖，邀请您和诸位领导参加。"

"哇，恭喜恭喜！"副台长颇感意外，"新郎是，孟行辰？"

沈妍和的眼神里满是幸福，她点点头："是的。"

"怪不得你对他那么了解。"副台长说完，其他人也露出恍然大悟的神色。

"我不信！我不信！"李明理风度全无，指着沈妍和怒吼，"她撒谎！没错，一定是她在撒谎。"

紧接着，他又像是想起来了什么似的，提醒大家："她的履历造假问题还没有查清楚，这种人说的话怎么能相信？孟行辰可不是普通人，他的公司正筹备上市，一个资产过亿的人，怎么会看上她？"

顿了顿，李明理阴阳怪气地补了一句："她可没有表面上那么光鲜亮丽，母亲植物人，父亲无业，就这么个家庭状况，孟行辰是疯了才会跟她结婚！"

沈妍和嘴角的讥讽笑容不知从什么时候消失掉了，或许是被提到母亲的久卧病榻，抑或是家里的一切状况全都被讲了出来。这下所有人的脸色都不同程度地改变了。

副台长有点儿不高兴地提醒道："老李，你说这些做什么？咱可不能捕风捉影地乱说话，影响多不好？"

"我哪里有捕风捉影，讲的全是大实话，我可以对自己所说的每一句话负责。"

沈妍和的拳头已经攥得紧紧的，仿佛随时要爆发。

李明理还嫌不够，继续指着沈妍和的鼻子，唾沫星子直飞："这种人嘴里说出来的话，没有一句可信。"

"你放屁！"沈妍和直接爆了粗口。

正在这时，门外来了一个人，穿着仙气飘飘的长裙，满脸妆容，高挽着华丽的发髻，佩戴着金光闪闪的发钗……显然刚刚从舞台上下来，还没来得及卸妆。

此人不是别人，正是赵清梦。

"赵姐？"沈妍和诧异地望过去。

赵清梦没看她，瞪了一眼李明理，然后直奔副台长。

即使发怒，赵清梦说话的声音也是绵绵的："领导，关于沈妍和的调查报告已经完成，稍后就给您送过来。"

"完成了吗？这么快？"副台长对沈妍和投去了饶有深意的一眼，"结果是什么？"

赵清梦仍是冷冷地瞪着李明理，嘴唇微启，声音响亮地强调："沈妍和提交给台里的所有资料全都真实有效，没有查出任何造假问题。"

"不可能！"李明理下意识地否认，他的眼睛乱转，连呼吸都变得急促起来，也不知道是在害怕什么。

赵清梦根本不搭理他，回答的却是他提出的问题："调查报告已经送给台长，审阅过后，会专门召开会议来说这件事的。您如果不信，可以给台长打个电话问问。"

这种事，赵清梦怎么会撒谎。

副台长当然相信，他点点头说："不论如何，有了结果，那是最好不过，这件事能尘埃落定，是一件非常好的事。"

"您就不能再确定一下吗？"李明理不敢跟副台长大吼大叫，央求道。

副台长诧异地瞥了他一眼，语气里多了几分异样。他的话语里多了几分沉重，还有一丝不满："老李，你今天是怎么了？一些小事，既然是误会就让它过去，不要揪着不放。"

"这明明是很重要的事，难道就这么算了？"李明理喃喃自语。

"不然呢？"赵清梦挑了挑眉梢，"要不你再想想，还有什么可以攻击的理由，趁着领导都在，不妨全都说出来。"

"你怎么说话呢？好像是我故意在针对她似的。"李明理生气地反问。

"你不就是故意在针对她吗？只要不是瞎子，谁会看不出来呢？"

李明理强压怒气，说道："真正故意使坏的人是她吧。"

他望向副台长，带了几分委屈："刚刚就是她拿话激我，我才没忍住来领导这里说这些话的。"

李明理说完准备离开，沈妍和却拦住了他的去路。

"你做什么？"李明理对她依旧不客气。

"您造谣中伤完就这么走了？"沈妍和不客气地问。

"你说什么呢？"李明理脸一红，恼羞成怒地低吼。

沈妍和双手抱怀，咄咄逼人："我说，您造谣中伤后，就打算直接走掉了？"

"你什么意思？谁造谣了？"李明理差点儿原地跳了起来，他还从来没遇到过像沈妍和这样难缠的人。

"您所提出来的指控，每一样都没有根据。如果您不承认自己在造谣，至少要拿出没有造谣的依据来。"沈妍和据理力争，寸步不让。

"我那不是造谣，最多只算是合理怀疑。"李明理继续辩解。

沈妍和挑起眉梢："李导的'合理怀疑'，已经为我带来了巨大的困扰，并且造成了难以弥补的损失。这个世界上，从来是造谣一张嘴，辟谣跑断腿。正是因为造谣者的零成本，才让被恶意谣言困扰的人饱受骚扰，除了要承受流言蜚语，还要面临着身心的折磨。"

"你……你……"李明理只觉得所有人的目光全汇集到了他这里。那些人即使没有开口责备，也都心知肚明。这种难堪的场面，是他没有预料到的。

"至少，您要说一句对不起。"沈妍和并没有过度为难李明理，她要的是尊严。

"你！"李明理瞬时牙根紧咬，满脸的不服气。

"您对我造成了那么大的损害，您不去帮我发出声明，恢复名誉，不去想办法弥补在同事间造成的恶劣影响，难道一句道歉的话都不愿意说吗？"

沈妍和话音刚落，瞬间引起众人的赞许。

李明理知道，自己如果再坚持己见，怕是要引起众怒了。秉承着能屈能伸的原则，他先给自己找了一堆理由，最后勉勉强强地表达了歉意。

当着一众领导的面，沈妍和落落大方，对李明理的歉意表示了谅解。

李明理怒气冲冲地走掉了。

赵清梦笑吟吟地来到沈妍和身边，大声对沈妍和说："关于你的调查报告，稍后会以文件形式下发到各个部门，一定会让所有人看到。回头，我让人在办公室门口的公告栏上也贴一份。咱们做人做事堂堂正正的，不怕查，不怕说。"

"谢谢您！"沈妍和感激地微笑着说。

沈妍和与李明理之间的斗争，以沈妍和的完胜而告终。沈妍和和赵清梦有说有笑地离开副台长办公室，两人各自回自己的办公室。电视台内无比安静，这个时间点，同事们各自忙碌，似乎没有人注意到她们。

沈妍和走着走着，突然控制不住地笑了起来。虽然她早知道肯定是这个结果，但比预想的来得早了些。

消除了李明理这个阻力，沈妍和再也没有顾忌，为了《寰宇之夜》，她可以尽情发挥自己的聪明才智。

安全出口处，一个身影立在那里，白思年正用一双发怒的眼睛看着沈妍和。对于这样的目光，沈妍和早已习惯，她佯装没有看见，对白思年的存在视而不见。

白思年忍无可忍，暴跳如雷："沈妍和，你别得意了，就算这件事让你侥幸过关，下一次……下一次我一定会找到更好的方法……"

"你的时间不多了。"沈妍和嫌弃地看了白思年一眼。

"什么意思？"白思年愣怔了一下。

"你猜。"

此时，恰好电梯到了，沈妍和迈步而入。

在电梯门缓缓合上的一刹那，白思年恨恨地骂道："可恶！"

还有不到五十天的时间，是新人考核的最后阶段。若不拿出点儿真本事，必然被淘汰。黯然离开，不是她沈妍和喜欢的告别方式。利用好有限的时间，去多做一些惊人的创意，才是正事。

孟行辰最近迷上了自媒体，他关注的博主只有一位："烟火向星辰"。

作为深受数百万粉丝追捧的网络大V，"烟火向星辰"的作品更新频率非常低。别人周更、隔日更，甚至是日更，挖空心思，绞尽脑汁，想方设法吸引粉丝们的注意，努力保持着一定的热度。但"烟火向星辰"不太一样，她从奥地利回国后，作品寥寥无几，几乎不怎么更新。

在最新的视频里，她公开了自己的婚姻，但又不说和谁结婚，惹得无数粉丝猜测："烟火向星辰"遇到了哪位真命天子？两个人的相知相爱，又是怎样一段故事？

通常来讲，接下来，"烟火向星辰"肯定会以此为主题，发几段精彩的视频，一点点地将她回国后的生活展现在粉丝们面前。然而，令人意外的是，"烟火向星辰"突然失踪了两星期，粉丝们千呼万唤，也不见她露面。

有一天傍晚，"烟火向星辰"在留言板上置顶了一条新消息：宝子们，接下来，咱们玩点儿不一样的东西吧，敬请期待！

周一早晨，沈妍和提前到岗打卡，偶遇段旭。段旭见她有些疲惫，准备上前问候，沈妍和则点头示意。

两人一起进电梯，段旭说："希望这次能够公平竞争，我将全力以赴，迎接挑战。胜不骄，败不馁。"

沈妍和诧异地望向他，好像不太明白为什么段旭会说出这样的话来。她挑了挑眉说："你能这么想，当然是最好的。"

"沈妍和，我们合作吧！"

沈妍与段旭并肩步入办公区，边走边谈，气氛融洽。早到的同事目睹此景，面露诧异，看到这对竞争激烈的对手能和谐共处，非常不理解。

"我负责的几个模块均存在问题，因团队缺乏专人管理，只能边摸索边尝试。"沈妍和无奈表示，作为初试，需充分准备并接受试错成本。

段旭笑着摆手道："这些业务我们已成熟掌握，交给我吧。"

"我建议，十点钟召集两组人员开碰头会，整合现有资源，确保对任务有清晰把握。"沈妍和时间观念强，工作规划详尽，但这台富含东方文化精髓、展现华夏三千年历史的晚会任务艰巨，涉及诸多未知领域。为完善设计布局，她持续整合资源，并珍视每位在关键环节发挥作用的成员。

对于沈妍和的要求，段旭表示赞同："我来安排。"

应声即行，段旭迅速在工作群部署任务。随后，他与沈妍和约定下午共赴赵清梦的排练现场。节目框架已现，每项筹备均紧密围绕晚会整体，力求细节与科技、舞美、灯光、音乐完美融合。编导团队需对全局了然于胸，方能精准把控。

沈妍和的约定时间后告知段旭："活动通常下午一点开始，建议同时入场，可带拍摄设备但需保密。"段旭应允并记录要点，沟通进展超乎预期的顺利。

两人正欲动身，门边骤响尖锐高亢之声："段旭，谁让你来这里的？"

沈妍和不必回头，也知道来人是谁。她习惯性地揉了揉眉心，对段旭说："我还有事，得先去忙了。"

然而那人紧追不舍，高跟鞋声急促逼近，传来白思年怒不可遏的质问："段旭，你为什么跑来她这里？你到底想干什么？"

段旭很是无奈，说："小白，这是工作，你能不能不要掺杂太多个人情绪？还有那么多同事在看着呢，大呼小叫多难看！"

"别人看着怎么了？又没什么见不得人的。"白思年理直气壮，她指着沈妍和的方向，义正词严，"她和我们之间是竞争关系，你帮着她，不就是给她增添筹码吗？怎么，你不想留下来了？"

"现在已经不仅是竞争关系的事了。"段旭试着给白思年解释自己这么做的用意，"我们接到的工作是，三组齐心协力去完成这一台晚会的筹划工作，既然如此，三组人不可能单打独斗、各自为政，我们得考虑合作，互相配合，这样才能够……"

"互相成就"四个字还未讲出，就被白思年愤怒地打断了："你是不是发烧了？糊涂了？配合什么啊？合作什么啊？我和她之间，有合作的基础吗？她根本是眼高于顶，不屑合作的，我凭什么要拿热脸去贴她的冷屁股？她也配？"

段旭对白思年的耐心已尽，他无需兼顾同事私情。往昔和谐因无共事烦扰，保持距离使表面融洽得以维持。现况却不同，台里要求三人必须合作，此前提下，白思年的小脾气变得令人难以忍受。

"我要回去了。"段旭忍耐着。

白思年不懂见好就收，一个箭步拦了去路："今天这事儿，你必须给我一个合理的解释，还要当着所有人的面，发誓永远不跟沈妍和来往。"

沈妍和听到了这话，脑子里突然跳出来那天在步梯间无意撞到的画面，难道那个与白思年暗中亲密的人，就是段旭？

脑子里才冒出这么个念头，段旭突然脸一冷，再也忍耐不下去了。

"你怕是有什么病吧？"段旭一反常态，没留半分客气。

白思年露出难以置信的表情："你……你骂我？你怎么可以骂我？"

"白思年，试用期结束，大家各走各路，基本上没有再相处的机会。算我请求你，别作了，好吗？"段旭将手上的文件夹狠狠地摔在桌上，响声吓得围观同事心头一紧。

"我，我也是为你好啊，你懂的！你怎么可以因为我的善意提醒，就对我那么凶！"白思年努力保持镇定，她希望自己也能有沈妍和的那种不动声色、胜券在握的样子。可每当受到刺激、感觉委屈时，她的声音就不由自主地颤抖起来，鼻子发酸，眼泪打转，她真的好想哭。

段旭强忍怒火却终失控。他自觉待人得体，觉得对白思年太过宽容。白思年如永远长不大的巨婴，幻想世人皆如其父母，渴求无条件溺爱，稍不如意便肆意胡闹，无视行事分寸。

"段旭，你以前也很讨厌沈妍和的，不是吗？现在又何必装出对她感兴趣的样子，那样也太虚伪了。别忘了，咱们是竞争者，完全没有必要这样的。"白思年良言相劝。

"你也别忘了，我和你也是竞争关系。"段旭一针见血。

白思年一怔："虽然是竞争者，但咱们是朋友，跟她当然是不一样啊！"

此言令沈妍和忍俊不禁，白思年似未脱学生稚气，视同事与同学关系无异。她信奉友情独占，认为好友应携手排斥他人，构建排他性友谊。

"你可真是个……神仙。"段旭讲完，拎起东西，拔腿就走。

白思年想要追上去，沈妍和却挡住了她的去路。

"你干什么？"白思年鼓足勇气质问道。

确定段旭走远，沈妍和这才慢条斯理地挪开步子，不再阻拦："什么都不做。"

"我警告你……"

白思年刚发言，即遭沈妍和不悦打断，斥其惯于放狠话却难兑现，言多必失，举止怪异。

闻此言，白思年欲驳，却逢笑声骤起，一人未忍，继而蔓延，如病毒般迅速感染周遭，众人皆被感染，窃语四起，嗡嗡声不绝于耳。

白思年并不傻，她哪里猜不出，同事在议论的人，肯定是她自己。

"走着瞧！"白思年快速逃掉了。

白思年余怒未消，来到李明理的办公室。

李明理才开完晨会回来，正抱着保温杯大口大口地喝水，以缓解咽喉的干痛。

"李导，你不是说有办法把沈妍和赶走吗？为什么到现在还不动手？距离试用期结束可没剩多少时间了。"

李明理一抬头，看到是白思年这位姑奶奶，顿时紧张得脸一板："咱们不是说好了吗？在台里要注意影响，没事的时候，你不要随随便便往我办公室闯，更要避免单独待在一起，被别人看到，传起闲话，对你不好，对我也不好。"

"我单身未婚，谈恋爱自由，台里也没有规定说，上下级之间不能谈恋爱，就算让所有人都知道我们在一起，那又有什么关系呢？"白思年说着，就想往李明理的怀里钻。

白思年今天受了很大委屈，急需在李明理这里得到安抚。李明理大腹便便，一身汗味儿，满嘴烟味儿，以往李明理想要抱抱她，占点便宜，她总是想法拒绝的。今天却不同，主动投怀送抱，李明理竟然直接跳到一边，躲出老远。

"小白，你注意点影响，这里可是办公室。"

白思年被李明理突然抬高的嗓音吼得一愣神："你……你是什么意思？这儿也没外人，门都关着呢。"

"门关着也不行，今天是星期一，汇报工作的人多，万一被谁撞见，我可解释不清了。"李明理满脸不耐烦，推搡着白思年，直接撺到了门口，"你可别给我添乱了，该干吗干吗去吧。瞧瞧你前几天给我找的那些个麻烦，我帮你出头给沈妍和难堪，可你呢，提供的那些情报没一个靠谱的，说什么沈妍和利用职权乱搞关系，结果人家跟孟行辰都已经结婚了；又说什么沈妍和学历造假，可查了个底朝天，根本没找到半点有价值的东西。我算是看明白了，你就是羡慕妒忌恨，看不上她还干不掉她，就想点歪招，没头没脑的。"

"我哪里知道，沈妍和跟孟行辰结婚了。"白思年委屈极了，但李明理根本不听她抱屈，把她推到门外，门一关，还上了锁，一副厌烦透顶的样子。

白思年气得直跺脚，使劲地锤了两下门，发现楼道里的确有人来来往往，便只好作罢，愤然离去。

李明理这边，八成是指望不上了。

第十八章　誓死守护

白思年回到自己的办公室，越想越气，越气越难受。白思年愤恨地想：一定要想个办法挽回败局。她盯着电脑屏幕，忽然眼前一亮，冒出来一个大胆的想法。原来她看到一个装满采访许灵宝视频的文件夹，里边有许多孟行辰出车祸那天的相关视频资料，如果能剪出一段视频来，把这件事添油加醋地公布出去，给孟行辰泼点脏水，带带节奏，到时候，孟行辰遭了殃，沈妍和怕也好不到哪里去！

对，让他们一荣俱荣、一损俱损吧！

这事只要做得隐秘，即便猜到是自己做的，他们能拿出来证据吗？就是拿出证据又能把自己怎么样。想到这里，白思年准备再搏一把，成败在此一举。

白思年也是视频制作高手，她把自己精心制作的视频发布在一个流量极大的短视频平台上，并起了一个抓人眼球的标题，按下了发布键。

在视频上传的几分钟里，白思年还真有点担心，担心会不会给自己招来麻烦，不过，短暂的担心过后，给她带来更多的是兴奋。她迫不及待想看到孟行辰处于舆论旋涡时，会是一种怎样的局面。

电视台全员进入最忙碌的工作状态，每个人都高度紧张地工作着。沈妍和早已习惯了这种忙碌，她是属弹簧的，压力越大反弹越强，被激发的工作热情就越高。

当工作日志上最后一项内容完成时，沈妍和长长地松了口气，忽然想起来，上次在"烟火向星辰"的账号上宣布了即将有新的动作，此时已经过去一星期了。因为要处理母亲的丧事让她无暇顾及这些，哪怕是准备好的视频早就放在草稿箱内等待发出，她也没时间登录账号，按下发布键。

今天想起来了，觉得是发布视频的时候了。沈妍和端着咖啡坐在电脑前，发布了视频后，无意间被一条挂在网站首页热搜的视频内容吸引住了。直觉告诉她，这是一条绝对会引起她血压飙升的视频。

沈妍和点开视频，瞬间感到浓重的恶意扑面而来，视频里的每一个画面都是如此熟悉，出现的人她也全都认识，只是这些曾经亲身经历过的事件，组合在了一起，再重新编排剪辑，呈现出来的东西与事实完全相反。

视频最初没什么热度，但很快被人挂在了电视台热门综艺节目下的评论区内，瞬间引来许多粉丝浏览，短时间内点击量飙升。另外，还有网友的疯狂留言，很快被系统认定为热门视频，飙升到排行榜第一的位置，还获得了新闻纪实类的推荐。

这一板块在自媒体网站本来就热度较高，被推荐后吸引到的流量更多，在沈妍和点击之前，这条视频已有相当高的热度，光留言就有八千多条。

视频的主角是孟行辰。

借着李明理的节目，孟行辰成功地从创业者转变为拥有一众粉丝的话题人物，笼罩着明星的光环，许多人都对他念念不忘。只是后来孟行辰退出了节目录制，从此不再发声，有关其后续发展的动态，他也从来没有主动曝光过，想要了解他的动态，粉丝们只能聚集在节目组发布的视频下方，时不时地交流着各自掌握的信息。

孟行辰几乎淡出了大众视野，但粉丝们对他还是念念不忘。只要有他的消息，不论好坏，大家都会蜂拥而至，奔走相告。这不，白思年上传的视频不到四十八小时，便登上热搜，受到大家的广泛关注。

在视频里，孟行辰被描述成一名开着豪车招摇过市的纨绔子弟，在暴雨中与数辆车发生了交通事故，最终导致多辆车被损毁的惨状。出租车司机许灵宝满脸愁容地呆立在雨中，那种饱受风雨摧残却又欲哭无泪的面孔，在一个超大特写镜头之下被无限放大。

接下来分别是许灵宝在电视台大楼前静坐、在孟行辰公司前拉横幅的画面，在孟行辰公司门前，保安推推搡搡驱赶许灵宝，他直接跪在地上苦苦哀求，但最终还是被拖走了，他的个人物品和横幅都被当作垃圾丢进了垃圾桶。

后来，有记者专门就此事去采访许灵宝，画面中，他的家跟个垃圾站似的，家里老人和妻子就挤在几平方米的房间里，满面愁容，一幅失魂落魄受人欺负的可怜模样。

视频时长约十四分钟，将事件经过描述得明明白白。在观看视频者眼中，作为权贵形象出场的孟行辰和作为绝对弱者形象出场的许灵宝，谁是谁非，一目了然。

事实上，发布视频者目的也正是如此，将无数个画面组合在一起，形成一个逻辑完整的连贯故事，尽管其中有很多地方值得怀疑，可观看的粉丝们早已被带偏了节奏，蒙蔽了双眼，他们想也不想地要为"弱者"发声，一面倒地声讨、谩骂孟行辰。

事情的发展很快不受控制。原视频被下载下来，被人精简压缩成三分钟的版本，通过各种社交媒体，疯狂转发、扩散，形成了全民大讨伐的态势。

其间，有人试图为孟行辰说话，也被误认为是孟行辰雇用的水军来洗白自己的，从而助长了声讨者的气焰。

有记者联系许灵宝，希望能够获得一手资料，询问出更多的细节。但许灵宝面对镜头一直躲闪、拒绝，不肯多说一个字。这也被解读为：许灵宝是社会底层的弱势群体，他的日子已经非常艰难，实在是不想再去得罪孟行辰，不然的话，将来一定会遭到更严重的报复，他和他的家庭都承受不起这样的风浪，只能忍气吞声。

沈妍和看完视频，肺都要气炸了！这种带偏节奏、颠倒黑白的行为，实在是太可恶了！这摆明了就是要利用舆论的力量，对孟行辰进行网暴！

孟行辰知道这件事了吗？他知道了以后会怎样去应对？这件事又会对孟行辰产生什么样的影响？

沈妍和现在是孟行辰的妻子，孟行辰的一切全都牵动着她的心。沈妍和努力让自己保持冷静，事情的发展已经完全超出了可控范围的时候，她得站在客观的角度，去找出应对的办法。

孟行辰的电话很快打了过来，没等沈妍和开口，孟行辰云淡风轻地说："我没事，你不要担心。"

"怎么可能没事？"沈妍和喃喃低语，"那个视频，恶意满满，它就是在造谣！"

孟行辰听出了沈妍和内心的忧虑，安慰道："正因为那是造谣，所以我才不可能有事。"

沈妍和是懂他的意思的，虽然是清者自清，无所畏惧，但如果不采取有效的应对措施，这件事必然会造成极其严重的后果，她无法容忍孟行辰因而受到任何的伤害，她的心因爱而痛。

"我会处理好。"孟行辰承诺，"请相信我。"

挂断电话，沈妍和的脑子里仍嗡嗡作响，根本没办法回归到正常的工作状态。她用"烟火向星辰"账号上传的视频，又一次引燃了热度，让《寰宇之夜》这台晚会的预告牢牢地抓住了粉丝们的心，令人期待，达到了预期的效果。然而现在，她一点儿都不开心，非常不开心。

孟行辰肯定会用自己的方式来解决这件事，但沈妍和也绝对不能坐以待毙。

她盯着自己苦心经营了六年的账号，想起了六年前注册这个账号的往事。

在一个平凡的下午，沈妍和注册了"烟火向星辰"短视频账号，又笨拙地将精心制作的短视频上传到平台上，然后托着腮，盯着屏幕，屏住呼吸，耐心地等待着。她也不知道自己在等什么，是一条留言吗？还是快速增加的点击率？抑或是无数的点赞转发？也是，也不是。

那时候，沈妍和隐约觉得，制作视频，分享生活，即将开启一段神奇的人生，将她带到一种崭新的生活之中。所以，从那时起，她期待着，并日复一日地坚持着，从无到有，再到拥有上万、十万、百万粉丝，她的努力获得了众多粉丝的认可和喜爱。

而现在，沈妍和决定用这个账号为孟行辰做一些特别的事情：

亲爱的朋友们，我是"烟火向星辰"，很抱歉打扰。我和朋友遭遇网暴，需要帮助。视频中的孟行辰先生被恶意剪辑的虚假报道困扰，我呼吁知晓真相的粉丝站出来，发布证据，为孟先生发声，还原真相，让造谣者无处遁形。

"烟火向星辰"的账号一向发布与旅行见闻和美好生活相关的作品，从来没有发布过与私人相关的事务，因此，博主今天站出来，立场鲜明地为孟行辰伸张正义，等于向世人宣布了她与孟行辰之间的特殊关系。

有关孟行辰的那段视频本来就是热门话题，备受关注，而"烟火向星辰"在此刻高调发声，将热度推至更高。

另外，两位"烟火向星辰"的铁杆粉丝，也第一时间转发了沈妍和的短视频，对沈妍和表示了支持：

期待真相，等待真相。

请让真相说话，不要冤枉好人，也不能放纵坏人，更不能让居心叵测的人以卑鄙的手段达到目的。

明星粉丝助力，事件持续升温。孟行辰看到"烟火向星辰"的推文，震惊不已。作为"烟火向星辰"的铁粉，他直觉沈妍和就是博主，今日终得证实，尽管沈妍和从未提及。

在这个风口浪尖上，作为自己的爱人，沈妍和以这样的方式毅然决然地站在自己身后，这让孟行辰心口一暖。

其实那个故意歪曲事实的视频，并没有对孟行辰造成多大困扰，网络上的口诛笔伐，网友们的义愤填膺，又能怎样呢？新闻热度的持续力有限，过不了多久，又会被其他新闻吸引走，换句话说，就是不去管它，一切最终还是会被平息的。

诸如此类的纷杂事务，孟行辰都是吩咐公司法务部门去处理。没有想到，沈妍和对这件事竟如此上心，不惜利用自己的网络资源来支持他、声援他，这让孟行辰对沈妍和的认知又加深了一步。

而此时，在"烟火向星辰"的账号上，沈妍和更新的视频，吸引来了无数粉丝的关注，真的有不少人，按照她的要求上传了一些能够还原事实真相的照片和视频。这让这件事情出现了反转，风口突变，许多人站出来支持孟行辰，声讨恶意剪辑视频的人；原来不明真相声讨孟行辰的人也开始持怀疑态度，要求还原事件真相。

随着许灵宝在电视台门前静坐的照片和在孟行辰公司楼下拉横幅的视频被放上网络平台，许多知情人也纷纷站出来，为事件本身发声，力挺孟行辰。

孟行辰公司也有不少职员纷纷站出来替他说话。

事件正朝着沈妍和想要的方向发展。

在视频上传成功后的那几个小时里，是近一年来白思年最快意的时刻。她没有再登录那个临时注册的新账号，怕被人顺藤摸瓜找到她。因此她强忍着好奇心只浏览信息，静观事态发展。没想到，她自以为的谨慎，依然是有漏洞的。

作为事件的亲历者，许灵宝当然可以从视频信息里猜测出该视频的发布与白思年有关。不过，那又怎么样呢？

　　白思年一边删除电脑里储存着的相关信息，一边检查所有细节，抹去所有上网痕迹，即便如此，她依然不放心，索性给电脑重装系统，一劳永逸地让曾经存在过的痕迹永远消失。

　　做完了这一切，白思年才长出了一口气，拿起手机，调出许灵宝的电话号码，毫不犹豫地删除了。

　　"这件事与我一点关系都没有了，谁找过来都不怕，因为他们没有证据。只要我不心虚……哼，我为什么要心虚呢？我每天有那么多事情要做，根本不知道这件事。"白思年自言自语，想好了对策。

　　近一段时间，白思年对待工作尤为上心，她想通过表面的忙碌来掩盖内心的慌张和不安。她临时组建起来的团队如同一盘散沙，在《寰宇之夜》的筹备工作中毫无作为，原本分配给她团队的工作，也因为她的不配合，而被沈妍和、段旭所带领着的团队接管。是大干一场与沈妍和一分高下的时候了。

　　"趁着你乱，我要做出一些成绩来。沈妍和，你赢不了我。"白思年暗下决心。

　　一天上午，白思年正在自己的办公室里自鸣得意，突然发现门口来了几名警察，她的心一下子提到了嗓子眼。很快，几名警察径直来到她身边，一边出示证件，一边说："你叫白思年吧？我们是市公安局网络信息支队的警察，现在接到了报案，有一桩非法传播不实信息，对他人造成名誉侵害的案件，需要你协助调查。走吧，跟我们去局里一趟！"

　　白思年那点儿小聪明，平时生活里用一用，都还经常被人打脸。现在，她到了市公安局，警察都还没有对她怎么着呢，她就把所有的事情一五一十地交代了。

　　案件很快就被侦破了，白思年的罪名也坐实了。

白思年整个人被锁在警察局的审讯室里，面如死灰，心乱如麻。对于未来最终会变成什么样子，她不敢去想。这次闯的祸，怕是要丢掉这份工作了。

有关孟行辰的视频事件持续发酵，网上舆论风口不断转换，就在此时，一则警方发布的声明，被挂在官方账号上。

大概内容是，警方关注到了舆论热点，迅速组织人手进行相关调查，并且成功抓获白某某，经过审讯，白某某对于恶意剪辑视频、煽动情绪网暴他人的犯罪事实供认不讳，其犯罪性质较为恶劣，已对他人造成了严重影响，因此，警方已对其拘留，相关调查仍在继续。

这个白某某，竟然还是个女的，二十四岁，有着相当不错的职业。只是她为什么会做出这种事，警方并没有公布更多的细节，由此又引发网友新一轮的猜测，甚至有人脑洞大开，联想到了是不是与孟行辰有感情上的纠缠，出于报复的心理，才搞出这个事情。

面对网友的质疑，孟行辰在自己的微博上发了一张照片，照片里，孟行辰的大手与沈妍和纤细的手指紧紧相扣，两人无名指上戴着的戒指闪闪发光，异常吸人眼球。网友们这才恍然大悟：原来孟行辰已经结婚啦！

白思年成为第二个退出竞争的新人，她并不是自愿退出，而是被电视台清退的。视频事件闹得沸沸扬扬，全网皆知，差点儿连累到了电视台，影响到整个电视台的发展。

在警方的调查当中，李明理和白思年的办公室恋情也被挖了出来。先不说两个人相差了二十多岁，并不般配，关键是李明理已婚，有妻子和自己的家庭。于是，两个人的恋情被定义为李明理的婚外情。这种事在电视台闹得人人皆知，影响相当恶劣。

白思年目前正在被拘留审查，李明理在单位也混不下去了。他和电视台签订的聘用合同快要到期，据说他找了领导好多次，也请人去说情，最终还是没能续签。合同到期，李明理会退出台里所有节目的录制，后续的路该怎么走，李明理仍在迷茫当中，没有一个准确的方向。李明理聪明一世，最终却落得如此下场，灰溜溜地离开电视台，没有人同情他，甚至没有人给他说一句宽慰的话。

随着《寰宇之夜》的筹备工作步入正轨，沈行行的舞美设计也顺利通过验收，并交给专业制作团队加紧排练、制作。

沈妍和与段旭所带领的两个组，因为配合默契，合作顺畅，已搬到一起办公。面对唯一的名额，很多人认为沈妍和与段旭会展开激烈竞争，斗得你死我活，然而，两人表面上和和气气，一派和睦的景象；背地里也没有互相拆台、算计对方，大家为了共同的目标，正携手前行。

"今天开始，咱们得去体育场那边进行实景排练，你来盯节目，我去盯后台，抓紧查缺补漏，哪里有问题要提前解决。"沈妍和今日的工作计划，一共印制两份，在办公室里，她把其中的一份亲自交给段旭。

段旭一脸的疲惫，看来近期工作压力大，明显睡眠不足。他接过沈妍和的工作计划，瞥了一眼，叹了口气道："我觉得自己快要猝死了，好想回去洗个热水澡，然后把自己埋进被子里，狠狠睡上三天三夜。"

再看沈妍和，承受的压力不比段旭小，工作任务不比段旭少，可她一点憔悴的感觉都没有，整个人神采奕奕，额头闪闪发亮。不少人悄悄议论，不知道沈编导平时是用什么办法保养的，工作状态竟如此饱满，真让人羡慕。

"今天排演完，你可以休息一天。等《寰宇之夜》结束，你可以多休几天。"沈妍和就是个工作狂，恨不得别人也像她一样。段旭哀号求饶，沈妍和听在耳中，并不放在心上，把工作计划一放，又去找周小亚去了。李明理即将离开，他的团队濒临解体，沈妍和"趁火打劫"，邀请周小亚等几位比较熟悉的同事加入自己的团队。

周小亚做场务工作，负责协调各组事宜，是沈妍和的左膀右臂，她的到来会大大减轻沈妍和的工作负担。

周小亚一蹦一跳地跟着沈妍和来到办公室，她早盼着这一天呢！跟着李明理，活没少干，气没少受，窝囊极了，憋屈得很！

面对沈妍和指派的任务，周小亚愉快地答道："放心吧，昨天交代的事全办完了，搭建组昨天下午已先进入体育场，这会儿应该已经完成了大半，等会儿我再打电话确认一下，让他们加快速度，不要耽误晚上的排练。"

沈妍和提醒道："清洁工作，一定要做得彻底些，演员们在台上跳舞，若碰到或滑倒，很容易受伤，为了确保安全，咱们的工作先一步做扎实，尽可能消除所有隐患。"

周小亚点了点头："稍后我会亲自过去一趟，认真检查，妍和姐就放心吧！"

段旭此时也在场，接言道："我跟你一起去，这可是大事儿，马虎不得。"

沈妍和长出了口气，目前团队的状态她是满意的，相信按照这个状态继续下去，舞台效果完全可以保证。

赵清梦恰好有事过来，刚到门口，听到了几个人的谈话，眼睛里闪过一丝慰藉和感动。再低头看看手上的文件，又把想说的话全咽了回去。

"妍和，你过来一下，整个节目的流程不太对，需要大幅度修改。"

赵清梦才开口，立刻把几个人的注意全吸引了过去。沈妍和与段旭对视了一眼，在彼此的表情里均看到了诧异的神情，显然对方之前是不知道的。

"节目单基本定下来了，舞台设计也快要完成了，这个时候才说流程有问题？"沈妍和不解地问。

赵清梦一副无奈的神情说："这件事，我也跟上边反映过，该争取的不用你们说，我一定会争取，但审核的领导们有他们的考虑，如果咱们的节目连审核都过不了，就别提有什么未来了。有关节目流程和相关修改意见都在这里，有些地方标注得很详细，有些地方则一笔带过，建议大家从头捋一挬，注意细节，认真对待。"

办公室内鸦雀无声，沈妍和望向窗外，窗外微风徐徐，阳光如瀑，温暖而和谐。沈妍和的烦躁心情很快被抚平，她迅速调整思绪，做好了重头再来的打算。

段旭则满眼恼火，拿支笔烦躁地在纸上勾勾画画，胡乱翻着厚厚的一本修改意见书，埋怨道："这不是在开玩笑吗？几乎每一个部分都有问题，按照这本意见书几乎把晚会修改了一遍，等于把之前的工作推翻重来一遍呀！"

他翻了几页修改意见书，接着说："不，修改的工作难度比重新做一遍还要大，我们时间有限，即使按照原计划执行，大家也得加班加点，勉强完成。现在推倒重来，工作量翻了一倍多，怕是很难完成呀！"

"把不可能变为可能，这是我们的任务，必须完成！"赵清梦既表明了态度，也下达了死命令。

段旭使劲地抓了一把头发说："赵主任，现在的问题是我们根本没有时间去完成这么大的工作量，客观问题摆在那里，怎么可能搞定呀？预算是个大问题，体育场是租来的，演职人员有外借的，还有那些作为志愿者参与节目的小朋友，他们是课余时间来参加排练的，本来节目已经快成型了，如果推倒重来，大家的辛苦和努力不就白费了吗？我们怎么给人家交代呀？"

段旭看了沈妍和一眼，发现她并没有要跟着自己一起争取的意思，心里甭提多郁闷了。当着赵清梦的面段旭也不好说太多，只能等没人的时候跟沈妍和沟通。

"你们是《寰宇之夜》的编导，协调相关工作是你们的责任，以后类似的事不会太少，繁忙是一种工作常态，早点儿接受现状，然后找到合适的办法去解决，这样才是比较有意义的。"赵清梦话里有话。

沈妍和诧异地望着赵清梦，对于突然做出的决定，赵清梦没有像以往那样表示歉意，这不太像她的性格呀！李明理的出局让赵清梦压力骤减，在台里也获得了更多的重视。难道是因为这个，赵清梦一下子就变成高高在上的样子了？沈妍和脑子里突然冒出这样的想法，不过马上她又否定了。像赵清梦这种有丰富阅历的人，怎么可能说变就变呢？事出反常，背后肯定大有文章，只不过碍于某些规则的存在，她不方便透露罢了。

目前与沈妍和密切相关的事，就是新人试用期的最终考核。台里一开始就有所交代，《寰宇之夜》呈现出来的效果将是最终量化考核的关键，而且评委众多，既有高层领导，也有中层干部，还有朝夕相处的同事，比如摄像、场务、跟妆等。据说，这次考核办法，是借用国际上比较流行的一套标准，客观公正，科学有效。

沈妍和脑子飞快地转动，瞬间明白了许多问题——莫非这也是考核的内容？她不敢肯定自己的判断，姑且把它当成考核吧。想到这里，沈妍和一下子平静下来，风轻云淡地说："好的，我们马上按照修改意见进行调整。"

一听沈妍和这样说，段旭着急起来，提醒道："喂，沈妍和，你这样处理不对，咱们能做就一定会全力以赴去做，加班加点也没有关系；现在的问题是，咱们真的做不了，时间不允许，人力、物力不允许，预算也不允许呀！在完全没有可能实现的前提下，你答应得这么痛快，将来没有办法收场看你怎么办？"

"我来想办法。"沈妍和平淡地回答。

赵清梦见沈妍和并没有提出其他的要求，便点了点头，会意地笑了笑，转身离去。

赵清梦一走，段旭再也忍不住了，直接嚷嚷起来。沈妍和则指了指会议室的方向，提醒道："进去说。"

刚刚几个人的谈话，办公室的人显然也听到了，大家一脸惊讶地看着满脸怒火的段旭跟着沈妍和走进了会议室。

大约20分钟后，段旭走出会议室，虽然脸色仍不好看，但明显缓和了不少，亦能控制自己的情绪。他向大家宣布："大家静一静，紧急通知——

10分钟后，全体成员在402会议室开会。"

10分钟后，402会议室里，大家都在等待沈妍和讲话，布置任务。沈妍和微笑道："姑娘们、小伙们，想必大家已经猜到了今天开会的内容，我们的《寰宇之夜》，领导提出了许多宝贵的修改意见，接下来我们要按照领导的修改意见进行整改，请大家做好心理准备，在项目的关键阶段再辛苦辛苦，拼一把，等工作结束，我摆宴庆祝。"

有人笑着说："妍和姐，到时候我想吃海鲜。"

沈妍和挥了挥手："工作做好，我请大家吃海鲜大餐。"

"管饱吗？"

"管饱！吃到撑为止！"沈妍和爽快地回答。

哄笑声中，众人兴致盎然，工作上的烦恼似乎被暂时遗忘。在电视台，打造一台高水准节目绝非易事，它依赖于无数细节的精心设计。环节中偶有出错，乃至亮点被毙，皆属正常。面对问题，团队的态度是积极应对，他们擅长创意构思，勇于设立难题并寻求解答。

这支队伍由两部分组成：一半是沈妍和的直属团队及从赵清梦处借调的人员，另一半则是她精心招募的行业精英，个个能独挑大梁。团队协作是沈妍和的最大依仗。她深知，稳住自己是关键——不可慌乱，需沉得住气，耐心做好分内之事。这些品质，既是她个人能力的展现，也是电视台所期望看到的。沈妍和正以此姿态，稳步前行，在复杂多变的制作环境中，坚守初心，带领团队克服困难，向高质量节目的目标迈进。

赵清梦拖着疲惫的身躯返回副台长办公室时，夜已深沉，时针悄然指向了数字"9"。台里的大部分人员早已结束了一天的忙碌，四楼更是陷入了一片沉寂，灯光熄灭，并非有人偷懒早退，实则全员转移至体育场。那里，为了即将上演的盛会，大家正紧锣密鼓地布置场地，精益求精地完善每个细节，竭力挖掘每一处亮点。毕竟，真正的灵感往往源自实践，需要与演员、舞美、灯光、音乐等无缝对接，这番功夫，既无捷径可循，亦不容丝毫懈息。

副台长那边的消息总是快人一步，沈妍和那边的一举一动，根本无需赵清梦特意汇报，早有耳目抢先一步知会了他。沈妍和与段旭的机智应对及后续妥善处理，远远超出了他对新人的预设。一旦迈过这道坎，前路自然顺畅无忧，如此佳绩，怎不令人心生欢喜，满怀振奋呢？

赵清梦坐下来，不悦地望向副台长："领导，您难道不觉得这个转正评估，多少有点不正常吗？"

"哪里不正常了？"副台长可没觉得有什么问题，"我们给出的薪资待遇，在全国来说，也是相当有竞争力的，那么，我们所要的人才，必然是在各方面都能够独当一面，万里挑一的，既有足够的学识素养，又有相当强的应变能力。"

他情绪激动，挥拳说道："按台里培养计划，每两年能选出潜力大、能承受高压的一两位年轻领导。原有创作组应细化拆分，吸纳新人，融入年轻元素，人才迭代才能推动节目创新和流程精简。我们不能沉溺于以往的成绩，我们的节目带有时代烙印，与年轻人有代沟。吸引年轻人关注至关重要。年轻人才懂年轻人，因此，我们才想到'以魔法打败魔法'的策略。"此策略意在通过年轻一代的视角和理解，打破传统框架，注入新活力，促进节目内容的革新，缩小与年轻观众的距离，确保媒体发展与时俱进，不被时代淘汰。

谈及未来愿景，台领导们总满怀激情，急于探索新途径，旨在融合传统文化、东方韵味、文化自信及民族团结等国人珍视的元素，以青年喜闻乐见的形式传播，丰富民众精神世界。

赵清梦对此深表赞同，点头称赞道："沈妍和似乎挺契合台里所求。"

副台长却笑而不语，轻摇手指提及段旭："他也颇为出色。"

赵清梦略显不满："说好的公平竞争，岂能因个人偏好而偏废一方？"

副台长闻言大笑："你多虑了，选拔流程复杂，自然是为了公正。最终胜出者，必是佼佼者。"

　　赵清梦闻言释然。她暗自为沈妍和鼓劲，期盼她能顶住重压，展现最佳状态。赵清梦深知，面对挑战，唯有坚持不懈，方能迎来胜利的曙光。沈妍和若能超越自我，胜利便近在咫尺。

　　此次选拔，不仅是对个人能力的考验，更是对规则与公平的坚守。赵清梦虽心有偏爱，却也明白，真正的优秀者，终将脱颖而出，不负众望。而台领导的愿景，亦将在这场公平竞争中，找到最合适的承载者，将中华文化的精髓，以新颖而深刻的方式，传递给年轻一代，共同构筑更加丰富多彩的精神家园。

第十九章　魂之所系

在灯火通明的体育场内，沈妍和穿梭于人群之中，目光紧紧锁定在绚烂的舞台上。她今晚肩负着重要使命，紧跟导演身旁，细致入微地捋顺每一个节目的出场顺序，确保万无一失。

沈妍和再次向团队强调："表演一定要大气磅礴，展现出我们泱泱大国的风骨与气度。五千多年华夏文明，历经风雨而不屈，这份坚韧不拔的精神，正是我们希望通过这场《寰宇之夜》传递给世界的共同气质。"这不仅是晚会的灵魂，更是他们媒体人肩上沉甸甸的责任。

舞美制作组精心制作的样片终于送达，当那绚丽而细腻的光影在大屏幕上缓缓铺陈开来，伴随着低沉而又优雅的音乐响起，瞬间，所有人的心神都被牵引至千年前的时光隧道。画面中，一位身披蓑衣的老农悠然自得地在田间信步，而远方，一位骑着白马的唐朝和尚正坚定地向着西域进发，细雨蒙蒙，微风轻拂，整个场景宛如一幅精致的水墨画，穿越时空的界限，惊艳地展现在观众眼前。

蓦地，音乐陡然转为急促激昂，一书生在古树下挥剑如虹，剑光闪烁。远处，百万雄师列阵如山，战旗猎猎，肃杀之气弥漫。稚童手捧书卷，眼神专注，跟随着老夫子一字一句，朗声诵读。月华之下，身姿曼妙的舞者翩翩起舞，宛若飞天神女降临，臂弯间的花篮轻轻摇曳，洒下繁花朵朵，转瞬化作金色星辰，璀璨夺目，铺满了整个大地。

音乐与整个场景完美融合，时而竹笛声缠绵悠扬，如恋人细语；时而古琴音婉约倾诉，似故人重逢。筚篥声急促波动，宛如山泉自高崖飞泻，化作一道瀑布直落千丈，激起水雾蒙蒙。彩虹如桥，横跨峡谷，水雾氤氲中更显绚丽。此刻，一只初生小鹿，瞪着湿漉漉的眸子，猛然蹬腿，一跃数米，轻盈地消失在郁郁葱葱的密林深处。

镜头一转，我们再次回到了繁华的长安街头。人群熙熙攘攘，欢声笑语不绝于耳，每个人的脸上都洋溢着幸福的笑容，节日的氛围竟是如此浓郁，仿佛连空气中都弥漫着欢乐的气息。

此时的《寰宇之夜》正以盛世的丰饶为主题，将一幅动人心魄的画卷重新展现在观众面前。那是一场视觉与听觉并重的盛宴，歌舞表演极富有艺术感染力，令人陶醉。导演张文在监控器后边一丝不苟地观看着表演，不时指出一些细节上的问题，但这些都只是为了让晚会更加完美。总体而言，他对整台晚会的节奏是极为认可的。

整场晚会分为七个篇章，每一篇章都承载着独特的故事主题，从开篇至尾声，其排列顺序蕴含着深刻的内在逻辑。而今，竟有人以不合理为由要求调整，这无疑是在挑战创作者的匠心。导演对此深感无奈，却也束手无策。

《寰宇之夜》的每一环节，从节目出场顺序到篇幅场次衔接，皆经过千锤百炼，数度易稿，终得一套近乎完美的方案，并顺利通过了台里的严苛审核，继而启动了舞美与舞台的精心布置。然而，当一切已近尾声，进度高达九成之时，竟传来需大幅改动的消息！

这突如其来的变故，让各部门措手不及，作为导演，张文更是如遭雷击，脑海中一片混乱，嗡嗡作响，情绪早已超越了暴躁的范畴，陷入了前所未有的焦虑与迷茫之中。如何在这紧要关头进行合理调整，成了摆在他面前的巨大难题。

"精简一下故事的节奏，如何？"沈妍和手持整本精心排演的剧本，缓缓走近导演，眼神中闪烁着灵动的光芒。她将剧本中标注的关键部分轻轻翻开，递到张文导演面前，"《寰宇之夜》这部作品，通过主角的视线，细腻描绘了三生三世的深情厚谊，唐风宋韵与现代风貌交织其中，构成了三大核心场景。但考虑到时间与成本，大规模的场景更迭难以实现。因此，我们不如在故事节奏上下功夫，即便歌舞是重头戏，也要让观众在旋律中迅速沉浸，使他们在享受视听盛宴的同时，心中那份对故事走向的牵挂，能如影随形，直至谢幕。"

"你说的，我懂了。不过这种尝试，虽然我们往常有过类似的设想，但真正成功实施的并不多。毕竟这是一台以歌舞为主的晚会，参与人数众多，场面异常宏大。它注定无法像一般的舞台剧或话剧那样，以个人的表达为主。几乎每个场景，最少都有上百人同时出现，只有这样，整个画面才会饱满，舞台也不会显得空荡荡的。"张文导演的话语中透露出他对这台晚会的期许，这也是他一贯以来最为擅长的表达方式，一种宏大而热烈的艺术呈现。

沈妍和轻轻地摇了摇头，目光中闪烁着思考的光芒："虽然主场景的部分确实无法大幅度更改，但我们或许可以尝试融入细腻的独舞，以及默契的双人舞表演，作为独特手段来推进情节，明朗故事线。"

沈妍和细心地在排演的剧本边缘加上密密麻麻的标注，为六位将要分别饰演三生三世不同角色的舞蹈演员，精心策划了六段各具特色的叙事性表演，每段时长精准控制在三分钟。她希望，通过舞蹈的灵动语言、音乐的深情倾诉，以及那精心设计的舞美背景，不仅能够深刻传达出爱恨别离的复杂情感，更能将整个故事脉络清晰而动人地展现在观众眼前。

张文导演凝视着剧本，眉头微蹙，陷入了沉思，片刻后，他缓缓点头，似乎对沈妍和的创意有了认可。见状，沈妍和心中有了底，思路愈发清晰，她接着阐述道："《寰宇之夜》目前的演出时长三小时十五分钟，这确实有些冗长了。即便是精彩纷呈的电影，拥有紧凑的剧情、震撼的特效，以及极具魅力的男女主角，也难以让观众在三个多小时内始终保持高度的注意力，这无疑是对观众身体与耐心的双重考验。"

张文导演闻言，再次点头，神色间透露出赞同："确实，时长是个需要调整的问题。"

这一点，张文导演其实早就注意到了。只不过，让他感到为难的是，每一部分的节目都精彩绝伦，即便是全部加进去，整体效果也依然十分出色。张文导演已经大刀阔斧地将那些不够理想的节目内容精简了许多，但真要再继续往下精简，还真是有种让他无从下手的感觉。

这时，沈妍和轻启朱唇，心里早已粗略地计算过每一期节目所需的时长，给出了一个大致的框架："先把节目缩减到两小时吧。"

张文导演一听这话，脸上顿时露出了惊讶的神色，眉头紧锁，仿佛听见了什么不可思议的提议。

"你这大刀一挥，砍的部分可是有点多，近乎腰斩了呀！"张文导演沉吟了许久，脑袋摇晃得跟拨浪鼓似的，满是不赞同，"不行，不行，绝对不行，这么做简直太草率了，风险太大。"

沈妍和却不为所动，依旧微笑着阐述自己的观点："精简是唯一的出路，就像是大树修剪枝丫，只有果断地去除那些累赘、复杂且不那么出彩的部分，才能将真正精彩的、令人难得一见的内容完美地呈现出来。"

她顿了顿，继续说："我想，台里之所以对《寰宇之夜》的效果不甚满意，问题并不在于咱们的节目质量不高，也不是演员们的表演不到位，而是整个节目的节奏把控出了问题。"

"时间紧迫，要削减一个多小时的节目，这任务之艰巨，简直堪比从头再来。"张文导演的神色间透露出一丝无奈，但显然，沈妍和的坚持已经让他动摇了不少。然而，眼前的难题依旧如大山般横亘面前，理智告诉他，不能仅凭一腔热血就忽视了现实的阻碍。

"专业之事，自当交由专业人士处理。"沈妍和的目光坚定，她手指轻点着节目单上那些冗长的部分，语气中带着不容置疑的决断，"先召集各团组的主演与编舞，集思广益，共同寻找对策。我们的目标清晰明确，既要精简时长，又要保留精髓，让每一个瞬间都充满亮点和看点，即使时长减半，也要让每一秒都闪耀精彩。"

张文导演轻叹一声："也只能照此办理了。"尽管心中仍存疑虑，但在当前困境下，沈妍和的方案无疑是较为可行的出路。

张文导演只好临时在现场加开了一次紧急会议，会上，沈妍和深吸一口气，将团队最新的精简计划缓缓道出。正如她所预料的那样，话音刚落，几个团组的领队脸色骤变，纷纷表达了强烈的不满。

"我们的节目已经精心打磨完成，每一个细节都近乎完美，现在突然说要精简，那我们之前的所有努力岂不是都付诸东流了？这简直就是资源的极大浪费！"一位领队情绪激动地说道，"大家不分昼夜地编舞、练舞、排舞，就是为了能呈现出最完美的舞台效果。现在哪怕只是一个小小的改动，都可能破坏掉整个节目的和谐与流畅。"

另一人更是愤怒地拍响了桌子："嫌弃节目太长，为什么不早说？这又不是随意可换的商品，而是我们几个月来的心血结晶！改？怎么改？我们没时间，也没那个精力去重新调整。"

旁边还有人附和道："就算我们勉强同意改，那些为了配合节目而投入了大量资金的配套设施怎么办？难道就这么白白浪费了？这让我们如何向投资方交代？"

整个会议室被一股压抑而紧张的氛围所笼罩，沈妍和静静地坐在那里，足足二十分钟未曾开口。在这段时间里，她宛如置身于另一个世界，静静地聆听着众人的讨论，仿佛那些激烈的言辞、义愤填膺的情绪都与她无关。她耐心地等待着，直到所有人的愤怒与不满如潮水般退去，只留下平静的水面，她才准备进行理智而平稳的沟通。

然而，比她预想的还要迅速，会议室内的喧嚣声突然间戛然而止。张文导演无力地陷在皮椅中，眼神空洞而迷离，仿佛灵魂已飘向远方。沈妍和单手托腮，眼帘半垂，神情慵懒至极，仿佛下一秒就要坠入梦乡。若不是众人纷纷投来聚焦的目光，她或许真的会一直保持着这份闲适，直至未知的终点。

"怎么回事儿？你们继续吵啊，看我做什么？"沈妍和眉头紧锁，语气冰冷，仿佛冬日里的寒风，让人不禁打了个寒颤。在工作场合，她始终坚持原则，公事公办，绝不容许任何私人情感干扰决策。面对眼前的纷争，她丝毫没有退让的意思，不打算给任何人留面子。

张文导演无奈地摆摆手，示意沈妍和随自己到一旁处理此事。他深知，事情发展到这一步，自己已经难以自圆其说，更无法向团队其他人解释清楚。毕竟，大家为了这个项目付出了无数心血，汗水浸湿了衣衫，辛苦程度可想而知。若要因为一时的疏忽或误解而全盘否定过往的努力，身为导演的他，着实难以启齿。

"沈编导，你必须给我们一个合理的解释！"

众人纷纷附和，语气中透露出坚定与不满。他们深知，在这份工作上，他们已非初出茅庐的新手，对于合理范围内的调整，他们能够理解并接受，但对于那些明显不合理的安排，他们绝不会轻易妥协。

沈妍和坚定地点了点头，环视四周后说道："在座各位都是各自领域的行家。我个人认为，要说服你们，最佳的方式既不是辩解，也不是命令，更不是挟持，唯有以精准无误的数据来说话，方能令人信服。"

尽管在场众人一时未能领悟她的意图，但沈妍和的话语已成功地吸引了所有人的注意，让他们愿意暂时放下争执，静心聆听。这正是沈妍和所期待的时机。随即，她轻触键盘，连接投影仪的电脑屏幕上呈现出详尽数据，几人便在这体育场一隅，聚精会神地开始了深入讨论。

"我现在展示的，正是从三年前横空出世，让咱们电视台声名大噪的第一个真正意义上红出圈的节目——《大唐夜行》。它不仅开创了一个全新的时代，更如同一颗璀璨的星辰，引领着我们前行。这个节目，可以说是一个里程碑式的存在，它让台里和相关部门如梦初醒，仿佛找到了那把打开流量宝库的钥匙，随后，一系列具有独特韵味、且能够持续创新、不断挖掘潜力的项目应运而生。"

沈妍和的语速如同连珠炮，配合着她精心准备的讲解内容，PPT页面迅速翻动，瞬间将大家带入了一个更为详尽、直观的数据分析世界。她指出，在互联网高速发展的浪潮中，传统媒体的传播手段正遭受前所未有的冲击。观众的观看习惯，已然成为我们媒体人必须深入骨髓去理解和适应的法则。

"《大唐夜行》之后，《万里江山图》《风雪度阴山》等主题节目虽然热度不减，但仔细观察，从最近的中秋晚会直播数据来看，其影响力已悄然下滑。这不禁让人思考，为何同样制作精良的节目，却难以再现《大唐夜行》当年的辉煌？这背后的原因，无疑值得我们每一个人去深刻反思。"

这时，有人毫不避讳地提出了自己的观点："我觉得，节目选题的同质化现象愈发严重，观众已经产生了审美疲劳。"

这番话，如同一记重锤，敲在了每个人的心头。

也有人轻轻摇头，眉头紧锁，表情中透露出深思后的忧虑，缓缓表达了他的看法："自媒体平台上那些仅有十五秒的小视频，宛如一个个无形的时间黑洞，悄无声息间就吞噬了人们的大量宝贵时光。更不用说那些层出不穷、花样百出的直播带货，它们不遗余力地吸引着公众的眼球，一门心思要将流量转化为实实在在的收益。这些快餐式的娱乐和消费模式，已然成为当下许多人生活的常态。试问，在快节奏的生活中，面对那些简单直接、近乎粗暴的娱乐诱惑，谁还有耐心和精力去细细品味高雅的歌舞艺术呢？回想我们之前的节目之所以能火遍大江南北，引起全国范围内的轰动，关键在于那些精心剪辑的自媒体小视频。它们凭借短短十几秒的精彩瞬间，迅速吸引了粉丝和观众的注意，更在瞬间点燃了人们的爱国热情，从而牵引着无数好奇的目光，走向整场晚会。说到底，我们也是借助了流量的力量。然而，后续的几档节目，几乎如法炮制，导致引流效果大打折扣。尽管节目的艺术水准在不断攀升，但观众的热情并未随之高涨，粉丝们的反应不再那么热烈，想来也是情理之中的事。"

沈妍和听后，深有感触地点了点头，眼中闪烁着赞赏的光芒，她缓缓竖起大拇指，以示对这番深刻见解的由衷赞同。她内心深感欣慰，因为在这些才华横溢的创作者们身上，她看到了难能可贵的开放心态与进取精神。他们没有局限于以往的成就，没有沉溺于自我满足的泥潭，而是时刻保持着对外界变化的敏锐洞察，这份清醒与自省，正是创作动力不竭的源泉。

"说得太好了！"沈妍和情不自禁地鼓起掌来，掌声清脆而热烈，表达了她最真挚的认可，"我们的目标，就是要打造出既叫好又叫座的节目，这一点，我相信在座的每一位都深表认同，对吧？"

她的话音刚落，却意外地在会场内掀起了一阵微妙的波澜。众人脸上闪过一丝错愕，仿佛被什么触动了心弦，一时之间，竟无人言语。但这份静默并不沉闷，反而透出一种蓄势待发的紧张与期待。那一双双眼睛，逐渐变得专注而明亮，不耐烦的情绪早已烟消云散，取而代之的是满满的求知欲与对未来的憧憬。

"好节目的标准，你们早已烂熟于心，作为行业内的佼佼者，你们的专业素养有目共睹。"沈妍和话锋一转，语气中多了几分严肃，"但今天，我更想探讨的是，如何将这份优秀转化为吸引眼球的好流量，让节目成为观众心中的热门话题，激发他们的喜爱、期待，甚至自发地去传播。这其中的门道，虽不深奥，却也值得我们细细品味。"

张文导演接过话茬儿，既肯定了团队过往的成功，又不无忧虑地提出了挑战："的确，我们在这方面有经验可循，但每一次创作都是一次全新的征途。过去的成功是宝贵的财富，却不足以支撑我们攀登更高的山峰。尤其是我们这个团队，新老搭配，思维碰撞，既是机遇也是考验。这种组合，既是创新，也是探索……"他的话语戛然而止，未尽之意，在场每个人都心领神会，那是一种无需多言便能感受到的压力与动力。

往常，为了打造一场令人瞩目的盛宴，他们不惜重金邀请了著名导演、知名制作人以及各个领域内的顶尖专家，确保每一个细节都能精益求精。这些行业巨擘不仅带来了丰富的经验和独到的见解，更让整个团队的学习氛围空前高涨。然而，即便是在这样豪华阵容的加持下，最终的作品仍可能因种种不可预见的因素，未能精准触动观众的心弦。这次，情况更为特殊，因为他们这个团队异常年轻，充满活力却也缺乏足够的经验沉淀。几个团组的负责人，个个才华横溢，却也因此形成了强烈的竞争态势。在这样的背景下，他们不仅要紧密协作，共同创作出高质量的节目，还要在内容创新上寻求突破，确保能在众多同类作品中脱颖而出。这种既要合作又要竞争的复杂局面，确实让人倍感压力，光是想想就足以让人感到头疼不已。

沈妍和微笑着，她的神情中透露出一种难以言喻的从容与坚定。她轻轻拍了拍手，声音温柔而有力："箭已上弦，我们除了一往无前，真的别无选择。这是一场属于我们的战役，是对我们所有人的考验。"

底下虽然回应寥寥，但每个人的眼神中都闪烁着被灯光点亮的坚定与不屈。那是一种年轻人特有的光芒，是对未知挑战的无畏，是对梦想执着追求的信念。

"我们，就是最棒的！"沈妍和的手指向那璀璨夺目的舞台方向，"看，那里即将上演的是我们的《寰宇之夜》，是我们用汗水与泪水浇灌，不顾一切也要完成的梦想之夜。无论结果如何，这场视听盛宴都将成为我们青春记忆中不可磨灭的篇章。或许，在这之后，团队中会有人因各种原因离开，但这段共同拼搏的日子，将值得我们永远记忆和怀念。"

大家心中都明白，沈妍和话中所指，也包括她自己。在这个新媒体蓬勃兴起的时代，传统媒体正面临前所未有的挑战与变革。作品的质量成为衡量成功的硬指标，而流量则是衡量影响力的关键。在这场大浪淘沙的竞争中，只有那些拥有过硬业务技能，能够灵活适应市场变化的"新人"，才能最终站稳脚跟。

"难道，我们要在距离成功仅一步之遥时，选择放弃吗？"沈妍和的声音如同警钟，震撼着每个人的心灵。

此刻，外界的喧嚣仿佛都被隔绝，只剩下他们心中的信念在燃烧。《寰宇之夜》就在眼前，谁愿意轻言放弃？谁又甘心服输？他们已经走到了这一步，还有什么可畏惧的呢？

"来吧，让我们行动起来！"一声响亮的呐喊划破宁静，各部门迅速进入状态，如同一台精密的机器开始高速运转。每个人都是这台机器上不可或缺的零件，承载着各自的使命与责任。在追求完美的道路上，他们不仅要紧密配合，更要敢于展现自我，释放潜能。这一刻，他们仿佛回到了最初的梦想起点，那份纯粹与执着，让他们忘却了疲惫，即便拼尽全力也要坚持到最后。

沈妍和望着这一幕，心中涌起一股暖流。她知道，她已经成功激发了团队的斗志。接下来，就是全力以赴，共同迎接属于他们的《寰宇之夜》了。

段旭抱着一大摞沉甸甸的文件缓缓走来，他的眼神中交织着期待与紧张，但还是毅然决然地冲沈妍和竖起了大拇指。在两人即将擦身而过的瞬间，段旭停下了脚步，语气坚定地说："沈妍和，如果这场竞争中真的是你脱颖而出，赢得了那个宝贵的名额，我会心服口服。但在最终结果尘埃落定之前，我不会轻易言败，因为我也怀揣着梦想，渴望能留在这里，守在舞台和摄像机的光芒之下。"

沈妍和轻轻点头，脸上又恢复了惯有的冷淡，只是这冷淡中多了一份坚定。她匆匆离去，心中明白，真正的较量在于行动，而非言语。此刻，她只想全力以赴，尽情展现自我，同时也期待着，自己能在这场竞争中走到最后。

"烟火向星辰"这个名字，在粉丝心中如同一盏忽明忽暗的灯，前段日子的沉寂让不少老粉丝忧心忡忡，纷纷猜测她是否已决定转身离开了这个充满喧嚣与梦想的平台，回归平淡的家庭生活，将自媒体的光芒悄然收起。

然而，世事难料，就在众人即将淡忘之际，"烟火向星辰"犹如璀璨烟火般重新点亮夜空，以一种前所未有的姿态回归。这一次，她不再拘泥于以往的小清新风格，而是带来了浓墨重彩、气势磅礴的作品，仿佛要将这段时间的沉寂化作无尽的创造力，一次性倾泻而出。

特别是那些关于《寰宇之夜》歌舞盛宴的系列报道，不仅展现了演员们对镜描红的细腻瞬间，还揭秘了后台紧张而有序的准备过程，以及舞台上未公开的精彩花絮。每一帧画面都经过精心剪辑，十几秒的时间仿佛跨越了千山万水，留下了无数令人遐想的空间，让观众的心弦被紧紧牵动。

正当舆论场上开始流传她接商业广告的猜测时，"烟火向星辰"却以行动回应了一切，紧接着推出了一系列关于传统文化的短视频，内容涵盖广泛，从古琴的悠扬到剪纸的精妙，从十二时辰的流转到二十四节气的更迭，每一期都匠心独运，叙事深入浅出，层层递进，悬念迭起，让粉丝们沉醉其中，直呼过瘾，纷纷感叹她的才华与用心。

弹幕如星辰，烙印心田，即时反馈节目，映照万千观众心声：

每期节目都展现东方文化传承者的坎坷人生，家族兴衰映射世代文化力量，宏大叙事如历史画卷，令人震撼沉醉。

节目配乐精心选排，旋律婉转高亢，如潮水冲刷心灵，美得窒息，震撼心潮，绝妙至极，难以言喻。

"烟火大大"，你倾注多少心血剪辑出如此惊艳的视频？静默日子或为特别节目蓄力，才华、努力令人钦佩，太棒了！

……

也有人在社交媒体上公开表达他们的疑惑，为什么那个一贯以短视频形式记录生活点滴，以轻松幽默见长的"烟火向星辰"，会画风突变，开始更新一系列以中华传统美学为主题的视频。这些视频不仅风格迥异，而且从中几乎找不到任何与广告、宣传推广相结合的痕迹，仿佛是一场纯粹的文化之旅。这意味着，"烟火向星辰"冒着可能失去大量粉丝关注的风险，毅然决然地踏上了这条传播中华传统文化的道路，实实在在地做了一件极其有意义但充满挑战的事情。

对此，外界的反应褒贬不一。一部分粉丝对此感到难以接受，他们中的一些人甚至因此取消了关注，并在网络上四处宣扬，称"烟火向星辰"在疯狂吸粉几百万后，已经高价出售了账号，一次性套现数千万，这才导致短视频风格的前后不一致。这样的谣言在网络上迅速传播，虽然未经证实，却在一定程度上解释了部分粉丝的不满和离去。

然而，这些越传越烈的谣言，并未在"烟火向星辰"那里得到任何正面回应。她的短视频作品评论区因此变得热闹非凡，各种猜测和讨论层出不穷。尽管"烟火向星辰"本人保持沉默，但她的铁杆粉丝们并未放弃为她辩护。他们仔细分析视频中的剪辑手法、配音的节奏以及音乐的选择，试图证明"烟火向星辰"仍然是大家所熟悉的那个她，她的画风突破和题材选择都是出于个人的自由创意，不能因为作品风格与以往不同，就对她产生不必要的怀疑和指责。

"烟火向星辰"的传统文化宣传视频，从一开始就明确表达了其强烈的目的导向——弘扬中华优秀传统文化。对于那些选择留下的粉丝来说，他们渐渐适应了这种新的节奏，并从中品味到了不同于以往的韵味和深度。这些视频不仅画面精美，而且寓意深远，让人在欣赏的同时，也能感受到中华文化的博大精深。它们美得令人窒息，又耐人寻味，让人愿意一看再看，每次观看后都能在心中留下深刻的印象。

然而，随着这些视频的火爆，麻烦也随之而来。在自媒体网站上，类似的视频并不少见，但真正能够脱颖而出的寥寥无几。单纯的素材叠加和堆砌，很难在众多视频中脱颖而出。毕竟，大众的欣赏水平是循序渐进地提升的，很多人对于传统文化的了解和欣赏能力还相对有限。因此，有一部分粉丝在观看了几期后，便失去了耐心和兴趣，哪怕每条视频都经过精心剪辑，时长控制在三分钟以内。

但"烟火向星辰"显然在创作短视频方面有着丰富的经验和独到的见解。她不仅注重每一个小细节，还充分利用了已关注的老粉丝所带来的流量红利。她精心策划了以衣、食、住、行为主题的四期更新视频，每一期都精致到令人咋舌。这些视频不仅内容丰富、形式多样，而且制作精良、充满创意，让人不禁猜测她的背后或许有着资本的支持。

然而，随着视频的持续更新和热度的不断攀升，一些天生爱较真的粉丝开始纠结起创作素材的版权问题。他们发现一些视频中的素材似乎涉及到了版权争议，于是纷纷向"烟火向星辰"提出质疑。而一些黑粉更是紧咬着这些问题不放，四处举报并试图抹黑她的形象。他们甚至神通广大地找到了素材的出处是电视台这边，并有组织性地打电话提出抗议。

面对这些争议和质疑，"烟火向星辰"却比以往任何时候都更加沉默。她任由评论区内粉丝互掐、争议不断，无视各种质疑的声音。她的这种行为被一些人理解为"一贯的傲慢和不屑"。但实际上，操控着"烟火向星辰"账号的沈妍和并非不想回应这些争议和质疑，而是分身乏术。她每天只能睡三到四个小时，全靠一杯一杯的黑咖啡来提神。她要做的事情实在太多了，全都列在了计划表上，一项一项地执行完毕是最低要求。然而，由于《寰宇之夜》那边还有很多更加细节的琐事需要处理，她实在分不出时间去关注账号上因短视频而生的各种讨论。

结果没想到，这场争议和质疑不仅没有随着时间的推移而平息下来，反而愈演愈烈。几拨意见不同的人为了说服对方、压倒对方而采取了更加激烈的行为。他们不仅在评论区里互相攻击、谩骂，还试图通过其他渠道来扩大自己的影响力。这一切都让沈妍和感到心力交瘁、疲惫不堪。但她知道，自己不能倒下，因为还有更多的人在等待着她的作品和回应。于是，她只能默默地坚持下去，用更多的作品和行动来回应那些质疑和争议。

新的一天，阳光透过窗帘的缝隙，斑驳地洒在沈妍和的办公桌上，预示着这将是一个不平凡的日子。上午八点半，晨会准时开始，而沈妍和却因一个紧急任务被临时要求参加，这让她不得不匆匆处理手头的工作，以至于赶到会议室时，时针已经指向了九点半。

会议室内，领导们围坐一桌，日常的工作讨论似乎已接近尾声，空气中弥漫着轻松愉快的聊天氛围。沈妍和推开门，一阵冷风随之涌入，她敏锐地感觉到，整个会议室的焦点瞬间汇聚到了自己身上。在国内工作的这几个月里，她已经学会了如何迅速解读职场中的微妙信号，面对这样的场景，她不动声色，只是以一贯的冷峻沉默回应，目光冷静地扫视全场，寻找着可能透露信息的细节。最终，她在一个空位上坐下，旁边正好是赵清梦。

赵清梦似乎早已预料到她的到来，未等沈妍和开口，便低声透露了一个惊人的消息："有人举报台内的素材库被盗，而你那一组因为频繁使用这些素材制作视频，自然成为了怀疑对象。有没有可能，是组里有人违规将素材上传到了网络，或者是私下拷贝给了自媒体创作者？"

沈妍和闻言，眉头紧锁，心中涌起一股不祥的预感。这些话听起来毫无头绪，却暗含危机。"您的意思是……"她试探性地问道。

赵清梦的表情变得严肃起来，声音更低了几分："台内的素材是我们的知识产权，未经授权，私自使用就是侵权。你们组为了宣传剪辑的视频属于公务范畴，自然没问题。但若是外人使用，尤其是那些在网络上爆红的大V，这事儿就大了。台里已经接到粉丝举报，领导决定严查此事，不仅要追究网络上的责任人，更要彻查内部，找出那个违规拷贝素材的'内鬼'。"

沈妍和的心猛地一沉，眼皮不由自主地跳动起来。她缓缓拧开保温杯，一股浓郁的黑咖啡香气瞬间弥漫开来，与平时所见那些保温杯里泡枸杞的景象截然不同，她的保温杯里装的永远是提神醒脑的高浓度黑咖啡。一大口咖啡下肚，头部的刺痛感似乎有所缓解，她这才缓缓开口："那么，把我叫来，具体是想让我做什么？"

赵清梦叹了口气，眼神复杂："目前，尝试剪辑短视频的宣传小组中，你们组表现最为出色，同时，也是使用晚会素材最多的。因此，台里初步怀疑，这件事可能与你手下的几个新人有关。"

"不可能。"沈妍和几乎是在赵清梦话音未落时就坚决否认了。她深知自己的团队成员，他们虽然年轻，但都有着对工作的热爱和对规则的敬畏，绝不会做出这样损害集体利益的事情。沈妍和决定，无论如何，她都要亲自调查清楚，还团队一个清白。李晨他们几个，近期真的已经忙到了废寝忘食的地步，从晨光熹微到夜幕降临，不停地加班加点。自己手头的工作堆积如山，尚未完全厘清，哪里还有多余的精力去顾及其他？全员皆在为最终的冲刺拼尽全力，心力交瘁，体力透支，仅凭一股顽强的意志力在硬撑。这个时候，怎会分心去做别的事情？因此，沈妍和坚信，一定是哪里搞错了。

不过，《寰宇之夜》即将拉开帷幕，沈妍和深知此刻的任何波澜都可能影响到节目的顺利进行。尽管一股无名之火在胸膛翻腾，但她深知，作为团队的核心成员，她必须保持冷静，不能让个人情绪干扰到大局。深吸一口气，沈妍和强压下心中的怒火，脸上恢复了惯有的平和，仿佛刚才的那股怒气从未存在过。

她缓缓开口，声音里透露出一种难以言喻的坚定与温柔："关于素材的使用限制，确实存在，但我们也应理解，无论是台内的同仁，还是网络上那些热爱传统文化的粉丝，他们之所以会选用我们的素材进行二次创作，其背后往往是对这份古老文化的深深眷恋与热爱。他们用自己的方式，将这份热爱传递给更多人，这本身就是一种值得鼓励的行为。我们电视台尝试新的宣传模式，正是为了以更加贴近现代人的视角，吸引更多人关注并爱上这些传统之美，最终让东方传统文化不仅仅停留在书本和博物馆中，而是真正融入每个人的日常生活，成为一种自然而然的美学享受。"

沈妍和稍作停顿，给在场的人足够的时间去消化这些信息，她的眼神中闪烁着期待，似乎在寻找共鸣。随后，她的话语更加沉稳有力："如果我们从这样的高度来看待问题，那么，是否应该更加欢迎那些短视频创作者加入到这一行列中来呢？毕竟，仅靠官方渠道的力量，要想触及每一个角落，显然是远远不够的。"

沈妍和的这番话，如同一颗石子投入平静的湖面，激起了层层涟漪。会议室里的人们开始交头接耳，议论纷纷。事实上，早在之前的几次会议上，也有人隐约提及过类似的观点，但因为表述不够直接，或是时机不成熟，最终都被淹没在了一片反对声中。那次，提出意见的人还被几位领导严厉批评，指责其混淆概念，偷换议题。毕竟，拍摄素材作为电视台的知识产权，未经授权擅自使用，无疑是对版权的侵犯。而今，这件事已经在网络上引起了轩然大波，甚至有观众直接致电电视台投诉，使得整个事件升级为了一个不得不正面回应的公关危机。

沈妍和内心五味杂陈，她努力克制自己，不愿让自己陷入那些无休止的争论之中。她清楚，自己的观点已经表达得淋漓尽致，接下来的一切，都将取决于管理层的决策。正当她思绪飘远，心情有些恍惚之际，一个熟悉而又陌生的名字——"烟火向星辰"，突然闯入了她的耳中。

"谁？"沈妍和的声音里带着一丝不易察觉的紧张，她敏锐地察觉到了这个名字背后可能隐藏的深意。

赵清梦见状，连忙将一叠复印好的资料递到了她的面前："就是这位，自媒界的超级大V，拥有数百万忠实粉丝，最近她制作了一档以传统文化为主题的系列节目，内容涵盖了衣、食、住、行四个方面，其中不少视频片段直接采用了我们电视台尚未公开的素材。因为她的影响力巨大，这些视频迅速在网络上走红，被多个平台转发，引起了广泛关注。所以，这件事我们必须有个明确的态度和解决方案。"

沈妍和翻阅着手中的资料，"烟火向星辰"的作品是一种纯粹而真挚的文化热爱，透过屏幕都能感受到的温度。然而，当她试图为"烟火向星辰"

辩护，说出"但她只是在进行宣传推广，并未从中谋取私利"时，却发现自己的声音里竟带着一丝不易察觉的颤抖和无奈。她内心深处明白，这份热爱是无价的，但在现实的法律框架下，一切又显得那么复杂和棘手。

"你怎么知道她没有从中获利？在这个物欲横流的世界里，又有谁能完全超脱于利益之外？'烟火向星辰'如果不是为了名利，她又何必如此费心费力？难道真的是闲得无聊吗？"一个尖锐的声音打断了沈妍和的思绪，那是一位平日里就以言辞犀利著称的同事，他的语气中带着不容置疑的确定，仿佛一切早已尽在掌握之中。

沈妍和默默听着，心中五味杂陈。她知道，这场关于版权与热爱的辩论，远未结束。而她，作为这场风暴中心的一员，必须找到一条既能维护电视台权益，又能鼓励文化传播的道路。这，将是一场考验智慧与勇气的艰难旅程。

沈妍和的眼神在众人之间徘徊，欲言又止的神态中透露出她内心的挣扎。她紧锁眉头，显然是在深入思考，同时也是在谨慎地判断当前的局势。事到如今，一切迹象都表明有人在暗中搞鬼，意图搅乱局面。她深知，一味地退让只会让对方更加肆无忌惮，但事情来得太过突然，她确实还没有一个万全之策。

这时，一个沉稳的声音打破了沉默："这种时候，把问题交到律师那边，或许是最简单的办法。"

众人纷纷将目光投向说话之人，他清了清嗓子，继续解释："目前台里正有几档大型节目在紧锣密鼓地筹备中，尤其是《寰宇之夜》，眼看就要进入播出倒计时。在这个节骨眼上，我们绝对不能分心去纠缠这些琐碎之事。"

他顿了一顿，眼神中闪过一丝狡黠："况且，这位大V拥有百万粉丝，这对我们宣传室来说，未尝不是一个机会。既然她主动送上门来，撞到了我们的枪口上，那我们就不用客气。不如走官方渠道，正式宣战，用最官方的方式来回应，展示我们的态度和立场。"

赵清梦闻言，脸上露出惊愕之色："你是说，告她？"

"没错！"提出建议的人语气坚定，嘴角勾起一抹冷笑，"难道我们还要派个人去网上跟她约战，你来我往地打嘴仗吗？我们没有这方面的经验，万一被带了节奏，那就得不偿失了。而且，我们也没有时间和精力去应付这些。所以，让律师来处理吧，实在不行就多找几个，这样我们既能占据道义的高地，对上对下也都有个交代，不是吗？"

这一番话犹如一颗石子投入平静的湖面，激起了层层涟漪。不少人听后纷纷点头赞同，很快，这个提议便获得了大多数人的支持。

赵清梦的目光再次落在了沈妍和的脸上，带着几分探寻与不安。沈妍和依旧凝视着窗外，那些树影在轻风的吹拂下，不紧不慢地摇曳，仿佛连时间都被这份宁静所感染，变得缓慢而悠长。会议室内，紧张的氛围与窗外的悠闲景象形成了鲜明对比。

"沈妍和，你怎么想？"赵清梦的声音在宁静中显得格外清晰，似乎连她自己也意识到，这句话里藏着一份期待，期待沈妍和能给出某种安慰或是方向。

沈妍和正要开口，那扇紧闭的会议室大门却不合时宜地打开了，小张的身影如同一阵风般闯入，打破了室内的宁静。作为台长的得力助手，小张总是带着一种难以言喻的干练与稳重，他的到来，往往预示着重要信息的传递。然而，这次，他并没有急于发言，而是先以一个温和的笑容打破了沉默："台长十分钟后过来，请各位稍等。"

赵清梦的神色瞬间变得复杂起来，她没想到今天的会议竟然会惊动到台长。但转念一想，也许台长的到来并非针对他们当前的争论，而是另有要事。这样的念头在她的脑海中快速闪过，却未能完全安抚她的不安。

会议室内，随着小张的通报，气氛变得更加压抑。人们或低头翻阅文件，或假装专注地滑动手机屏幕，实则都在默默等待着台长的到来。

赵清梦的心如同被一只无形的手紧紧握住，每一秒都显得格外漫长。终于，她忍不住轻轻扯了扯沈妍和的衣角，压低声音问道："喂，你心里有鬼吗？"

沈妍和一时没反应过来，疑惑地望向她。

赵清梦叹了口气，继续说道："我只希望，这件事别牵扯到你那组的人。现在闹得这么大，台里不可能坐视不管。如果真的……我们还没有充分的理由来解释，或许……"

赵清梦的话语中带着明显的焦虑与不安，但沈妍和只是淡淡地回了四个字："不用担心。"这四个字，虽然简短，却似乎蕴含着某种力量，让赵清梦心中的焦虑稍有缓解。然而，沈妍和紧锁的眉头和满脸的不悦，又让赵清梦心生疑惑。

"你心里有数，对吗？"赵清梦试探性地问道，心中划过一丝莫名的诧异。

沈妍和微微一笑，眼神中闪过一丝笃定："一开始我确实有些迷茫，但现在，似乎已经看清了局势。"

赵清梦虽然没完全明白沈妍和的意思，但对方那平静而坚定的语气，却如同一针强心剂，让她那颗悬着的心莫名地安定下来。或许，沈妍和真的已经找到了解决问题的方法。

台长步伐匆匆地走进了会议室，他那高大的身影瞬间填满了临时让出的主位空间。坐下后，他轻轻整理了一下西装，表情略显凝重，眉宇间透露出一丝不悦，显然，这次紧急召集并非为了庆祝。

他此行的目的明确而直接——处理那起在网络上闹得沸沸扬扬的举报事件。因此，没有多余的寒暄，台长一开口便直击要害："听说，咱们台在自媒体平台上又'火'了一把，冲上了热搜？这曝光度嘛，自然是好事。"他双手交叠置于桌上，语气虽平静，却暗含锋芒，仿佛是在试探众人的反应。

副台长坐在一旁，神色复杂，时而忧虑，时而愤怒，他偷偷瞄向小张，用眼神传递着心中的疑惑与不安。小张，这位台长身边的得力干将，敏锐地捕捉到了这一切，他轻轻一笑，以几乎不易察觉的手势安抚着在座的各位领导，示意他们少安毋躁，静待台长的下文。

"我一直强调，我们作为媒体人，不仅是信息的传播者，更是文化的引领者，时尚的风向标。"台长的声音逐渐提高，充满了激情与使命感，"我们应有更广阔的视野，更开放的心态，避免陷入自我设限的泥潭，更不能闭目塞听，拒绝与这个日新月异的时代对话。"

沈妍和静静地听着，低垂的眼眸中闪烁着思考的光芒。起初，她对这类"例行公事"般的演讲并不感冒，但随着时间的推移，她逐渐领悟到了台长发言背后的深意。她明白，台长的客套话不过是前奏，真正的主旨即将揭晓。

台长的演讲持续了整整二十分钟，会议室里回荡着他慷慨激昂的声音，仿佛每一个字都蕴含着力量，激励着每一个人。小张则在一旁默默服务，不时地拿起茶壶，为台长续上热水，动作娴熟而细致。十点十分，小张的目光不经意间掠过墙上的挂钟，那是一个微妙的信号。

就在这时，台长的语气突然一转，锋芒毕露："在改革的征途上，总会遇到各种各样的阻碍。有些人，他们或许不理解逆流而上的艰辛，也不懂得在逆境中翱翔的勇气，但他们擅长成为绊脚石，用冠冕堂皇的言辞，阻碍着前行的步伐，嘲笑那些勇于探索的实干者，用尽手段，只为将众人拖入平庸的深渊，以此掩盖自己的无知与懦弱。"

沈妍和的睫毛轻轻颤动，内心的波澜难以掩饰，但她强忍着笑意，深知在这样的场合下，保持职业的形象至关重要。她默默告诉自己，无论外界如何喧嚣，保持内心的平静与坚定，才是真正的强者之道。

赵清梦神情紧绷，眉头紧锁，眼神中透露出一丝不安。她敏锐地察觉到，会议室内其他几位团队负责人的情绪也如同绷紧的弦，随时可能断裂。大家面面相觑，心中都充满了疑惑与忐忑，不明白台长的意有所指究竟是针对谁。尽管台长表面上情绪温和，但那凌厉的眼神透露出他内心的极度不满。每当他情绪激动时，拳头便不由自主地用力砸在桌面上，发出轰轰的响声，让整个会议室的气氛变得更加古怪和压抑。

先前那些嚷嚷着要严肃处理素材非法外流事件的部门主管们，此刻也感受到了空气中的不对劲，他们原本想要借此机会把事情闹大的心思渐渐收敛起来。他们意识到，在弄清楚事情真相之前，最好还是保持低调，见机行事。

"关于这次的举报事件，"台长的声音在会议室中回荡，"细节方面你们都对上了吗？事情究竟是怎么一回事儿，你们确定好了吗？"

底下的人开始互相交换眼神，用这种方式交流着彼此的意见和看法。最终，赵清梦被人推了出来，成了众矢之的。她无奈地叹了口气，虽然心中充满了不情愿，但她知道举报的内容与她那一组人息息相关。如果她稍有躲避，必定会引起其他人的不满和指责。

赵清梦简单地把事情的经过讲述了一遍，但每当她提到"烟火向星辰"这个ID名字时，心底的熟稔感便不由自主地增加了一层。她努力回想，这个ID名字究竟在哪里听到过呢？是在某个论坛的讨论中，还是在某个深夜的直播里？她陷入了深深的沉思中。

赵清梦的眼角余光不经意间捕捉到了身旁沈妍和的微妙表情，那是一种混合了戏谑与深思的复杂神色。沈妍和的手指灵活地跳跃在笔杆之上，仿佛每一个勾画都是对会议内容的精准剖析，而她那看似专注的神情下，似乎隐藏着不为人知的秘密。赵清梦的心中不禁泛起一阵涟漪，一种难以名状的直觉告诉她，沈妍和，这个平日里总是保持着冷静的女子，对于眼下的风波，定是知晓些什么。带着这份莫名的笃定，赵清梦调整了一下呼吸，决定再次挺身而出，面对台长的质疑。

"关于那些举报电话，我们已经迅速行动，对举报内容进行了初步的核实，但确实还需要更多时间来彻底查清真相，我相信，真相总会大白于天下的。"赵清梦的声音虽平静，却透露出不容置疑的坚定。

然而，台长的反应却出乎所有人的预料。他非但没有因赵清梦的积极回应而有所宽慰，反而眼神中流露出一抹更深的无奈。

"赵清梦，你这是在装糊涂吗？"台长的语气中带着几分责备，显然，他对这样的回答并不满意。

赵清梦一时语塞，心中充满了困惑。"我……我真的没有装糊涂啊。"她试图辩解，却显得力不从心。

台长的声音突然提高了几分，质问道："这事儿还需要调查？你确定？"

赵清梦愣住了，难道不是吗？这场风波已经闹得沸沸扬扬，网络上议论纷纷，无数双眼睛正盯着他们，怎么可能轻易敷衍了事？但台长的话语中显然暗含玄机，他之所以如此坚持，必然有其原因，而这个原因，赵清梦隐约觉得，自己其实是心知肚明的。只是，当真相似乎触手可及之时，她却感到前所未有的迷茫，那些线索仿佛被迷雾笼罩，让人看不清真相的全貌。

"好了，今天的会议就到此为止。我还有别的事要处理，你们先散了吧。"台长的话语中带着不容置疑的权威，他挥手示意散会，随后带着助理小张匆匆离去，留下一会议室满头雾水的人。

会议室内，众人面面相觑，不解之情溢于言表。为何台长会如此反应？他的态度究竟意味着什么？更让他们头疼的是，面对如此模糊的指示，他们该如何应对这场风波？是继续深入调查，还是暂且搁置？网络上舆论持续发酵，粉丝们的呼声越来越高，电视台总得给出一个交代吧？

"要不，咱们还是先散了吧？"终于有人打破了沉默，提出了一个看似无奈却又现实的建议。

赵清梦轻轻叹了口气，无奈地点了点头："好吧，散了。等领导情绪稳定些，我们再找机会询问处理意见。"虽然心中充满了不甘，但她也知道，此时不宜再纠缠不休。

正当众人陆续离开时，副台长和赵清梦意外地发现，小张竟站在门外，面带微笑，似乎专门在等待他们。

"两位，台长临时有个紧急会议，请你们随我去办公室一趟。"小张的话语中带着几分神秘，让人不禁猜测，这或许是个解开谜团的机会。

沈妍和原本以为这场风波已与自己无关，正欲离开，却被小张的话拦了下来："沈编导，台长也请您一同前往。"

这话一出，不仅副台长露出了惊讶的神情，就连赵清梦的心中也猛地一紧。沈妍和？她？这显然超出了所有人的预期。要知道，以沈妍和的级别，这样的内部小会她是很少有机会参与的。这次被特别点名，背后必然有着不同寻常的意义。

沈妍和轻轻挑眉，脸上依旧挂着那抹惯有的冷淡，仿佛外界的一切都与她无关。她既没有表现出丝毫的心虚，也没有流露出任何担忧或无奈的情绪，只是淡淡地说了两个字："走吧。"

一行人朝着台长办公室的方向行进，途中，赵清梦和小张都不约而同地偷偷观察着沈妍和。而副台长也察觉到了两人的异样，顺着他们的视线望去，只见沈妍和正低头在手机上快速打字，似乎在处理紧急的工作事务。从屏幕的反光中，他能隐约辨认出那是关于《寰宇之夜》晚会的消息。

《寰宇之夜》这场即将震撼开场的晚会，自筹备之初便备受瞩目。它不仅汇聚了众多明星大腕，更承载着电视台新年的希望与梦想。然而，随着播出日期的临近，一系列突发状况接踵而至，让每一个参与者都绷紧了神经，不敢有丝毫懈怠。沈妍和作为晚会的核心编导之一，更是忙得不可开交，与团队一起夜以继日地奋战在演播室内，只为确保晚会的顺利进行。

赵清梦心中暗自思量，沈妍和之所以能被台长特别邀请，或许与《寰宇之夜》有关。毕竟，在这场晚会的关键时刻，任何风吹草动都可能影响到整体的进程。而沈妍和的冷静与智慧，正是解决突发问题的关键所在。

想到这里，赵清梦不禁对沈妍和多了几分敬意。尽管平日里她们或许因为工作理念的不同而稍有摩擦，但在关键时刻，沈妍和总能展现出超乎常人的冷静与决断力。这次，她或许能为这场风波找到一个完美的解决方案。

第二十章　终将再见

一行人匆匆的脚步声在走廊里回响，很快就来到了台长办公室前。门被轻轻地推开，一股紧张而严肃的氛围如同无形的波浪，扑面而来，让人不由自主地屏住了呼吸。赵清梦深吸一口气，眼神中闪烁着坚定与决心，显然已经做好了面对未知挑战的准备。而沈妍和，依旧保持着那份淡然与从容，她的步伐稳健，脸上挂着一抹温和的微笑，仿佛即将步入的不是一场关乎职业前途的重要会议，而是一次寻常不过的工作交流。

副台长站在门口，欲言又止，眉头紧锁，似乎心中藏有无数疑问，却又不敢轻易开口。赵清梦见状，快走几步，来到小张身边，压低声音，开始闲聊起来，试图用轻松的话题缓解这压抑的气氛。然而，副台长心中的疑惑却如同巨石般沉甸甸的，让他难以释怀，只能强忍着，直到一行人踏入台长的办公室。

正如小张所言，台长确实忙得不可开交。他不仅要抓紧时间处理台内堆积如山的重要事务，还得抽空接听一个接一个的电话，协调各方资源。三个人进来后，已经静静地坐了十分钟，连小张端过来的茶水都被一饮而尽，台长那边却仍然忙得不可开交。

"你们稍等一会儿。"台长头也不抬，声音中带着一丝歉意，"我这儿很快就处理完了。"

副台长勉强挤出一丝笑容："您不用急，我们等着就好，反正也不是很忙。"

沈妍和却在这时补了一句："我那儿还有些重要的事，有个小组的晨会等着开，是关于《寰宇之夜》的备用方案事宜，已经推迟了一小时，不能再耽搁了。"

她顿了顿，语气中带着一丝急切："现在最缺的就是时间，我们已是争分夺秒。"

副台长闻言，眉头皱得更紧了，心中暗道沈妍和过于耿直，也太不懂察言观色了。在这样的场合下，居然还强调自己的工作有多忙。他刚想开口斥责，却见台长突然抬起头，冲着沈妍和露出了一个和煦的笑容。台长手上的动作明显加快，一边处理文件，一边分心与沈妍和交流："小沈啊，我一直很关注你们那一组的进展状况，很不错嘛，完成度极高，大大超出了我的预期。"

沈妍和闻言，微微点头，语气中带着一丝无奈："本来还算可以，但现在因为一些突发情况，节奏有点乱，各部门都在重新适应。"她的话语虽然平静，但细听之下，却能感受到其中隐藏的丝丝不满。然而，这也是情理之中的事情。毕竟，为了《寰宇之夜》这个项目，他们准备了那么久，突然之间做出更改，能够保持现状已经实属不易了。其中的艰难，根本无法用言语来形容。毕竟那么多人在共同做一件事，心也不够齐，时间又不太够，种种艰难夹杂在一起，远远超出了预期。

有时候想到这些经历，沈妍和心中不禁泛起一丝自豪。在那些紧张而关键的时刻，她总是能够迅速调整状态，让原本迷雾重重的节目规划逐渐清晰起来，这确实需要不小的勇气和智慧。

"我相信你们这一组能做到。"台长的话语中带着不容置疑的坚定，他在文件的末尾迅速签上了自己的名字，动作流畅而有力。随后，他将桌上整理好的工作文件一股脑儿地交给了小张，示意他尽快分发。

紧接着，台长没有多余的寒暄，直接切入正题："关于那封举报信，你们有何看法？"

副台长心中早已有了打算，然而当他踏入这威严的领导办公室，一股莫名的紧张感却悄然升起。他疑惑的不是举报信的内容，而是台长对此事的态度。按常理，这样的小事台长至多随口一问，怎会如此郑重其事？难道其中另有隐情？又或者，沈妍和在台长心中，真的有着不同寻常的地位？

一时间，副台长心中五味杂陈，各种猜测和疑虑如潮水般涌来，令他难以平静。

副台长笑呵呵地把问题抛给了赵清梦，那双眼睛仿佛闪烁着狡黠的光芒："赵老师，你刚才不是有很多想法吗？不如由你来说吧。"话语间，既带着几分期待，又藏着不易察觉的试探。

赵清梦对于这种明显踢皮球的行为，嘴角勾起一抹淡然的笑意，心中却也难免泛起一丝无奈。但她深知，此刻的妥协绝非她的风格。她心里坦坦荡荡，没有半点偏袒之意，于是干脆利落，实事求是地开口："文化传播、发展，是我们每一个人都乐于见到的盛景。我刚才在会上已经表达过我的观点，我们始终敞开怀抱，欢迎所有的观众，通过各种创新的形式，将这份对中国传统文化的热爱传递给更多人。这不仅仅是一种情感的表达，更是一种文化的传承，是民族自信的彰显。"

见台长正襟危坐，目光专注，没有丝毫打断的意思，赵清梦心中涌起一股暖流。她意识到，这或许是自己将那些盘旋于心、久未吐露的话语公之于众的最佳时机。于是，她暗暗鼓足勇气，将那份对舞蹈、对传统文化的热爱与执着化作言语的力量。

清了清嗓子，赵清梦的声音更加坚定而富有感染力："现在，让我们回到事件的核心。一位拥有数百万粉丝的网络大V，她以独特的视角，将衣、食、住、行的日常融入视频创作中，巧妙地融入了我们电视台的未公开素材。然而，这却引来了版权之争，有人指责她盗用素材，损害了电视台的利益。从法律上看，这样的指控似乎无可厚非，但背后隐藏的，是对文化传播热情的误解与打压。一些人被舆论牵着鼻子走，片面放大了版权争议，企图将这位文化传播者推入舆论的深渊。"说到这里，赵清梦的眼中闪烁着坚定与期待，她相信，真相与理性终将照亮前行的道路。

台长挑了挑眉，那双灰棕色的瞳孔里闪烁着浓烈的兴味，仿佛正沉浸在某个引人入胜的故事中。他的目光不经意间掠过沈妍和的脸庞，那眼神里似乎藏着一种微妙的探询，试图从沈妍和那里捕捉到一丝不易察觉的情绪波动。然而，沈妍和却仿佛置身于另一个世界，双手紧紧抱着手机，眼神时而闪烁在工作群的聊天界面上。她的心思早已飞到了堆积如山的工作任务中，此刻的她，就像是一台高效运转的机器人，每一个指令都精准无误地执行，只为尽快处理那些烦琐的事务。对于周围的一切，包括台长的注视，她都浑然不觉，更无暇顾及。

"你继续。"台长的声音温和而有力，将赵清梦的思绪拉回了现实。尽管他的关注点始终未曾完全离开沈妍和，但他对赵清梦的发言同样给予了高度的重视。眼见赵清梦因为自己的鼓励而重拾信心，台长满意地点了点头。

赵清梦深吸一口气，调整了一下自己的情绪，继续阐述自己的观点："我真的不明白，那些以保护版权为名，实则恶意攻击"烟火向星辰"大V的人究竟是何居心。他们指责"烟火向星辰"大V盗用版权，薅电视台的羊毛，以此谋取商业利益。但在我看来，他们显然没有意识到，一位拥有数百万粉丝的大V，其背后的商业价值究竟有多么巨大。如果"烟火向星辰"真的只看重金钱，那么她完全可以选择接拍商业广告。以她目前的粉丝量和商业影响力，一条广告的收费轻轻松松就能达到六位数。更何况，她平时在视频中极少植入广告，这使得她的广告资源显得尤为稀缺和珍贵。因此，如果她真的想要赚钱，七位数的报价也并非不可能。"

说到这里，赵清梦的眼神中闪过一丝自豪。这组数据是她费尽心思从业内人士那里打听来的，对方虽然说得比较保守，但强调其真实数据只高不低。回想起自己当初听到这组数据时的震惊程度，赵清梦至今仍记忆犹新。

　　而此刻，她的这份震惊感似乎也感染了副台长。他倾身向前，低声向赵清梦询问这组数据的可靠性。赵清梦没有犹豫，直接将一份详细的报价单转发给了副台长，让他亲自验证。

　　赵清梦深知，此刻的她必须趁热打铁，一鼓作气将自己的观点表达清楚："我还特意去翻看了'烟火向星辰'大V的账号，发现了一个非常有趣的现象。她在发布这些视频之前，竟然主动关闭了打赏功能。而且，每一期视频都精心链接了我们台的官方账号。只可惜，我们台的官方账号粉丝量少，日常维护的工作人员也疏于查看后台数据，因此才没有及时捕捉到这些宝贵的反馈。"

　　听到这里，台长的眼神中闪过一丝赞许。他心中已然有了处理方案，但仍明知故问地抛出了一个问题："那么，你认为'烟火向星辰'大V接下来打算做什么呢？"这个问题，既是对赵清梦观点的进一步探讨，也是对她观察力和分析能力的考查。

　　赵清梦的眼神坚定，语气中充满了不容置疑："她无疑是在为电视台推广那些以东方传统文化为核心的节目。"

　　片刻的沉默后，她的语气中夹杂了一丝犹豫："而且，我隐隐有种感觉，她更深层的意图，或许是想借此机会为《寰宇之夜》吸纳更多的粉丝关注。这几期的节目内容，恰好与《寰宇之夜》的几个核心板块不谋而合。要知道，《寰宇之夜》经过精心整合，形成了两条清晰的故事线索，其中一条便是围绕春夏秋冬、衣食住行的主题展开。当然，《寰宇之夜》的内涵更为深邃、内容更为丰富，毕竟那是几百人团队的心血结晶，信息的密度和深度，绝非短短几分钟的视频可比。尽管如此，那些主线与辅线的巧妙布局，对于我们这些亲身参与创作的人来说，依然是显而易见的。而外行人或许难以察觉。"

沈妍和从繁忙中抽身，目光中流露出一丝舒展，温柔得仿佛春日的微风，瞬间，她的心情似乎变得轻松愉悦起来。

赵清梦坚定地阐述着自己的观点："我认为'烟火向星辰'在创意与灵感激发上的作用无可估量，那些所谓的侵权行为的说法，不过是些心怀嫉妒之人寻找的打击她的借口罢了。咱们台里那些随声附和的声音，大多只是盲目跟风，被表面的舆论浪潮所裹挟，未曾深入思考事件本质。但凡他们能静下心来稍作分析，便绝不会如此草率地得出那些荒谬的结论。"

一番慷慨陈词后，赵清梦感到喉咙一阵干涩，好在身旁的空杯早已被细心的工作人员添满清水，她顺势端起，轻抿一口，缓解了不适。

副台长听后，眉头紧锁，神色复杂，似乎在权衡着各种利弊。片刻后，他缓缓摇头，语气中带着一丝无奈："清梦啊，你的分析鞭辟入里，但素材版权之事，我们必须审慎对待。台规如山，知识产权更是国家宝贵的无形资产，未经许可擅自使用，法理难容。往常小事，我们或许可以网开一面，但如今事态扩大，举报不断，网络舆论更是风起云涌，若我台不给个明确交代，恐难以服众啊。"

副台长深知赵清梦言之有理，只是身为管理者，他需兼顾多方利益，坚守原则的同时，也需面对种种现实难题，这份左右为难，让他倍感压力。

"不管怎么说，还是让律师那边走一趟吧，一切交给法律来解决，这样既能保证公正，也能避免不必要的误会。"副台长的话语中带着一丝不容置疑的决断，这在他看来是目前最为妥帖的解决办法。

当然，这话一出，赵清梦的不满立刻如火山般爆发。她双眼圆睁，狠狠地瞪着副台长，怒火几乎要将她吞噬。她正要开口，用尖锐的话语反驳这一切，却被台长那突如其来的笑声打断。

"你们啊。"台长无奈地摇了摇头，手指轻轻点着赵清梦和副台长，语气中充满了调侃，"记性是真差啊，这么重要的事情都能忘。"

这时，沈妍和结束了群内冗长的会议，轻轻按下手机电源键，屏幕渐渐暗下。她抬起头，脸上绽放出一抹意味深长的微笑。她知道，台长终于触及到了问题的核心。只是，她没想到，这件事竟然会由台里的大领导亲自提出。

副台长一脸困惑，眉头紧锁："哪件事没记住了？我们遗漏了什么？"

赵清梦的表情则显得更为复杂，她似乎抓住了记忆的边缘，但又在关键时刻失去了方向，仿佛有一层无形的薄膜阻挡着她，让她无法瞬间洞悉一切。

"我告诉你们吧，'烟火向星辰'并不是违规使用相关素材。"台长的话语中带着几分不容置疑的坚定，他意有所指地轻轻瞥了沈妍和一眼，那眼神仿佛蕴含了某种深意，却又在转瞬之间迅速收回，如同蜻蜓点水般不留痕迹，让人捉摸不透。

副台长闻言，眉头紧锁，满脸疑惑："她有授权的吗？我怎么不知道？"作为台里的常务负责人，他深知授权流程的重要性，每一份申请都需经过他的严格审核。如果真的有这么一位在自媒体平台拥有庞大粉丝基础的创作者提出过授权申请，他自信自己绝不会遗漏。然而，台长既然如此笃定，背后必然有着不为人知的缘由。

副台长额头上渗出细密的汗珠，他努力回忆着每一个细节，试图在纷乱的思绪中捕捉到那一缕可能引领他们走向真相的蛛丝马迹。

而这时，赵清梦仿佛被某种神秘的力量触动，脑海中闪过一道灵光。她猛地抬头，目光如炬地锁定在沈妍和身上，那双眼睛仿佛夜空中最亮的星辰，闪烁着既紧张又兴奋的光芒，炽热得仿佛能穿透一切。

沈妍和以一种难以言喻的从容回应着赵清梦的注视，两人之间无需言语，眼神便已完成了信息的快速传递。赵清梦的心猛地一紧，她下意识地捂住胸口，感受到心脏在胸腔内狂跳，即便是用尽全力按压，也无法平复那份突如其来的震撼与激动。

今天所揭露的秘密，着实超出了她的预料。副台长见状，无奈地挠了挠头，满脸愁容地叹息着岁月不饶人，记忆力大不如前。

这番略显心酸的话语，让在场的众人都心生同情，就连平日里严肃的台长，也不禁被逗乐了，嘴角勾起一抹难得的笑容："老伙计，你还年轻着呢，记忆力偶尔打个盹儿，算不了什么大事。"

副台长眼神中带着几分自嘲与无奈："别安慰我了，想当年，我也是记忆力超群，一本书翻几页就能复述个大概，哪儿像现在这样，看个文件还得反复确认。"

台长见他这副模样，嘴角勾起一抹笑意，打趣道："嘿，你年轻那会儿，健忘起来可是比谁都厉害，做事常常丢三落四，风风火火的，哪儿有个稳重的样子。倒是现在，岁月沉淀下来，多了几分从容不迫。"

副台长闻言，苦笑不已："您这话，我是该高兴呢，还是该郁闷呢？"

"哈哈，自己品味去吧。"台长笑着摆手，话锋一转，"说正事，记得招录特殊人才那会儿，每个人的档案你都细细审阅过，尤其是最后入围试用的几位，你更是反复推敲。你再好好想想，真的一点儿印象都没有了？"

台长的话语如同钥匙，瞬间打开了副台长的记忆之门。"沈妍和！难道她就是网上那个才华横溢的'烟火向星辰'？"副台长恍然大悟，眼中闪烁着惊讶与兴奋。推测出来的真相，总是令人心头宛若经历了一场超级大地震，明明是早就获得的信息，可为什么重新听一次，心肝脾肺都跟着抽紧了许多。

"领导，我的入职资料里，这部分个人信息确实是按照流程公开的。"面对着副台长那略带不满与控诉的眼神，沈妍和轻轻叹了口气，语气中带着几分无奈与诚恳。她知道，有时候自己的低调反而容易让人误解。

"这么重要的事情，关乎我们台的宣传推广，人事部门的同志竟然也不提前跟我通气！"副台长的语气中带着一丝责备，显然对此事颇为介怀。

沈妍和轻轻摇了摇头，眼神清澈："确实，这些信息与我的日常本职工作联系并不那么紧密，我一直觉得，做好手头的工作比什么都重要，没必要因为这些外在的东西而刻意张扬。"她的话语中透露出一种不事张扬的谦逊，她深知，真正的价值在于行动，而非言语。

"怎么就不紧密了？你看，现在台里正在筹备的大型文化活动，不就是因为你那些预热宣传才吸引了这么多关注吗？"副台长的嘴角不自觉地上扬，又迅速抽回，他心中暗自惊讶于沈妍和私下里的默默付出。她不仅用自己的私人账号为台里发声，还巧妙地引导流量至官方账号，那份对传统文化的热爱与传承之心，令人动容。

沈妍和，这个看似冷淡寡言的女子，实则内心炽热如火。近一年来，她在台里的每一个角落默默耕耘，从不夸夸其谈，总是以实际行动诠释着责任与担当。她的冷静与沉默背后，是对工作的极致热爱与不懈追求。她不仅精通美术与音乐，更拥有独到的色彩感知力与高级审美，这样的才华，即便是放眼全国也难找。

副台长作为终评会的一员，曾一度对沈妍和持保留态度，但经过无数次的观察与考验，他不得不承认，沈妍和的实力超乎想象。如今，面对质疑，而她却淡然处之，那份宠辱不惊、波澜不惊的气度，让副台长不禁由衷地竖起了大拇指，心中充满了敬佩与赞赏。

沈妍和终于开口说话了，声音中带着一丝不易察觉的犹豫与决绝："我希望，在《寰宇之夜》结束之前，台里能考虑对这次的举报事件采取搁置处理的方式。"她的眼神掠过在场的每一个人，似乎在寻找着理解与共鸣。

赵清梦闻言，眉头微蹙，显然对这个提议感到不解："什么是搁置处理？难道我们不应该正面回应，澄清事实吗？"

沈妍和轻轻叹了口气，目光变得深邃而复杂："我理解你的担忧，但眼下，我们需要的是时间。让'烟火向星辰'的账号按原计划发布剩下的两期节目，时间点恰好能与《寰宇之夜》全平台播出的时间重合。这样做，或许能借着短视频的热度，吸引更多的关注，为后续的工作铺平道路。至少，我的工作能有个相对圆满的交代。"

她的话语中，那一抹不易察觉的落寞如同暗夜中的微光，转瞬即逝。《寰宇之夜》这场盛大的晚会，不仅是她职业生涯的一次重要展示，更是决定她去留的关键考核。对手段旭，虽然低调内敛，但其背后的努力与成就，如同潜藏的暗流，不容忽视。胜负的天平，至今仍未倾斜，沈妍和心中那份必胜的信念，似乎也蒙上了一层薄雾。

"如果这次运气不佳，"她暗自思量，"或许，《寰宇之夜》真的会成为我在这里的绝唱。之后，我就得离开了。"这样的念头一旦浮现，便如同潮水般涌来，难以抑制。尽管电视台的工作节奏紧张，琐事缠身，人际关系错综复杂，但正是这样的高压环境，锻造了她今日的从容不迫。

沈妍和深知，自己能迅速适应这一切，很大程度上得益于学生时代那份分秒必争的执着。那段日子，她总是忙忙碌碌，却从未觉得疲惫。如今，虽然工作环境依旧繁忙，但至少还有喘息的空间，可以在紧张之余，抽身处理一些私事。更重要的是，她的生命中有了孟行辰——那个坚定可靠的伴侣，每当想到他，沈妍和的心底便涌起一股暖流，温暖而安心。

然而，正当沈妍和沉浸在自己的思绪中时，副台长的声音打断了她的思绪："如果搁置不管，只怕会引来更多非议，把事情闹得不可收拾。"

他摇了摇头，脸上写满了不赞同。在他看来，很多事情应该光明正大，无需遮掩："不如直接以官方的名义声明，'烟火向星辰'就是沈编导，这样既简单直接，又能平息所有争议。"

副台长的话音刚落，会议室内的气氛顿时变得微妙起来，所有人的目光都聚焦在他身上，带着几分诧异。副台长不解地挠挠头："我说得不对吗？"

赵清梦没等沈妍和开口，便抢先一步说道："你有没有想过，沈编导之所以不愿意曝光自己的身份，正是因为她拥有庞大的粉丝群体，其中不乏狂热者。一旦个人信息泄露，她的生活很可能会陷入混乱，到时候，谁能为她解决这些麻烦？谁又能为她和她的家人承担风险？"

副台长闻言，一时语塞。他提出方案时，只看到了积极的一面，却忽略了可能带来的连锁反应。

赵清梦继续说道："如果她愿意公开自己的生活，又何必费尽心机隐藏这么多年？而她却选择以'烟火向星辰'的网名存在，并凭借自己的力量在网络上为我们的电视节目宣传、造势，这份坚持和努力，值得我们尊重。"

说完，她将目光转向台长："领导，沈编导的自媒体账号拥有巨大的商业价值，这一点已经不言而喻。她用自己的方式为《寰宇之夜》造势，早已超出了职责范围。"

台长轻轻点头，眼中闪过一丝赞许。他微笑着看向沈妍和，语气温柔而坚定："沈编导，请放心，你在工作上的付出，台里都看在眼里。我们不会让你的个人隐私受到侵害，我们会保护你。"

沈妍和紧握的双手微微颤抖，眼眶微湿，她认真地表达了感激之情。这份担忧，一直潜藏在她的心底，网络上那些狂热的粉丝，让她对网络与现实生活的界限划得尤为清晰。披上"烟火向星辰"的马甲，她可以自由表达，享受粉丝的赞美与追捧，释放真我；但在现实世界里，她更愿意隐匿于幕后，享受那份平凡与宁静。

这次马甲被意外揭开，沈妍和表面平静，内心却波涛汹涌。幸好，台长的承诺如同一剂强心针，让沈妍和的心稍微安定下来。接下来，他们需要找到一个既能保护沈妍和隐私，又能对外界给出合理解释的方案。经过简短的讨论，他们决定采用"拖"字诀，官方声明中仅表示台里正在高度重视并调查中，同时感谢网友的关心。此外，还巧妙地加入了对传统文化宣传者的致敬，强调民族复兴、文化复兴的重要性，以及媒体人为此所做的不懈努力。

当这份声明通过官方账号发布出去后，迅速在网络上引起了轩然大波，新一轮的讨论热潮被掀起。

而此时的沈妍和，已经回到了《寰宇之夜》的现场，全身心投入到紧张而有序的工作中。她的心中既有对未知的忐忑，也有对未来的期许。她知道，无论结果如何，这段经历都将成为她人生旅途中宝贵的财富。而孟行辰的支持与鼓励，更是她勇往直前的坚强后盾。在未来的日子里，无论风雨兼程，她都将带着这份力量，继续前行。

《寰宇之夜》的璀璨即将点亮夜空，距离那令人期待的开幕仅剩三小时。沈妍和与导演、副导演围坐在紧张而有序的控制室内，再次细致入微地梳理着每一个节目的流程。尽管之前的彩排已如数家珍般重复了无数次，但在这关键时刻，任何一丝细微的疏漏都可能导致不可预料的后果。他们深知，唯有将每一个细节镌刻于心，方能确保这场盛宴的完美无瑕。

段旭与赵清梦并肩而立，两人的剧本上密密麻麻地记录着编导的动作要点，眼神中闪烁着对这场盛大演出的无限期待与敬畏。他们不时低声交流，对某个场景的处理提出各自的见解，那份专注与投入，足见他们对这场表演的重视程度。

"拜托各位，真的辛苦了。今晚，就让我们携手并进，共同创造奇迹。"沈妍和的话语中带着一丝不易察觉的颤抖，那是紧张与激动交织的产物。她深吸一口气，试图平复内心的波澜，随后，团队成员们迅速行动起来，各自投入到最后的检查与准备中。

段旭缓缓走向沈妍和，他的眼神中既有竞争者的锐利，又夹杂着几分难以言喻的温柔。两人静默相对，仿佛有千言万语，欲说还休。终于，段旭打破了沉默，嘴角勾起一抹温暖的笑意，伸出手掌："记得面试那天，我就知道，能与你并肩走到这一步绝非偶然。只是没想到，最终能与我一起站在决赛舞台上的，依旧只有你。"

沈妍和闻言，眼中闪过一丝意外，随即化为释然与感激。她轻轻握住段旭的手，语气坚定而真诚："你的才华与努力，我一直看在眼里。这一路上，我们既是竞争对手，更是并肩作战的伙伴。那些共同奋斗的日子，无论是共食简餐，还是在狭小的演艺厅里小憩，甚至是面对领导的严厉批评时的相互鼓励，都让我们的关系超越了简单的竞争，成了真正的战友。"

这些共同的经历，如同一串串璀璨的珍珠，串联起他们之间的深厚情谊，让工作竞争的硝烟在无形中消散，只留下对艺术的共同追求与热爱。

她不知道段旭为何会在这个关键时刻突然提及过往的竞争与约定，但沈妍和心中所想，唯有坦诚以对。她的眼神坚定，声音温和却充满力量："我也是这么想的，段旭。你的能力我向来认可，更是由衷地佩服。在这场没有硝烟的战争中，我们都是战士。"

她试图轻轻抽回被段旭握住的手，却被他更加坚定地攥紧。段旭的眼中闪烁着认真与不舍："是啊，随着今天晚会的落幕，我们的竞争也将画上句号。但请别忘了，在《寰宇之夜》项目组初建时，我们曾许下的诺言——无论最终谁能留在电视台，获得那梦寐以求的唯一名额，只要那是凭借真才实学赢得的，而非暗箭伤人，另一方就要释怀，真心实意地为对方送上祝福。"

沈妍和嘴角上扬，笑容中带着释然："那个约定，我铭记于心，绝无反悔。"

"我就知道。"段旭的笑容如阳光般灿烂，仿佛所有的阴霾都已散去，"所以我无比期待《寰宇之夜》的终点，因为那时，我便能以朋友的身份，与沈妍和女士并肩前行。"

"其实，我们早已是彼此生命中不可或缺的朋友，不是吗？"沈妍和轻轻点头，眼中闪烁着温暖的光芒。

时间紧迫，她不得不匆匆赶往各部门做最后的筹备与确认。在转身离去的瞬间，她以一种洒脱而又不失风度的方式说道："无论结果如何，这段经历都将是我们共同的宝贵财富。"

至于段旭听后是何反应，沈妍和确实无暇顾及，只留下一个渐行渐远的背影，和一颗因这段特殊情谊而倍感温暖的心。

佫大的体育场内，精彩绝伦的舞美设计如同一幅缓缓铺开的史诗画卷，每一处细节都精雕细琢，光影交错间，将舞台装点得既梦幻又庄严，仿佛能够穿越时空，引领观众步入一个古老而神秘的世界。浮光掠影中，溢彩华光交织，营造出一种超越现实的梦幻氛围，这场歌舞盛宴，不仅仅是一场视觉和听觉的享受，更是一次心灵的洗礼，它瞬间将观众拉回到了数千年前的辉煌时代，让人仿佛亲身经历了那些早已消散在历史长河中的壮丽景象，沉醉而不愿醒来。

小演员们身着流光溢彩的服装，手持五彩斑斓的彩灯，在体育场内欢快地奔跑，他们的笑声与脚步声交织成一曲欢快的序章。随着奔跑的节奏加快，孩子们身上的七彩绸带随风飘扬，如同彩虹般绚烂。突然间，他们仿佛被某种神秘力量托起，轻盈地腾空而起，化作点点璀璨的星光，缓缓洒落在舞台四周，为这场演出增添了几分童话般的色彩。

正当观众沉浸在这份梦幻之中时，舞台上的灯光骤然熄灭，万籁俱寂之中，仅有一束柔和而聚焦的光束穿透黑暗，静静地落在高台之上，那里，一位身着薄纱、身姿婀娜的女子正静静地等待着她的时刻。她，便是这场盛宴的焦点——赵清梦，即将演绎一曲飞天神女之舞。

随着音乐的缓缓响起，赵清梦仿佛被赋予了神力，她在小小的台子上轻盈起舞，随着旋律的起伏，她高速旋转，薄纱随风飘扬，轻盈得如同流动的浮云，又似夜空中最亮的星辰，映照着灯光，绽放出耀眼的光芒。每一个动作都精准而流畅，每一个眼神都饱含深情，将飞天神女的形象刻画得淋漓尽致。

观众席上，赞叹声此起彼伏："好美，好美！"人们不由自主地发出由衷的赞叹。

这支舞蹈，不仅展现了赵清梦深厚的舞蹈功底，更传递了一种超越凡尘的美，让人心生敬畏。她仿佛真的成为了九天神女，飘然降临人间，伴随着悠扬的仙乐，将一曲独舞演绎得酣畅淋漓，令人深深地陶醉。

为了这一刻，赵清梦付出了难以想象的努力。无数个日夜，她在练功房里挥汗如雨，面对无数次的摔倒与失败，她从未言弃。每一次跌倒，都是对意志的磨砺；每一次站起，都是对梦想的坚持。她知道，《寰宇之夜》是她证明自己的舞台，只要能站上那里，哪怕付出一切，也在所不惜。

　　终于，两分半的独舞结束了，观众的目光都聚焦在了赵清梦身上。她宛若不知疲倦的舞蹈仙子，完全沉浸在舞蹈的世界里，身在舞台，心在舞中，每一个动作都精准无误，每一次呼吸都与音乐完美同步。这一刻，她对自己的控制力达到了前所未有的高度，每一个伸展、每一次屈伸，都充满了力量与美感。

　　演出结束，全场静默片刻后爆发出雷鸣般的掌声，赵清梦的脸上洋溢着满足与幸福的笑容，她知道，自己做到了，这份酣畅淋漓，这份舒服至极，是对她所有努力最好的回报。

　　当"飞天神女"轻柔地俯下身，仿佛向历史致敬的那一刻，舞台在柔和而神秘的灯光下缓缓拉开了它华丽的帷幕，瞬间将观众带入了那个梦回千年的大唐盛世。天子在金碧辉煌的宫殿中设宴，群臣恭敬地跪伏在地，展现出泱泱中华的威仪，吸引着万国来朝，共襄盛举。那恢弘的气势，仿佛穿越了时空，让人感受到不朽的皇家威仪。

　　这一组精心编排的群舞，生动地展示了一个强大、完美、无懈可击的盛世帝国。它不仅展现了帝国的强大，更体现了其包容万象的雅量，百姓在这片土地上安居乐业，各行各业如同春日里的花朵，蓬勃兴旺地发展着。

　　群舞的动作干脆利索，整齐划一，宛如一幅流动的画卷。舞者们刚柔并济的演绎方式，更是让人看得热血沸腾，仿佛亲身经历了那个辉煌的时代。

　　作为以衣、食、住、行为主题的开篇之作，音乐和舞蹈都倾注了创作者无尽的艺术构思。那些随着旋律吟唱而起的诗句，美得令人窒息，让听者心神荡漾，不由自主地屏息凝神，沉醉其中，去体悟和感受那歌舞背后所要讲述的传奇故事。即便没有语言和文字的直接叙述，认真观看的人们也能轻松地理解其背后深藏着的寓意，为之动容。

此刻，沈妍和紧张而坚定地站在摄像机的一侧，手里的剧本早已被她不自觉地卷成了一团，紧握着，仿佛那是她勇气的源泉。即便不用刻意去翻阅，那上面的每一个字、每一句话都已深深烙在了她的心中。

当"寰宇之夜"四个璀璨夺目的烫金大字，以一场绚烂的光影秀震撼地烙印在舞台的正上空时，她的情绪陡然间激动到了极点。终于，一切努力即将呈现，开始了，属于她的《寰宇之夜》。

还没来得及仔细瞧一眼屏幕上的内容，沈妍和就被周小亚急匆匆地拽到了舞台的另一侧。原来，第二幕的表演正面临着一个棘手的问题——一处关键的布景板竟然出现了破绽。这个破绽的位置极为刁钻，在摄像机的捕捉下，形成了一道格外醒目的留白，异常显眼。

场务们为此忙得团团转，额头上的汗珠不断滚落。周围的其他人也都各司其职，紧张地忙碌着。周小亚见沈妍和就在不远处，便一路小跑过来，气喘吁吁地与她商讨对策。

沈妍和迅速扫视了一眼舞台，脑海中闪过无数个解决方案。最终，她果断地做出了决定，让第二幕后排的三位舞蹈演员见机行事，趁着灯光熄灭的瞬间，迅速飞上舞台高处进行修补。然而，时间紧迫，她们只有短短的几秒可以利用。

"可要是节奏没跟上怎么办？"负责修补破绽的演员满脸忧虑，毕竟那个位置高高在上，稍有差池，就可能影响整个表演的进程。

沈妍和深吸一口气，眼神中闪烁着坚定与智慧。对于这支精心编排的舞蹈，她的每一个节奏、每一个动作都已烂熟于心。面对突如其来的布景破绽，她迅速而机智地在脑海中构建出应对策略。她轻声却有力地说："如果没找对那个出问题的点，你们就即兴来一段偷摘果子的小插曲，就是被同伴突然发现的那种。记住，动作要轻盈得像晨风中的羽毛，俏皮中带着几分可爱。旁边的演员适时地呼应一下，烘托现场气氛，你俩在舞蹈正式开始前，悄悄地把那个破绽给补上。还有，这个位置后面有高度黏合的胶带，用力按住，大概持续两秒钟，应该能暂时粘住。"

周小亚的心脏在胸腔里狂跳，仿佛要跳出嗓子眼。她们深知，在制作节目时，现场突发状况是最令人头疼的，尤其是今天，体育场内座无虚席，几千双眼睛正紧紧盯着舞台，摄像机镜头也不时扫过她们，每一分每一秒都暴露在众目睽睽之下。如果处理不当，这将被视为严重的演出事故，后果不堪设想。

"别慌！"沈妍和用力拍了拍周小亚的肩膀，试图将那份镇定传递给她。她不允许负面情绪在团队中蔓延。

随后，她的目光温柔而坚定地转向了同样紧张得脸色发白的三位舞蹈演员："记住，这既是突发状况，也是一次展现你们应变能力的机会。好好揣摩一下这个情境，其实并不难，我相信你们不仅能做到，而且能做得非常出色。我现在去灯光组那边，商量一下给你们安排一个高光时刻，摄像机也会适时给你们一个特写。想象一下，偷果子被抓后的心虚，接着是嬉笑打闹，把这段即兴发挥得淋漓尽致，观众肯定会觉得好玩又惊喜。"

沈妍和虽然内心也紧张，但她深知紧张无济于事。她强迫自己冷静下来，因为出了问题，唯有冷静应对，才能有效解决问题。她告诉自己，没什么大不了的，只要团队齐心协力，就没有克服不了的难关。看到她如此淡定，其他人也渐渐放松下来，紧锁的眉头渐渐舒展。

舞台边上，一群身着华丽服饰、妆容精致的演员们正紧张而有序地排列着队伍，眼神中闪烁着期待与紧张的光芒，她们显然已经做好了登台的准备。在这队列的尾部，几位特殊的演员正默默地站在那儿，她们的任务是在紧急情况下修补舞台布景的破绽，此刻，她们恰好被安排在了最后的位置。

沈妍和的口袋里，手机疯狂地震动，屏幕上闪烁着熟悉的号码，那是她家人的来电。然而，在这决定性的时刻，沈妍和的心被舞台紧紧牵引，她只能无奈地忽略这突如其来的呼唤，将全部注意力集中在即将上演的节目上。

随着第二幕的帷幕缓缓拉开，舞台瞬间被黑暗吞噬，仅留下六秒的宝贵时间供她们行动。三位演员齐心协力，用尽全身力气按压那块摇摇欲坠的布景板。然而，事情并没有想象中那么简单，布景板之所以会出现破绽，不仅是因为边缘的开胶，更因为长时间的挤压导致了内部的变形，这是安装时的疏忽。她们在按压的过程中发现了这一点，于是又匆忙地调整策略，分别按住布景板的上角、下角以及两侧的卡扣。

两声清脆的"咔嚓"声后，卡扣稳稳地扣住了布板，它终于回到了原位。但就在这千钧一发之际，灯光骤然亮起，留给她们归位的时间几乎为零。

"快，假装偷果子！"一个机敏的演员在混乱中急中生智，低声向其他人发出指令。于是，三位演员迅速进入角色，一位踮起脚尖，仿佛要摘取枝头最诱人的金色果实；一位弯腰俯身，轻轻拾起散落一地的"果实"；另一位则警惕地四处张望，为伙伴们放哨，小手搭在眼眉上，脸上写满了紧张与专注。

灯光聚焦的瞬间，队尾的演员们也纷纷回头，目光中先是闪过一丝惊讶，随即想起了之前的约定，纷纷向她们投以鼓励的微笑，并热情地招手致意。三位"偷果子"的演员虽感羞涩，却也满心欢喜，她们加快了脚步，迅速融入了队伍之中。

这一突如其来的小插曲，虽然未经彩排，却在细节处理上展现出了惊人的默契与创意，演员们的表现自然流畅，充满了童真与乐趣，为整个舞蹈增添了一抹意想不到的幽默色彩。

观众们见状，无不捧腹大笑，被这群豆蔻年华的少女与俊俏少年们的生动演绎深深吸引，整个剧场洋溢着温馨与欢乐的氛围。

随着音乐的响起，舞蹈演员们再次投入到排练已久的舞蹈中，整个节目也随之回归到了既定的主题与节奏之中。

沈妍和轻轻地舒了一口气，脸上浮现出一丝不易察觉的微笑，但这份轻松转瞬即逝，并未在她紧绷的神情上停留太久。

随着《寰宇之夜》的帷幕缓缓升起，整个舞台仿佛被点亮，每一个节目都衔接得天衣无缝，她深知自己作为这场盛大演出幕后推手的重要责任。她的目光如炬，不敢有丝毫懈怠，因为任何一个细微的失误，都可能成为整场演出的瑕疵，影响那无数观众期待已久的心情。

时间仿佛被压缩到了极致，每一秒都充满了紧张与期待。舞台上，光影交错，音乐与舞蹈交织成一幅幅动人心魄的画面，而沈妍和的心则随着每一个环节的顺利进行而渐渐放松。

终于，当最后一个音符在空气中缓缓消散，《寰宇之夜》圆满落幕。

体育场内，雷鸣般的掌声如潮水般涌来，观众们用最直接的方式表达着对这场视觉盛宴的赞叹与不舍。沈妍和的心中涌起一股难以言喻的成就感，那是对她无数个日夜辛勤付出的最好回报。

就在这时，她的手机屏幕在静谧中悄然亮起，屏幕上跳跃着的是孟行辰的名字，她的眼神瞬间被点亮，仿佛夜空中最亮的星。她迅速安排好后续事宜，将一切交给信任的同事们，自己则迫不及待地朝门外奔去。

体育场外，夜色下的城市灯火辉煌，而在那最耀眼的灯光下，孟行辰正微笑着等待着她，他的笑容温暖如初，仿佛能驱散所有的疲惫与不安。

"嗨，需要顺风车吗？"他的话语中带着几分调侃与温柔，"我可以送你去你想去的任何地方。"

那一刻，沈妍和的心中充满了感激与幸福，她知道，无论前路如何，有他在，便是最好的归宿。

随着音乐的缓缓响起

赵清梦仿佛被赋予了神力

她在小小的台子上轻盈起舞

随着旋律的起伏

她高速旋转

薄纱随风飘扬

轻盈得如同流动的浮云

又似夜空中最亮的星辰

映照着灯光

绽放出耀眼的光芒

每一个动作都精准而流畅

每一个眼神都饱含深情

将飞天神女的形象刻画得淋漓尽致